KB175521

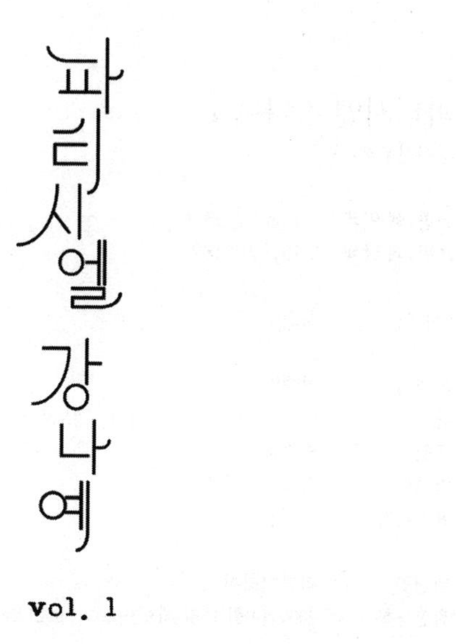

# 파리시엘

강나예

vol. 1

# 파티시엘 강나예 1



**초판1쇄 인쇄** 2016년 7월 13일
**초판1쇄 발행** 2016년 7월 18일

**지은이** 서진우

**펴낸이** 박대일
**편집** 이문영 · 임유리 · 신지연 · 전보라 · 박현주
**교정** 박준용
**마케팅** 송재진 · 임유미
**표지디자인** 이매진

**펴낸곳** 파란미디어
**출판등록** 2004년 9월 14일 제313-2004-00214호

**주소** 04072 서울시 마포구 성지1길 32-36 (합정동)
**전화** 02.3141.5589(영업부) 070.4616.2012(편집부)
**팩스** 02.3141.5590
**전자우편** paranbook@gmail.com
**카페** http://cafe.naver.com/paranmedia
**페이스북** http://www.facebook.com/paranbook

ISBN 978-89-6371-323-6(04810)
978-89-6371-322-9(전2권)

# 파티
# 시엘
# 강나예

서진우 장편소설

vol. 1

파란

# 프롤로그

1993년, 서울국제빵과자페스티벌Seoul International Bakery Fair 행사장.

나예는 아빠의 하얀 제빵 가운을 살짝 잡아당기며 숨죽여 속삭였다.

"아빠, 여기 있는 아저씨들이 다 경연 대회에 참가하는 거예요?"

호기심 어린 눈으로 대기실 안을 둘러보는 나예와 시선을 마주하며 아빠인 강희석은 미소를 지었다.

"그래. 오늘 경연은 아주 중요하니까 잘 봐 두렴."

나예는 아빠에게 미소를 되돌리며 고개를 크게 주억거렸다. 대기실에는 10여 명의 제빵사들이 잔뜩 긴장한 채 대회 준비를 하느라 여념이 없었다. 어린 나예의 눈에 제빵사들의 하얀 가운과 모자는 멋들어지게 보였다.

"오랜만이군."

눈동자를 도르르 굴리며 구경하는 나예의 앞에 키가 큰 한 남자가 섰다. 나예는 고개를 위로 쳐들고 눈을 깜박였다. 몹시 키가 큰 남자는 큰 키만큼 덩치도 컸고 이목구비가 시원시원하게 생긴 호남형이었다.

나예는 잡고 있던 아빠의 제빵 가운이 부르르 떨리는 것을 느끼고 놀란 시선을 아빠에게 돌렸다. 성이 난 듯 붉어진 아빠의 얼굴이 잔뜩 굳어 있었다. 심지어 아빠는 남자의 말에 대꾸조차 하질 않았다.

"클로버 빵집을 운영한다는 소식은 들었네. 빵집은 잘되나?"

"잘되든 안 되든 자네가 상관할 일은 아니지."

나예는 아빠의 적대적인 말투를 듣고 깜짝 놀랐다. 누군가에게 그렇게 무섭게 말하는 아빠의 모습은 실로 오랜만이라 아빠와 마주하고 있는 남자가 누굴까 하는 궁금증이 일었다.

"자네, 아직도 내게……."

아빠의 성난 태도에 남자는 뭔가 알 수 없는 표정을 지으며 잠시 망설이다 말끝을 흐렸다. 나예는 고개를 갸웃거리며 키 큰 남자를 빤히 쳐다보았다. 뭔가 말하고 싶어 하는 것 같기도 했고, 아닌 것 같기도 했다. 하지만 이내 남자는 생각을 바꾼 듯 다소 굳은 표정으로 아빠에게 말을 건넸다.

"오늘 만나서 반가웠네. 대회 때 보지."

남자는 짧은 인사를 남기고 사라졌다. 그런데도 여전히 성이 나 있는 듯한 아빠의 모습에 나예는 고개를 갸웃했다. 하지만 남자도 또 아빠도 더 이상 나예의 관심을 끌진 못했다.

대기실 바깥쪽을 기웃거리던 나예는 지루함을 참지 못하고 살며시 일어나 발끝을 세우고 밖으로 나갔다. 곧 경연 대회에 참가할 아빠는 정신없이 바쁠 것이 분명했다. 전시장 쪽으로 나온 나예의 눈이 휘둥그레졌다.

"우와!"

나예의 눈앞에 펼쳐진 것은 '헨젤과 그레텔'의 과자집보다도 수십 배는 더 멋진, 꿈과 환상의 과자나라였다. 눈이 휘둥그레진 나예의 입이 동그랗게 벌어졌다. 자그마한 얼굴에 미소가 가득 퍼졌다. 각종 빵과 과자류의 향연. 나예의 머릿속에서 함께 온 아빠는 이미 지워진 지 오래였다.

"빵, 빵, 빵! 우와, 맛있겠다!"

나예의 발걸음이 점점 빨라졌다. 코끝에 달콤하고 향긋한 빵 냄새가 맴돌며 심장을 두근거리게 했다. 함께 온 어른 하나 없었지만 나예는 조금의 두려움도 없이 전시장 곳곳을 누비고 다녔다.

"과자 공예…… 궁전이다! 아, 너무 예뻐!"

아까워서 도저히 먹을 수 없을 정도로 정교하고 아름다운 궁전 모양의 과자 공예 작품을 보고 나예는 탄성을 터뜨렸다. 별처럼 빛나는 나예의 눈동자에 궁전이 비쳤다. 금방이라도 공주와 왕자가 나올 것만 같은 공예 작품에 심장이 두근거렸다.

나예는 웃음이 절로 나올 것만 같은 입을 다물지 못하며 과자 공예 작품을 하나하나 구경했다. 피아노를 치는 반주자와 노래를 부르는 합창단의 모습을 만들어 놓은 공예 작품을 보고 감탄을 감추지 못했으며, 동그랗고 먹음직스러운 쿠키 작품을 보고 군침을 꿀꺽 삼켰다. 그리고 일반 빵, 특수 빵 등의 빵 전시를 보고 한참을 눈을 뗄 수가 없을 지경이었다. 길쭉한 바게트가 풍성하게 차려져 있고, 꽈배기처럼 배배 꼬여 있는 모습이 신기했다. 즐거운 웃음을 참을 수 없어 웃으며 전시회장을 구경하던 나예는 누군가의 발을 밟고 멈춰 섰다.

"아얏! 너 뭐야?"

깜짝 놀라 한 발짝 물러선 나예는 인상을 찌푸리고 있는 예쁜 여자를 올려다보며 미안한 미소를 지었다. 대학생쯤 되어 보이는 여자는 눈이 번쩍 뜨일 만큼 미인이었는데, 화려하고 고급스러운 옷을 입고 있었다.

"죄송해요. 구경하느라 그만……."

나예는 머리를 긁적이며 웃었지만 여자는 이맛살을 찌푸리며 나예를 위아래로 훑어보았다. 그녀의 눈빛은 뱀처럼 차갑고 냉정했다. 섬뜩할 정도로.

"재수 없어. 죄송하다는 말 한마디면 다야?"

재수 없다는 말에 경멸하는 듯한 뉘앙스가 가득 담겨 있어 얼떨떨해진 나예는 놀란 눈으로 여자를 바라보았다. 여자는 나예의 눈동자를 정면으로 쏘아보며 가슴 앞으로 팔짱을 꼈다.

"뭘 봐? 거지새끼처럼. 네가 밟은 구두, 얼마짜린지나 알아?"

여자는 사납게 눈꼬리를 치켜뜨며 낮지만 또렷한 목소리로 말했다. 그 말을 들은 나예의 얼굴이 순식간에 붉어졌다. 여자는 아이보리색 구두를 신고 있었는데 반짝이는 광택 위로 나예의 신발 자국이 찍혀 있었다. 새 신발 같아 좀 미안한 감정도 들었지만 나예는 여자의 경멸하는 듯한 시선에 놀라 아무 말도 하지 못했다.

"아침부터 이게 무슨 일이야. 짜증 나. 우리 회사 부스 앞에서 당장 비켜."

여자가 서 있던 곳에는 나예가 눈을 떼지 못하고 보았던 각종 빵들이 전시되어 있었다.

'노엘식품'

나예는 입 속으로 회사 이름을 되뇌어 보았다. 양산빵으로 위세를 떨치고 있는 거대 식품 회사였다. 전시회장의 빵들은 윈도우 베이커리, 프랜차이즈, 그리고 양산 체제 회사의 빵이었다.

"발을 밟은 건 죄송합니다. 하지만 거지새끼라고 한 건 언니도 사과하세요."

정신을 차린 나예가 당차게 말했지만 여자는 코웃음을 쳤다. 그리고 나예에게 한 발짝 다가섰다.

"거지새끼한테 거지새끼라고 했는데 뭐가 어때서? 그리고 난 너같이 구질구질한 동생 둔 적 없어. 이게 어디서 친한 척이야? 재수 없게."

여자는 한쪽 입꼬리를 올리며 나긋나긋한 음성으로 말했다. 그러곤 무표정한 얼굴로 나예를 지나쳐 갔다. 나예는 여자의 뒷모습을 노려보며 입술을 깨물었다. 고개를 숙여 보니 작년에 입던 치마라 무릎 위로 껑충 올라간 낡은 치마와 닳아서 구멍이 나기 일보 직전인 운동화가 눈에 들어왔다. 아빠가 빵집을 운영하기는 했지만 자리 잡은 지 얼마 되지 않아 형편이 어려워 새 옷을 사기 힘들었음에도 나예는 한 번도 옷차림에 신경 쓴 적이 없었다. 한창 사춘기라 외모에 신경 쓸 만도 했지만 나예에게는 그런 것들이 전혀 중요하지 않았다.

"뭐 저런 여자가 다 있어."

나예는 이내 여자가 사라진 쪽에 등을 돌리고 섰다. 기분이 상하긴 했지만 나예는 애써 여자의 모습을 머릿속에서 지우려 고개를 흔들었다.

"어른이면서…… 속 좁게 뭐야?"

겉모습만 보고 사람을 업신여기고 깔보는 태도를 보인 여자는 무시하는 게 낫다고 생각했다. 나예는 이내 눈앞에 펼쳐진 신세계에 다시 집중했다. 상식 없는 여자 때문에 기분 상해 있는 것보다 자신의 오감을 자극하는 빵에 집중하는 게 훨씬 가치 있는 일이라 생각했다. 산처럼 쌓여 있는 정교한 한과 작품에 눈길을 빼앗겼던 나예는 이내 전시장 한쪽에 구름처럼 몰려든 사람들을 비집고 들어갔다. 일본과자전문학교에서 온 전문가의 설탕 공예 실연회가 한창 펼쳐지고 있었다.

"우와! 길어진다. 어어……."

달콤한 설탕을 끓이고 녹이며 굳히는 과정에서 펼쳐지는 신기한 공예의 세계에 나예는 흠뻑 빠져들었다. 걸쭉한 설탕에

색을 입히고 굳히며 서서히 굳어 가는 반죽을 길게 늘이기도 하고 쭉쭉 잡아당겨 모양을 만들기도 했다. 불을 쪼여 다시 녹이기도 하고 현란한 손기술로 잡아채기도 하며 순식간에 작품을 만드는 모습에 나예는 손뼉을 짤깍짤깍 치며 좋아했다.

'멋지다. 나도 저렇게 할 수 있었으면…….'

멍하게 전문가의 손길을 바라보다가 나예는 저도 모르게 손을 들어 따라 했다. 맨 앞에서 따라 하는 모습을 보고 나예와 시선을 마주한 전문가는 빙긋 웃어 주었다. 나예는 헤헤 웃으며 홀린 듯 설탕 작품을 바라보았다.

"음, 좋은 냄새다. 빵 냄새."

어느덧 실연이 끝나고 전시장을 누비던 나예는 코를 킁킁거렸다. 전시장 한쪽에서 빵을 굽는 달콤하고 부드러운 냄새가 풍겨 왔다. 즉석에서 빵을 만들어 판매하는 베이커리 코너였다. 이끌리듯 저도 모르게 빵 냄새가 나는 곳으로 다가간 나예는 입 안에 고인 침을 꼴깍 삼켰다. 식사도 거른 채 전시장 이곳저곳을 누비고 다닌 뒤라 허기져 있었다.

"킹 과자점……."

베이커리 코너엔 '킹 과자점'이란 상호가 새겨져 있었다. 그리고 두어 명의 제빵사들이 하얀 밀가루 반죽을 치대고 있었다. 나예는 널찍한 나무 도마 위에서 하얗게 형태를 잡아 가고 있는 반죽을 향해 한발 한발 다가갔다. 뽀얗고 고운 밀가루 반죽이 반죽대 위에서 이리 둥글 저리 둥글 하며 리드미컬하게 움직였다. 크고 강인한 손이 밀가루 반죽을 재빠르게 치대고 있는 모습에 매혹당한 나예는 반죽대 앞에 섰다. 아빠가 공장에서 반죽을 할 때도 나예는 넋을 잃고 보곤 했다. 여자아이라고 공장에 얼씬도 못 하게 했지만 나예는 늘 숨어서 아빠가 일하는 모습을 지켜보곤 했다. 아빠의 손에서 마술처럼 밀가루 반죽이 빵으로 변해 가는 모습을 보는 건 언제나 신기하고 재미있었기 때문이다.

"멋지다……."

나예는 작게 입 속으로 중얼거렸다. 늘 숨어서만 보다가 눈앞에서 반죽하는 것을 보니 신이 났다. 나예는 넋을 잃고 반죽을 바라보다가 그 손을 따라 허공에서 밀가루를 반죽하기 시작했다. 재빠르고 멋들어진 손놀림을 보니 절로 신이 났다. 그대로 따라 하면 자신의 손끝에서 맛있는 빵이 만들어질 것만 같았다.

반죽을 발효기에 넣고 발효된 반죽을 꺼내어 동그랗게 굴리는 손 모양을 보고 신이 나서 똑같이 따라 굴렸다. 하얀 밀가루가 뿌려진 반죽대 위에서 마법의 손이 반죽을 균일하게 잘라 늘이고 굴리고 모양을 성형하는 것을 정신없이 따라 했다. 팬 위에 차곡차곡 열을 맞춰 놓이는 반죽을 보니 벌써 빵이 구워져 나온 듯 뿌듯하기 이를 데 없었다.

"꼬마치고는 손놀림이 제법인데."

마법의 손이 멈추고 머리 위에서 웃음기 어린 목소리가 들렸다. 나예는 정신을 차리고 고개를 들었다. 눈이 다시 휘둥그레졌다. 마법의 손은 그녀보다 한참이나 커다란 남자였다. 나예는 마른침을 꿀꺽 삼켰다. 키가 몹시 큰 그 남자는 숙련된 손놀림에 비해 상당히 젊은 남자였다. 스무 살쯤 됐을까. 단단하고 커다란 손은 손가락이 길쭉하고 아름다웠으며 걷어 올린 팔뚝은 탄탄해 보였다. 짙은 눈썹과 날카로운 눈매, 뚜렷한 이목구비가 상당히 잘생긴 남자였다.

"꼬마 아니에요."

발끈한 나예의 대꾸에 남자가 피식 웃었다.

"국민학생?"

나예의 얼굴이 빨개졌다. 키가 작은 편이라 다들 그녀를 나이보다 어리게 보았지만 최근 키가 빠르게 자라고 있었다.

"중학교 1학년이거든요!"

발끈해서 소리치자 남자가 또 웃었다. 그녀의 말을 믿지 않는 것 같았다. 나예는 조금 기분이 상했지만 꿋꿋하게 남자와 시선을 마주했다. 남자는 오븐에서 막 구워진 빵을 꺼내 왔다. 향긋한 냄새에 나예의 뱃속에서 요란스레 신호음이 울렸다. 볼이 발그레해진 나예의 눈앞에 따끈한 빵이 내밀어졌다. 나예는 군침을 꿀꺽 삼키며 남자를 올려다보았다. 그녀에겐 돈이 없었다.

"먹어 봐. 내가 만든 거야."

나예는 손을 내밀고 싶었지만 억지로 참았다. 없이 살긴 했지만 아빠는 누구에게도 손 벌리지 않았으며 나예 역시 그런 아빠를 보고 자라 누군가의 도움이나 동정을 받는 데 익숙하지 않았다.

"괜찮아. 시식한다고 생각해. 먹어 보고, 대회에 나갈 만한지 평가해 줘. 손놀림을 보니까 너도 빵에 대해 조금은 아는 것 같은데."

나예는 천천히 손을 뻗어 빵을 받아 들었다. 빵을 한입 크게 베어 물으니 부드럽고 좋은 향이 풍겼다. 입 안에서 사르르 녹아내리는 것 같은 맛이었다. 또 한 입을 베어 물었다. 쫄깃하면서도 부드러운 식감이 좋았다. 나예는 몇 번 만에 빵을 게 눈 감추듯 다 먹어 버렸다. 남자가 피식 웃으면서 빵 하나를 또 내밀었다. 나예는 조금 부끄러웠지만 빵 맛이 너무 좋아 거절할 정신도 없이 다시 받아 들어 맛있게 먹었다.

"맛있어?"

남자의 물음에 나예는 고개를 주억거렸다. 빵은 정말 맛있었다.

"대회 나가도 되겠어요."

남자가 웃음을 터뜨렸다. 나예는 눈을 동그랗게 뜨고 남자를 올려다보았다. 잘생긴 얼굴이 더 잘생겨 보였다. 나예는 왠지 부끄러워져 시선을 돌리고 남은 빵을 입에 집어넣었다. 가슴이 두근거렸다. 맛있는 빵을 볼 때, 빵을 만드는 것을 볼 때 설레고 두근거렸던 나예의 심장이, 한 남자를 보고 거세게 뛰고 있었다.

'멋있어.'

남자의 긴 손가락과 탄탄한 팔뚝을 훔쳐보며 나예는 얼굴을 붉혔다. 마술사 같은 신들린 손놀림이 기억나자 가슴이 더욱 크게 뛰었다.

"아 참. 경연 대회."

빵을 먹고 나자 나예는 시간이 꽤 지났다는 것을 알아차렸다. 아빠가 나가는 경연 대회가 이미 시작했을 터였다. 나예는 맛있는 빵을 준 남자에게 발그레해진 얼굴로 꾸벅 고개 숙여 인사를 하곤 경연 대회장을 향해 뛰었다. 대회장 앞에는 구름처럼 많은 사람들이 몰려 있었다. 나예는 사람들을 헤치고 앞쪽으로 갔다. 두리번거리는 그녀의 눈에 아빠의 모습이 보였다. 나예는 아빠가 케이크를 만들고 있는 곳으로 가까이 이동했다. 옆에 있던 어른들은 다행히 나예에게 자리를 양보해 주었다.

"죄송합니다."

나예는 좀 더 앞쪽으로 나오다가 한 여인을 살짝 밀쳤다. 여인에게 고개 숙이며 말하자 여인은 눈살을 찌푸리며 한 발짝 옆으로 비켜섰다. 간신히 자리를 잡고 서자 아빠의 모습이 눈에 들어왔다. 많은 사람들이 지켜보고 있다는 것도 잊을 정도로 집중한 모습으로 아빠는 케이크에 데커레이션을 하고 있었다.

"아빠."

나예는 입 속으로 나지막하게 중얼거렸다. 하얀 제빵 가운을 입고 하얀 모자를 쓴 아빠의 모습이 자랑스러웠다. 미소를 감추지 못하고 아빠의 모습을 보는데 그녀 옆으로 누군가가 다가섰다.

"꼬마, 동에 번쩍 서에 번쩍 하는데."

재미있다는 듯 웃음기를 머금은 남자의 목소리. 나예는 화들짝 놀라 옆으로 고개를 돌렸다. 남자는 그녀의 옆에 서 있었다. 제빵 가운을 그대로 입고 있는 남자의 모습에 나예는 순간 숨이 멎을 것 같은 설렘을 느꼈다. 심장이 팔랑거렸다. 뱃속에 나비가 들어와 날갯짓하듯 간질간질했다. 그리고 남자가 왜 그녀를 따라왔는지 의아해졌다.

"너희 아빠?"

남자가 턱짓을 하자 나예는 고개를 돌렸다. 남자가 말한 건 그녀의 아빠가 맞았다.

"네. 아저씨는 왜 절 따라온 거예요?"

나예는 설레는 마음을 억누르고 조심스럽게 물어보았다. 동화에 나오는 것처럼 혹시나 남자가 그녀에게 첫눈에 반해 따라온 게 아닐까 생각하면서. 하지만 남자는 조금 어이없다는 얼굴로 그녀를 내려다보았다.

"나 아저씨 아니거든. 그리고 너희 아빠 옆에 있는 분이 우리 아버지고. 그러니까 널 따라온 건 아니라고."

그제야 나예는 상황을 이해했다. 남자 역시 경연 대회에 참가한 아버지를 응원하려던 거였다.

'저 아저씨는?'

남자의 아버지라는 사람을 보고 나예는 조금 놀랐다. 대기실에서 아빠에게 말을 걸었던 키 큰 남자였다. 아빠가 적대감을 보였던 남자. 두 사람은 나란히 한 테이블에서 케이크를 만들고 있었다.

"아저씨네 아빠도 케이크 잘 만드시네요?"

무심코 또 아저씨라는 말을 입 밖에 낸 나예가 아차 싶어 남자의 눈치를 보았다. 남자는 다행히 화를 내지는 않았다. 그저 그녀를 흘끗 바라보았다가 케이크를 만드는 참가 선수들에게 시선을 돌렸다.

"너희 아빠가 더 잘하시는데."

남자는 나예의 아빠인 희석의 신들린 듯한 손놀림을 꼼짝 않고 바라보며 말했다. 나예는 자랑스럽게 고개를 끄덕이며 아빠의 정교한 손놀림을 보았다. 크리스마스를 주제로 각자 준비해 온 시트를 가지고 데커레이션을 하고 있었다. 나예는 심사위원인 듯한 양복을 입은 남자들이 서 있는 곳으로 시선을 돌렸다. 벽에 '제1회 케이크 데커레이션 경연 대회'라고 쓰인 플래카드가 걸려 있었다.

"굉장해. 썰매가 날아갈 것처럼 사실적이야."

남자는 홀린 듯 시선을 고정하고 중얼거렸다. 나예는 목을 길게 빼고 아빠의 작품을 바라보았다. 아빠는 순록이 끄는 썰매를 타고 있는 산타의 모습을 작은 점으로 하나하나 표현하고 있었다. 나예가 보기에도 아빠의 작품은 함께 작업을 하고 있는 열서넛의 선수들 중 단연 으뜸이었다. 남자의 찬탄 섞인 말에 으쓱해진 나예는 벌어지는 입을 다물 수가 없었다.

하얀 테이블 위에는 케이크시트와 크림, 짤주머니, 밀대 등 기본적인 도구만 있을 뿐이라 선수들이 자신의 기량을 보여 주기에는 도구가 불충분해 보였다. 게다가 밀대를 쓸 때마다 테이블이 흔들려 두 명이 한 테이블을 쓰는 것이 몹시 불편해 보였다. 하지만 아빠는 그런 불편한 조건 속에서도 흔들림 없이 차분하게 케이크를 완성해 가고 있었다. 두 시간의 제한 시간이 거의 다 되어 가자 선수들은 더욱 마지막 피치를 올려 케이크를 장식했다.

"아빠 성함이 뭐지, 꼬마?"

대회 시간이 종료되었다. 남자의 서글서글한 눈동자를 마주하자 나예는 갑자기 말문이 막히는 것 같았다. 내내 반짝이는 눈으로 아빠의 손놀림 하나하나를 뚫어질 듯 바라보던 남자가 갑자기 나예의 얼굴을 정면으로 쳐다보며 물었다. 나예는 눈을 깜박이지도 않고 그의 눈을 마주 보았다. 까맣고 맑은 눈동자에 빨려 들어가는 것 같은 기분이었다.

"강……희석."

나예는 저도 모르게 입술을 달싹였다. 두근거리는 심장을 채 진정시키기도 전에 남자는 씩 웃었다. 그리고 그녀의 손에 바스락거리는 무엇인가를 쥐여 주었다. 그가 준 것은 예쁘게 포장되어 있는 쿠키 하나였다.

"너랑 닮았어. 이거, 내가 좋아하는 모양이야."

나예는 멍하니 남자를 올려다보았다. 심장이 고장 난 것 같았다. 팡팡거리는 급한 울림을 멈출 수가 없다. 남자는 나예에게 한 번 더 웃어 주고는 사라졌다. 손에 들린 쿠키는, 나비 모양의 쿠키였다.

"잠시 후 심사 위원님들의 심사가 끝나면 곧바로 시상식을 하겠습니다."

사회자의 목소리에 정신을 차린 나예는 아빠에게 시선을 돌렸다. 아빠는 긴장된 표정으로 서 있었다. 심사 위원들은 케이크를 하나하나 들여다보고 서로 이야기를 나누면서 채점표에 표시를 하고 있었다. 나예가 보기엔 단연 아빠의 작품이 가장 돋보였다. 구경하고 있던 다른 사람들도 같은 생각인 것인지 웅성거리며 아빠의 작품을 보고 감탄하는 사람들이 많았다. 나예는 기쁘게 아빠의 케이크를 바라보았다. 어릴 때부터 아빠가 빵 만드는 것을 보고, 또 그 빵을 먹고 살아온 나예에게 아빠는 온 세상과 같은 존재였다. 나예는 아빠가 자랑스러웠고 아빠의 빵에 대해 최고라는 자부심을 갖고 있었다. 그리고 케이크 데커레이션 경연 대회에서도 물론 아빠가 최우수상을 받을 거라고 확신했다.

"저분이 너희 아버지시니?"

나예의 옆에 서 있던 여인이 나예에게 말을 걸었다. 나예는 처음에 앞쪽으로 나오려다 밀쳤던 여인을 알아보았다. 시종일관 조용히 경연 대회를 지켜보고 있던 여인이었다.

"네."

나예는 자랑스럽게 대답했다. 여인은 평가하는 듯한 시선으로 케이크와 아빠, 그리고 나예를 훑어보았다. 그리고 아빠 옆에 서 있는 남자와 그의 작품 역시 찬찬히 바라보았다. 여인의 눈초리에 나예는 온몸이 바싹 조여드는 듯한 기분을 느꼈다.

"제1회 케이크 데커레이션 경연 대회 심사 결과를 발표하겠습니다.”

사회자의 목소리가 들렸다. 심사 위원들이 케이크의 모양과 장식을 살펴보고 맛을 본 뒤 채점을 마친 것 같았다.

사회자는 장려상부터 한 사람 한 사람 상과 수상자를 호명했다. 나예는 손에 땀을 쥐고 결과를 지켜보았다. 수상자가 호명될 때마다 장내는 축하하는 박수 소리와 환호성으로 가득 찼다. 아빠의 이름은, 최우수상 수상자 한 명을 남겨 놓을 때까지 불리지 않았다. 나예는 최우수상으로 아빠의 이름이 호명될 것이라 생각하고 박수칠 준비를 하고 있었다.

“영예의 최우수상은, 킹 과자점의 정도훈 선수입니다!”

박수 소리가 크게 울렸다. 환호성도 들려왔다. 하지만 나예는 자리에서 움직일 수가 없었다. ‘킹 과자점’과 ‘정도훈’ 두 단어만이 머릿속을 맴돌았다. 이상했다. 아빠의 작품이 다른 모든 수상자들의 작품보다 뛰어났다. 지켜보던 다른 사람들도 다 그렇게 이야기했다. 그런데 왜 아빠의 케이크는 아무 상도 받지 못한 것인지 나예는 알 수가 없었다.

앞으로 나가 상을 받는 수상자를 보며 나예는 묘한 기분에 사로잡혔다. 나예의 손에 나비 모양의 쿠키를 쥐여 준 남자가 꽃다발을 들고 나갔다. 아버지라고 했던가. 꽃다발을 건네며 환하게 웃는 남자의 모습에 나예는 얼음처럼 굳었다.

나예는 아빠에게 시선을 돌렸다. 아빠는 상을 받는 ‘정도훈’이라는 남자를 보며 이를 악물고 있었다. 부들부들 떨리는 아빠의 주먹을 보고 나예는 고개를 갸웃거렸다.

"킹 과자점이라……."

나예의 옆에 그림처럼 서 있던 여인이 낮은 목소리로 중얼거렸다. 나예는 고개를 돌려 여인을 바라보았다. 차갑게 굳은 얼굴은 표정을 알 수 없었다.

# 1장

"나예야, 이게 다 뭐니?"

나예의 모습을 본 영미의 눈이 커다래졌다. 나예는 심호흡을 하고 영미와 시선을 마주했다.

"나, 괜찮아 보여?"

"지금 그게 문제가 아니라……. 너 왜 그래? 레드플라워에 가더니 진짜 거기서 일이라도 하려는 거야? 갑자기 이 비싼 옷들이며……. 이게 다 뭐냐고."

영미가 걱정스런 눈으로 나예의 손을 잡았다. 나예는 아무렇지도 않은 듯 생긋 웃으려 했지만 표정이 굳어 버렸다.

"그렇게 됐어, 언니."

"너 정말 미쳤구나! 무슨 일이 있어도 너 스스로를 포기하는 일은 없을 거라고 했잖아! 이게 다 뭐야. 네가 그렇게 질색했던 술집에 네 발로 걸어 들어가는 거 아니냐고!"

눈물이 다시 흘렀다. 나예는 입술을 깨물었다. 영미의 얼굴에서도 눈물이 흘렀다. 나예는 영미의 손을 잡았다. 목소리가 떨렸지만 나예는 힘 있는 어조로 말했다.

"어쩔 수 없었어. 엄마가 레드플라워 마담 언니한테도 빚을 졌거든. 하지만 나, 스스로를 포기하는 일은 없어. 이제 나 강해지려고. 영우를 구하려면 강해져야 해. 레드플라워에서 일하게 된 건 어쩔 수 없는 선택이지만 그것밖에 방법이 없다면 해봐야지."

"그래도 나예야……."

영미가 눈물을 글썽였다. 나예는 아무렇지 않다는 듯 옷들을 정리해 두고 자리에서 일어섰다.

"언니, 나 조금만 더 신세질게. 영우만 찾아오면 뭔가 살 방도를 찾아볼 거야. 나, 해야 할 일이 아직 많다고."

나예는 영미의 손을 꼭 잡아 주곤 밖으로 나와 레드플라워에 갔다. 마담인 강정연을 만나 인사를 하자 그녀는 꽤나 놀란 듯한 표정으로 나예를 훑어보았다. 나예는 거울에 비친 자신의 모습을 보았다. 그토록 보기 싫어하던 엄마의 모습을 빼닮은 자신이 거울 속에 서 있었다. 윤기가 흐르는 긴 생머리도, 볼륨감 있는 몸매도, 쭉 뻗은 긴 다리도 싫어했던 엄마의 것이었다. 나예는 입술을 자근자근 깨물었다.

"이건…… 생각보다 더 근사한데?"

정연이 생긋 웃으며 나예의 어깨를 두드렸다. 나예는 흠칫

하며 뒤로 물러섰다.

"아주…… 고혹적인 얼굴이야. 남자들이 꽤나 붙겠는데. 너, 남자랑 자 봤니?"

"아, 아뇨."

"정말이야?"

"네."

"처음이라니 좀 안됐지만, 사실 그거 별거 아니야. 어차피 죽으면 썩을 몸, 아낄 필요 없어. 처녀라고 유세할 것도 없고."

정연은 차갑고 사무적인 말투로 이야기했다. 나예는 뭐라 대답해야 할지 몰라 가만히 듣고만 있었다.

"일단은, 이곳에 오는 남자들은 대부분 겉으로는 점잖은 사람들이야. 하지만 남자들이 다 그렇듯이 술이 들어가면 비슷해. 어떤 일이 있어도 손님들을 화나게 하면 안 돼. 고상한 척하지도 말고. 돈을 구하는 것은 네 능력이야. 2차는 알아서 해. 하지만 여기서는 안 돼. 알겠니?"

"네."

정연은 나예를 아가씨들이 모여 있는 대기실로 데리고 갔다. 나예는 조심스럽게 대기실 안을 둘러보고 인사를 했다. 정말 연예인들을 모아 놓은 것처럼 그곳에 있는 아가씨들은 예뻤다. 그렇게 짙게 화장을 하지도 않았으나 예뻤으며 손바닥만한 옷으로 몸을 가리고 있었으나 천박해 보이지도 않았다.

"새로 온 애?"

"예쁘네."

"어디서 왔니?"

여자들의 호의 섞인 말투에 나예는 조금 긴장이 풀렸다. 조심스럽게 소파에 앉아 주위를 둘러보았다. 손님들이 하나둘 모여드는지 이내 아가씨들이 불려 나갔다. 나예는 긴장감을 떨치지 못하고 꼿꼿하게 앉아 있었다.

"너, 이런 일 처음이니?"

귀엽게 생긴 아가씨가 다가와 옆에 앉더니 물었다. 나예는 조심스럽게 고개를 끄덕였다.

"힘들겠지만 좀 지나면 익숙해져. 남자들은 다 오십보백보라 이런 고급 룸살롱이나 싸구려 술집이나 뭐 비슷하지. 그나마 좀 교양 있는 사람들이라고 하지만 오히려 변태들도 많으니 조심해야 해. 주는 대로 술 다 받아먹지 말고."

"네. 고맙습니다."

미끈한 다리가 섹시해 보이는 여자가 옆으로 다가와 앉았다. 그녀에게선 좋은 향기가 났다.

"변태들 많지. 그나마 여기 오는 남자들은 돈 많은 사람들이라 팁은 잘 주지만 나이도 지긋한 사람들이 더 밝히는 경우도 많아."

"김 사장님 오늘도 오신대?"

"음, 아마도. 요새 혜미한테 꽂혀서 매일 오시잖아."

여자들은 자기들끼리 이야기를 하기 시작했다. 나예는 조용히 그들의 대화를 들었다. 어떤 사람에게 돈을 구해야 하나, 아니, 과연 돈을 구할 수는 있을까 하는 막막한 기분이 들었다.

"혜미 2차 나갔대?"

"몰라. 2차 나가면 한몫 단단히 잡겠다고 벼르고 있던데."

"저…… 2차 나가면 돈을 얼마나 받을 수 있어요?"

나예는 조심스럽게 여자들에게 물었다. 여자들은 재미있다는 듯 나예를 보고 피식 웃었다.

"왜, 너도 하게? 이런 데 처음이라며. 할 수 있겠어?"

"……."

"돈 필요하니? 뭐, 어떤 사람하고 나가느냐에 따라 가격이 달라지지. 네가 하기 나름이야. 여기 오는 사장님들, 마음에만 들면 차도 사 주고 집도 얻어 줄 수 있는 능력 있는 사람들이니까."

겉으로는 아무렇지도 않은 듯 고개를 끄덕였지만 속으로는 치가 떨리게 싫었다. 하지만 여자들의 말을 들으니 어쩌면 한 달 안에 돈을 구할 수 있을지도 모른다는 생각이 들었다.

"정희야, 그분 오셨다. 아이스맨."

바깥에서 한 여자가 들어오며 나예의 옆에 앉은 귀여운 외모의 여자에게 말을 걸었다. 여자의 얼굴에 홍조가 돌았다.

"그래? 오늘은 꼭 성공해야지. 마담 언니는 어디 있어?"

"너 그 방에 들어가려고? 어제 강주가 들어갔다가 호되게 당하고 나왔잖아."

"잘할 수 있어. 아무리 차가워도 남잔데, 유혹에 넘어가는 게 인지상정이라고."

"글쎄다. 들어가서 1분 안에 쫓겨 나온다는 데 10만 원 건다."

여자들이 깔깔댔다. 나예는 고개를 갸웃거렸다. 무슨 말인지 전혀 모르겠다는 그녀의 표정을 보고 정희라는 여자가 설명을 해 주었다.

"최근에…… 한 달쯤 됐나? 새로 오는 손님이 있는데, 좀 특이한 사람이거든. 여기 오는 평균 연령대가 40대 이상인데 말이야, 그 남자는 굉장히 젊어. 20대 초반쯤으로 보인다니까. 그런데 와서 술만 마시고 가."

"어쩌면 게이일지도 모르지."

"그러면 호스트바에 가겠지, 왜 여길 와?"

"여자들을 싫어하잖아. 지금까지 누구도 그 손님 방에 들어가서 5분 이상 버티고 나온 적이 없어. 다른 사람이랑 같이 오는 것도 아니고 혼자 와서 술만 들이붓고 있다고. 그것도 여기서 제일 비싼 술로. 한 달 동안 그분 혼자서 쓴 돈이 여기 사장님들 평균적으로 1년에 쓰는 돈이랑 비슷할걸?"

"오늘은 내가 꼭 성공할 거야. 그 남자 제대로 꼬시면 팔자 고칠 것 같다고."

"팔자 안 고쳐도 좋으니까 같이 한 번만 자 봤으면 좋겠다. 연예인도 아닌데 너무 잘생겼어."

여자들이 또 깔깔거렸다. 그때 정연이 나예를 불렀다.

"우리 가게 오는 사장님 중에서 재력가야. 잘해 봐."

나예에게 정연이 생긋 웃었다. 나예는 두근거리는 심장을 진정시키려 애쓰며 룸에 들어갔다. 룸 안에는 중년의 남자 세 명이 있었다. 이미 술을 많이 마신 듯 거나하게 취해 있었으며 두 명의 옆에는 아가씨가 앉아 있었다.

"오늘 새로 온 아이입니다. 예쁘게 봐 주세요."

정연이 나예를 소개하곤 밖으로 나가 버렸다. 나예는 쭈뼛거리며 서 있었다. 남자들은 그녀를 기분 나쁜 눈길로 훑어보더니 자리를 권했다.

"아주 예쁜데. 한번 따라 봐."

머뭇거리는 나예의 손목을 잡고 자신의 옆에 앉힌 남자가 술잔을 내밀었다. 남자에게서 술 냄새가 훅 끼쳤다. 나예는 입술을 깨물며 술병을 들었다. 남자가 그녀의 어깨에 자연스럽게 손을 올리곤 끌어당겼다. 너무 놀란 나예는 남자를 밀쳐 버렸다.

"허어, 이것 봐라. 어디서 앙탈이야?"

남자는 껄껄 웃으며 나예를 다시 끌어당겼다. 정연이 손님을 화나게 해선 안 된다고 했던 게 떠올라 나예는 남자의 손길을 억지로 참았다. 처음 닿은 남자의 손길은 구역질나고 징그러웠다.

"너도 한 잔 해야지?"

남자가 나예에게 잔을 내밀었다. 스트레이트잔이었다. 나예는 잔을 받아 술을 마셨다. 목구멍이 타는 것처럼 뜨거웠다. 나예는 쿨럭쿨럭 기침을 했다. 남자들은 재미있는지 껄껄대며 웃었다. 그리고 시시껄렁한 농담과 음담패설을 하다가 사업 얘기를 하기도 했다. 여자들은 같이 취해 웃으며 스스럼없이 남자들의 손길을 즐기고 있었다. 나예는 이런 상황이 정말 참기 힘들었다. 아버지뻘 되는 남자들과 웃으며 엉켜서 술을 마신다는 게 제정신으로는 도저히 되질 않았다.

"넌 몸매가 아주 좋구나. 연예인 지망생?"

남자가 징그럽게 웃으며 물었다. 나예는 대답하지 않았다. 이 남자들과 어떤 말도 섞고 싶질 않았다.

"내가 아는 방송 관계자들이 몇 있는데 소개해 주랴?"

"허허, 김 사장. 이 아이한테 푹 빠졌군그래. 이봐, 김 사장님 잘 모셔라. 잘만 하면 연예인으로 데뷔할 수도 있으니."

나예는 당장에라도 자리를 박차고 일어나고 싶었다. 룸에 들어온 지 채 5분도 되지 않았지만 이 일이 얼마나 힘들고 끔찍한 일인지 알 것 같았다. 나예는 눈물을 참으며 억지로 술을 마셨다.

김 사장이라는 남자가 지갑에서 수표를 꺼내더니 나예의 가슴팍에 집어넣었다. 나예는 뱀처럼 징그러운 남자의 손이 가슴을 만지자 기절할 뻔했다. 숨을 몰아쉬며 남자의 손길을 뿌리치고 뒤로 물러앉았다. 남자는 낄낄대며 술을 마셨다. 눈물이 뺨을 타고 흘렀다. 나예는 가슴팍에 들어 있는 수표를 생명줄이라도 되는 듯 꽉 잡았다.

나예가 그렇게 구하려고 했던 돈이었다. 죽어라고 일을 해도 만지기 어려운 돈이, 가슴 한 번 만지게 한 대가로 쉽게 손에 쥐어졌다. 수표를 꺼내 남자의 얼굴에 집어 던지고 나가 버리고 싶었지만 나예는 망설였다. 동생인 영우를 떠올리면 어떻게 할 수가 없었다. 나예의 볼에 눈물이 계속 흘러내렸다. 남자는 나예가 우는 것을 보고 기분이 상했는지 웃음을 멈추었다.

"왜? 싫어? 돈이 부족한가? 한 장 더 줘?"

남자는 나예를 거칠게 끌어당겼다. 그리고 지갑에서 수표 몇 장을 더 꺼냈다. 망설임 없이 나예의 가슴으로 손을 집어넣은 남자는 아프게 가슴을 꽉 쥐었다. 나예는 소리를 지르며 남자의 손을 쳐 냈다.

"싫어! 만지지 말아요!"

"허! 예쁘다 했더니 감이 없네. 정도껏 해."

남자의 표정이 굳어졌다. 나예는 이를 앙다물고 사납게 눈물을 닦아 냈다. 비록 몸을 팔 각오를 하고 일을 시작했지만 이런 식으로 농락당하고 싶진 않았다. 나예는 남자가 옷 속으로 넣어 준 수표를 꺼내 그의 얼굴에 집어 던졌다. 남자의 표정이 순간 싹 변했다. 두려웠지만 나예는 턱을 치켜들었다.

"그쪽이야말로 이런 푼돈 찔러 주면서 들이대지 말아요!"

"뭐라고? 푼돈? 이년이 아주 배짱이네. 네가 그렇게 비싸?"

나예를 맹랑하다고 생각한 듯 남자의 눈빛이 바뀌었다. 흥미진진하다는 듯 바라보는 남자의 시선에 나예는 긴장된 숨을 들이쉬었다.

"적어도…… 1억 정도는 들고 와요. 날 갖고 싶으면."

순간 룸이 조용해졌다. 나예의 또렷한 목소리가 룸 안에 울렸다. 남자들은 다음 순간 왁자지껄 웃음을 터뜨렸다.

"아주 재미있어. 그러니까 1억 정도는 있어야 널 데리고 놀 수 있다는 건가?"

남자는 징그럽게 웃으며 탐욕스러운 눈빛으로 나예의 온몸을 훑어보았다. 나예는 뱀이 기어 다니는 듯한 시선에 소름이 끼쳤지만 꿋꿋하게 남자를 노려보았다.

"돈 가져와요. 얼마든지 놀아 줄 테니까."

나예는 내뱉듯이 말하곤 멋대로 자리를 박차고 일어나 밖으로 나와 버렸다. 너무 빨리 룸 밖으로 나온 나예를 보고 정연이 다가왔다. 그때 남자가 문을 열고 나오더니 나예의 손을 잡았다. 나예는 죽을힘을 다해 힘껏 그 손을 뿌리치고 남자를 죽일 듯 노려보았다.

"아…… 사장님, 죄송해요. 이 아이가 오늘 처음이라."

험악해진 남자의 표정을 보고 정연이 웃으며 끼어들었다. 정연은 지나가던 다른 아가씨를 얼른 룸으로 밀어 넣고는 나예의 손목을 잡고 비어 있는 다른 룸으로 들어갔다.

"정신 빠진 년. 너, 돈 필요하다며! 남의 돈이 그렇게 쉽게 네 손으로 들어올 것 같니? 이런 거 하나 못 참아서 어떻게 일하려고? 사장님들 기분 상하게 하지 말랬지."

정연은 차가운 어조로 말하곤 나예의 뺨을 세차게 때렸다. 정신이 번쩍 들었다. 나예는 대기실로 돌아와 소파 위에 털썩 앉았다. 저도 모르게 눈물이 뺨을 타고 흘렀다.

"아이, 씨. 지가 뭔데 날 거부해?"

정희라는 아가씨가 씩씩대며 대기실로 들어왔다. 기분이 꽤 상했는지 그녀는 씨근덕대며 소파에 앉았다.

"그럴 줄 알았다. 내가 말했잖아. 그분, 쉽지 않을 거라고.

10만 원 벌었네."

아까 내기를 걸었던 여자가 생글거리며 말했다.

"진짜 게이 아냐? 어떻게 손끝 하나 못 대게 하지?"

"화영이도 실패한 남자야. 우리 가게 에이스도 유혹 못 한 남자인데 네가 되겠니?"

정연이 대기실로 들어왔다.

"정희, 되지도 않을 거 그만 들이대고 김 사장님 기분이나 달래 드려. 나예, 너는 7번 룸 들어가."

마음을 채 추스르지도 못했는데 정연은 나예를 다른 룸으로 들어가라 등을 밀어 댔다. 나예는 정신없이 일어나서 룸으로 들어가야만 했다. 하지만 그날 밤 내내 나예는 몇 번을 룸에서 뛰쳐나왔는지 모른다. 새벽녘, 밤새 마신 술을 화장실에서 토해 내면서 나예는 서러운 눈물을 흘렸다.

"너, 아직도 자존심이 남아 있어? 쓸데없는 자존심은 버려."

정연이 신랄하게 말했듯이 쓸데없는 자존심일지도 모른다. 하지만 나예는 도저히 남자들의 손길에 몸을 맡길 수가 없었다. 뱀처럼 징그럽고 치가 떨리도록 싫었다. 미칠 것만 같았다. 술을 마시고 정신이 어질어질해도, 몸을 추스르기가 어려워도 나예는 본능적으로 남자들의 손길을 피했다. 영우를 구해 오기 위해서는 1억 원을 구해야 하는 상황. 하지만 이렇게 남자들의 손길에도 구역질이 나는데 어떻게 몸을 팔 것인지 막막하기만 했다.

"영우야……."

나예는 한없이 울었다. 화장실에서 온몸을 쥐어짜듯 토해내고 나서 비틀거리며 밖으로 나왔다. 조용한 새벽 거리엔 밤새 사람들이 버린 쓰레기를 치우는 청소부와 쓰레기차 등을 제외하곤 인적이 드물었다. 볼을 타고 눈물이 하염없이 흘러내렸다. 비틀거리며 근처 공중전화 박스로 들어간 나예는 떨리는 손가락으로 엄마의 삐삐 번호를 눌렀다.

"엄마……. 엄마…… 영우 어떡해? 우리 영우……. 대체 엄마는 어디서 뭘 하는 거야? 영우가 잡혀갔다고! 영우 구해야 된단 말야! 엄마 때문에……. 엄마 때문이잖아! 빨리 나타나라고! 나타나서 영우 찾아내란 말이야! 흑흑……."

나예는 제대로 말을 잇지 못하고 부들부들 떨리는 손으로 수화기를 내려놓았다.

결국 그 주 내내 나예는 단 한 차례도 룸에서 제대로 손님을 받지 못했다. 며칠 술을 마시고 고생을 하고 나자 술은 요령 있게 피하거나 몰래 버릴 수 있었지만 남자들의 손길에 익숙해지는 것은 영 힘이 들었다. 남자들이 손을 뻗으면 매몰차게 거부하고 어김없이 1억 원을 가져오라고 큰소리쳤다. 겉으로는 굳세게 그들을 밀어냈지만 그들 중 누군가에게 몸을 팔고 돈을 구해야 하는 현실이 엄두가 나질 않았다.

"나예 너 진짜 대단하다. 일주일 만에 화영이 제치고 에이스로 등극했으니 말야."

"남자들의 승부욕을 자극한 게 주효한 거지. 남자들은 가질 수 없는 것에 목을 매잖니."

"나예는 남자들을 다룰 줄 아는 거야. 쟤 별명이 뭔 줄 알아, 다들? 1억녀라잖아. 만지고 싶으면 돈 내고 만지라고. 이런 술집에서 저렇게 고고하게 남자들 손끝 하나 대지 못하게 하는데 남자들이 몸이 안 달고 배겨?"

대기실에서 지친 몸을 쉬고 있던 나예는 우울하게 여자들의 수다를 들었다. 에이스니 뭐니 그런 것은 관심 없었다. 나예는 그저 돈만 구하면 되었다. 그러나 2차를 나갈 엄두가 나질 않았다. 그녀가 밀어내니 남자들은 몸이 달아 그녀를 가지려 했지만 나예는 생각만 해도 구역질이 나 견딜 수가 없었다.

"나예, 오늘은 사고 치지 말고 얌전히 좀 굴어."

정연이 골치가 아프다는 듯 나예를 보고 찡그린 채 말했다. 나예가 룸에 들어갔다가 뛰쳐나오면 화난 손님들을 달래는 건 마담의 몫이었기 때문에 정연은 늘 골치 아파 했다. 나예는 풀이 죽어 고개를 숙였다.

"마담 언니, 그래도 나예 덕분에 이번 주 매상 더 올랐잖아요. 다들 나예만 찾던데."

"나예 3번 룸에 들어가라고 해 봐요. 혹시 알아? 아이스맨도 구워삶을지."

한 아가씨가 웃으며 말하자 나머지 아가씨들이 덩달아 맞장구를 쳤다.

"맞아. 나예라면 마음에 들어 할지도 모르지."

"글쎄. 지금까지의 태도로 봐서는 나예가 가도 철벽일 것 같은데."

“생각해 봐. 나예도 남자들 손 닿는 거 싫어하고, 그 남자도 여자들 싫어하는데 되겠어?”

정연은 잠시 생각을 하더니 나예에게 손가락을 까딱거렸다.

“한번 들어가 봐. 3번 룸. 돈 많은 남자니까 재주껏 뜯어내 보라고.”

나예는 돈이 많다는 말에 정신이 들었다. 그녀는 비실거리며 일어났다. 이미 술을 너무 많이 마셔서 몸을 가누려면 정신을 바짝 차려야만 했다. 나예는 술을 쟁반에 받쳐 들고 룸으로 들어갔다.

남자는 혼자 술을 마시고 있었다. 룸이 어두워 나예는 몇 번 눈을 깜박였다. 어두운 실내에 눈이 익숙해지자 남자의 모습이 눈에 들어왔다. 술 때문인지 잠시 어지러웠다. 나예는 살짝 비틀거렸지만 이내 중심을 잡았다. 이상한 기분이었다. 속이 울렁거리는 것이 술기운 때문인지 아니면 다른 이유인지 알 수 없었다. 자리에 앉아 있는 남자와 문 앞에 서 있는 그녀는 꽤 멀리 떨어져 있었음에도 불구하고 온몸으로 남자의 존재감이 느껴졌다.

나예는 남자가 앉아 있는 테이블로 또각또각 다가갔다. 한 걸음씩 가까워질수록 울렁임이 더해졌다. 온몸의 피가 빠르게 돌고 있었다. 나예는 고개를 갸웃거렸다. 심장이 조금씩 빠르게 뛰고 있었다. 나예는 이상한 기분에 고개를 저으며 쟁반을 탁 소리 나게 내려놓았다. 남자는 그녀에게 눈길도 주지 않고 술을 마시고 있었다.

"앉아도 될까요?"

젊고 잘생겼다는 아가씨들의 말대로 가까이서 본 남자는 정말 어려 보였다. 많이 봐야 20대 중후반? 나예는 깎은 듯 잘생긴 남자의 이목구비를 보고 좀 놀랐다. 아가씨들의 말을 듣고 과장이 섞였을 거라 생각했는데 전혀 아니었다. 남자는 나예가 지금까지 살면서 보아 온 남자들 중에 가장 잘생긴 남자였다.

"놓고 나가."

남자의 목소리는 차가웠지만 중저음의 매력적인 음색이었다. 남자는 그녀를 쳐다보기는커녕 술병을 손에서 놓지 않고 있었다. 나예는 남자에게 호기심이 일었다. 묘한 가슴의 울렁임도 그 남자에 대한 호기심이 커지는 이유일 거라 생각했다.

'놓고 나가라니…… 정말 언니들 말대로 차가운 사람이네. 이 사람한테서 돈을 구할 수 있을까?'

나예는 나가라는 남자의 말을 듣고도 그림처럼 가만히 서 있었다. 그 남자에게서 1억 원을 얻어 낼 수 있을까 모르겠지만 일단 시도는 해 봐야 할 것 같았다. 나예는 조용히 남자의 옆에 앉았다. 남자는 그녀가 있는지 없는지 신경도 쓰지 않는 것 같았다. 그저 술병을 기울이고, 잔에 든 술을 마시고 있을 뿐이었다. 술병을 잡고 있는 남자의 긴 손가락에 시선을 빼앗겼다. 나예는 숨을 죽였다. 길고 아름다운 손가락을 본 순간 어디선가 본 듯한 기시감이 느껴졌다.

'어디선가…… 만난 적이 있는 사람인가?'

나예는 과거의 기억을 떠올리려 애썼지만 선뜻 짚이는 사람이 없었다. 가슴이 살짝 두근거렸다. 나예는 저도 모르게 손을 뻗어 남자가 들고 있던 스트레이트잔을 빼앗았다. 그제야 남자가 그녀에게 시선을 돌렸다. 까맣고 맑은 눈동자.

'이게 뭐지?'

나예는 숨을 멈췄다. 맥박이 요동쳤다. 울렁임 때문에 가슴이 답답해졌다. 남자의 눈동자가 그녀의 시선을 사로잡았다. 왠지 이상한 느낌이 드는 남자였다. 테이블에 즐비하게 놓인 술병에 비해 전혀 취한 것 같지 않은 또렷한 눈동자. 남자는 그녀의 심장을 뚫을 듯 그녀를 뚫어지게 바라보았다. 까만 어둠 속에서 불꽃이 이는 느낌. 어디선가 본 것처럼 익숙하면서도 동시에 낯선 눈빛. 나예는 한참 동안이나 남자의 눈동자에서 시선을 돌리지 못했다. 마법에 빠져드는 느낌이 바로 이런 느낌이 아닐까 멍하니 생각했다.

그러다 어느 순간 정신이 든 나예는 화들짝 놀라 남자에게서 시선을 피했다. 그리고 잔에 얼음을 넣고 술을 따라서 남자에게 내밀었다.

"급하게 드시면 속 버려요."

당황스럽게도 손끝이 살짝 떨렸다. 남자는 그녀가 내민 온더록잔을 받아 들곤 한참을 잔에 시선을 주었다. 그러다가 그녀를 바라보았다.

"속상한 일 있으세요?"

남자가 아무 말도 하지 않았기 때문에 나예는 말을 걸었다. 일주일 동안 룸에 들어갔을 때 늘 먼저 말을 걸었던 것은 남자들이었다. 그녀는 남자들의 말에 대답을 하거나 아니면 아무 말도 하지 않았었다. 그런데 이 남자는 뭔가 느낌이 달랐다. 나예는 남자가 왜 혼자서 술만 마시고 있는지 궁금해졌다. 아가씨들의 말에 의하면 한 달이 다 되어 가도록 남자는 술만 들이붓고 있다고 했다. 무슨 일이 있어서 술만 마시고 있는 것인지 궁금했다.

남자는 나예가 말을 걸어도 묵묵부답이었다. 대신 그녀가 내민 잔에 입을 대고 한 번에 마셔 버렸다. 나예는 다시 술을 따라 주었다.

"천천히 드세요. 술하고 원수졌어요?"

남자는 나예를 찬찬히 바라보더니 술잔에서 손을 떼었다. 그리고 소파에 등을 기대고 앉았다. 남자의 눈길이 나예의 얼굴부터 몸까지 죽 훑어 내렸다. 일주일 동안 모든 남자들에게 그런 식의 시선을 받았던 나예는 남자의 시선이 익숙했지만 다른 남자들의 시선을 받을 때처럼 징그럽고 싫지 않다는 것을 깨닫곤 깜짝 놀랐다.

"내기?"

"네?"

남자의 밑도 끝도 없는 말에 나예는 의아한 얼굴로 남자를 바라보았다.

"여기 일하는 여자들이 내기를 한다던데. 날 유혹하겠다고."

"아, 그건……."

"밖에서 수군대는 소리가 다 들리거든. 너도 그래서 온 건가?"

나예는 마른침을 꿀꺽 삼켰다. 남자의 눈은 거짓말을 하면 안 될 것처럼 빤히 그녀를 바라보고 있었다. 나예는 고개를 저었다.

"아니에요."

"그럼?"

"전…… 사장님이 돈이 많다고 해서 왔어요."

"뭐?"

남자가 조금 놀란 듯 눈을 크게 떴다. 나예는 두 손을 꼭 맞잡았다. 용기를 끌어 모으기 위해.

"돈이 필요하거든요. 1억 정도."

그렇게 노골적으로 돈 이야기를 하는 여자는 없었을 거라는 생각이 들었다. 나예는 괜히 돈 이야기부터 꺼냈나 싶어 조금 후회했지만 이미 뱉어 낸 말을 주워 담을 수는 없었다.

"돈. 그래, 돈이 참 대단하기는 하지. 돈을 가지고 있는 게 힘이라고 생각하는 사람들투성이니까."

시니컬한 남자의 말투에 나예는 잠시 침묵을 지켰다. 남자의 말은 옳았다. 그녀에게 돈이 있었다면 그녀가 가장 경멸하던 이곳까지 흘러들어 왔을 이유가 없었다.

"무서운 거죠, 돈은. 사람을 죽이기도 하고, 또 살리기도 하니까요."

코끝이 찡해졌다. 나예는 스스로 술을 따라 마셨다. 알싸한 술이 목구멍을 타고 넘어가자 속이 뜨거워졌다. 남자는 그녀를 찬찬히 보더니 잠시 후 다시 입을 열었다.

"1억이면 꽤 큰돈인데, 그게 왜 필요하지?"

나예는 다시 망설였다. 솔직하게 말을 해야 할지, 아니면 적당히 둘러대고 남자의 환심을 사야 할지. 어떤 답을 내놓아야 남자가 지갑을 열 것인지 짧은 순간 머리가 터지게 생각했다.

"빚을 졌어요. 한 달 안에 갚아야 하거든요."

결국 나예는 절반의 진실만 이야기했다. 구구절절 사정 이야기를 해 봤자 먹히지도 않을 것 같았고, 남자가 동정심을 가진 사람은 아닌 것 같아서였다.

"그래, 내게 돈을 얻는 대가로 네가 내어 놓을 것은?"

나예는 마주 잡은 손에 힘을 주었다. 손바닥에 끈적끈적하게 땀이 배어 나왔다. 떨리는 몸을 진정시키고 아무렇지 않은 척하려 애썼다. 그녀가 마지막까지 지키고 싶었던 자존심을 버려야 할 때였다.

"제…… 몸이요. 지금 제가 갖고 있는 건 그것밖에 없어요."

눈물이 저도 모르게 뺨을 타고 흘렀다. 남자는 차가운 얼굴로 그녀를 바라보았다. 그가 무슨 생각을 하고 있는지 알 수 없었기에 나예는 안절부절못했다.

"난…… 여자한테 별로 관심이 없는데."

남자는 아가씨들한테 들었던 것처럼 여자에는 관심이 없는 듯했다. 그녀에게도 손끝 하나 대지 않고 있었다. 그녀를 가까이 끌어당기거나 다가오지도 않았다. 그저 차가운 눈초리로 바라보기만 할 뿐. 나예는 마음이 급해졌다. 한 달이라는 기간 중 이제 그녀에게 남은 시간은 얼마 되질 않았고 일주일간 가게에 드나들었던 남자들 중에 나예에게 관심을 보였던 남자들은 모두 손만 닿아도 끔찍했다. 변태 성향을 보이는 남자들도 몇 있었다. 하지만 이 남자는 느낌이 달랐다. 여자를 좋아하지 않는다고 했으니 그녀에게 계속 관계를 갖자고 요구하거나 더 이상 얽힐 것 같지도 않았다. 나예는 입술을 자근자근 깨물다가 남자에게 조금 다가앉았다.

"뭐든지 할게요. 원하시는 걸 말씀해 주시면 뭐든지……."

절박한 그녀의 눈동자를 본 게 분명한데도 남자의 태도엔 별다른 변화가 없었다. 그저 재미있다는 듯 입술 한쪽을 살짝 끌어올리는 정도.

"뭐든지? 그럼 시간을 되돌리는 것도 할 수 있어?"

"네?"

"내가 원하는 게 그건데. 시간을…… 다시 되돌리는 거."

남자의 요구 조건은 황당했다. 나예는 뭐라 대답을 하지 못하고 한참을 멍하니 있었다. 그녀가 할 수 있는 일이 아니었다. 그리고 그것은 남자도 알고 있을 게 분명했다. 나예가 아무 말도 못 하고 있는 걸 보고 남자는 피식 웃었다.

"너무 어려운가? 그럼 좀 더 쉬운 걸로 하자. 네가 갖고 있는 걸로 날 위로해 봐. 지난 한 달 동안 내 기분이 정말 거지 같았거든."

나예는 얼떨떨한 기분이었다.

"위로……요?"

"응. 아까 네가 가진 건 몸밖에 없다고 하지 않았나? 사흘 정도면 되겠지."

나예는 입술을 깨물었다. 사흘. 사흘간 남자와 함께 지내는 것이라면 어려운 일은 아니었다. 이미 남자에게 몸을 팔겠다고 마음을 굳혔으니 상관없었다. 자신의 순결에 대해 그렇게 미련이 있는 것도 아니었다. 마지막 자존심은 이미 쓰레기통에 처넣은 지 오래였다.

"네."

나예는 떨리는 손을 테이블 아래로 감추었다. 대답은 의연하게 했으나 그녀의 마음속엔 폭풍우가 몰아치고 있었다.

"계좌번호 적어."

남자가 테이블 위에 있던 냅킨을 아무렇게나 나예에게 휙 던져 주었다. 나예는 얼떨떨한 기분으로 냅킨을 손에 쥐었다.

"위로……가 되면 되는 거예요?"

나예는 다시 남자에게 확인을 했다. 정확히 어떻게 해야 남자에게 위로가 될지 모르겠지만 어쨌든 해 보겠다는 생각은 하고 있었다. 남자는 또 피식 웃었다.

"강 마담 들어오라고 해."

남자의 말에 나예는 자리에서 일어나 룸 밖으로 나왔다. 룸 앞에 염탐하듯 모여 있던 아가씨 몇 명이 나예가 나오자 경외감 어린 눈초리를 보내며 그녀의 팔을 마구 잡아끌었다.

"완전 기록이다. 한 20분은 있었던 것 같은데? 아이스맨이 나가라고 하지 않은 거야?"

"아, 그냥……. 잠시만요. 마담 언니 불러오라고 해서 나온 거예요."

여자들의 호기심 어린 표정을 뒤로하고 나예는 정연을 부르러 갔다. 정연은 의외라는 얼굴로 나예를 바라보았다.

"정말 먹힐 줄은 몰랐네. 난 네가 쫓겨나든 뛰쳐나오든 둘 중 하나일 거라 생각했는데, 이렇게 멀쩡하게 나오다니."

나예는 뭐라 대답할 말이 없어 어색하게 웃어 보이곤 정연과 함께 다시 룸으로 갔다. 남자는 혼자 술을 마시고 있다가 그들이 들어가자 지갑을 꺼냈다.

"부르셨어요? 오늘은 좀 마음에 드셨나 봐요?"

남자는 정연의 콧소리 섞인 말에 대답하지 않았다.

"저 애, 하루 일당이 얼마야?"

"네?"

"내일부터 사흘간 내가 데려가야겠는데."

남자는 지갑에서 수표를 몇 장 꺼내 테이블 위로 던졌다. 정연의 눈이 휘둥그레졌다. 하지만 당황하지 않고 얼른 접대용 미소를 지어 보였다.

"사장님이 필요하시면 언제든지요."

정연은 수표를 챙기더니 나예에게 눈웃음을 보내고 룸을 나갔다. 나예는 남자가 빤히 쳐다보자 얼른 정신을 차렸다.

"아, 필요한 게 있으시면……."

"네가 나가는 거. 지금은 혼자 있고 싶다."

"네……."

"내일 오후 3시에 그랜드호텔 앞으로 와. 편한 옷 입고."

나예는 고개를 끄덕이곤 룸을 나왔다. 나오기 전에 돌아보니 남자는 다시 차가운 표정으로 술을 마시고 있었다.

'위로라……. 내가 누군가에게 위로가 될 수 있을까?'

나예는 숨을 크게 들이쉬곤 문을 닫았다.

# 2장

킹 과자점의 기획 이사 정인재는 머리를 싸쥐고 고민 중이었다. IMF 여파로 구조조정을 앞두고 있었으나 아버지인 정도훈 회장의 반대로 구조조정은 시작조차 하질 못하고 있었다. 자금 압박 때문에 노엘식품의 힘을 빌릴까 하다가 그것도 여의치 않은 상황이 되어 버렸고, 킹 과자점 본점 및 가맹점들의 매상은 신통치 않았다.

"회장님, 구조조정을 피할 수 없을 것 같습니다. 지금으로서는 뚜렷한 돌파구가 없습니다. 거래 은행 쪽에서도 더 이상은 사정을 봐줄 수 없다고 하고요."

인재는 지끈거리는 이마를 손으로 꾹꾹 누르다가 고개를 들고 말했다. 아버지는 회의를 시작한 뒤로 한 시간여를 말없이 앉아 있었다. 아무래도 다른 생각을 하고 있는 것 같았다. 냉정하게 판단했을 때, 킹 과자점은 개혁이 필요했다. 인재는 어떻게 해야 아버지를 설득할 수 있을까 이리저리 머리를 굴려 보았지만 뾰족한 수가 생각나질 않았다. 구조조정도 개혁도 아버지가 원하는 것은 아니었다.

“구조조정은 우리가 선택할 수 있는 최후의 보루라는 걸 모르진 않겠지? 다른 방법을 찾아봐.”

“그게 노엘식품과의 공조를 통한 방법인데, 여의치 않은 상황입니다. 노엘식품 쪽에서 원하는 것 역시 구조조정입니다. 구조조정을 통한 내실화가 우선 요구 사항으로, 그것이 이루어졌을 때 투자를 한다는 입장입니다. 그리고 전국 규모의 가맹점 개설을 요구하고 있습니다.”

모든 것이 아버지의 입장과 반대되는 것이었다. 지금의 체제를 유지하면서 상황을 극복한다는 건 쉽지 않은 일이었다. 한두 달은 버틸 수 있겠지만 자칫 잘못하면 킹 과자점 본점까지 타격을 입을 수 있었다. 게다가 본점 역시 파티시에가 없어 고전 중이었다.

“훈겸이는 아직이냐?”

“네.”

인재는 이복동생인 훈겸의 부재가 그렇게 큰 타격이 될 줄은 상상도 하지 못했다. 그만큼 인재는 실무 쪽에는 관심이 없었고, 훈겸을 그냥 빵이나 만드는 기술자 정도로 생각해 왔었다. 하지만 그게 아니었다. 훈겸이 공장에 나오지 않은 것은 한 달 남짓 되었다. 빵에 미쳐서 공장에만 틀어박혀 살다시피 하던 녀석이 갑자기 공장에 나오질 않는다기에 무슨 일인가 싶었지만, 인재는 그런 것까지 신경 쓰기엔 너무도 바빴다.

그런데 훈겸이 나오질 않자 당장 킹 과자점 본점의 빵 생산 라인에 문제가 생겼다. 공장장이 있었지만 혼자 본점과 서울의 가맹점까지 감당을 하기엔 너무 벅찼는지 일주일이 지나자 빵 맛이 변한 것 같다며 소비자들이 항의를 해 왔다.

그 녀석이 왜 갑자기 일을 마다하고 잠적했는지 인재는 이유를 몰랐으나 공장 일에 차질이 생기니 가뜩이나 어려운 시기에 엎친 데 덮친 격이라 짜증이 날 대로 나 있었다.

"그 녀석 좀 찾아봐라. 다시 공장으로 데려와야 하지 않겠니."

아버지의 머릿속은 온통 그 자식 생각으로 가득 차 있는 것 같았다. 인재는 목울대가 울컥거리는 것을 겨우 참았다. 어머니를 통해 아버지의 의중을 들었을 때도 인재는 분노했었다. 아버지는 킹 과자점을 훈겸에게 물려줄 생각을 하고 있다고 했다. 그래서 훈겸 앞으로 주식을 돌려놓고 있다는 말을 듣자 인재의 분노는 극에 달했다.

'킹 과자점을 키운 사람은 나야. 그 자식이 아니고.'

유학길에서 돌아온 후, 인재는 수년을 킹 과자점의 확장을 위해 잠 못 자고 애써 왔다. 그의 피와 땀이 어린 회사였다. 아버지가 기술적인 부분에서 큰 역할을 했다는 것은 인정하지만 프랜차이즈를 대규모로 키운 것은 바로 자신과 어머니였다.

그런데 아버지가 그 회사를 친자식이라는 이유만으로 훈겸에게 넘기려 한다니 화가 나지 않을 수가 없었다.

기실 훈겸이 갑자기 사라져 버렸다는 말을 듣고 처음에는 아예 집으로 돌아오지 않았으면 하는 마음도 품었다. 그저 공장에 틀어박혀 빵이나 만들던 녀석이 사업에 대해 뭘 알 것이며 어떻게 해야 사업을 키울지 어떻게 알겠느냔 말이다.

"알겠습니다."

"노엘식품 쪽과 다시 접촉해 봐라. 구조조정을 하지 않는다면 우리에게 남은 카드는 그쪽밖에 없으니, 어떻게든 설득해 봐."

"네."

결국 결론은 나질 않았다. 인재는 다람쥐 쳇바퀴 돌듯 똑같은 일이 반복되고 있는 상황이 마음에 들지 않았다. 회사의 사활을 걸고 모든 수단을 다 동원해서 회사를 살려야 할 때에 그저 다른 회사의 힘을 빌려야만 하는 상황이 싫었다. 대규모 정리 해고와 함께 생산 라인의 기계화 등으로 인력을 줄이는 등 여러 가지 방도를 모색해 보면 불가능한 일은 아니었다. 하지만 문제는 아버지였다. 인재가 말한 모든 방법에 다 '노'를 외치고 있는 아버지가 회장으로 버티고 있는 한 구조조정은 불가능했다.

회의를 마치고 아버지는 회의실 밖으로 나갔다. 함께 회의에 참석했던 사장인 어머니 차성희만이 회의실 안에 남고 나머지 사람들이 모두 나가자 인재는 피곤함이 몰려와 의자에 등을 기대고 앉아 한숨을 쉬었다.

"우리한테는 선택할 수 있는 게 별로 없구나."

어머니가 다가와 말했다. 인재는 눈을 감았다가 떴다.

"노엘식품, 설득해 봐야죠. 안 그래도 비서실장한테 미팅 잡아 놓으라고 했어요."

"그래. 네 아버지가 융통성이 조금이라도 있었다면 이 상황이 덜 힘들었을 텐데."

"어쨌든 할 수 있는 방법은 다 써 봐야죠. 일단은 생산 라인이 문제인데, 아무래도 훈겸이 녀석 찾아서 데려와야 할 것 같아요."

"훈겸이는 찾을 필요 없다. 파티시에는 다시 채용하면 돼. 아버지가 지금 훈겸이 앞으로 주식을 돌려놓고 있어. 내가 반대하고 있지만 킹 과자점을 녀석에게 물려주고 은퇴하려는 속셈이야. 이럴 때 그 녀석을 다시 데려오면 화근이 될 뿐이야."

어머니의 말도 일리는 있었다. 인재는 한숨을 쉬며 의자 등받이에 깊숙이 기대었다. 그의 판단으로는 훈겸이 회사에 욕심을 가지고 있지는 않았다. 그 녀석의 머릿속은 온통 빵 만드는 것밖에는 없었다. 하지만 일단 사람이라는 게, 눈앞에 보이면 욕심이 생기기 마련이다. 어버지의 의중을 알고 있다면 당연히 회사에 욕심이 생길 게 분명했다.

"아버지와 확실히 이야기를 해야 될 것 같습니다. 지금 위기를 넘긴다고 해도 같은 일들이 계속 반복될 거예요. 아버지가 전국 가맹점을 반대하고 있는 것도 우리 회사의 규모가 앞으로 더 커지는 것을 막는 일이 될 거고요."

"네 아버지 생각은 바뀌지 않을 게다. 그러니 다른 방법을 찾아봐야지. 아버지가 계속 반대할 수 없게 한다든가."

인재는 어머니를 바라보았다. 어머니는 여자치고는 드문 배포를 가지고 있었다. 어머니가 남자로 태어났다면 좋았을 거라고 인재는 가끔 생각하곤 했다. 어머니는 사업적인 감각이 탁월했으며 결단을 내려야 할 때 내릴 줄 아는 판단력이 뛰어난 사업가였다. 어머니도 그렇고 그도 그렇고 IMF라는 긴 터널을 통과하면서 회사의 사활을 걸고 뛰고 있었다. 그리고 어머니는 지금이 결단을 내려야 할 때라는 것을 느끼고 있는 것 같았다.

"어머니."

"회사 지분을 확보하고 있는 중이다. 곧 준비가 될 거야."

인재는 고개를 끄덕였다. 어머니의 의도를 알 것 같았다. 그 역시 얼마 전부터 생각해 오던 참이었다.

"저, 이사님."

회의실 문을 노크하고 비서실장이 들어왔다. 인재는 손가락을 까딱여서 비서실장을 가까이 오게 했다.

"찾았습니다. 여기 계신답니다."

비서실장이 건네준 메모지에는 '레드플라워'라는 상호가 적혀 있었다. 아버지가 한 달 전부터 훈겸을 찾아오라고 닦달하는 통에 알아보던 중이었다. 처음엔 돌아오겠지 싶어 찾지 않다가 지난주부터는 아버지가 하루가 멀다 하고 채근을 해서 비서실장에게 알아보라 했던 터였다.

"레드플라워라면……."

"예, 강남에 있는 술집입니다. 한 달쯤 되었는데 매일 그곳에 들러 술값만 수천 이상을 쓰셨답니다."

"알았어. 나가 봐."

비서실장이 목례를 하고 나갔다. 인재는 메모지를 보며 책상을 손가락으로 두들겼다. 아무리 생각해도 이해가 되지 않는 행보였다.

"훈겸인 술은 입에도 대지 않는 녀석인데. 공장에 틀어박혀 일만 하더니 정말 미친 건가? 어머니, 대체 이 녀석 왜 그러는 거죠?"

인간적으로 녀석에게 미운 감정이 있지는 않았다. 그저 남이었고, 부모님의 결혼으로 인해 형제가 되었지만 인재의 성격상 살갑게 지내진 못했다. 인재는 녀석에게 무관심했고, 자신의 일과 회사 일을 챙기는 것만도 바빴다. 그저 집에서 가끔 마주치면 녀석이 먼저 말을 걸거나 그의 안부를 챙기는 정도였다.

그리고 아버지의 의중을 알게 된 후로는 짜증이 나는 존재 정도로 여겨질 뿐이었다. 그보다 나이도 어리고, 학력도 짧고, 할 줄 아는 것이라고는 빵 만드는 것밖에 없는 하잘것없는 녀석일 뿐이었다. 그런데 그런 녀석이 대기업을 물려받을 거라니 어이가 없고 아버지의 판단력이 흐려졌다는 생각에 짜증이 날 뿐이었다.

게다가 녀석은 도대체 알 수 없는 행동만 했다. 뜬금없이 집을 나가더니 소식도 없이 한 달여간을 술집에서 술만 퍼마셨다니.

"한 달쯤 전에 네 아버지와 싸우는 소릴 훈겸이가 들었다.

그때 5년 전 대회 때 이야기를 했는데, 아마 그걸 들은 모양이야. 아버지가 부정한 방법으로 상을 받았다는 걸 알고 화가 난 것 같았다.”

“그런 일로 한 달 넘게 집을 나간다고요? 사춘기도 아니고 말이 안 되잖아요.”

“글쎄. 뭔가 다른 일이 더 있는지도 모르지. 하지만 내가 아는 건 그것밖에 없다. 어쨌든 우리로서는 나쁘지 않지. 주주들 입장에서 보면, 그렇게 책임감도 사명감도 없는 녀석에게 회사를 맡기려고 하는 건 회장님의 판단력이 떨어진 것이라고밖에 볼 수 없고, 그런 녀석이 돌아와 회사를 물려받겠다고 하는 것도 신뢰가 가지 않을 테니.”

인재는 고개를 끄덕였다. 어머니의 말이 일리가 있었다.

“알겠어요. 그래도 아버지가 걱정하시니 한번 찾아가서 만나기는 해야겠네요.”

인재는 자리에서 일어섰다. 어머니가 고개를 끄덕이며 그의 어깨를 두드려 주었다.

“노엘식품에 먼저 들렀다가 레드플라워에 가 봐야겠어.”

인재는 회의실을 나와 밖에서 대기하고 있던 비서실장에게 던지듯 말을 하곤 바삐 움직여 주차장으로 향했다. 차에 올라 약속 장소로 가면서 기획안을 검토했다. 그는 단 1분도 낭비를 하지 않는 성격이었다. 누구에게나 24시간은 똑같이 주어지고, 그 주어진 시간을 잘 활용하는 것이 성공하는 비결이라고 생각했다. 그래서 인재는 어딘가로 이동하는 순간마저도 서류를 들고 다니며 일을 했다. 물론 여자에게 낭비할 시간이나 여가를 즐길 시간은 없었다. 그의 하루는 일을 하는 것만으로도 매우 바빴다.

"노엘식품에서 누가 나오기로 했지? 지난번에 만났던 황 전무님이 오기로 했나?"

인재는 서류를 뒤적이며 비서실장에게 물었다.

"아, 네. 사업 실무팀에서 오기로 했답니다."

"실무팀?"

"이번에 노엘식품에서 새로운 사업에 착수한다고 합니다. 외식 업체라는데요. 기존의 외식 업체들과 차별성을 두겠다고 합니다. 그 사업과 관련해 우리 킹 과자점과 업무 협약을 맺고 싶다고 연락을 해 왔습니다."

"외식 사업이라."

약속 장소인 그랜드호텔에 도착한 인재는 차에서 내려 호텔 로비로 들어갔다. 군더더기 없는 깔끔한 동작으로 자리에 앉아서 인재는 다시 서류를 폈다. 실무자는 아직 도착하지 않은 모양이었다.

"안녕하세요."

시간관념이 철저한 터라 늘 약속 시간 5분 전에 도착하는 인재는 정확한 약속 시간에 그의 앞에 선 붉은 구두를 보고 서류더미에서 시선을 옮겼다. 가느다란 발목, 늘씬한 종아리를 지나 짧은 미니스커트를 본 인재는 고개를 들었다.

"이은빛?"

"네, 오빠. 저예요. 제가 실무자예요."

은빛이 사랑스런 원피스 차림으로 그의 앞에 서 있었다. 겨울이라는 계절이 무색할 정도로 그녀의 옷차림은 화사했다. 인재는 서류를 덮어 옆으로 밀어 놓았다. 그녀에게 자리를 권하지도 않는 그를 보고도 은빛은 개의치 않았다.

"기획실에서 근무했던 거 아니었나?"

"네. 아빠가 여러 부서들 다 경험은 해 보라고 하셔서 그랬던 거고요. 이번에 외식 사업을 새로 시도하는데 아빠가 제 능력을 테스트하겠다고 하시더라고요. 그래서 외식사업부 팀장으로 승진했어요."

은빛이 생긋 웃으며 말했다. 그녀와는 노엘식품과 함께 제품 개발을 할 때 잠깐 함께 일을 했던 적이 있었다. 인재는 여자든 남자든 사업상 관계는 사업상의 관계에서 끝내는 것이 좋다고 생각했다. 그래서 은빛을 대할 때도 철저하게 사업 파트너로 대했다. 그런데 은빛은 좀 생각이 다른 것 같았다.

"어쨌든 안면 있는 사이니 일할 때 좀 더 편하긴 하겠군. 구체적으로 어떻게 협조할지 이야기해 봐. 외식 사업이라면 우리 쪽에서 빵이나 디저트류를 총괄하면 되는 건가?"

"네. 출장 요리 위주로 할 것 같아요. 기업체나 관공서에서 여는 세미나, 파티 같은 것부터 프라이빗 클럽의 출판기념회나 자선 바자회 등의 행사가 타깃이에요. 기본적으로 뷔페 요리 이상의 특별하고 고급스러운 메뉴를 준비할 거고요. 디저트류 역시 전문 파티시에를 담당으로 둘까 해요. 킹 과자점에서 한

분 보내 주시면 좋죠. 어차피 디저트 종류는 킹 과자점 제품으로만 할 생각이니까요."

"좋아. 계약서 작성해서 보낼 테니 검토해 보고 좀 더 자세한 얘기는 그때 하도록 하지. 그럼 난 좀 바빠서 먼저 일어설게."

인재는 미련 없이 자리에서 일어섰다. 은빛은 인재가 일어서자 적잖이 당황한 얼굴로 따라 일어섰다.

"오빠, 너무하시네요. 지금 우리 만난 지 10분도 안 됐거든요?"

"10분이면 충분하지. 할 얘기는 다 했잖아."

"아뇨. 오빠는 아직 할 얘기 남았잖아요. 왜 안 해요?"

"너한테 할 이야기는 아니다."

은빛의 말이 의미하는 것은 잘 알고 있었지만 인재는 은빛과 이야기하기보단 노엘식품 회장과 직접 이야기하는 게 낫다고 생각했다. 그래서 따로 다시 회사에 찾아가야겠다는 계산으로 미련 없이 일어섰던 거였다.

"왜 나한테 할 이야기가 아니라고 생각하죠? 나한테 그만한 힘이 없다고 생각해요? 지금 킹 과자점 자금 사정 안 좋다는 거 공공연한 비밀이에요. 우리 회사의 탄탄한 자금력을 이용하고 싶은 거 아니에요?"

"그래. 그렇지만 너와 할 이야기는 아니지."

"아뇨. 나하고 해요. 날…… 이용해요. 오빠 자금 필요하잖아요."

"네게 그만한 결정권이 있다는 건가?"

"오빠가 나와 결혼하면요. 아빠는 킹 과자점의 위기를 그냥 두고 보지만은 않을 거예요."

은빛은 자신감 어린 표정으로 말했다. 인재는 잠시 입을 다물고 생각에 잠겼다. 은빛의 제안은 솔깃한 제안이었다. 그리고 이미 어머니를 통해 한 번 권유 받았던 제안이기도 했다. 그때 인재는 단칼에 잘라 거절했었다. 그리고 훈겸이 대신 은빛을 만났다고 했다.

"내 동생하고 만났다고 들었는데."

"만나긴 했지만 그쪽은 제 스타일이 아니라서요."

은빛은 훈겸을 만났던 때를 떠올렸다.

*

"이은빛입니다."

"네."

"앉으라는 말도 안 하시네요."

은빛은 담담한 목소리로 말했다. 그녀와 선을 보기로 한 킹 과자점의 정훈겸은 무례하게도 자리에 앉은 채로 빤히 그녀를 바라보고 있었다. 처음 만나는 자리에서 일어서지도 않고 여자를 빤히 바라보며 앉으라는 말도 하지 않는 것은 고약한 매너였다. 그것은 그가 노엘식품의 영애와 만나는 선 자리에 나오고 싶지 않았다는 사실을 반증하는 것이었다.

"시키세요. 얼른 먹고 일어나 봐야 하니."

훈겸은 시간을 확인하고 퉁명스럽게 말을 던졌다. 은빛은 자리에 앉자마자 던지듯 말하는 훈겸의 태도에 기분이 나빴다. 하지만 겉으로는 전혀 동요하는 빛을 보이지 않았다. 대기업의 영애로 자라면서 은빛은 많은 재벌 자제들과 만나 왔고 선을 보기도 했다. 만나는 자리에서는 서로 마음에 들고 안 들고를 떠나서 다음에 그 남자와 어디서 어떤 형태로든 다시 만날 수 있다는 것을 늘 염두에 두고 행동했다. 그래서 화르르 타오르는 분노를 감추고 짐짓 아무렇지 않은 척 화를 누르고 있었다. 시간을 확인하는 것으로 보아 그는 무척 바쁜 것 같았다. 은빛은 평가의 시선으로 훈겸을 훑어보았다.

"머리카락이…… 짧네요."

"네. 제대한 지 얼마 안 돼서."

선 자리에 나오기 전에 듣기로, 훈겸은 그녀와 동갑이라고 했다. IMF 때문에 잠시 주춤하긴 했지만 최근 몇 년간 파죽지세로 가맹점을 늘리며 급성장한 킹 과자점의 숨겨진 실세라고도 했다. 차남이긴 했지만 킹 과자점 정도훈 회장의 친아들이며 실력 있는 파티시에라 회사에서 경영 실무를 책임지고 있는 정인재 이사와는 별도로 회장의 신임이 두텁다고 했다. 은빛은 잠시 테이블 위에 놓인 유리잔에 손을 뻗으며 침묵을 지켰다. 그는 별로 말수가 많지 않은 남자 같았다. 묻는 말에도 짧게 대답했으며 금세 입을 꾹 다물어 버렸다.

'매너가 엉망이지만 느낌이 나쁘진 않은 남자네. 정인재라는 남자를 몰랐다면 호감을 느꼈을지도 모르겠어.'

물 한 모금을 마시고 은빛은 잔을 내려놓았다. 처음엔 매너 없는 훈겸의 태도에 기분이 나빴지만 그의 깊은 눈빛을 잠시 마주하고는 천천히 기분이 풀렸다. 눈빛이 따뜻한 남자였다. 물론 그 눈빛에 그녀를 향한 호감은 단 한 톨도 없었지만.

"프랑스 유학 다녀오셨다고 들었어요."

"몇 년 있었습니다. 오자마자 입대했고, 지금은 빵집에서 일하는 중입니다."

훈겸은 그녀에게 전혀 관심이 없는 것 같았다. 그녀 역시 소문을 들어 알고 있었다. 정인재 이사가 회사 일에만 관심 있는 일 중독자인 것처럼, 그녀의 눈앞에서 빨리 가 봐야 한다는 듯 자꾸 시계를 보고 있는 정훈겸 역시 빵에 미친 파티시에라는 것을. 인재는 회사 일 때문에 대외 활동을 많이 해서 언론이나 외부에 잘 알려져 있는 사람이었지만, 훈겸은 킹 과자점의 실세라는 소문만 무성했지 별로 노출된 인물이 아니었다. 은빛 역시 실제로 그를 만난 건 처음이었다.

'어쨌든 오늘은 기분 나쁘지 않게 정리해야겠어.'

은빛은 어떻게 말을 꺼낼까 잠시 생각하며 훈겸을 바라보았다. 두 남자 다 그녀에게 관심이 없었지만 그녀가 선뜻 선 자리에 나온 것은, 킹 과자점과의 관계를 틀고 싶지 않았기 때문이다.

"오늘 자리는 서로 예의를 지키는 선에서 끝내도록 하죠."

훈겸은 은빛의 말에 조금 놀라워하는 듯했다. 어쩌면 그 역시 그런 식으로 말을 꺼내려 했을지도 모르겠다는 생각이 들었다.

"꽤 쿨하시네요."

"쿨하다기보단 그쪽이 별로 마음에 없어서 그래요. 전 다른 남자 좋아하거든요. 그쪽 형."

은빛은 확신에 찬 어조로 말했다. 물론 정훈겸이라는 남자가 그녀에게 관심이 없다는 것을 눈치챘기 때문에 그녀가 그런 식으로 말해도 기분 나빠하지는 않을 거라는 계산이 서 있었다.

"우리 형?"

"네, 정인재 씨. 그쪽 부모님께서 절 마음에 두고 있다는 것은 잘 알고 있어요. IMF 때문에 지금 어디든 자금난을 겪고 있죠. 킹 과자점은 꽤 내실 있는 기업이에요. 우리 노엘식품 쪽에서 자금력을 동원하면 지금의 위기 정도는 얼마든지 이겨 낼 수 있을 거예요. 그걸 염두에 두고 이번 자리가 마련된 것은 알고 있지만 전 거절할 생각이에요. 그렇지만 조만간 다시 보겠네요. 전 정인재 씨하고 결혼할 생각이니까요."

훈겸은 의외라는 표정을 짓더니 결혼 얘기를 듣자 재미있다는 듯 웃음을 지었다.

"흐음, 그래요. 정인재, 그렇게 만만하게 볼 남자가 아닌데. 형하고 서로 얘기는 된 겁니까?"

마음속을 꿰뚫어 볼 것만 같은 눈빛에 순간 당황스러웠다. 자신만만하게 결혼할 거라고는 했지만 은빛은 훈겸의 물음에 대답을 하지 못했다.

*

그때 일을 생각하느라 잠시 침묵을 지키고 있는 은빛을 보며 인재가 망설임 없이 말했다.

"너도 내 스타일은 아냐. 먼저 간다."

은빛이 그에게 호감을 갖고 있다는 사실은 이미 함께 일을 했던 때부터 눈치채고 있었다. 하지만 인재는 은빛에게 빠질 정도로 매력을 느끼지는 못했다. 비단 은빛이 아니라 다른 여자들에게도 마찬가지였다. 그의 마음을 사로잡을 만큼 매력적인 여자를 만나지 못했고, 그에게 접근하는 여자들 역시 별로 마음에 들지 않았다. 그냥 가끔 욕망을 해결하는 데 접근하는 여자들을 이용할 뿐이지, 여자를 만날 만큼 한가하지도 않았고 아직 결혼을 하고 싶은 생각도 없었다.

인재는 서류 뭉치를 손에 쥐고 돌아섰다. 뒤에서 또각또각 구두 소리가 들리더니 그의 팔을 붙잡는 여자의 손길이 느껴졌다.

"저희 아빠하고 이야기해도 결론은 같을 거예요. 아빠는 그냥 자금만 대 줄 분은 아니죠. 그렇다면 킹 과자점에서 내놓을 만한 카드가 있어야 해요. 근데 그거, 없지 않나요?"

인재는 뒤돌아섰다. 가까이 온 은빛의 눈동자가 도전적으로 빛났다. 아름다운 여자였다. 인재는 잠깐 이 여자와 결혼하면 어떨까 생각했다. 은빛의 말대로 상황이 마음대로 돌아가지 않고 있어서 그 제안이 솔깃하기는 했다. 하지만 몇 번 즐기는 것이라면 몰라도 결혼까지 하기엔 별로 마음이 내키지 않았다. 인재가 망설이는 듯하자 은빛은 한 발짝 더 다가왔다.

"좋아요. 그럼 이렇게 하면 어때요? 일단 나랑 만나요. 결혼하자고 조르진 않을게요. 여자 대 남자로 서로에 대해 알아보고, 결혼은 나중에 이야기해요. 아빠는 제가 설득할게요."

당돌한 여자였다. 인재는 그녀의 적극적인 태도에 조금 흔들렸다. 그리고 회사 상황도 더 이상 그에게 다른 생각을 하기 힘들게 했다. 인재는 조금 고민하다가 천천히 입을 열었다.

"생각해 보지."

인재는 다시 돌아섰다. 은빛은 더 이상 그를 쫓아오지는 않았다. 여러 가지 일들 때문에 골치가 아팠다. 회사 사정만 아니라면 그런 제안 따위 생각할 필요도 없었지만, 워낙 사정이 급박해 어쩔 수가 없었다. 인재는 한숨을 쉬며 다시 차에 올랐다.

"이사님, 오늘 예정되어 있는 제과협회 세미나는 어떻게 하시겠습니까?"

차에 오르자 비서실장이 그에게 스케줄을 체크했다.

"음, 그게 오늘이었던가? 원래 회장님이 가시겠다고 한 것 같은데."

"예. 요새 회장님께서 몸이 좀 불편하다면서 스케줄을 몇 개 취소하셨습니다. 오늘 세미나는 이사님께서 대신 참석해 주셨으면 하시던데요."

인재는 고개를 끄덕였다.

'도대체 그 녀석과 무슨 일이 있었던 거지?'

아버지는 훈겸이 집을 나간 뒤로 부쩍 힘들어했다. 원래 혈압이 높긴 했지만 꾸준한 치료와 운동으로 어느 정도 건강을 잘 유지하던 터였다. 그런데 최근 들어 주치의가 자주 들락거리고 건강이 좋지 않다며 힘들어하곤 했던 것이다. 아무래도 스트레스가 주요 원인인 것 같다고 주치의가 말해 주었던 터라 그 뒤로 회사 스케줄을 최소화하고 인재가 대신하는 경우가 많았다.

"세미나 일정이?"

"4시부터 시작됩니다. 세미나 끝나고 7시에 리셉션 파티가 있고요."

인재는 고개를 끄덕였다. 레드플라워엔 세미나가 끝나고 가야 할 것 같았다. 인재는 세미나가 열리는 코엑스에 들러 스케줄을 모두 소화하고 리셉션장에 가서 업계 인사들과 이야기를 나눴다. 어차피 어디든 힘든 시기라 사업장마다 상황은 거의 비슷한 것 같았다.

인재가 리셉션장에서 나왔을 때는 이미 밤 10시가 넘은 시간이었다. 피곤함에 뒷목을 주무르며 차에 오른 인재는 잠시 눈을 감았다. 피곤해서 침대에 눕고만 싶었다. 하지만 훈겸을 만나러 가야 했다. 인재는 레드플라워에 도착할 때까지 잠깐 눈을 붙였다.

"이사님, 도착했습니다."

인재는 까무룩 잠이 들었다가 비서실장의 목소리에 눈을 떴다. 차에서 내려 술집 입구로 들어서던 인재는 안면이 있는 사람을 만나 잠시 인사를 나누었다. 레드플라워는 강남에서 꽤 유명한 룸살롱이었다. 인재도 거래처 사람들 접대 때문에 두어 번 들른 적이 있었다. 원래 술을 즐기는 편이 아니어서 크게 관심을 두진 않았지만 고급스러움에 고정 손님이 꽤 많다는 것을 알고 있었다.

"어서 오세요. 지난번에 한번 뵀었죠? 오시는 줄 알았으면 준비해 놓는 건데. 오늘 모임이 있으신가요?"

마담으로 보이는 세련된 여자가 인재에게 우아하게 인사를 하며 맞았다. 몇 번 들르지 않았는데 기억을 하는 것에 조금 놀랐지만 이내 의례적인 인사려니 하고 들어섰다. 인재는 룸을 둘러보다가 마담에게 말을 건넸다.

"모임은 아니고, 아는 사람을 찾으러 왔는데. 한 달쯤 전부터 이곳에 자주 들른다는 20대 남자를 찾고 있어. 혼자 와서 술만 마신다고 하던데."

"아, 그 잘생긴 사장님? 어느 댁 사장님이신지 말씀도 안 하셔서 몰라 뵀었는데. 오늘도 와 계세요. 3번 룸에 계시는데 그쪽으로 모실게요."

마담은 눈치 빠르게 인재를 룸으로 인도했다. 룸으로 들어간 인재는 혼자 술을 마시고 있는 훈겸을 보고 눈살을 찌푸렸다. 이미 꽤 많이 마신 듯 테이블 위에는 술병이 즐비하게 놓여 있었다. 혼자서 마셨다고 하기엔 양이 꽤 많아 보였다. 그렇지만 훈겸은 자세 하나 흐트러지지 않고 앉아 있었다.

"대체 이게 다 뭐냐?"

인재는 차가운 눈으로 술병을 바라보다 자리에 앉았다. 훈겸은 인재를 보고도 별로 놀라지 않은 듯했다. 마치 그가 찾아올 거라고 짐작이라도 한 듯이.

"보다시피."

훈겸은 딴사람 같았다. 그에 대해서 잘 안다고는 할 수 없었지만 술을 마시는 훈겸의 모습은 낯설었다. 인재 자신이 회사 일에 올인하듯 훈겸은 빵을 만드는 데 올인한 녀석이었다. 늘 밀가루를 몸에 묻히고 묵묵히 일만 하던 모습을 보다가 술잔을 기울이는 모습을 보니 이상했다.

"아버지가 걱정하신다."

훈겸이 비웃듯이 픽 웃었다. 인재는 다시 한 번 놀랐다. 빵밖에 만들 줄 몰랐던 녀석이 또 하나 올인하는 게 있다면 그게 바로 아버지였다. 녀석에게 아버지는 절대군주 같은 존재였다. 늘 아버지를 존경한다고 입버릇처럼 말하던 녀석에게 세계의 중심은 아버지였고, 아버지처럼 빵을 만드는 파티시에가 되는 것이 녀석의 목표였다. 누구의 말도 듣지 않았지만 단 한 명 훈겸이 순종하는 사람이 바로 아버지였다. 아버지 역시 훈겸을 아꼈고, 그래서 사업을 모조리 물려주려는 생각을 하고 있었으며 인재는 그런 아버지가 원망스러웠었다.

그런데 훈겸은 아버지가 걱정한다는 말을 비웃기라도 하듯 술잔을 기울였다. 인재는 잠시 혼란스러웠다. 대체 녀석과 아버지 사이에 무슨 일이 있었던 건지 궁금해졌다.

"널 찾아오라고 하셨어."

훈겸은 말없이 술잔만 기울였다. 무섭도록 차가운 녀석의 기색에 인재는 이상하다는 생각을 했다. 그래도 집안 식구들 중에 가장 인간적이라고 생각했던 녀석의 차가움이 익숙하지가 않았다.

"지금 회사 사정이 어렵다. 자금 압박이 심해. 너도 알다시피 올 한 해 모두 힘든 시기니까. 이런 곳에서 네가 시간 낭비, 돈 낭비 할 때가 아니다."

"나 하나 없다고 회사가 안 돌아가는 건 아니잖아. 형이 있는데."

"아버지가 네게 경영 수업을 받으라고 하셨다."

"내가 왜? 내 회사도 아닌데."

"대체 아버지와 무슨 일이 있었던 거냐? 왜 이렇게 삐딱해?"

인재의 물음에 훈겸은 차갑게 시선을 돌렸다. 아버지에 대한 물음은 훈겸을 더욱 냉랭하게 만들었다.

"난 돌아갈 생각 없고, 아버지를 다시 만날 생각도 없어."

훈겸은 단호했다. 인재는 한숨을 쉬고 자리에서 일어났다.

"무슨 일인지 말할 생각이 없다면 그만두자. 내 할 일은 여기까지다. 난 네게 돌아오길 권했고, 오지 않겠다는 선택은 네가 했다. 결심을 했다면 지켜. 다시 돌아오지 마라."

인재의 독한 말에도 훈겸은 흔들리지 않는 듯했다. 인재는 룸을 나오면서 이상하다는 생각이 들었지만 이내 문을 닫았다. 선택은 훈겸이 할 일이었고 그 선택에 대해 그는 가타부타 말을 하지 않을 생각이었다. 어쨌든 그가 할 도리는 다 했으니까.

인재는 룸을 나와 복도를 걸어 나갔다.

"아얏."

모퉁이를 도는데 앞에서 뛰어오다시피 하던 여자와 세게 부딪혔다. 여자는 뭔가 급한 일이 있는 듯 달려왔고 인재의 가슴팍에 부딪쳐 비틀거렸다.

"죄송합니다."

코끝에 달콤한 향이 훅 끼쳐 왔다. 인재는 자신에게 안긴 부드러운 여체에 잠깐 멈칫했다. 여자는 얼른 몸을 바로 하고 고개를 숙였다. 인재는 여자의 길고 윤기 있는 생머리를 보고 하얀 얼굴에 시선을 주었다. 커다란 눈이 예쁜 여자였다. 짧고 몸에 달라붙는 옷은 몸의 굴곡을 드러내고 있었고 꽤나 육감적이었다. 아마 룸살롱에서 일하는 아가씨인 것 같았다.

"아……. 셔츠에 화장품이 묻었어요. 죄송합니다."

여자는 인재의 옷을 보고 미안한 얼굴로 재차 고개를 숙였다. 인재는 셔츠에 묻은 여자의 립스틱 자국을 보고 여자의 얼굴에 다시 시선을 보냈다. 별로 진한 색이 아니어서 표가 나지는 않았지만 어쨌든 묻은 건 사실이었다.

"제가 세탁해 드릴게요. 아니면 세탁비라도……. 정말 죄송합니다."

인재가 아무 말도 하지 않자 여자는 그가 화가 난 것이라 생각했는지 다시 사과를 했다. 여자의 음성은 부드럽고 듣기 좋았다. 인재는 찬찬히 여자의 얼굴과 몸을 훑어보았다. 여자는 남자라면 누구나 한 번쯤 시선을 빼앗길 만큼 예뻤다. 그리고 육감적인 몸매 역시 남자를 유혹하는 듯했다. 인재는 저도 모르게 여자의 가슴을 빤히 바라보았다. 얇은 옷감 속에 감추어진 가슴은 모양도 완벽했고 풍만했다. 게다가 허리는 개미허리처럼 가늘고 허리에서 엉덩이로 흘러내리는 라인이 매혹적이었다.

여자는 거듭 사과를 하다가 인재의 시선이 가슴에 머무르자 얼굴을 붉혔다. 안절부절못하며 두 손을 맞잡은 여자는 아름다웠다.

"얼마지?"

인재는 여자에게 물었다. 술집 여자에게 관심을 준 적은 한 번도 없었지만 여자는 그냥 지나칠 수 없을 정도로 매혹적이었다.

"네?"

"너 말이야. 네 하룻밤은 얼마지?"

여자의 얼굴이 더 붉어졌다. 살짝 돌린 얼굴을 만져 보고 싶었다. 하지만 인재는 손을 뻗지 않았다. 스스로도 여자에게 이런 제의를 해 본 적이 없어 조금 놀라던 중이었다.

"죄송하지만, 전 선약이 있어요."

여자는 의외로 그의 제안을 거절했다. 여자들과의 관계에서 언제나 제의를 받는 쪽은 인재였다. 그에게 매혹당했든 그의 돈에 매혹당했든, 여자들은 그를 갈구했고 인재는 늘 여자들을 거부했다. 하지만 술집 여자 주제에 여자는 감히 그를 거부했다. 호기심 반 호감 반이었던 마음이 잠깐 흔들렸다.

"선약이 있다면 취소해. 내가 두 배를 주지."

"죄송합니다. 약속을 해서 취소할 수 없어요."

여자는 당돌하게도 그를 끝까지 거절했다. 이상하게 화가 났다. 겨우 술집 계집 따위가 약속이니 뭐니 하면서 그를 거절하다니 말도 안 되는 일이었다. 인재는 여자를 노려보았다. 하지만 여자는 아랑곳하지 않고 그에게 꾸벅 인사를 하더니 바쁘게 어디론가 사라져 버렸다.

"취소할 수 없는 선약이라……."

인재는 혼자 중얼거리곤 돌아섰다. 후일 다시 여자를 찾아봐야겠다고 생각하면서.

# 3장

훈겸은 호텔 로비로 내려왔다. 오후 시간이긴 했지만 낮에 밖에 나온 것은 꽤 오랜만이었다. 한 달 전 집을 나온 뒤로 훈겸은 쭉 호텔에서 지냈다. 집으로 돌아갈 생각은 없었다. 뭘 어떻게 하겠다는 생각도 들지 않았다. 그냥 한 달 내내 술집에서 살다시피 하면서 술만 마셨다.

아버지가 이루어 놓은 기업을 그에게 물려주겠다고 했지만 전혀 기쁘지 않았다. 부정한 방법으로 일으켜 세운 회사를 그냥 받고 싶지가 않았다. 지금까지 그가 누렸던 모든 것들이 아버지가 잘못된 방법으로 얻어 낸 결과물이었다는 사실에 욕지기가 올라왔다. 할 수만 있다면 킹 과자점을 산산이 부서뜨려 모든 걸 망쳐 버리고 싶었다.

인생에서 단 한 번도 흔들림 없었던 목표가 송두리째 흔들렸고, 그는 갈 곳을 잃었다. 인생의 롤모델이라 생각했던 아버지의 행동은 그를 실망시켰고 절망에 빠뜨렸다.

한 달간의 그의 상태는 카오스, 딱 그 상태였다. 아무리 술을 마셔도 정신은 더욱 맑아지기만 했다. 아버지의 잘못된 행동을 인정하고 싶지 않은 그의 마음속 외침이 처절한 현실과 맞닥뜨려 괴로웠다.

그에게 실망과 절망을 안겨 준 아버지에게 가장 가혹한 벌은 그 스스로가 망가지는 것이라 여겼다. 훈겸이 아버지를 자신의 삶의 나침반으로 여기고 절대군주처럼 떠받들었듯이, 아버지 정도훈 회장에게 있어 훈겸의 존재는 단순한 아들을 넘어서 평생 이루고자 하는 꿈과도 같았다. 그래서 훈겸은 술을 마셨다. 아버지가 괴로워하도록, 후회하도록 하고 싶었다. 아버지가 평생 가장 자랑스러워하던 아들이 망가지는 모습을 눈앞에서 보여 주려고 하는 못된 심보였다. 하지만 아무리 술을 마셔도, 돈을 버리듯 써 버려도 분노는 풀리지 않았다. 훈겸은 머릿속을 떠나지 않는 괴로운 사실을 잊으려 애쓰며 로비에 서 있는 여자를 향해 걸어갔다. 여자는 약속 시간보다 일찍 나와 있었다. 편하게 입고 오라는 그의 말대로 여자는 평범한 바지에 니트 차림이었다.

"안녕하세요."

화장기 없는 하얀 얼굴에 동그란 눈이 까맣게 빛나고 있었다. 훈겸은 여자의 앞에 멈춰 섰다. 시간이 멈춘 듯 훈겸은 몇 초 동안 눈도 깜박이지 않고 여자의 눈에 시선을 고정했다. 술집 여자라고는 믿기지 않을 정도로 여자의 눈동자는 맑고 깨끗했다. 남자들에게 술을 따르고, 남자들의 손에 희롱당하는 모습이 상상조차 되지 않을 정도로 여자는 순수하고 어려 보였다.

'혹시…….'

훈겸은 흠칫하며 여자를 머리끝부터 발끝까지 훑어보았다. 훈겸의 눈길에 당황한 듯 여자는 안절부절못했다.

"미성년자야?"

앳된 얼굴이 10대처럼 보여서 훈겸은 툭 던지듯 물었다. 여자의 눈이 놀란 듯 커졌다.

"아니에요."

잠시 후 여자가 나직한 목소리로 대답했다. 그가 쏘아보듯 빤히 쳐다보았지만 여자는 주눅 들지 않았다. 속으로는 그를 두려워하고 있을지 몰랐지만 적어도 겉으론 평정심을 잃지 않는 여자의 꿋꿋하고 당당한 태도가 마음에 들었다. 훈겸은 잠시 여자의 눈동자를 응시하며 1억 원이라는 돈에 자신을 판 여자가 '위로'를 바라는 그에게 어떤 식으로 위로를 해 줄지 짐작해 보려 했다. 가진 건 몸밖에 없다는 이 여자, 세상 사람들이 흔히 생각하는 방법으로 하룻밤을 내어 줄 수도 있을 것 같다는 생각이 들었지만 티 하나 묻지 않은 순수한 눈동자는 그런 의도마저 의심스럽게 만들었다.

"다행이군. 가진 건 그것밖에 없는데 미성년자면 곤란하지."

비꼬듯 말을 던진 건 여자를 자극시켜 보려는 의도였다. 마치 남자의 손길이 한 번도 닿지 않은 순결한 여자인 것 같은 표정에 왠지 심사가 뒤틀렸기 때문이다. 그래 봤자 술집 여자인데, 깊이를 가늠할 수조차 없는 까만 눈빛은 반칙이었다. 여자가 당황해서 얼굴을 붉힌다면 내숭을 떠는 것 같아 재수 없을게 분명했고, 은근하게라도 유혹이 담긴 시선을 보낸다면 그럼 그렇지 하는 생각이 들 것 같았다.

"네. 저도 그렇게 생각해요. 이렇게라도 할 수 있는 나이라서 다행이라고."

예상 밖이었다. 여자의 반응은. 훈겸은 살짝 당황했다. 여자는 얼굴을 붉히지도 않았고, 유혹이 담긴 시선을 보내지도 않았다.

'이건 뭐지?'

여자의 눈동자는 한 치의 흔들림도 없었다. 맑고 깨끗한 눈동자에선 슬픔이 느껴졌다. 심장 한쪽이 이상하게 저릿해졌다. 훈겸은 잠시 아무 말도 할 수가 없었다. 여자가 무슨 생각을 하고 있는지 짐작조차 할 수 없어 당황스러웠다.

잠시 후, 훈겸은 말없이 앞장서서 걸었다. 아무렇지 않은 표정을 지었지만 마음속이 혼란스러웠다. 주차장에서 차에 오르자 여자도 옆자리에 얌전히 탔다. 여자는 다소 긴장한 듯한 모습이었다. 훈겸은 시동을 걸고 차를 몰아 밖으로 나갔다. 딱히 어딘가에 가야겠다는 생각은 하질 않았다. 그냥 답답해서, 답답한 마음을 뻥 뚫리게 할 수 있는 곳이라면 어디든 좋았다. 한 달간 술만 진창 마셔 댔더니 사고 회로가 마비된 것만 같았다.

"저, 어디로 가요?"

한동안 아무 말도 없이 앉아 있던 여자가 조심스럽게 물었다. 여자의 물음에 사고 회로가 삐걱거리며 움직였다.

"탁 트이고…… 시원한 곳."

"음…… 그럼 바다?"

여자의 말에 바다로 가야겠다는 생각이 들었다. 훈겸은 고속도로를 향해 차를 몰았다. 여자에게 곁을 준 건, 처음부터 그러겠다는 생각은 아니었다. 훈겸은 여자를 처음 보았던 때를 떠올렸다.

'영우야……. 영우야…….'

여자는 온몸이 부서질 것처럼 울고 있었다. 훈겸이 레드플라워에서 술을 마신 지 꽤 지난 후였는데, 늘 혼자였던 그의 룸에 그곳에서 일하는 아가씨들이 돌아가면서 도전하듯 들어오고 있던 때였다. 새로 일을 시작했는지 여자는 걸핏하면 룸에서 뛰쳐나오기 일쑤였다. 룸에서 술을 마시고 있을 때 하루에도 몇 번씩 시끄러운 소리가 들려오곤 했다. 남자들의 욕지거리, 앙칼지게 손대지 말라고 소리 지르는 여자의 목소리, 그리고 우는 소리.

자신의 일만으로도 머리가 터질 것 같았기 때문에 훈겸은 그런 소란에 신경 쓰지 않았다. 하지만 우연히 술집에 들어올 때, 룸에서 뛰쳐나오는 여자를 본 뒤로 그 여자를 잊을 수가 없었다. 자꾸 신경이 쓰였다.

여자는 묘한 느낌이었다. 분명 그때 여자는 겁에 질려 있었다. 룸에서 무슨 봉변을 당한 것인지 얇아서 걸치나 마나인 것 같은 옷은 찢어져 어깨가 다 드러나 있었고 얼굴은 온통 눈물 투성이였다. 하지만 붉은 입술에 피가 맺힐 만큼 입술을 꾹 깨물곤 따라 나온 남자를 벌레 보듯 차갑게 노려보았다. 눈동자에 드러난 건 두려움이었지만 여자의 태도는 꿋꿋했다. 치 떨리게 싫다는 듯 노려보며 '내 몸에 손 대고 싶으면 그만큼의 대가를 먼저 치러.' 하고 차갑게 쏘아붙였다. 술집 여자 주제에 몸에 손도 대지 못하게 하는 대담함에 놀라기도 했지만 그것보다 대차게 쏘아붙이는 말과는 달리 두려움과 아픔으로 얼룩진 상처 입은 눈동자가 더 마음에 걸렸다. 여자의 표정이 너무 아파 보여서 며칠간 잊히지 않았다.

'어머니…….'

두려움에 질려 있는 여자의 눈동자를 보고 순간 심장이 저릿했다. 어쩌면 그 예전에 어머니도 그랬을지 모른다는 생각이 들어서, 어머니도 그렇게 두려움에 질려 싫다고 소리쳤을지 모른다는 생각이 들어서 오래도록 여자의 상처 입은 눈동자가 생각났다.

그리고 며칠 후 화장실에 가다가 또 그 여자를 보았다. 여자 화장실로 비틀거리며 들어가는 여자의 옷매무새는 또 엉망으로 흐트러져 있었다. 입을 틀어막고 화장실로 들어간 여자는 온몸을 쥐어짜듯 울음을 터뜨렸다.

'영우야……. 영우야…….'

누군가의 이름을 절절하게 부르며 흐느끼는 여자의 목소리는 훈겸의 마음을 아프게 했다.

'애인일까?'

여자가 애타게 부르는 이가 누구인지는 알 수 없지만 여자에게 뭔가 사연이 있을 거라는 생각이 들었다. 상처 입은 작은 새 같은 그 여자가 자꾸 신경 쓰였다. 누군가를 걱정할 여유도 없는 상황이었지만 훈겸은 어느새 술을 마시면서 그 여자를 생각하고 있었다. 여자가 아프지 않았으면 했다. 본 적도 없는 어머니와 묘하게 상황이 겹쳐지는 듯한 기분이 들어, 그 여자가 몸서리치게 싫어하는 남자들의 손길에서 벗어나기를 바랐다.

하지만 술집 여자가 남자들에게서 벗어난다는 건 불가능한 일이었다. 훈겸은 자신이 상관할 일이 아니라는 생각에 그냥 술이나 마셔야겠다고 여자의 존재를 잊으려 했다. 그러나 어느새 생각은 그 여자에게로 쏠리고 있었다. 거의 매일을, 하루에도 몇 번씩 룸을 뛰쳐나오며 소란을 일으키는 여자는 룸살롱에서 골칫덩이인 것 같았다. 남자들의 손길을 거부한 채 만지고 싶으면 1억 원을 가져오라며 당당하게 돈을 요구하는 그녀에게 '1억녀'라는 별칭이 붙었다는 것도 오며 가며 주워들었다. 가지지 못하는 것에 대한 갈망인지, 남자들에게 그 여자가 선망의 대상이 되었다는 것도 알게 되었다.

그도 그럴 것이, 여자는 무척 아름다웠다. 20대 초반이나 되었을까. 흐트러지지 않은 여자의 모습을 스치듯 본 훈겸은 꽤나 놀랐다. 룸살롱 아가씨들은 대부분 키도 크고 예쁘긴 했지만 그 여자는 그중에서도 단연 뛰어난 미모의 소유자였다. 남자들이 그 여자를 찾는 이유를 알 것 같았다.

하지만 여자는 훈겸의 룸에는 단 한 번도 들어오질 않았다. 룸살롱의 거의 모든 아가씨들이 돌아가며 들어왔었지만 여자는 들어오지 않았다. 그러다 처음으로 그 여자가 룸에 들어왔을 때, 훈겸은 여자를 제대로 보고 깜짝 놀랐다.

남자라면 누구라도 마음이 흔들릴 정도로 아름다웠다. 까맣고 신비로운 눈동자는 커다랗게 반짝이고 있었고, 하얀 피부는 잡티 하나 없이 깨끗했다. 단아한 이마와 오뚝한 콧날은 깎아 놓은 것처럼 반듯했고, 붉은 입술은 도톰하고 육감적이었다.

여자는 늘씬했지만 동시에 섹시했다. 가느다란 몸매였지만 가슴은 풍만했고 엉덩이는 섹시한 곡선을 그리고 있었다. 한번 보면 눈을 뗄 수 없는 매혹적인 여자였다.

여자가 말을 걸었을 때, 망설이지도 않고 나가라고 했지만 마음속으로는 묘하게 끌리는 감정을 느끼고 있었다. 여자의 부드러운 음성을 들었을 때, 그리고 여자의 까만 눈동자를 정면으로 응시했을 때 훈겸은 잠깐 동안 숨이 막히는 기분에 아무 말도 할 수 없었다.

그 여자는 술집 여자 같지 않았다. 깊고 풍부한 까만 눈빛은 영혼까지 들여다볼 수 있을 것처럼 맑았고 매혹적이었다. 하얗고 투명한 피부에 손을 대면 그대로 빠져들 것만 같아서 차마 손을 뻗을 수조차 없었다.

'전…… 사장님이 돈이 많다고 해서 왔어요.'

여자는 당당했다. 속물이라고, 돈을 위해 몸을 파는 여자라고 생각하자 묘한 불편함과 분노가 치밀었다. 그럼에도 불구하고 여자의 태도는 너무도 당당해 놀라울 정도였다.

'돈이 필요하거든요. 1억 정도.'

그렇게 노골적으로 돈 얘기를 할 것이라곤 생각하지 못했다. 씁쓸하기도 하고 기분이 묘하게 나쁘기도 했다. 돈을 구걸하는 주제에 대체 뭘 믿고 당당한 건지 의아하기도 했다. 꼿꼿한 여자가 언제까지 그 태도를 유지할 수 있을 건지 궁금하기도 했다.

'제…… 몸이요. 지금 제가 갖고 있는 건 그것밖에 없어요.'

결국은 몸뚱어리 하나밖에 내세울 게 없는 여자였지만 훈겸은 묘하게 여자의 매력에 끌렸다. 여자에게 손끝 하나 까딱하지 않았지만 여자의 부드러운 피부가 시선만으로도 느껴지는 것 같았다. 여자의 눈물이 뺨을 타고 흐르자 순간 숨이 막혔다. 살아오면서 단 한 번도 여자를 보고 그런 감정을 느낀 적이 없었다. 공장에서 빵을 만들 때만 느꼈던 설렘이 한 여자를 보고 느껴져 여자에 대한 반감과 뒤섞여 그를 당황스럽게 했다.

'뭐든지 할게요. 원하시는 걸 말씀해 주시면 뭐든지…….'

그에게 애원이라도 해야 하는 절박함과, 그 상황을 수치스러워하는 듯한 괴로움, 그리고 묘한 두려움과 슬픔이 뒤섞인 그녀의 눈동자를 보고 훈겸은 그 여자를 사기로 결심했다. 여자가 그의 시간을 되돌릴 수는 없겠지만, 적어도 위로가 될 수는 있을 거라고 생각했다.

"저기."

운전에 집중하던 훈겸은 옆에 앉은 여자를 흘끗 쳐다보았다. 여자에게선 달콤한 향이 풍겼다. 긴 생머리를 단정하게 하나로 묶은 여자는 뭔가 망설이는 듯 우물쭈물하더니 수줍게 말을 꺼냈다.

"고맙습니다."

뜬금없는 감사 인사에 훈겸은 의아한 눈초리로 여자를 보았다. 여자는 그를 똑바로 쳐다보지 못하고 창밖으로 시선을 돌리고 있었다.

"뭐가?"

"도와주셔서요."

돈을 준 것에 대해서 말을 한 것 같았다. 묘한 기분이었다. 돈을 달라고 당당하게 요구한 건 그 여자였다. 남자 따위에게 몸을 파는 건 죽기보다도 싫다는 눈빛을 하고선, 입으로는 무엇이든 하겠다며 자신을 팔았던 여자였다. 그런데 갑작스런 감사 인사라니 좀 이해가 되질 않았다.

"인사할 필요 없어. 넌 네가 가져간 돈만큼의 대가를 치르기로 했으니까."

훈겸의 차가운 말에 여자가 숨을 훅 들이쉬었다. 무릎 위에 놓인 손이 하얗게 변하도록 꾸욱 쥐고서 여자는 천천히 숨을 내쉬었다.

"알아요. 그래도…… 고맙습니다."

여자의 눈에서 투명한 눈물이 한 방울 톡 떨어졌다. 훈겸은 이상한 기분이 들어 여자에게서 시선을 돌렸다. 이것도 명백한 반칙이었다. 몸을 파는 속물이라는 생각을 들게 만들어 놓고, 마치 그가 도와주었다는 듯이 눈물을 흘리다니. 방심하고 있는 그의 아랫배를 훅 치고 들어오는 것 같았다.

'진심인 것 같잖아. 뭐지, 이런 기분은?'

여자의 눈동자가 티 없이 맑아 심장이 툭 떨어지는 것 같았다. 기분이 이상해졌다. 새빨간 거짓말이라고 생각하면서도 왠지 한편으론 여자의 말이 진심인 것 같아서 바보가 된 기분이었다. 훈겸은 여자에 대해 잘 몰랐다. 여자와 어떤 형태로든 함께 시간을 보내는 것도 처음이었다. 달콤한 향을 풍기는 그 여자 때문에 온몸의 솜털까지 바짝 곤두선 것 같았다. 심장이 저릿하게 조여들었다.

"어디로 가요? 정말 바다로 가는 거예요?"

여자는 별로 수다스러운 성격은 아닌 듯 조용히 앉아 있다가 고속도로 표지판을 보고 물었다. 여자는 그의 기분이 좋지 않은 것을 짐작한 듯 조용히 있어 주었다. 여자 때문에 혼란스럽기도 했고, 자신의 상황 때문에 사실 별로 이야기를 할 기분이 아니었기 때문에 여자가 뭔가 물었어도 제대로 대답을 하진 않았을 것이다.

"응."

단답형으로 대답하는 훈겸을 보고 여자는 다시 입을 다물었다. 침묵이 길어졌지만 별로 불편하지 않았다.

묘한 여자였다. 처음엔 가식적인 거짓말을 하고 있다는 느낌에 기분이 나빴다가, 그의 기분을 살펴 주는 듯한 그녀의 배려에 얼었던 마음이 조금씩 풀어졌다. 함께 있는 것만으로도 이상하게 편안한 여자는 처음이었다. 여자는 라디오를 틀었다.

"음악 들으실래요?"

여자는 오래된 팝송이 나오는 채널을 맞추곤 볼륨을 조금 올렸다. 부드러운 음악이 귓가를 간질였다. 마음이 점점 차분해졌다. 훈겸은 음악을 들으며 기분이 조금씩 나아지는 걸 느꼈다. 여자를 흘깃 바라보니 조금은 편안해진 듯 등받이에 몸을 기댄 채 노래를 흥얼거리고 있었다. 이상했다. 그녀에 대해 아는 것이 하나도 없었음에도 여자와 함께 있는 것이 불편하지 않았다.

"바다예요."

두 시간여를 달려 바다에 도착했다. 차에서 내리니 차가운 겨울바람이 몰아쳤다. 바닷바람은 매섭고 차가웠다. 정신이 번쩍 들었다.

훈겸은 바닷가 모래사장으로 내려섰다. 여자는 그를 따라 걸어왔다. 훈겸은 여자를 돌아보았다. 차가운 바닷바람에 몸을 움츠리고 있었다. 훈겸은 외투를 벗어 여자에게 던져 주었다.

"아, 저 괜찮아요."

훈겸은 대꾸하지도 않고 그냥 걸었다. 가슴이 탁 트이는 것 같았다. 차가운 바람이 온몸을 파고들었지만 시원하게 느껴졌다. 여자는 외투를 걸치고 그의 뒤를 따라 걸어왔다.

검게 밀려오는 파도를 보고 짭짤한 바다의 내음을 맡으니 머리가 맑아지는 것 같았다. 한 달간의 숙취가 모두 사라졌다.

'어머니……. 어머니…….'

훈겸은 바다 저편을 보면서 마음속으로 어머니를 불렀다. 태어나서 단 한 번도 본 적이 없었던 어머니가 사무치게 그리웠다.

'내가 태어나지 않았다면…… 어머니는 사랑하는 사람과 지금도 행복하게 살고 있겠지?'

마음속을 짓누르던 무거운 생각에 훈겸은 숨을 쉴 수가 없었다. 어머니가 불행해진 게, 일찍 돌아가신 게 모두 그의 탓인 것만 같아 죄스러웠다.

'나만 아니었으면…….'

어긋난 관계를 다시 되돌리는 것은 힘든 일이었다. 훈겸은 스스로의 존재에 대해서 난생처음으로 부정적인 생각을 가졌다. 그리고 아버지가 원망스러웠다. 완벽한 인간이라 생각했던 무결점의 존재가 사실은 결점투성이의 약한 인간이라는 사실을 깨닫게 되자 너무도 실망스러웠다. 아니, 실망을 떠나 절망스러운 지경이었다.

"많이…… 힘든가 봐요."

여자가 옆에서 말을 건넸다. 훈겸은 생각에 잠겨 있다가 문득 고개를 돌렸다. 여자가 그의 아픔을 이해한다는 듯한 표정으로 서 있었다. 순간 화가 치밀었다.

"나에 대해서 얼마나 안다고 그런 말을 하지?"

차갑게 쏘아붙였지만 여자는 무안해하거나 당황하지 않았

다. 오히려 태연한 여자의 태도에 훈겸이 당황할 지경이었다.

"아무것도……. 기분 상했다면 미안해요."

말투는 부드러웠지만 여자의 눈빛은 발끈해 함부로 말한 훈겸을 나무라는 것 같았다. 그보다 훨씬 어린 여자였지만 전혀 어리게 느껴지지 않았다. 훈겸은 홀린 듯 여자의 시선을 맞받았다.

"시간을…… 되돌릴 순 없겠지."

한참 지난 후 훈겸은 나지막하게 말했다. 저 멀리 해가 지고 있는 바다는 점점 검게 물들고 있었다.

"이미 일어난 일은 어쩔 수 없죠. 후회도 소용없고요."

여자는 훈겸에게 무슨 일이 있었는지 묻지 않았다. 그저 이해한다는 듯한 눈빛으로 바라볼 뿐이었다. 훈겸은 순간 여자의 눈빛을 마주하고 있다간 그의 생각을 모두 들킬지도 모른다는 생각이 들었다.

"가자."

여자의 볼이 추위에 빨갛게 얼어 있었다. 훈겸은 돌아서서 걸었다. 차에 타자 따뜻한 공기가 그들을 감쌌다. 꽁꽁 얼었던 얼굴이 풀리자 훈겸은 다시 운전을 했다. 근처 호텔로 갈 생각이었다.

"어디로 갈 거예요?"

"호텔."

"우리…… 저기 갈까요?"

여자가 손가락으로 가리킨 곳은 바닷가를 보고 서 있는 펜션이었다. 새로 지은 곳인 듯 깔끔하고 예쁜 건물이었다.

"제가 맛있는 밥 차려 드릴게요."

훈겸이 대답을 하지 않자 여자가 재차 말했다. 여자의 말은 의외였다. 그에게 밥을 해 주겠다니.

어색했다. 평생 살면서 그에게 밥을 해 주겠다는 여자는 단 한 명도 없었다. 훈겸은 뭐라고 대답해야 할지 몰라 계속 입을 다물고 있었다. 이럴 때는 어떻게 반응을 해야 하는지 몰랐다.

"근처 시장에 들렀다가 가면 돼요."

"왜?"

대체 왜 그녀가 밥을 차려 주겠다는 건지 이해가 되질 않아서 물었다. 그와는 어떠한 관계도 없는 여자였다. 그녀에게 돈을 주었지만 그저 그녀의 사흘 밤을 산 것뿐이었다. 그런데 연인이라도 되는 듯 밥까지 차려 주겠다니 이해가 되질 않았다.

"위로가 필요하다고 하셨잖아요. 맛있는 거 먹으면 기분 좋아져요."

"요리 잘해?"

"네."

여자는 자신 있다는 듯 방긋 웃었다. 가늘어지는 눈꼬리에 웃음이 담기자 심장이 철렁 내려앉았다. 이상했다. 가슴이 두근두근 뛰었다. 훈겸은 고개를 돌리고 운전에 집중하려 애썼다. 왠지 이 여자, 만만치 않아 보였다. 그가 못마땅하게 생각하고 있다는 것도, 그녀에게 퉁명스럽게 대하는 것도 개의치 않는 것 같았다. 아니면 다 알고 있거나. 그런 식으로 웃으면 남자들이 모두 넘어왔는지도 모른다. 훈겸은 입을 꽉 다물었다.

"뭐 좋아해요?"

근처 시장에 들러 장을 보면서 여자가 물었다. 훈겸은 '빵'이라는 대답이 목구멍까지 올라왔지만 입을 다물었다. 오븐도 없이 빵을 만들 수도 없거니와 빵이라고 하면 여자가 이상하게 생각할 것 같아서였다.

"그냥 아무거나."

"에이, 재미없어."

여자는 피식 웃더니 국거리를 사고 몇 가지 채소와 싱싱한 생선을 샀다. 그리고 그들은 함께 펜션으로 갔다. 여자가 가자고 해서 가긴 했지만 훈겸은 마음속으로 경계심을 품고 있었다. 분명 여자는 매력적이었지만, 그를 위로해 주기 위해 밥을 차려 주겠다는 것이 또 하나의 위선인 것만 같았다.

'돈 때문에 그런 거겠지.'

그녀 입으로 무슨 일이든 하겠다고 했다. 깜찍하게도 그의 마음을 흔드는 데는 성공한 듯싶었다. 하지만 훈겸은 술집 여자 따위에게 넘어갈 만큼 순진하지 않았다.

"마침 두 분한테 딱 어울리는 방이 하나 남았는데. 이쪽으로 오세요."

인심 좋게 생긴 아주머니가 그들을 보더니 생글거리며 방으로 안내해 주었다. 방으로 들어간 여자는 핑크빛 일색인 내부를 보고 얼굴을 붉혔다. 방은 꽤 넓었고 스파와 테라스가 딸려 있었으며 히노끼탕까지 갖춰져 있었다. 바다를 보며 온천욕을 할 수 있도록 되어 있는 시설을 보고 여자는 얼굴을 들지도 못했다. 1억 원을 요구하며 비싸게 굴긴 했지만 순진한 여자처럼 얼굴을 붉히는 반응은 연기하는 것처럼 느껴졌다.

'처음은 아닐 텐데.'

훈겸은 씁쓸하게 여자에게서 시선을 돌려 테라스로 나가 바다를 바라보았다. 여자는 장 봐 온 것들을 꺼내더니 뭔가 요리를 하기 시작했다. 여자의 요리에 대해 그다지 기대를 하지는 않았다. 그냥 그의 기분을 맞춰 주려고 노력하는 것에 불과했다. 그래도 돈을 받은 것만큼의 가치는 해야 하니까.

'그런데 그럼에도 불구하고…… 이 기분은 뭐지?'

요리에 열중하는 여자의 모습이 예뻐 보였다. 아이러니한 감정을 느끼며 훈겸은 테라스에서 투명한 유리문을 통해 여자의 모습을 바라보았다. 나긋나긋한 몸매가 평범한 바지와 니트에 가려져 있었지만 훤히 보이는 것 같았다. 뱃속이 뜨끈해지는 기분이 들어 훈겸은 헛기침을 했다. 여자를 보고 그런 기분이 드는 건 처음이었다. 왠지 더운 듯한 느낌에 테라스 창을 열었다. 차가운 바람이 밀려들어 오자 정신이 났다.

'예쁘다…….'

요리를 하고 있는 여자의 모습이 예쁘다는 것을 처음 알게 되었다. 누군가가 그를 위해 요리를 하고 있다는 사실은 텅 빈 마음을 채워 주는 것 같은 따스함이었다. 평범한 사람들은 누구나 경험하는 일을 훈겸은 단 한 번도 경험할 수 없었다. 대부분 어머니가 해 주는 따뜻한 밥을 먹고 살지만 훈겸은 단 한 번도 어머니가 해 주는 밥을 먹어 본 적이 없었다. 공장에서 대충 직원들과 같이 먹거나 아니면 그냥 빵을 먹거나 둘 중 하나였다. 그래서 누군가가 그를 위해 지어 준 밥을 먹는다는 게 그에게는 특별한 일이었다.

여자는 그걸 아는지 모르는지 밥을 해 주겠다며 바지런하게 요리를 하고 있었다. 훈겸은 요리를 하고 있는 여자의 뒷모습을 보면서 문득 여자를 갖고 싶다는 생각을 했다.

'나만 보고, 날 위해 밥을 해 주는 여자라…….'

훈겸은 자석에 이끌리듯 안으로 들어갔다. 요리를 시작한 지 한참 된 듯, 주방에서는 그럴듯한 냄새가 풍기고 있었다. 훈겸은 여자에게 천천히 다가갔다. 자신이 여자를 향해 걷고 있다는 것도 느끼지 못할 정도로 무의식적이었다.

"거의 다 됐어요."

여자가 인기척을 느끼고 돌아보며 말했다. 국자를 들고 있는 여자가 그렇게 예뻐 보이는 건 난생처음이었다. 훈겸은 끌리듯 다가가 여자를 안았다. 불가항력이었다. 여자에 대해 색안경을 끼고 보았던 것도, 돈 때문에 노력하고 있다는 생각도, 속물이라는 의심도 다 잊었다. 여자는 놀란 듯 얼음처럼 굳었다. 훈겸은 여자의 얼굴을 내려다보곤 천천히 고개를 숙였다. 앵두처럼 탐스러운 입술을 쪼옥 빨아들였다. 달콤했다. 여자는 놀랄 정도로 부드러웠다. 빵 반죽만큼이나, 아니, 그것보다도 더 부드러운 입술이었다. 여자와의 첫 키스. 그리고 그의 생애 첫 키스.

사르르 눈을 감는 여자의 눈꺼풀이 살짝 떨렸다. 눈을 감았다. 온통 부드러운 느낌이 그의 입술과 혀를 지배했다. 살짝 그녀의 입술 사이로 혀를 밀어 넣었다. 여자는 거부하지 않았다. 천천히 열리는 입술 사이로 부드러운 점막을 훑고 달콤한 혀를 빨아들였다. 여자의 고개가 젖혀졌다. 안고 있던 그녀의 허리를 강하게 잡아당겼다. 나긋나긋한 몸이 그의 몸에 달라붙으니 빠르게 뛰고 있는 여자의 심장 박동이 가슴으로 느껴졌다.

여자의 혀를 빨며 타액을 삼켰다. 그 느낌은 뭐라 표현할 수 없이 짜릿했다. 그 순간만큼은 아무런 생각이 들지 않았다. 훈겸은 천천히 여자의 입술에서 입술을 떼었다. 그녀의 눈이 천천히 떠지고 흔들리는 눈동자가 올곧게 그의 눈을 향했을 때 훈겸은 심장을 아프게 쥐어뜯는 것 같은 충격을 느꼈다.

"예뻐."

여자의 눈을 보며 말했다. 진심이었다. 여자에게 진심으로 예쁘다고 말을 한 것은 처음이었다. 그녀의 눈동자가 흔들렸다. 훈겸의 마음도 흔들렸다. 미처 이성적인 판단을 하기도 전에 입에서 튀어나온 말에 그 스스로도 조금 당황했다. 여자는 붉어진 얼굴로 당황한 듯 시선을 피하더니 허둥지둥 요리하던 음식들로 관심을 돌렸다.

훈겸은 그에게 등을 보이고 요리를 하는 여자를 뚫어지게 바라보았다. 여자는 귓불까지 빨개져 있었다. 술집 여자가 그렇게 키스 한 번에 귓불까지 빨개지는 게 좀 이상했다. 그에게는 첫 키스였지만 그녀의 입술은 많은 남자들이 이미 맛봤을

게 분명했다. 심장이 거세게 뛰었으며 관자놀이가 터질 것 같았다. 그녀를 경멸하면서도 미칠 듯 끌리는 감정이 그를 혼란스럽게 했다.

그를 위해 요리를 하는 여자가 특별하다는 기분이 들었지만 동시에 위선이라는 생각이 들어 화가 났다. 훈겸은 갈팡질팡하는 마음으로 여자가 요리를 마칠 때까지 옆에 서서 계속 여자를 바라보았다. 그의 뚫어질 듯한 시선에 여자는 몹시 불편해했지만 그걸 말로 표현하지는 않았다.

"다 됐어요. 앉으세요."

여자를 바라보느라 요리가 어떻게 되었는지는 관심이 없던 훈겸은 다 되었다는 말에 비로소 식탁을 보았다. 그리고 자리에 앉으며 내심 놀랐다.

"진짜 요리 잘하네."

매운탕에 정갈한 반찬들을 보고 훈겸은 감탄했다. 맛을 보니 진짜 요리를 잘한다는 말이 허풍이 아니었다는 걸 알 수 있었다.

"어릴 때부터 집안 살림은 거의 제가 했거든요. 요리도 늘 하던 거라 잘해요."

"부모님이 안 계셔?"

"아뇨. 두 분 다 계세요. 그냥 상황이…… 제가 집안일을 해야 해서요……."

여자가 말끝을 흐렸다. 훈겸은 더 묻지 않고 밥을 먹었다. 따뜻한 김이 오르는 밥을 먹으니 기분이 묘했다. 도우미 아주머니가 해 주는 밥도 맛있었지만 이런 뭉클한 느낌은 아니었다. 훈겸은 말없이 밥을 먹었다. 여자가 해 준 밥은 그의 꼬였던 마음을 풀어 주었다.

"잘 먹었어."

어느새 한 그릇을 비운 훈겸은 자리에서 일어났다. 여자는 새 모이만큼이나 조금밖에 밥을 먹질 않았다. 밥이 많이 남은 여자의 밥그릇을 보고 훈겸은 고개를 갸웃했다.

"왜 안 먹어?"

"네? 아, 그냥요."

"다이어트 해?"

여자의 몸매는 전혀 그런 게 필요하지 않은 몸매였다. 여자는 조금 당황하는 듯하더니 그의 시선을 피했다.

"아뇨. 그냥 별로 입맛이 없어서."

여자는 더 이상 말을 하지 않고 식탁을 치웠다. 빠르게 정리를 하고 설거지까지 마친 여자는 훈겸의 눈치를 보더니 욕실로 숨어 버렸다.

"뭐야. 긴장하는 건가?"

비로소 여자가 밥을 제대로 못 먹은 게 긴장감 때문이라는 걸 짐작한 훈겸은 실소를 지었다. 여자의 행동이 귀엽게 느껴졌다. 아까 요리를 할 때 키스한 것 때문일지도 모른다. 키스를 한 뒤로 여자는 훈겸의 눈을 제대로 쳐다보지도 못했다.

훈겸은 여자가 들어간 욕실 문을 보다가 다른 쪽에 있는 샤워실로 들어가 씻었다. 샤워 가운만 걸친 채 밖으로 나오니 여자는 아직도 욕실 안에 있는 것 같았다.

"돈이 무섭긴 한가 보네."

훈겸은 씁쓸하게 중얼거렸다. 어쩔 수 없이 몸을 팔겠다고는 했지만 막상 현실을 맞닥뜨리니 두려움이 앞서는 게 당연했다. 훈겸은 테라스로 나가 차가운 바람을 맞았다.

여자를 어쩌겠다는 생각은 없었다. 여자가 요리를 하는 모습에 순간 마음이 흔들려 키스는 했지만 처음부터 잘 알지도 못하는 여자를 안아 보겠다고 돈을 치른 건 아니었다. 게다가 스무 해가 넘도록 신처럼 믿어 왔던 그의 세계가 산산이 부서지고 만신창이가 된 마음을 여자와의 하룻밤으로 달랠 상황도 아니었다. 순간적인 쾌락은 아픔을 잊게 해 주겠지만 그건 단지 그 순간일 뿐이라고 생각했다.

'아버지…… 왜 그러셨어요?'

가슴속에 답답한 불길이 일었다. 분노의 감정은 스스로도 어쩔 수 없을 정도로 강력하게 훈겸을 사로잡았다. 저도 모르게 주먹이 부르르 떨렸다. 훈겸은 입술을 깨물곤 까만 밤바다를 하염없이 바라보았다.

"저기……."

얼마나 시간이 흘렀을까. 여자가 테라스로 나와 훈겸을 불렀다. 생각에 잠겨 있던 훈겸은 흠칫 놀라 여자를 돌아보았다. 그녀와 함께 있었다는 걸 잠시 잊고 있었다. 여자는 욕실에 들어갈 때처럼 옷을 다 입고 있었는데 머리카락이 젖은 걸로 봐서 씻고 다시 옷을 입은 것 같았다.

"왜?"

퉁명스럽게 나온 말에 여자가 흠칫했다. 어느새 차가워진 그의 얼굴에 여자는 잠시 머뭇거리더니 심호흡을 했다.

"이제 준비됐어요."

눈동자는 여전히 겁에 질려 있는 주제에, 여자는 당차게도 값을 치르겠다고 선언했다. 훈겸은 가만히 여자를 바라보았다. 그녀의 눈빛이 흔들리고 있었다.

"난 싫은데."

무심한 그의 말에 여자의 눈동자가 커졌다. 대체 왜 그가 싫다고 하는 것인지 혼란스러워하는 듯했다. 이미 그는 그녀의 제안에 수락했고 값을 치렀다. 약속한 사흘 동안 그녀가 말했듯이 내놓을 것은 몸밖에 없는 그 여자에게서 받아 낼 수 있을 만큼 받아 내야 계산이 맞는 거였다. 하지만 훈겸은 그럴 생각이 없었다.

"왜죠?"

역시 허를 찌를 줄 아는 여자였다. 당황스러워하는 것도 잠시, 여자는 차분한 표정으로 이유를 물었다.

"원하지 않는 여자를 갖는 건 범죄 아닌가?"

입꼬리가 비웃듯 살짝 올라갔다. 아버지에 대한 분노가 말끝에 묻어 나왔다. 그랬다. 아버지는 그게 범죄라는 걸 생각했어야 했다. 그가 그의 존재 자체를 저주할 만큼 끔찍하게 생각하고 있다는 것을 알았어야 했다. 사랑은 어느 한쪽의 일방통행이 아니니까. 그걸 사랑이라고 합리화하는 것은 그저 자기 위안일 뿐이니까.

"제가 합의했잖아요."

건방지게 여자가 말을 이었다. 훈겸은 눈살을 찌푸렸다. 울컥 화가 치밀어 올랐다. 훈겸은 차가운 눈길을 여자에게 돌렸다.

"입으로만 한 거지. 넌 조금 전까지도 겁이 나 미치겠다는 눈빛을 하고 있었어. 싫고 끔찍하고 두렵지만 돈 때문에 어쩔 수 없이 합의한 거지."

두려워하는 여자를 갖고 싶지 않았다. 아버지의 행동에 미칠 듯한 분노를 느끼면서 얼마나 스스로를 저주했는지 모른다. 한 여자의 인생을 망가뜨려 버린 게 그의 탓이라는 생각이 들면서 두려움에 질린 여자의 눈동자를 보는 게 온몸을 부수는 것처럼 괴롭고 화가 났다.

"하지만……."

"하지만 뭐? 넌 그럼 그게 아무렇지도 않은 건가? 나에 대해 아는 것도 없으면서, 처음 만난 남자와 하룻밤을 보내는 게 아무렇지도 않을 만큼 무감각해? 도덕적인 관념, 뭐 그런 거 없어? 아, 그래. 술집 여자한테 그런 것 따위 없는 게 당연한 건가? 그냥 돈만 주면 되는 거지?"

분노가 터져 버렸다. 아무 잘못도 없는 여자에게. 그를 짓누르고 있던 분노와 괴로움이, 그저 그에게 위로가 되어 주겠다고 저녁 내내 애를 썼던 여자에게 쏟아져 내렸다. 속사포처럼 여자에게 쏘아붙인 훈겸은 이내 후회했다. 기분이 더 나빠지고 스스로에 대한 자괴감마저 느껴졌다. 여자는 큰 눈에 눈물이 글썽해져서 입술을 깨물고 있었다.

'젠장.'

훈겸은 속으로 욕설을 삼켰다. 아버지에 대한 분노 때문에 스스로의 감정을 다스리지 못하고 여자에게 화를 낸 것이 미안해졌다.

"술집 여자 따위한테도…… 그런 거 있어요. 돈 때문에 어쩔 수 없는 상황이지만 내 의지로 당신을 선택했고, 당신에 대해서 하나도 아는 거 없지만 나쁜 사람 아니라는 거, 눈빛 보면 알아요. 제가 기분 상하게 했다면 미안해요. 먼저 들어가 볼게요."

여자의 볼을 타고 눈물이 흘러내렸지만 그녀는 당당하게 끝까지 말을 맺곤 의연하게 돌아서서 방으로 들어갔다. 그녀의 태도에 훈겸은 잠시 할 말을 잃었다. 차가운 바닷바람이 불어오자 훈겸은 흠칫하며 여자가 사라진 방문을 멍하니 바라보았다. 정말 놀라운 여자였다.

"매력적이네."

입꼬리가 살짝 올라갔다. 매 순간 예상했던 것과 전혀 다른 반응을 보이는 여자가 신기하기도 하고 놀랍기도 했다. 훈겸은 차가운 바람을 맞으며 미소를 지었다.

# 4장

훈겸에게 지워지지 않는 악몽을 선사한 날은 은빛과 맞선을 본 그날이었다. 은빛에게 인사를 마친 훈겸은 공장에 늦지 않게 갈 수 있겠다고 생각하며 일어섰다. 미련 없이 돌아서서 킹 과자점으로 돌아온 훈겸은 옷을 갈아입고 바로 공장으로 올라갔다. 오후에 매장에 내놓을 빵을 한창 만들고 있던 혁준과 달수가 훈겸을 보곤 눈을 휘둥그렇게 떴다.

"뭐야? 선보러 갔던 거 아니었어?"

"맞아. 어디라더라. 노엘식품. 거기 회장 딸이랑 선본다고 했었잖아. 그런데 왜 이렇게 빨리 들어온 거야?"

두 사람의 의아한 눈길에 훈겸은 멋쩍은 웃음을 지어 보였다.

"서로 마음에 안 들어서요."

킹 과자점 본점의 공장장인 권혁준이 혀를 찼다. 달수는 믿을 수 없다는 듯 눈을 둥그렇게 떴다.

"설마, 아가씨가 못생겼어?"

"그럴 리가. 분명히 훈겸이가 퇴짜를 놨겠지. 저 녀석은 여자를 여자로 보지 않는다니까. 그래서 결혼이나 하겠어? 회장님 곤란하게 아가씨한테 '전 빵이 아니면 관심이 없습니다.' 뭐 이런 식으로 말하고 온 거 아냐?"

두 사람의 말에 훈겸은 피식 웃고 말았다.

"선 자리는 새어머니가 마련한 자리였고, 아가씨는 예뻤고, 저 혼자 일방적으로 퇴짜 놓은 것도 아니었어요. 그냥 서로 마음에 안 들었다니까요."

IMF의 여파는 킹 과자점이라고 해서 비껴가지 않았다. 프랜차이즈로의 성공도 어느 정도는 이루었지만 치솟는 재료비에 불경기로 인해 자금 압박이 거세지고 있었다. 자금력이 뛰어난 회사인 노엘식품을 돌파구로 생각한 것은 새어머니인 차성희의 아이디어였다. 노엘식품은 1970년대부터 양산빵으로 회사 규모를 키웠고, 빵뿐만 아니라 다양한 식품 사업으로 탄탄한 궤도에 오른 기업이었다. 인재를 선 자리에 내보내려다가 아직 여자에 관심 없다고 딱 잘라 거절한 터라 더 이상 권하지 못하고 훈겸에게 선을 보라고 한 것이었다.

"난 이럴 줄 알았어. 훈겸이 눈에 들 여자는 없을지도 모른다고. 프랑스 유학 갔을 때도 유명했었다며. 거기 유학생들이랑 제과점에서 일하는 사람들이 훈겸이 혹시 게이 아니냐고 물어보기도 했다고. 내가 유학생들을 좀 알잖아."

혁준이 혀를 차며 이야기하자 달수는 고개를 끄덕였다.

"그러게요. 귀국하고도 훈겸이 옆에서 여자 꼴을 못 보니 참. 20대의 건강한 남자가 가질 만한 태도는 아니지."

"형님들 오해는 마시죠. 여자 싫어하는 거 아니니까요. 그냥 아직은 여자 만나는 것보다 빵 만드는 게 더 좋고, 아직 해야 할 일도 도전해야 할 일도 많으니까요."

"그럼 여자를 만나긴 만나겠다는 거야?"

"네, 뭐……. 빵 만드는 여자?"

훈겸의 대답에 혁준과 달수가 벙찐 표정을 지었다. 그러다 둘 다 혀를 차며 고개를 내저었다.

"현실을 좀 봐라. 파티시엘 숫자가 그렇게 많지도 않은데다가 내가 아무리 봐도 예쁜 여자는 별로 없어. 생각을 해 봐. 밀가루 포대 번쩍번쩍 들어 날라야지. 반죽 치대야지. 하루 종일 종아리 통통 붓도록 서서 일을 해야 해. 이런 환경에서 예쁘고 날씬한 여자가 있겠어? 그러니까 저 녀석 말은, 평생 여자를 만나지 않겠다는 게지. 암."

"못 만나면 할 수 없는 거고요."

훈겸은 싱글거리며 말했다. 여자를 만나든 못 만나든 훈겸에겐 전혀 중요하지 않았다. 그에게 중요한 것은 빵을 만드는 일이었다. 유학 기간 동안 배웠던 여러 가지 기술들을 이용해 새로운 빵을 개발하고 싶었다. 제대하자마자 공장에 틀어박혀 줄기차게 빵만 구워 댔으며 밤잠을 줄여 가며 새로운 빵을 연구하고 있었다.

"저러니…… 못 만나겠군. 여자는 됐다 치고, 밥이라도 제때 챙겨 먹어라. 오늘 선본 거 보고하러 들어가 봐야 하지 않아?"

혁준의 말에 훈겸은 시간을 확인했다. 아무래도 저녁은 집에 가서 먹어야 할 것 같았다.

"네, 저 먼저 들어가겠습니다. 내일 뵙죠."

훈겸은 옷을 갈아입고 집으로 향했다. 집에 들어가자 심상치 않은 느낌이 들었다. 아버지와 새어머니는 싸우셨는지 냉랭한 분위기였고, 형인 인재는 저녁도 먹지 않고 나가려는 듯 정장 차림이었다.

"형, 저녁은?"

훈겸은 인사도 없이 나가려는 인재의 팔을 붙잡았다. 냉정한 얼굴로 인재가 훈겸을 돌아보았다. 인재는 잘생기긴 했지만 피도 눈물도 없는 냉혈한이었다. 부모님의 재혼 이후, 훈겸과 서로 다른 시기에 유학 생활을 했기에 국내에 있지 않아 거의 만날 일이 없었지만 훈겸이 제대한 후엔 간혹 집에서 마주치곤 했다.

"거래처 사람들과 약속 있다."

처음부터 별로 정은 없었으나 인재는 훈겸에게 거의 무관심했다. 훈겸 역시 형이라는 느낌도 별로 없고 정을 붙이고 싶은 생각도 없어 무심한 편이었지만 그래도 가족이라는 생각에 먼저 말을 걸곤 했다.

"집안 분위기가 왜 이래?"

"어려운 시기니까. 두 분 일에 상관할 것 없어. 네 앞가림이

나 잘해."

인재는 차갑게 말하곤 나가 버렸다. 훈겸은 불편한 마음으로 거실로 걸어갔다. 새어머니는 차가운 표정으로 차를 마시다가 훈겸을 보고 고개를 돌렸다.

"왔니? 은빛 양은 잘 만나고 온 거니?"

훈겸은 아버지에게 인사하고 새어머니에게 시선을 돌렸다.

"만나기는 했는데 서로 마음은 없는 걸로 정리했습니다."

새어머니의 얼굴이 찌푸려졌다. 새어머니가 원하는 대답이 아니라는 것을 감지했으나 훈겸은 더 이상 말을 하지 않았다.

"일단 저녁부터 먹고 오렴. 이따 다시 얘기하자."

훈겸은 목례를 하고 주방으로 들어갔다. 도우미 아주머니가 저녁을 차려 놓고 기다리고 있었다.

"많이 들어요. 회장님과 사모님은 오늘 좀 기분이 안 좋으시네. 식사는 먼저 하셨어요."

아주머니가 훈겸에게 따뜻한 밥을 퍼 주며 말했다. 훈겸은 미소를 지으며 고개를 끄덕였다. 식사를 하고 새어머니와 다시 그 여자에 대해 이야기를 해야 한다니 좀 답답했지만 얼른 먹고 자리를 피해야겠다는 생각에 훈겸은 수저를 바삐 놀렸다.

"다시 생각해 봅시다."

밥을 먹고 있는데 무거운 아버지의 음성이 들렸다. 아버지는 몹시 기분이 나쁜 것 같았다. 최근 들어 회사 상황이 어렵다는 말은 들었지만 아버지의 음성을 들으니 꽤 심각한 상황인 것 같았다.

"아니요. 결론은 이미 내려졌어요. 킹 과자점도 구조조정이 필요하다고요."

두 분이 이야기를 시작하자 도우미 아주머니는 훈겸에게 입 모양으로 먼저 가 보겠다고 말을 하곤 거실 쪽 눈치를 보며 사라졌다. 훈겸은 한숨을 쉬며 수저를 내려놓았다. 거의 다 먹기도 했지만 불편한 마음에 더 이상 밥이 들어가지도 않았다.

"그럴 수 없어. 킹 과자점이 이 정도 궤도에 오르기까지 헌신한 사람들이야. 어떻게 하루아침에 쫓아내겠나."

"당신은 그게 문제예요. 쓸데없이 정만 많은 것도 사업하는 데는 큰 약점이라고요."

"내가 정이 많은 게 아니라 당신이 냉정한 거야. 내가 말하는 것은 함께 힘든 시기를 이겨 내 성공을 일궈 낸 사람들에 대한 최소한의 예의요. 인지상정이라고."

두 분의 말로 미루어 보아 킹 과자점 역시 구조조정을 피할 수 없는 상황인 듯했다. 하긴 그동안 뭘 하든 관심이 없었던 그에게 노엘식품의 영애와 선을 보라며 선 자리에 내보낸 새어머니의 아이디어 또한 IMF라는 특수 상황이 아니었다면 어림없는 일이었다.

유학을 떠나기 전, 킹 과자점에 욕심 내지 말고 그냥 빵이나 만들라며 확실하게 선을 그었던 분이었다. 노엘식품과의 정략결혼으로 그에게 힘이 생길 거라는 걸 예상 못 하진 않았을 터였다. 그것을 감수하고서라도 노엘식품의 힘을 이용해야 할 만큼 킹 과자점의 상황이 급박한 것이 분명했다.

"인지상정이라고요? 기업이 망한 뒤에도 예의를 차릴 거예요? 정리 해고는 꼭 필요한 일이에요. 나중에 상황이 나아지면 다시 채용을 할 수도 있어요. 지금은 한 명이라도 인력을 줄여야 한다고요. 한 사람당 인건비가 얼마나 되는지 알아요?"

새어머니는 옳은 말만 골라서 조리 있고 논리적으로 했다. 여자가 그렇게 논리적이고 냉정하게 말하는 것은 처음 보았다. 훈겸은 혀를 내두르며 부모님의 대화를 들었다.

"지금 상황에서 버티려면 최악의 상황을 염두에 두고 대처해야 해요. 정리 해고를 통해서 인건비를 줄이고, 꼭 필요한 인력만 배치하도록 해야 돼요. 그리고 부족한 인력을 메울 수 있는 다른 방법을 고안해야 하고요. 공장에서 좀 더 효율적으로 생산을 할 수 있도록 방법을 연구해 봐요. 그건 당신이 해야 할 일이에요. 어떻게 하면 재료 낭비 없이 로스를 줄일 수 있는지 공장에 나가서 방법을 찾아보란 말이에요."

"그건 나도 생각하던 참이었소. 지금 체제로는 재료가 얼마나 쓰이는지 정확히 알 수 없어서 각 지점마다 직접 돌아볼 생각이야."

"그래요. 노엘식품 쪽에서 자금을 동원하지 못하면 당장 어려운 상황이에요. 훈겸이가 싫다고는 했지만 당신이 다시 얘기해 봐요. 내 말보다는 당신 말을 더 잘 듣잖아요. 아버지를 하늘처럼 생각하고 있는 아이이니, 당신이 권하면 한 번은 더 만나 보겠죠."

"훈겸이는 아직 여자한테 관심이 없어."

"여자한테 관심 없는 남자가 어디 있어요?"

"그러면 인재에게 만나 보라고 하면 되잖소."

"인재는…… 내 말도 안 듣고 당신 말도 안 듣잖아요. 인재는 회사 일 때문에 은빛 양을 이미 만난 적이 있어요. 딱 잘라서 싫다는데 어떻게 강요해요."

두 분의 화제가 노엘식품의 이은빛으로 옮겨 가자 뜨끔해진 훈겸은 슬그머니 자리에서 일어났다. 거실 쪽의 두 분이 눈치채지 못하게 발소리를 죽여 반대쪽으로 나갔다. 아버지가 그 여자를 다시 만나 보라고 한다면 새어머니의 말처럼 다시 만날 수밖에 없었다. 훈겸은 아버지를 존경했고 아버지의 말이라면 일단 순종하는 편이었기 때문이다. 곤란한 상황을 피하려면 그냥 자리를 피하는 게 상책이었다. 훈겸은 거실 반대편으로 통하는 문을 열고 아버지의 서재로 숨어들었다. 밖으로 나가고 싶었지만 나가려면 거실을 지나서 가야만 했다.

"아, 정말. IMF가 사람 잡네."

훈겸은 중얼거리며 서재 문을 닫았다. 은빛이 못생긴 것도 아니고 부족한 점이 많은 여자도 아니었지만 다시 만나고 싶진 않았다. 마음이 끌리지도 않았고 예뻤지만 반할 정도는 아니었다. 더구나 그 여자 역시 훈겸보다 인재를 마음에 두고 있었다. 다른 남자를 보는 여자를 억지로 끌어올 만큼 여자가 매력적이지 않았으니 다시 만나고 싶은 마음도 없었다. 그리고 훈겸에게는 여자에게 낭비할 시간이 없었다. 일분일초라도 아껴서 만들고 싶은 빵에 올인하고 싶은 게 그의 마음이었다.

"만나라고 하면 곤란한데."

한숨을 쉬며 서재 안을 서성이던 훈겸은 아버지의 책장을 올려다보았다. 벽면 전체가 책장인 아버지의 서재에는 빵에 관련된 서적들이 가득했다. 어릴 때부터 늘 아버지의 책들을 함께 읽었던 훈겸은 어느 위치에 어떤 책이 있는지 훤히 알고 있었다.

훈겸은 책장의 책들을 손으로 훑으며 생각에 잠겼다. 새어머니가 무리수를 두면서까지 그를 노엘식품의 영애와 붙여 주려고 하는 것은 그만큼 회사 사정이 어렵다는 뜻이었다. 97년 IMF에 구제 금융을 신청한 이후로 98년 한 해 동안 수많은 기업이 쓰러졌다. 재벌 기업들 또한 예외가 아니었다. 공룡처럼 거대한 기업들이 속수무책으로 쓰러졌고, 수많은 사람들이 정리 해고를 당해 거리로 쫓겨났다. 그로 인해 대학을 졸업하고도 취업을 하지 못하는 사람들이 넘쳐 났으며 차라리 기술을 배워 취업을 하겠다는 신풍속도 나타났다.

"회사 사정이 어려운데 거절하기도……."

곤란했다. 회사 사정이 어려울 때 도움은 못 될망정 더 힘들게 하고 싶지는 않았다. 하지만 마음에 없는 여자를 만나 결혼하는 것 또한 그의 인생을 걸고 할 일은 아니다 싶었다. 아버지를 보면 그랬다. 회사를 키울 생각으로 사랑하지 않는 여자와 결혼하여 사는 것이 그렇게 행복해 보이진 않았다. 아버지는 가타부타 말씀을 하진 않으셨지만 훈겸은 그냥 느낄 수 있었다. 아버지가 후회하고 있다는 것을.

훈겸은 한숨을 쉬며 책장을 톡톡 두들겼다. 마음이 복잡하니 책이라도 읽을까 싶어 책장을 쭉 훑어보았다.

"이게 뭐지?"

책장 구석진 자리에 처음 보는 책이 한 권 있었다. 훈겸은 멈춰 서서 책 모서리를 손끝으로 쓸었다. 낡은 책이었다. 먼지가 묻어 나오는 오래된 낡은 책.

기분이 좀 이상해졌다. 아버지의 책들은 훈겸이 모두 읽었기 때문에 모르는 책이 없었다. 그런데 그 책은 처음 보는 것이었다. 왠지 불길한 느낌이 드는 책이었다. 검고 먼지가 쌓인 낡은 책. 훈겸은 잠시 망설이다가 책을 천천히 꺼냈다. 책 표지는 제목도 없는 검은색이었다.

책을 펼쳐 보았다. 책의 안쪽은 단정하고 깔끔한 필체로 쓰인 글들이 빼곡했다. 출판이 되어 나온 책이 아니었다.

"일기장?"

그 책은 누군가가 쓴 일기였다. 아버지의 일기장인가 싶어 그냥 덮어 놓을까 하던 훈겸은 책장 사이에서 바닥으로 툭 떨어진 사진 한 장을 보고 멈췄다.

천천히 허리를 숙여 사진을 집어 들었다. 사진은 오래된 흑백사진이었다. 젊은 아버지의 모습이 보였다. 그리고 환하게 웃고 있는 아버지의 옆에 단아하고 아름다운 한 여인이 있었다.

"어머니?"

훈겸은 본능적으로 그 여인이 어머니라는 사실을 감지했다. 훈겸은 어머니의 따뜻한 품을 모르고 자라났다. 아버지는 어머니에 대해 말하는 것을 싫어하셨다. 그가 태어날 때 난산으로 돌아가셨다는 말만 들었을 뿐, 훈겸은 어머니에 대해서 어떤 말도 듣지 못했다. 사진이라도 한 장 달라고, 어머니가 어떻게 생겼는지 궁금하다고 아버지에게 말했지만 아버지는 그 흔한 사진 한 장도 남겨 놓지 않았다.

그가 어머니에 대해 물으면 아버지는 늘 아픈 표정으로 대답을 해 주지 않았기 때문에 나중에는 아예 입 밖으로 꺼내지도 않았다. 아버지는 평생 어머니를 잊지 못하고 사셨다. 그런 아버지의 마음을 느꼈기 때문에 훈겸은 아버지를 힘들게 하고 싶지 않아 어머니에 대해 잊은 것처럼 행동했었다.

"어머니……."

훈겸의 손이 떨렸다. 어머니가 분명했다. 그리고 어머니의 옆에 또 다른 젊은 남자가 한 명 더 있었다. 어디선가 본 듯한 낯익은 인상.

"누구더라? 어디서 본 것 같은데……."

훈겸은 고개를 갸웃거렸다. 일단은 사진을 주머니에 챙겨 넣고 일기장을 펼쳐 보았다. 중간쯤 펼쳐 보는데 심장이 쿵쿵 뛰었다.

**'난희'**

어머니의 이름이 있었다. 일기장의 앞부분에서 보았던 단정하고 깔끔한 필체가 아니었다. 뭔가 흐트러지고 분노에 찬 진한 글씨체였다.

"뭐, 뭐야? 이게 대체……."

일기를 몇 줄 읽어 내려가다가 훈겸은 읽기를 멈추었다. 손이 부들부들 떨려 글씨가 흔들렸다. 내용을 이해할 수가 없었다.

'정도훈'

아버지의 이름도 있었다. 아버지의 일기라 생각했는데 그게 아니었다. 그리고 그 내용은, 훈겸으로서는 도저히 믿을 수 없는 내용이었다.

"말도 안 돼."

다시 몇 줄을 읽다가 훈겸은 힘없이 중얼거렸다. 다리에 힘이 풀렸다. 훈겸은 등을 책장에 기댄 채 스르르 바닥으로 주저앉았다. 일기의 내용은 거짓이 분명했다. 이해할 수 없었다. 사실이 아니었다. 심장이 두근거리며 미친 듯 뛰었다.

'도훈을 죽이려 했다.'

훈겸은 떨리는 손으로 일기장을 덮었다. 누가 이런 일기를 쓴 것인지 이해가 되질 않았다. 일기에는 믿을 수 없는 일이 쓰여 있었다.

"1974년. 내가 태어나기 1년 전인데."

훈겸은 고개를 저었다. 그럴 리가 없었다. 말도 안 되는 일이었다. 멍하니 허공을 보던 훈겸은 다시 일기장을 천천히 폈다.

1974년 9월 4일.

난희가 보이질 않았다. 난희는 어제 나와의 약속도 지키질 않았다. 일을 마치고 우리의 비밀 장소에서 만나기로 했는데!

우리끼리 약혼식을 하기로 했다. 우리가 만난 지 3년째 되는 날이라 약혼식을 하고 결혼은 내년에 하기로 했다. 난희는 돈이 없어도 상관없다며 그냥 우리 둘이 힘을 합해서 열심히 일하면 된다고 했지만 남자인 내 입장에서 난희를 맨손으로 데려올 순 없었다.

그런데…….

그런 내 생각이 바보 같았다는 것을 알았다. 왜 그랬을까?

난희가 좋다고 했는데 왜 기다렸을까? 왜 기어코 번듯한 집 한 채라도 마련해야 한다고 고집을 부렸을까?

난희가 울고 있었다. 공장 지하실에서 혼자 숨어 꼬박 하루 동안 울고 있었다. 심장이 찢어지고 억장이 무너졌다. 어디서 무슨 일을 당했는지 난희는 아무 말도 하지 않았다. 하지만 말하지 않아도 무슨 일이 있었는지 그냥 알 수 있었다.

얼굴에 퍼렇게 멍이 들고 팔목과 팔뚝에도 상처가 생겨 있었다. 얼룩덜룩 멍이 들어 차마 볼 수 없을 정도였다. 옷은 찢어졌고 피가 났다.

피가…….

치마가 피에 젖어 말라붙어 있었다. 손이 떨리고 다리가 풀렸다. 심장이 망가진 것 같았다.

나는 울면서 난희를 안고 집으로 왔다. 병원으로 달려갔지만 난희가 싫다고 울어서 그냥 집으로 돌아오고 말았다. 난희는 너무 아파했다.

누가 그랬는지 죽여 버리겠다고 속으로 수없이 되뇌었다.

난희에게 아무리 물어보아도 대답을 하질 않았다. 모르는 사람인가? 아니면 내가 알아선 안 될 사람인가?

그 길로 뛰쳐나가 공장으로 달려갔다. 설마 했다. 그럴 리가 없다고 생각했다. 난희를 마음에 품었더라도 안 된다는 걸 알고 있었을 텐데. 며칠 전에 도훈이 내게 했던 말이 생각나 확인해 보지 않을 수 없었다.

미친놈처럼 공장에 뛰어 들어가 도훈을 찾았다. 작업 중이던 녀석을 다짜고짜 밖으로 끌고 나갔다. 스승님께서 출타 중이셨던 게 그나마 다행이었다. 녀석의 얼굴에 길게 생채기가 나 있었다. 믿고 싶지 않았지만 물었다. 제발 아니라고 대답해 주길 바라면서. 우리의 10년 우정이 산산조각 나지 않기를 바라면서.

하지만 도훈은 아무 말도 하지 않았다. 아니라는 단 한마디만 해주면 되는 건데!

"미안하다."

그 한마디가 사람을 죽일 수도 있겠다는 것을 처음 알았다. 미친 듯이 절규했다. 녀석을 죽이려고 했다. 내 주먹에 와 닿는 것이 사람의 살인지 뼈인지 구분이 가지 않았다. 나와 난희 사이를 뻔히 알고 있었으면서 인간이라면 어떻게 그런 짓을 할 수 있는지……. 나와 피를 나눈 형제는 아니었어도 그만큼은 된다고 생각했었다. 이해가 되질 않았다. 우리가 함께했던 10여 년의 세월을 산산이 부서뜨리다니.

녀석은 최소한의 양심은 있는 것인지 반항 한번 하지 않고 고스란히 내 분노를 다 받았다. 가슴속이 치솟는 울분으로 터질 것만 같았다. 힘없는 여자인 난희가 얼마나 울었을지, 얼마나 무서웠을지 생각하자 녀석을 정말 죽이고 싶었다.

"난희를 사랑하고 있어."

녀석이 최소한 인간이라면 잘못했다는 말 한마디는 할 줄 알았다. 그놈은 금수만도 못한 놈이다. 바닥을 기면서 이마를 짓찧으며 잘못했다고 사죄해야 옳았다. 하지만 놈은 잘못했다는 말은커녕 사랑이라는 말을 입에 담았다. 감히 내 앞에서.

훈겸은 일기장을 바닥에 떨어뜨렸다. 손이 떨려서 도저히 들고 있을 수가 없었다. 머릿속이 뒤죽박죽 혼란스러웠다. 이 일기가 정말 사실이라면, 생각하기도 싫었다. 믿고 싶지도 않았다. 대체 이런 일기가 왜 아버지의 서재에 있는지, 아버지가 쓴 것도 아닌 것이 왜 있는 것인지 도통 이해가 되질 않았다.

"그럴 리가 없어. 아버지가 왜? 어머니를 잊지 못해 20여 년을 혼자 살았던 분이야. 그렇게 어머니를 아꼈던 아버지가 왜?"

일기의 내용이 사실이라면 아버지는 십년지기 친구의 여자를 빼앗았다는 것이 된다. 훈겸은 고개를 저었다. 그가 아는 아버지는 그런 파렴치한 사람이 아니었다. 야망은 있었지만 좋은 빵을 만들겠다는 장인 정신은 확고한 분이었다. 한 여자를 가슴 깊이 사랑할 줄 아는 분이었다. 우정을 배신하고 힘없는 여자를 폭행하는 파렴치한이 아니었다.

"믿을 수가 없어. 이 사람이 모함한 거 아닐까?"

훈겸은 일기장을 들어 뒤적여 보았다. 앞쪽에 이름이 있었다.

'강희석.'

어디선가 들어 본 이름이었다. 입 속으로 이름을 되뇌어 보았다. 강희석이라는 사람이 쓴 일기장.

"강희석. 강희석. 강희석……."

사진을 꺼내 보았다. 환하게 웃고 있는 세 사람. 남자의 얼굴을 자세히 들여다보던 훈겸은 순간 남자가 기억났다.

"5년 전 Siba 대회!"

아버지가 출전했던 케이크 데커레이션 경연 대회 때 보았던 사람이었다. 훈겸의 마음속에 오래도록 기억되었던 한 소녀와 그 소녀의 아버지. 강희석의 작품 또한 훈겸의 기억 속에 생생하게 남아 있었다. 처음으로 그를 찬탄하게 만들었던 실력. 그의 작품을 보고 훈겸은 깊은 인상을 받았었다. 솔직히 아버지의 작품보다 훨씬 훌륭했기에 수상을 하지 못했던 것이 이상하다고 생각했던 선수. 아버지에게 물어보진 않았는데 사진을 보니 아버지와 잘 아는 사이 같았다.

"아냐. 그럴 리가 없어."

훈겸은 멍하니 생각에 잠겨 있다가 화들짝 놀라 고개를 저었다. 강희석이라는 남자와 아버지, 그리고 어머니. 세 사람이 무슨 관계인지, 어떤 일이 있었던 것인지 생각이 꼬리에 꼬리를 물었다. 훈겸이 인생의 롤모델로 삼고 있었으며 그의 인생의 나침반과도 같았던 아버지의 존재가 처음으로 흔들리고 있었다. 강희석이라는 남자의 일기가 정말 사실이라면.

생각하고 싶지도 않았다. 훈겸은 강하게 부정했다. 그가 아는 아버지는 그럴 리가 없었다. 뭔가 사정이 있었던 게 분명했다.

훈겸은 일기장을 넘겨 보았다. 뒷부분은 일기가 아니라 뭔가 빼곡히 적혀 있었다. 훈겸은 뒷장을 넘기며 놀라움에 숨을 멈추었다.

"이건!"

뒷부분은 배합비가 적혀 있었다. 지금이야 배합비나 레시피를 공유하고 새로운 기술을 서로 알려 주는 게 추세지만 아버지가 빵을 만들던 70~80년대만 해도 배합비는 절대 다른 사람에게 보여 주지도, 알려 주지도 않았던 시절이었다. 대부분의 빵집에서는 공장장만이 배합비를 알고 있었으며 그래서 공장장이 없으면 빵을 만들지도 못했다. 빵을 배우려는 사람은 그래서 눈대중으로 옆에서 훔쳐보고 자신만의 배합비를 만들거나 수십 번, 수백 번 실패를 거듭하며 배합비를 만들었다고 들었다.

훈겸은 또 하나의 믿고 싶지 않은 사실을 떠올렸다. 강희석이라는 남자가 보여 주었던 실력, 아버지를 훨씬 뛰어넘는 실력이었다. 훈겸은 심호흡을 천천히 했다. 마음이 어지러워져 눈앞이 잠시 흐려졌다. 불길한 예감이 들었다.

"이게 대체……."

강희석의 레시피를 보는 훈겸의 얼굴이 점점 일그러졌다. 킹 과자점의 대표 상품인 단팥빵과 곰보빵, 그리고 카스텔라, 식빵 등 아버지가 만들었던 빵들의 배합비와 일치했다.

일기장을 한장 한장 넘기는 훈겸의 손이 부들부들 떨렸다. 뒤쪽에는 발효종에 대한 메모가 있었다. 훈겸은 숨을 훅 들이쉬었다.

"자연 발효법."

훈겸의 눈이 점점 커졌다. 아버지는 오래전부터 자연 발효에 관심을 갖고 연구를 거듭해 오고 있었다. 아직 상품화할 단계가 아니라며 상품화하지는 않았지만 실패를 거듭하며 계속 연구해 오고 있었던 것이다. 일기장 속의 발효종들은 아버지가 연구하던 발효종과 일치했다. 아버지가 연구하던 것을 훈겸 역시 함께 해 보긴 했지만 역시 적절한 발효종을 찾지 못해 거의 실패하다시피 한 연구였다.

"아버지…… 제발 아니라고 해 주세요."

훈겸의 눈에서 눈물이 떨어졌다. 믿고 싶지 않은 사실이 훈겸의 머릿속을 가득 채웠다. 눈물이 저도 모르게 툭툭 떨어졌다. 눈물은 쉽게 멈추질 않았다.

"제발……. 제발…… 아니라고……."

일기장을 떨어뜨렸다. 훈겸은 두 손을 부들부들 떨며 얼굴을 감쌌다.

# 5장

## 번외편

1974년 7월.

“다들 모였나? 아니, 도훈이는 아직인 게냐?”

제과 명인 김인웅의 매서운 눈길이 희석에게 와 닿았다. 새벽 4시. 녹원당의 제빵 공장은 낮처럼 환하게 불이 밝혀져 있었다. 5분이라도 늦으면 불호령이 떨어지기에 제빵사들은 새벽마다 시간을 맞추려 가슴 조이기 일쑤였다. 희석은 부동자세로 서 있다가 목을 가다듬고 눈동자를 데구루루 굴렸다.

“아, 그게 말입니다, 스승님.”

머릿속으로 할 말을 찾으며 말꼬리를 길게 늘이던 희석은 어색하게 웃으며 말을 이었다.

"도훈이는 진작 일어나서 청소도 끝내고 재료들 점검해 본다고 잠깐 재료 창고에 간다고 했습니다."

그때 마침 도훈이 공장으로 들어왔다. 도훈은 말끔한 하얀 제빵 가운 차림이었다.

"스승님, 벌써 나오셨습니까."

싱글거리는 도훈의 얼굴은 태연하기 이를 데 없었다. 희석은 속으로 한숨을 쉬며 도훈과 눈을 마주쳤다. 웃음기 가득한 도훈의 눈동자를 보며 희석은 윙크를 했다. 척 하면 척. 두 사람은 눈빛만으로도 호흡이 척척 맞았다. 옆에서 난희가 피식 웃음을 지었다.

"오늘은 희망원에 빵을 보내는 날이다. 평소보다 좀 더 많은 양을 만들어야 할 테니 어서 시작하자."

인웅이 무게 있는 어조로 말하자 모두들 고개를 끄덕이곤 '네!' 하고 힘차게 대답했다. 희석은 재빠르게 재료 창고로 가 밀가루와 재료들을 챙겼다. 무거운 재료들을 한 번에 들려던 희석의 손을 막고 누군가 재료를 번쩍 들어 올렸다. 도훈이었다.

"어제도 늦게까지 발효종을 연구했던 거야?"

희석이 작은 목소리로 물었다. 도훈은 싱긋 웃으며 고개를 끄덕였다. 발효종 연구는 좀처럼 진척이 없었지만 두 사람 다 끈질기게 계속하고 있던 터였다.

"청소는?"

"내가 했지."

"고맙다."

"별말씀을."

희석은 웃으며 말했다. 청소는 언제나 일찍 일어나는 희석의 몫이었다. 도훈은 발효종을 연구하느라 늘 늦게 잠자리에 들곤 했기 때문에 새벽에 일어나는 것을 힘들어했다. 덕분에 늘 스승인 인웅의 불호령을 막으려 둘러대는 것 역시 희석의 몫이었다.

두 사람은 사이좋게 재료를 나눠 들고 제빵실로 들어섰다. 희석과 도훈, 그리고 난희 세 사람은 3년 전부터 녹원당의 공장을 책임지는 제빵사임과 동시에 인웅으로부터 직접 사사받는 제자들이었다. 난희가 녹원당에 들어온 것이 3년 전. 그리고 그보다 훨씬 오래전인 10여 년 전부터 희석과 도훈은 녹원당에서 동고동락한 사이였다. 그래서 희석과 도훈은 서로 눈빛만 봐도 무엇을 생각하는지, 무엇을 할 것인지 척척 아는 사이가 되었다. 그리고 두 사람은 함께 발효종을 연구하고 있었다.

"누가 보면 두 사람이 애인 관계인 줄 알겠어."

인웅이 잠시 매장으로 내려간 사이 난희가 웃으며 말했다. 희석은 싱글거리며 도훈을 바라보았다.

"애인보다도 더한 사이지. 10년을 한 이불 덮고 잔 사이인데. 부부도 이만할까."

"앞으로도 계속 같이 붙어 지낼 테니 더하겠지. 안 그래?"

죽이 척척 맞는 두 사람을 보고 난희가 웃음을 터뜨렸다. 희석은 가늘게 접히는 난희의 눈꼬리를 보고 심장이 빠르게 뛰는 걸 느꼈다. 평생 함께할 친구가 있다면 바로 도훈일 것이고, 그의 인생을 걸고 사랑할 여자는 난희였다. 두 사람이 함께 있는 한 자신은 성공한 인생이라고 생각했다.

"우리 앞으로 돈 모아서 큰 건물을 하나 사자고. 거기 1층에는 매장을 꾸며서 빵을 팔고, 2층은 공장으로 꾸며서 우리 둘이 빵을 만드는 거야. 그리고 3층은 우리 집, 4층은 너희 집. 그렇게 평생 같이 살자고. 각자 결혼한 뒤에도 말야."

희석이 꿈을 꾸듯 말을 잇자 도훈이 웃으며 고개를 끄덕였다.

"좋은 생각인데. 빵집 이름은 뭘로 할까? 우리 이름을 따서 '석&훈 베이커리' 어때?"

"좋아. 우리가 같이 빵을 만들면 아마 서울 시내에서 최고가 되지 않을까?"

"발효종만 발견한다면 말이지."

주거니 받거니 이야기를 하다 보니 벌써 빵집을 개업한 것 같은 생각이 들었다. 희석은 도훈과 웃음이 가득한 눈빛을 주고받았다. 10년간 함께하면서 희석은 도훈과 늘 같은 꿈을 꾸었다. 대한민국에서 가장 좋은 빵을 만들겠다는 꿈. 가장 맛있고 사람들이 좋아할 빵을 만들어 자신의 이름을 건 빵집에서 팔고 싶다는 꿈.

"두 사람, 너무하는 거 아니야? 나는 아예 없는 사람 취급하네? 나도 빵 만들 거야."

오븐에 반죽을 넣던 난희가 새초롬한 얼굴로 말을 꺼내자 희석은 얼른 도훈과 시선을 교환했다.

"물론 빵이야 만들 수 있지. 그렇지만 이제 겨우 3년 반죽한 실력으로 우리하고 똑같이 하겠다는 건 좀…….”

도훈이 난희의 눈치를 슬슬 보면서 말을 꺼내자 희석은 고개를 끄덕였다. 난희의 표정이 점점 더 샐쭉해지자 도훈은 슬그머니 구워진 빵을 챙겨 들곤 매장에 가야겠다며 나가 버렸다.

“희석 씨도 그렇게 생각해? 내 실력이 아직 한참 부족하다고 생각하는 거야?”

“뭐…… 훈련을 한 기간에 비하면 대단한 실력이지만…….”

“케이크 데커레이션은 두 사람 다 나보다 못한 거 알고 있지?”

“그거야 인정하지.”

난희의 손재주는 희석 또한 인정하지 않을 수 없었다. 경력은 3년밖에 되지 않았지만 여성 특유의 섬세함으로 데커레이션에는 재능을 보이고 있었다.

“그런데 빵은 아직 아니라는 거지? 왜? 반죽 때문인가? 희석 씨 거랑 비슷하게 하는데.”

난희는 반죽을 요리조리 눌러 보며 말했다. 희석은 난희의 옆으로 다가가 반죽 상태를 보았다.

“힘이 부족해서 그래. 오늘 것은 좀 탄력이 없는데. 더 치대야 해. 이렇게.”

난희의 반죽을 대신 쳐 주자 난희는 희석을 빤히 바라보았다. 그녀의 시선에 희석은 어쩔 줄을 몰랐다. 몸이 뜨거워지고 얼굴도 뜨거워져 붉어져 버렸다.

“고마워.”

난희가 조그맣게 말했다. 그녀의 얼굴도 어느새 붉어져 있었다. 희석은 자석에 이끌리듯 난희의 손을 잡았다. 난희가 얼굴을 새빨갛게 물들이며 고개를 돌렸다. 심장이 터질 것 같았다. 난희와 결혼을 하고, 단란한 가정을 꾸미고, 빵을 만들며 살면 그 이상의 행복은 없을 것 같았다. 난희의 손을 잡고 하염없이 생각에 빠져 있는데 발소리가 들렸다.

"흠, 흠."

매장에 내려갔던 도훈이 들어오자 희석은 얼른 난희의 손을 놓고 헛기침을 했다. 붉어진 두 사람의 얼굴을 보고 상황을 짐작했을 테지만 도훈은 내색하지 않고 재료 창고로 쑥 들어가 버렸다. 희석은 난희를 한번 흘끗 보곤 도훈을 따라 재료 창고로 들어갔다.

"이번 것들은 좀 성공해야 할 텐데."

희석을 흘끗 돌아본 도훈이 중얼거리며 발효종을 만들던 용기 안을 들여다보았다. 희석은 도훈에게 다가가 재료 창고 한쪽 선반에 줄줄이 놓아 둔 용기들을 훑어보았다. 기록을 하기 위해 주머니에서 일기장을 꺼낸 희석은 용기들의 뚜껑을 하나하나 열어 상태를 확인하고 냄새를 맡아 보았다.

"꼼꼼하다니까. 연구하는 거 다 기록하는 거야?"

도훈이 웃으며 말하자 희석은 고개를 끄덕였다.

"내가 너처럼 머리가 좋았으면 다 머릿속에 넣어 놓을 텐데, 별로 그러질 못해서. 그래서 배합비든 발효종이든 일단 다 적어 놓고 보는 거야. 이렇게 적어 놓으면 다음에 더 좋은 생각이 나기도 하거든. 그러면 그것도 적어 놓고. 그러다 보면 그게 다

내 재산이 되는 거지."

희석은 발효종의 상태를 메모하면서 말했다. 도훈은 희석이 적고 있는 메모를 흘끗 넘겨다보았다.

"야, 나도 좀 보여 주라. 어차피 같이 연구하고 있는 거."

"얼마든지 봐라. 그런데 앞쪽은 보면 안 된다. 내 일기거든."

희석은 웃으며 일기장을 도훈에게 내밀었다. 도훈은 발효일지를 대충 훑어보더니 일기장을 희석에게 다시 건네주었다.

"참 대단하다. 잠잘 시간도 부족한데 일기까지 쓰다니. 그런데 발효일지랑 배합비, 내가 모르는 것도 있네."

"네가 24시간 들여다보는 거 아니니까 그렇지. 어차피 내가 기록해 놓으면 우리 둘 다 볼 수 있으니까, 네가 보고 싶을 때 봐. 그리고 배합비 중에서 네가 모르는 건, 아마 내가 새로 만들어 낸 배합비라 그럴 거야. 요새 내가 배합비를 조금씩 바꾸면서 빵 맛을 테스트해 보고 있거든. 신기한 게 조금만 바뀌어도 빵 맛이 변해."

도훈은 감탄한 듯한 표정이었다.

"넌 정말 언제 봐도 대단하다. 널 보면, 늘 새로운 걸 알아내는 천재 같아."

"천재는 무슨. 너나 나나 머릿속에 빵 생각만 가득 차 있으니까 별별 생각을 다 하는 거지. 야, 너 진짜 앞부분 일기는 보면 안 된다."

"안 본다, 안 봐. 무슨 내용일지 뻔히 아는데 뭐하러 봐."

"네, 네가 어떻게 알아!"

"안 봐도 뻔하지. 절반쯤은 빵 얘기일 거고, 절반쯤은 난희 얘기일 테지."

도훈이 피식 웃으며 말하자 희석의 얼굴이 뜨거워졌다. 도훈의 말은 정확하게 맞았다.

"난희한테는 아무 말 마라."

"안 한다. 그런데 난희는 네 마음 알고 있는 거냐?"

희석은 대답하지 않았다. 도훈에게는 말하지 않았지만 난희에게 이미 사랑한다고 고백했던 터였다. 희석은 발효종에 대해서 다시 메모를 시작했다.

1974년 12월.

희석은 조심스럽게 난희에게 다가섰다. 부쩍 말이 없어진 그녀는 희석이 다가가는 것을 피했다. 공장에서 일을 할 때는 오히려 나았다. 함께 일을 하면서는 필요한 대화도 했고, 눈길도 마주쳤다. 하지만 잠시 쉬는 시간이나 일을 마치고 나서는 그와 눈 맞춤마저도 하지 않으려 했다. 난희의 마음을 이해하지 못하는 바는 아니었지만 희석은 답답했다.

"난희야."

난희는 집에 가려는 듯 외투를 단단히 여미고 있었다. 그의 말에 대꾸조차 않는 난희를 원망스레 바라보다 희석은 난희를 따라 빵집을 나섰다. 9월에 그 일이 있은 후로, 도훈은 녹원당을 나가겠노라고 스승인 인웅에게 말을 한 모양이었다. 새벽부터 밤까지 서로 얼굴을 마주 보고 일을 해야 하니 더 이상 세 사람이 함께 일을 할 수 없는 것은 자명했다.

도훈은 녹원당을 나가 역 근처에 '킹 과자점'이라는 빵집을 냈다. 희석보다 먼저 자신의 빵집을 개업하긴 했지만 희석은 도훈의 행보에 대해 어떤 감정도 갖지 않으려 애썼다. 한때 형제보다 더 끈끈한 우정을 자랑하던 그들의 관계는 이미 산산이 깨어진 후.

죽이고 싶도록 미웠지만 희석은 도훈에게 더 이상 미움의 감정을 갖지 않으려 애썼다. 끝까지 잘못했다 사죄는 하지 않았지만 녹원당을 나갔으며 그와 난희 앞에서 사라졌다. 희석은 난희와의 관계는 아무것도 달라진 게 없다고 생각했다. 희석에게 있어 난희는 여전히 난희였고, 여전히 그녀를 사랑했다. 그의 인생에 단 하나의 여자라고 추호도 의심치 않았다.

"희석 씨, 더 이상 따라오지 않았으면 좋겠어."

차가운 겨울바람을 맞으며 난희의 뒤를 따라가던 희석은 문득 멈춰 선 난희의 등을 바라보았다. 난희는 그의 얼굴을 마주보지도 않고 말을 하고 있었다. 가슴에서 뜨거운 무언가가 치밀어 올랐다.

"따라가게 해 줘. 난희야, 우리 사이는 아무것도 변한 게 없어."

희석의 간절한 말에 난희는 돌아섰다. 그녀는 화가 난 듯 입술을 자근자근 깨물었다. 그 모습이 너무 아름다워 희석의 가슴이 두방망이질 쳤다.

"변한 게 없다고? 변한 게 왜 없어? 희석 씨, 난 이제 희석 씨

앞에서 떳떳하지 못해. 평생 지울 수 없는 상처가 생겼다고."

"왜 떳떳하지 못해? 네 잘못이 아니야. 넌 잘못한 게 하나도 없어. 그러니까 괜찮아. 난희야, 내가 괜찮다잖아."

난희의 눈에서 눈물이 글썽거리더니 톡 떨어졌다. 난희는 화를 냈다.

"내가 괜찮지 않아! 희석 씨, 지금은 괜찮다고 말하지만 평생 잊을 수 있어? 난 못 잊어. 내게 일어났던 일들, 평생 희석 씨 앞에서 고개를 들지 못할 것 같다고! 그런데 왜 자꾸만 괜찮다고 해! 난 정말……."

난희의 눈에서 눈물이 하염없이 떨어졌다. 희석은 잠시 아무 말도 못 하고 멍하니 서 있었다. 그러다 한 발짝 한 발짝 난희에게 다가갔다. 그리고 그녀를 꼭 끌어안았다. 난희는 희석을 밀어내며 울었다. 희석은 손에 힘을 주어 난희를 끌어당겼다.

"난 다 잊을 수 있어. 괜찮아. 난희 너만 있으면 된다. 우린 다시 시작하면 돼. 새해가 밝으면 우리 결혼하자. 변변한 집 하나 없지만 노력할게. 우리 같이 빵집을 내자. 그리고 사람들이 먹고 행복해질 수 있는 빵을 만드는 거야. 너하고 나, 둘이서."

희석의 목소리가 떨렸다. 난희는 흐느끼며 울었다.

"그럴 수 없어."

울다가 희석을 밀어낸 난희는 떨리는 목소리로 그럴 수 없다고 하곤 다시 몸을 돌려 걸음을 재촉했다. 희석은 멍하니 서 있다가 화들짝 정신을 차리고 난희를 쫓아갔다. 그녀가 혼자 살고 있는 코딱지만 한 자취방에 도착하자 난희는 희석을 바깥에 두고 문을 쾅 닫았다. 희석은 난희의 방문을 두들겼다. 그녀는 문을 열어 주지 않았다. 희석은 문을 두들기다가 안에서 난희의 신음 소리가 들려 얼음처럼 굳어 버렸다. 어디가 아픈가 싶어 미친 듯이 문을 덜컹거리며 열려고 애쓰던 희석은 몸으로 부딪쳐 문을 열고 안으로 들어갔다.

작은 방 안에서 난희는 얼굴이 새하얗게 질린 채로 헛구역질을 하고 있었다. 희석은 구르듯 방 안으로 들어가 난희를 부축했다.

"제발, 가 줘."

난희는 꺼져 가는 목소리로 희석을 밀어내었다. 희석은 방바닥에 털썩 앉아 멍하니 난희를 바라보았다. 머릿속에서 온갖 생각들이 교차했다. 난희가 그저 체하거나 속이 안 좋아서 헛구역질을 하는 게 아니라는 생각이 들었다.

"이제…… 알겠어? 우린 다시 시작할 수 없어. 난 희석 씨 앞에서 떳떳할 수 없다고!"

난희는 다시 흐느꼈다. 희석은 잠시 아무 말도 할 수 없었다. 온몸에서 힘이 풀려 나갔다. 지울 수 없는 사실에 희석은 어찌할 바를 몰랐다. 그깟 하룻밤쯤, 아무 상관없었다. 여자가 순결해야 한다는 생각도 없었다. 중요한 것은 자신의 마음이 변하지 않았다는 사실이었다. 희석은 여전히 난희를 사랑했으며 난희 역시 희석을 사랑했다. 그거면 된 거라고 생각했다.

하지만 현실은 차갑게 희석을 외면했다. 희석은 짧은 순간 머릿속으로 많은 생각을 했다. 난희에게 어떻게 해야 할 것인

가. 난희의 입장은, 그리고 그의 사랑은 어떻게 되는 것인가.
채 1분도 지나지 않아 희석은 고민을 접었다. 그리고 난희에게 시선을 돌렸다. 그녀의 절망으로 얼룩진 눈동자를 반듯하게 바라보며 희석은 입을 열었다.

"내가…… 잘할게."

"뭐?"

난희의 눈이 믿을 수 없다는 듯 커다래졌다. 희석은 숨을 크게 들이쉬었다.

"네 아이면 내 아이나 마찬가지니까, 내 아이처럼 사랑으로 키울게."

난희의 눈에서 눈물이 흘러내렸다. 난희는 한참을 아무 말도 못 하고 눈물만 흘렸다. 희석은 난희의 손을 잡았다.

"희석 씨는…… 바보야."

"사랑하는 여자를 놓치는 게 진짜 바보지."

"아니야. 그렇게…… 착하니까 당하는 거야. 바보."

"난희야."

"돌아가. 다시는 날 찾지 마. 나 때문에 희석 씨의 인생까지 망칠 순 없어."

희석은 난희를 설득하려 했다. 남의 자식을 키운다는 것, 쉽지 않을 거라는 건 알고 있었다. 하지만 희석은 그만큼 절실했다. 그가 난희에게 다시 무언가를 말하려 할 때 문이 열렸다.

"최난희."

희석은 문밖의 사내를 보고 천천히 일어섰다.

"정도훈?"

그 자식이 난희를 찾아와서는 안 되는 거였다. 희석은 믿을 수가 없었다. 녹원당을 나갔고, 그와 난희의 인생에서도 나갔다고 생각했던 녀석을 난희의 집에서 다시 만나다니.

희석은 난희를 돌아보았다. 난희는 전혀 놀란 기색이 아니었다. 도훈이 그녀를 찾아온 건, 처음이 아닌 모양이었다.

"희석이구나."

도훈은 희석의 눈을 바로 보지 못했다. 집 안으로 들어오지도 못하고 밖에 어정쩡하게 서서 시선을 피하기 바빴다. 어쩌면 난희는, 도훈에게 몸을 빼앗기고 마음마저도 빼앗겼는지도 모른다는 생각이 들었다. 희석은 부들부들 떨리는 손을 꽉 쥐고 천천히 도훈에게 다가갔다.

"네가 왜 여기엘 와? 네놈이 무슨 낯짝으로 여길!"

희석의 일갈에 도훈은 움찔했다. 희석은 미친 듯이 도훈에게 주먹을 휘둘렀다. 도훈은 처음 희석에게 맞았던 날처럼 가만히 있었다. 그게 나름대로 희석에 대한 사죄라고 생각하는지 도훈은 희석의 주먹을 막아낼 생각조차 하지 않고 고스란히 다 받아 냈다.

"희석 씨! 그만해! 제발……."

난희가 울부짖었다. 희석은 망연자실한 얼굴로 난희를 돌아보았다. 난희는 울고 있었다. 그녀의 아픈 표정에 희석의 가슴도 아파 왔다.

"소용없잖아, 이제……."

난희의 체념 섞인 말에 희석은 참았던 울음을 터뜨렸다. 하늘을 보며 절규했다. 가슴속의 울분을 주먹으로 풀어도 다 풀어 내지 못할 것 같았다. 희석의 뺨으로 뜨거운 눈물이 흘러내렸다.

"미안하다. 난희와 결혼할 거야."

도훈의 말에 희석은 핏발 선 눈으로 도훈을 노려보았다. 도훈이 그에게 이럴 수는 없었다.

"으아아아악!"

목에 피가 맺힐 정도로 억울했다. 희석은 차가운 밤거리로 미친 듯이 달려갔다.

# 6장

창문으로 눈부신 햇살이 비쳐 들었다. 따스한 느낌에 얼굴이 간지러운 것 같았다. 나예는 잠시 뒤척이다 천천히 눈을 떴다. 침대를 비추는 햇살과 따뜻한 공기, 약간 건조한 느낌이 드는 그곳이 어디인가 잠시 생각하다가 나예는 벌떡 일어나 앉았다. 시계를 보니 11시가 넘은 시간이었다.

"아…… 늦잠 자 버렸네."

나예는 숨죽여 중얼거렸다. 물론 늦잠을 잤다고 해서 그녀를 탓할 사람은 없었다. 아침 일찍 어딘가에 가야 하는 것도 아니었다. 방 안은 조용했다. 나예는 잠시 숨을 죽이고 바깥에서 뭔가 소리가 나나 들어 보았다.

간밤에 그 남자 때문에 방에 들어와서 비참한 기분으로 울다 지쳐 언제 잠이 들었는지 기억도 나질 않았다. 눈이 부었는지 제대로 떠지지도 않았다. 나예는 한숨을 푹 쉬었다.

물론 그 정도 반응, 예상치 못했던 건 아니었다. 이미 그에게 돈을 받았을 때부터 나예는 사흘간 무슨 일이 있든 다 감내하겠다고 결심했었다. 그가 욕심껏 그녀의 몸을 갖는 것도 아무렇지 않게 버텨 내리라 생각했고, 어떤 모욕적인 말이나 행동을 해도 다 참을 수 있다고 생각했다. 영우를 구해 낼 수 있는 1억 원이라는 돈은, 그 정도의 가치가 충분히 있었다.

'원하지 않는 여자를 갖는 건 범죄 아닌가?'

하지만 그의 말을 들었을 때 나예는 너무도 놀랐다. 그 남자와의 사흘간을 나름대로 상상했었던 것 중 최악의 시나리오에도 그런 대사는 없었다. 그 남자가 그녀와 잠자리를 하지 않겠다고 거절한 것도 마찬가지였다. 돈을 주고 그녀를 샀다는 것은, 그녀의 몸을 갖겠다는 의미였다. 분명 나예가 생각한 것은 그것이었지만 남자는 아닌 것 같았다.

"아니, 모르겠어."

나예는 혼란스러운 감정을 감추지 못하고 고개를 저었다. 그 남자는 정말 이상했다. 뭔가 힘든 일이 있는 게 분명한데, 그걸 드러내지 않고 참고 있는 것 같았다. 그를 누르고 있는 고민이 얼마나 무거운지 짐작조차 할 수 없었다. 힘들어서 위로가 필요한 거라면 어떤 식으로든 그를 도와주고 싶었다. 그에게 돈을 받았기 때문이기도 하지만 그녀와 묘하게 닮아 있는 아픈 눈빛에 끌린 것도 사실이었다.

그에게 따뜻한 밥을 해 주고 싶었던 것도, 그녀가 그에게 해 줄 수 있는 몇 가지 안 되는 일 중의 하나였다. 힘들 때 누군가의 마음이 담겨 있는 밥을 먹는 것도 어느 정도 위로가 될 것이라고 생각했다. 그리고 요리를 할 때 그가 키스를 했기 때문에 나예는 당연히 그다음 순서는 침대일 거라고 짐작하고 있었다.

"아…… 어떻게 얼굴을 봐야 해?"

나예는 침대에서 일어나 서성였다. 어쨌든 그와 이틀의 시간을 더 보내야 했으니 뭔가 하긴 해야 했다. 나예는 방에 딸려 있는 욕실로 들어가 씻고 머리를 빗었다. 거실로 살며시 나가 보니 남자는 테라스에 서서 바다를 바라보고 있었다. 뒷모습이 쓸쓸해 보였다. 나예는 잠시 남자의 뒷모습을 바라보았다. 간밤에도 남자는 그렇게 까만 밤바다를 바라보고 있었다.

'내가 어떻게 해야 하는 걸까?'

나예는 입술을 잘근 깨물었다. 입술 위에 그의 입술이 닿았던 기억이 떠올라 뺨이 달아올랐다. 남자와 마음이 움직이는 키스를 한 건 처음이었다. 레드플라워에서 손님들에게 강제로 몇 번 입술을 빼앗기긴 했지만 미친 듯이 몸부림을 쳐 남자들에게서 벗어났고 단 한 번도 허락한 적이 없었다.

하지만 그가 다가왔을 때 나예는 거부해야 한다는 생각조차 하질 못했다. 그녀를 보는 눈빛이 너무 다정해서 순간 그와 사랑에 빠진 게 아닐까 하는 착각마저 들었다. 첫눈에 반한다거나 운명 같은 건 믿지도 않았지만 그가 천천히 고개를 숙였을 때 나예는 어쩌면 그 남자에게 반할지도 모르겠다는 생각을 잠깐 했다.

그의 입술은 부드러웠고 따스했다. 그의 혀가 입 안으로 들어왔을 때 난생처음 느껴 보는 짜릿한 기분에 나예는 그에게 몸을 맡기고 말았다.

'그래서 헤픈 여자라고 생각했을까? 그저 그런 쉬운 여자로 보였을까?'

나예는 한숨을 쉬었다. 그의 손길에 거부는커녕 오히려 몸을 맡겨 버렸으니 값싸게 굴었다는 생각도 들었다. 나예는 조금 우울한 기분으로 식사 준비를 했다.

'하지만 뭐? 넌 그럼 그게 아무렇지도 않은 건가? 나에 대해 아는 것도 없으면서, 처음 만난 남자와 하룻밤을 보내는 게 아무렇지도 않을 만큼 무감각해? 도덕적인 관념, 뭐 그런 거 없어? 아, 그래. 술집 여자한테 그런 것 따위 없는 게 당연한 건가? 그냥 돈만 주면 되는 거지?'

아프게 나예의 마음을 헤집었던 그의 성난 말투가 생생하게 떠올랐다. 그가 그런 반응을 보였던 것도 어찌 보면 그럴 만했다고 생각했다. 돈을 요구하며 고고하게 굴었던 그녀가 모든 걸 포기한 것처럼 몸을 내어놓겠다고 한 게 마뜩찮아 보였을지도 모른다.

'그게 지금 내 현실이지. 술집 여자 따위가 된 거.'

눈물이 다시 차올랐다. 아무리 부정하고 싶어도 어쩔 수 없는 현실이 그녀의 가슴을 아프게 후벼 팠다. 그런 여자가 아니라고 아무리 항변해 본들, 이미 나예는 그녀 스스로 경멸해 마지않던 그 일을 하고 있었고 술집 여자가 되어 버린 것이었다.

남자의 손길 따위 모르는 순결한 여자라고 아무리 떠들어 봤자 믿어 주는 사람은 아무도 없을 게 분명했다. 나예는 차가운 눈빛으로 노려보던 그 남자를 떠올리며 눈물을 흘렸다. 그녀 스스로도 자괴감이 느껴지는데 다른 사람들이 그녀를 볼 때 오죽할까 싶어서 눈물밖에 나오질 않았다.

'하지만 후회하지 않을 거야.'

나예는 상을 차리며 속으로 몇 번이고 되뇌었다. 괴로웠지만 선택을 한 것은 그녀 자신이었고 그 선택에 대해 책임을 져야 한다고 생각했다. 나예는 흘러내린 눈물을 닦고선 심호흡을 했다. 간밤엔 그의 기분을 상하게 했지만 어쨌든 남은 이틀을 함께 보내야 했으니 안 볼 사람처럼 대할 수는 없는 노릇이었다.

"언제 일어났어?"

나예는 화들짝 놀랐다. 언제 들어왔는지 남자가 나예를 마주 보고 있었다. 그의 눈빛은 생각을 알 수 없게 깊었다.

"아까요. 늦었지만…… 식사하세요."

다행히 목소리가 떨리진 않았다. 그 남자와 한 공간에 있다는 것만으로도 묘하게 가슴이 뛰었다. 간밤에 그렇게 모질게 그녀를 다그치고 모멸감을 주었지만 왠지 그가 밉지 않았다. 나예는 그에게 무슨 힘든 일이 있는 건지 궁금해졌다. 그녀에게 마음속 이야기를 털어놓지 않을 게 분명했지만 그가 원하는 대로 조금이라도 위로가 되고 싶었다.

'이 사람을…… 알고 싶다.'

말없이 자리에 앉아 그녀가 차려 준 밥을 먹는 남자를 보고 나예의 마음이 천천히 움직였다. 그저 그런 스치는 인연이 될 수도 있었지만 상처 입은 짐승같이 아파 보이는 그에게 자꾸 마음이 갔다. 나예는 수저를 들고 밥을 먹었다. 침묵 속에 밥을 먹었지만 어색하진 않았다. 나예는 식사를 마친 남자에게 물을 따라 주었다. 물컵을 보고 그의 눈빛이 조금 흔들렸다. 뭔가 말하고 싶은 듯한 그의 표정에 나예는 가만히 기다렸다.

"바닷가에 갈 건데."

그는 하고 싶은 말을 그냥 삼키기로 한 듯 나예에게서 시선을 돌리곤 던지듯 말했다. 나예는 자리에서 일어나 식탁을 치웠다. 함께 가자는 말은 하지 않았지만 나예는 함께 가기로 마음먹었다.

"네."

더 이상 묻지 않고 준비하는 나예를 보고 그가 묘한 표정을 지었다. 술집 여자 주제에 건방지다고 생각하는 것일지도 모른다. 그래도 할 수 없다고 생각하며 나예는 그를 따라 밖으로 나섰다. 그들이 머문 펜션은 바닷가와 가까워서 백사장까지 걸어갈 수 있었다.

그는 나예가 따라오든 말든 성큼성큼 걸어가 버렸다. 낮이라 따스한 햇살이 쏟아져 내려 저녁처럼 춥진 않았다. 나예는 눈부심에 눈을 가늘게 뜨고 하늘을 올려다보았다. 구름 한 점 없는 하늘의 태양빛이 눈부셨다. 하늘을 올려다보고 있자니 몸이 둥둥 뜨는 것 같은 비현실적인 기분이 들었다. 나예는 입가에 미소를 띠고 먼 바다를 바라보았다. 평화로웠다. 그녀의 암울하고 답답한 상황과는 동떨어져 있는 다른 세상 같았다.

남자는 천천히 백사장을 걷고 있었다. 그는 나예가 옆에 없는 것처럼 깊은 생각에 잠겨 있었다. 그의 상념을 방해하고 싶지 않아 나예는 그를 따라 천천히 걸었다.

그는 한동안 백사장을 걷다가 고운 모래 위에 털썩 앉았다. 그러곤 하염없이 바다 먼 곳을 바라보기만 했다. 나예도 그 옆에 앉아 그가 바라보는 지평선 저편을 바라보았다. 그가 무슨 생각을 하고 있는지 궁금했지만 묻지 않았다.

"왜 아무것도 묻지 않지?"

몇 시간이 지났을까. 오후 내내 바다 저편만 바라보고 있던 남자가 저녁나절이 되어서야 입을 열었다. 나예는 고개를 갸웃하다가 천천히 입을 열었다.

"대답하고 싶지 않을 수도 있으니까요."

남자가 피식 웃었다. 입술이 곡선을 그리자 얼굴이 부드러워 보였다. 그의 옆얼굴을 바라보던 나예는 가슴속에서 뭔가 꿈틀하는 감정을 느꼈다. 그와 이틀간을 함께 보내면서 나눈 대화는 얼마 되지 않지만 왠지 오랫동안 알고 지낸 사람처럼 익숙한 느낌이 들었다. 어쩌면 그녀와 닮은 아픔을 느꼈기 때문인지도 모른다.

"넌…… 참 묘한 데가 있어."

그가 천천히 그녀를 돌아보며 말했다. 차가웠던 눈빛이 조금 따뜻해졌다고 느낀 게 착각이 아니길 빌었다.

"그쪽도 평범하진 않아요."

차분히 응수했더니 남자가 웃었다. 생각했던 것보다 그의 기분이 나빠 보이지 않아서 나예는 안도의 한숨을 내쉬었다. 오후 내내 바닷바람을 쐰 것이 기분 전환이 되었나 보다고 생각했다.

"들어가자."

남자가 자리에서 일어났다. 나예는 따라 일어나서 남자를 뒤따랐다. 펜션 쪽으로 걸어가다가 나예는 남자의 옷자락을 살짝 잡았다.

"저기."

남자가 의아한 얼굴로 돌아보았다. 나예는 살짝 미소 지으려 애쓰면서 말했다.

"뭐 먹고 싶어요? 내가 만들어 줄게요."

그는 썩 내키지 않는다는 얼굴이었지만 나예는 근처 시장으로 그를 이끌었다. 뭘 먹고 싶냐고 물어봐도 그는 시원스럽게 대답해 주지 않았다. 나예는 그냥 마음대로 장을 보았다. 그녀와 함께 장을 보는 게 불편할지도 모른다는 생각이 잠깐 들었지만 더 이상 생각하지 않기로 했다. 하고 싶지 않다면 이미 그가 거절했으리란 생각이 들어서였다.

"아유, 신혼여행 오셨나 봐요. 두 분 잘 어울리네."

시장 아주머니들이 신혼부부냐고 물어보는 말에 조금 당황했다. 나예는 그의 눈치를 보며 대충 얼버무리곤 자리를 떴다.

그의 표정은 변하지 않아 기분을 알 수가 없었다.

"어제 말야."

펜션으로 돌아와 저녁 준비를 하는데 지난밤처럼 옆에 서서 그녀를 지켜보던 남자가 갑자기 입을 열었다. 나예는 양파를 다듬던 손을 멈추고 그에게 시선을 주었다. 그는 말을 할까 말까 망설이는 표정이었다. 아침에도 그런 표정을 지었기 때문에 나예는 그가 간밤의 일에 대해 뭔가 할 말이 있다는 걸 짐작하고 있었다. 거절한 그녀의 몸을 지금이라도 다시 갖겠다는 건지, 아니면 다른 의도가 있는 건지 모르겠지만 나예는 일단 그의 말을 들어 보기로 했다. 언제든 사흘 중에 한 번은 그가 값을 받아 내려 하지 않을까 생각하고 있었다.

"미안했어."

이번에도 예상 밖이었다. 심장이 요동을 쳤다. 그의 모진 말에 상처 입긴 했지만 그 정도는 감수하리라 결심했었다. 하지만 그가 사과를 할 줄은 정말 몰랐다. 나예는 말없이 그의 눈동자를 바라보았다. 그냥 입에 발린 말이 아니었다. 그의 눈빛은 진심으로 그가 미안해하고 있다는 걸 보여 주고 있었다.

"그런 식으로 말하려고 의도했던 건 아니었어. 사실은 나한테 화가 나 있었어. 너와는 상관없이."

그는 솔직한 사람 같았다. 자신의 잘못을 인정한다는 것은 쉬운 일이 아니다. 자존심 때문에 끝까지 굽히지 않을 수도 있고, 그 정도의 일은 잘못이라 생각하지 않을 수도 있는 법이다.

'이 사람, 꽤 괜찮은 사람 같아.'

심장이 두근거렸다. 나예는 뭐라고 대답해야 할지 잠시 고민했다. 사흘이 지나고 나면 다시는 볼 일이 없는 남자에게 자꾸만 마음이 기울었다. 자꾸 설레었다.

"괜찮아요."

나예는 살짝 미소 지었다. 그의 표정이 조금 굳었다. 그녀의 마음이 설레는 것처럼 그의 마음도 흔들리고 있다는 걸, 살짝 떨리는 그의 손끝을 보고 느낄 수 있었다. 나예는 다시 요리하던 음식으로 주의를 돌렸다. 그가 빤히 쳐다보고 있다는 것을 알고 있었지만 그녀는 아무렇지 않게 요리하려 애를 썼다. 사실 심장이 너무 두근거리고 손이 떨릴 것 같았지만 억지로 참는 중이었다.

"다 됐어요."

나예는 그의 눈을 바라볼 자신이 없어 시선을 피한 채로 식탁 앞에 앉았다. 그는 별다른 말 없이 수저를 들었다.

'이 사람이라면…… 괜찮지 않을까?'

그의 반듯한 얼굴을 훔쳐보며 나예는 조심스럽게 생각했다. 돈 때문에 억지로 관계를 갖는 게 아니라 이 남자라면 마음이 갈 수도 있겠다고 생각이 들었다. 이런 관계로 만난 게 아니라 그냥 여자 대 남자로 만났다면, 평범한 인연으로 만났다면 그와 사랑에 빠졌을지도 모르겠다는 생각이 들었다.

각자의 생각에 잠겨 식사를 마치고 난 뒤, 나예는 식탁을 정리하고 욕실로 들어가 씻었다. 아무래도 지난밤처럼 실수하면 안 되겠다 싶어 그냥 방에 있을까 고민하다가 나예는 살며시 거실 쪽을 내다보았다. 그도 씻고 나왔는지 머리카락이 젖은 채로 물을 마시고 있었다. 물이 넘어가며 목젖이 움직이는 걸 보자 갑자기 입 안이 바짝 말랐다.

"저기."

저도 모르게 밖으로 나가 버렸다. 나예는 그녀를 돌아보는 그의 서늘한 눈빛을 마주하곤 조금 당황했다. 눈동자를 굴리며 할 말을 찾던 나예는 커피포트를 보고 겨우 말을 꺼냈다.

"차 한 잔 할래요?"

그녀를 잠시 바라보던 남자가 천천히 고개를 끄덕였다.

"좋을 대로."

주방에 녹차 티백이 있던 걸 기억해 내고 나예는 머그잔에 차를 타서 그가 앉아 있는 소파로 가 나란히 앉았다. 그는 말없이 잔을 받아 들곤 침묵을 지켰다. 그의 기분이 나아졌다고 생각했는데 아직은 아닌 모양이었다. 나예는 무슨 말을 하면 어색하지 않게 그에게 위로가 될까 고민했다.

"왜 힘들어하는지…… 물어봐도 돼요?"

그를 배려하고 싶었지만 딱히 에둘러서 물어볼 주변머리가 없었다. 나예는 그냥 궁금한 것을 물어보았다. 대답하고 싶지 않으면 여태까지처럼 침묵을 지킬 것이고, 말할 수 있다면 하겠지 싶어서였다. 그는 묘한 표정으로 그녀를 바라보다가 천천히 입을 열었다.

"대답해 주면, 해결책이 나오나?"

입꼬리가 살짝 올라갔지만 눈까지 웃음이 번지진 않았다.

약간은 시니컬해 보이는 그의 태도에 나예는 긴장했다. 손바닥에서 땀이 나는 것 같아 슬그머니 머그잔을 테이블에 내려놓았다.

"해결책을 찾는다기보다는…… 힘든 일을 마음속에 품고 있는 것보단 누군가에게 이야기하는 편이 더 나으니까요. 말을 하는 것만으로도 괴로움이 조금은 덜어지거든요."

천둥 치듯 울려 대는 그녀 자신의 심장 박동 소리가 밖으로 들리는 듯했다. 나예는 침착하려 애쓰면서 바로 옆에 앉아 있는 그 남자의 체온을 무시하려 했다. 그는 나예를 찬찬히 바라보다가 머그잔에 담긴 차를 한 모금 마셨다.

"믿었던 사람에게 배신당했어."

짧은 대답이 나예에게 작은 안도감을 주었다. 그가 이야기를 시작했다는 건 그녀에게 마음을 열고 있다는 의미. 나예는 그의 말에 고개를 끄덕였다.

"힘들었겠네요. 하지만 이미 일어난 일은 어쩔 수 없죠."

그 역시 나예처럼 가까운 누군가에게 배신을 당한 모양이었다. 나예는 엄마를 떠올리며 씁쓸한 웃음을 지었다. 그녀가 저지르지도 않은 일 때문에 동생이 사채업자에게 잡혀 가고 그녀는 죽기보다도 싫은 끔찍한 일을 해야만 했다.

"어쩔 수 없다……. 그 사람을 다시 봐야 한다는 건가?"

"그 사람을 다시 믿을 수는 없을 것 같아요. 용서하기도 힘들 것 같고요."

"그런데 그 사람이 가족이라면?"

하지만 모든 일이 엄마의 탓이라 해서 엄마와 연을 끊을 수는 없는 일이었다. 엄마를 용서한다는 건 아주 오랜 시간이 지나야 가능할 것 같다는 생각을 하면서도 나예는 엄마를 마음속에서 내칠 만큼 모질지 못했다.

"글쎄요. 어렵네요."

아버지를 용서하고 싶지 않았지만 그래도 그에게는 아버지였다. 훈겸은 어떻게 해야 할지 고민스러웠다. 아버지를 언제까지 미워할 수 있을지, 계속 미워하고 용서하지 않는 게 가능하기는 한 건지도 알 수 없었다. 여자는 훈겸의 말을 듣고 말이 없어졌다.

"너도 그런 적 있어?"

여자의 표정이 미묘하게 달라졌다. 씁쓸한 표정을 보니 그녀에게도 뭔가 사연이 있는 것 같았다. 그녀와 함께 보낸 시간은 짧았지만 훈겸은 그녀가 다른 여자들과는 다르다는 걸 느끼고 있었다. 그가 만났던 술집 여자들과 이 여자는 판이하게 달랐다. 처음엔 돈만 요구하는 당돌한 그녀의 모습에 속물이라고도 생각했고, 도도하고 새침하게 구는 모습이 과연 어디까지 갈까 싶어 오기도 생겼지만 그건 그가 잘못 생각한 것이 틀림없었다. 돈을 구하는 그녀의 절박한 모습은 피치 못할 사정이 있어서일 거라는 생각이 자꾸만 들었다.

"그렇다고 할 수도 있고……."

"네가 돈이 필요했던 것과 관계가 있는 일인가?"

여자의 눈빛이 깊어졌다. 잠시 망설이던 그녀의 입술이 바르르 떨리고 눈망울이 촉촉해졌다.

"네. 엄마가…… 사채를 썼어요. 돈을 갚지 못해서 도망가다가 아빠는 행방불명이 됐고, 동생은 사채업자에게 잡혀 갔어요."

훈겸은 깜짝 놀랐다. 그녀가 돈이 필요하다고 했을 때 뭔가 사정이 있겠거니 했지만 그런 일이라곤 생각하지 못했다. 다른 여자들처럼 명품을 사려는 욕심에 돈을 빌리거나 돈이 필요하다고 한 것 같지는 않았지만 어머니의 빚을 대신 갚아야 하는 처지라는 건 예상 밖이었다.

'이 여자에 대해서 내가 오해하고 있었던 것 같다.'

훈겸은 처음에 그를 보자마자 돈 이야기를 꺼냈던 여자를 떠올렸다. 그땐 '1억녀'라는 별칭까지 생긴 그녀가 대체 돈 때문에 어디까지 갈 것인지가 궁금했었는데, 간밤에 도덕관념까지 들먹여 가며 그녀를 몰아붙였던 것이 후회되었다.

사실 그녀에게 분노했던 게 아니라 아버지와 그 스스로에게 분노했던 것이었는데 애꿎은 여자에게 화풀이를 했던 거였다. 어떻게든 그녀는 돈을 준 그에게 그 돈의 가치만큼 자신이 할 수 있는 일을 하려 애쓴 것뿐이었다.

훈겸은 한숨을 쉬고 손에 쥐고 있던 머그잔을 테이블에 내려놓았다. 그녀가 화장실에서 부서질 듯 울며 찾던 '영우'는 동생이었던 모양이다.

"영우……가 동생?"

그의 말에 여자의 눈이 커졌다.

"어떻게 알아요?"

"화장실에서 우는 걸 봤어."

여자는 눈물이 글썽해진 얼굴로 고개를 돌렸다. 그녀가 그렇게 절박하게 돈이 필요하다고 했던 건 그런 이유에서였다.

"그 사람들이…… 한 달 안에 1억을 구해 오지 않으면 영우를 중국에 팔아넘기겠다고 했어요. 겨우 여섯 살밖에 되지 않은 아이인데."

"그래서 룸살롱에서 일을 하게 된 거로군."

"사연을 얘기하자면 길지만 결론은 그래요."

여자가 살짝 미소를 지었다. 맑은 눈망울에 맺혀 있던 눈물이 흘러내렸다. 여자의 눈물에 가슴이 욱신거리며 아파 왔다.

"동생은? 찾았어?"

"네, 덕분에."

어제 그녀가 했던 말이 떠올랐다. 고맙다고, 그를 만나자마자 고맙다고 했었다. 그땐 앞뒤가 맞지 않는다고 느껴졌던 그녀의 말이 이제야 이해되었다. 훈겸은 여자를 빤히 바라보았다. 젖어 있는 눈망울이 순수해 보였다. 막다른 골목에 몰려 술집에서 일해야 했던 여자의 처지가 못내 안타까웠다. 남자들의 손길에 치를 떨며 룸을 뛰쳐나오면서도 꿋꿋하게 버티던 모습이 떠오르자 가슴 한구석이 아파 왔다.

'이 여자, 대체 얼마나 힘들었던 걸까?'

여자는 눈물을 보인 게 쑥스러웠는지 얼른 볼을 닦아 내었다. 전혀 알지도 못하는 남자에게 돈 때문에 몸을 팔아야 하는 상황이 견디기 힘들었을 텐데 이틀 동안 여자는 그를 위해 몇 번이나 밥을 차려 주었고, 그의 모진 말을 견뎌 냈으며, 그에게 위로가 되어 주었다. 낮이라 햇볕이 내리쬐긴 했지만 차가운 겨울바람을 오후 내내 맞으면서도 불평 한마디 없이 그의 옆을 말없이 지켜 주었던 여자였다.

바다를 하염없이 바라보며 끊임없이 그의 상황과 아버지에 대해 생각에 생각을 거듭했지만 결론은 나질 않았다. 옆에 조용히 있어 주었던 여자를 돌아볼 여유조차 없었다. 하지만 그녀는 그를 위해 또 저녁을 차려 주었고 그가 왜 힘든지 사려 깊은 눈으로 들어 주었다.

'대체…… 넌 어떤 사람인 거지?'

훈겸은 혼란스러운 마음으로 여자를 바라보았다. 그의 뚫어질 듯한 시선이 조금 불편했는지 여자가 헛기침을 하며 시선을 돌렸다.

"너, 전엔 뭘 했어?"

잠깐의 침묵이 흐르고 나서 훈겸이 다시 입을 열었다. 여자는 갑작스런 질문에 잠깐 당황하는 빛을 보였다.

"전에요?"

"룸살롱에서 일하기 전에. 학교 다녔어? 대학생?"

"아, 네……."

여자는 그의 질문에 말끝을 흐렸다. 표정이 어두워진 걸로 봐서 자신의 처지를 새삼 떠올리고 있는 것 같았다. 수다스런 성격이 아닌 건 알고 있었기에 그녀가 자세한 이야기를 하지 않았지만 그녀가 겪었을 괴로움을 이해할 수 있었다.

"너무 제 얘기만 한 것 같네요. 기분은 좀 어때요?"

여자가 화제를 돌렸다. 자신에 대해 이야기하는 것이 불편한 모양이었다. 애써 웃음 짓는 그녀의 표정이 슬퍼 보이는 건 기분 탓일까 생각하며 훈겸은 고개를 끄덕였다.

"저녁, 맛있었어."

"입맛에 맞았다니 다행이네요."

여자가 귀엽게 웃었다. 심장이 두근거렸다. 훈겸은 갑자기 나란히 앉아 있는 여자의 달콤한 체취를 느끼곤 머리끝이 쭈뼛서는 것 같은 기분에 혼란스러워졌다.

"누군가 날 위해서 밥을 차려 준 건 처음이었어."

그녀가 고개를 갸웃거렸다. 고개를 기울일 때 머리카락이 뺨 위로 살짝 흘러내리는 모습이 슬로모션처럼 눈길을 사로잡았다.

"왜요? 엄마가 밥 안 차려 줘요?"

뭐라고 대답을 해야 되나 생각을 하다가 그냥 간단하게 대답하기로 했다. 그의 사정을 구구절절 이야기할 수 없었고, 그렇다고 여자의 궁금증을 무시하고 지나갈 수도 없었기 때문이다.

"날 낳다가 돌아가셨어."

놀란 듯 여자의 눈이 동그랗게 커졌다. 훈겸은 씁쓸한 얼굴로 그녀의 시선을 받았다. 그녀는 잠시 사이를 두고 말했다.

"그립겠네요."

훈겸은 고개를 끄덕였다. 한 번도 느껴 보지 못한 어머니의 빈자리를, 이름조차 모르는 한 여자가 채워 주고 있었다. 사려 깊은 그녀의 마음 씀씀이에 놀랍기도 하고 끌리기도 했다. 그에게 따뜻한 밥을 차려 주는 이 여자가, 고마우면서도 매력적이었다.

"그립지만 그리워하지 않으려 애쓰면서 살았어."

아버지 때문에 훈겸은 한 번도 어머니가 보고 싶다는 말을 하지 못했다. 그가 어머니 이야기를 하면 아버지가 슬퍼했기 때문에 말을 할 수 없었다. 하지만 이제 그는 아버지가 단지 슬퍼서 말을 하지 않으려 했는지 아니면 다른 이유가 있었는지 확신하지 못했다. 훈겸은 가슴을 치고 올라오는 울컥한 감정을 누르려 애를 썼다.

"많이 힘들었겠네. 혹시…… 나중에…… 힘들면 연락해요. 밥 차려 줄게요."

심장이 툭 떨어지는 것 같았다. 훈겸은 잠시 아무 말도 하지 못했다. 여자는 쑥스러운 듯 그와 시선을 마주치지 못하고 다른 곳을 보고 있었다. 볼이 약간 상기된 모습이 예뻤다. 그러면 안 되는 거였지만 훈겸은 순간 여자를 안고 싶다는 생각을 했다. 평생 따뜻한 어머니의 품을 모르고 살아온 그였지만 눈앞에 있는 이 어린 여자를 안으면, 어머니의 품처럼 따스하지 않을까 하는 생각에 욕심이 났다.

"닮았어……."

저도 모르게 중얼거린 말에 여자가 천천히 시선을 그에게 돌렸다.

"내가요? 내가 그쪽 어머니와 닮았어요?"

호기심 어린 시선에 훈겸은 여자의 얼굴을 찬찬히 바라보았다. 사진으로 본 어머니는 상당한 미인이었다. 단아하고 우아했으며 지적인 느낌이 드는 여인이었다. 그와 마주하고 있는 여자는 그에 비해 훨씬 화려한 외모를 갖고 있었다. 남자라면 한 번은 뒤돌아볼 만한 화려하고 아름다운 외모. 하지만 그런 외모에 비해 여자는 얌전하고 사려 깊은 성격이었다. 그래서 그런 분위기가 닮은 것 같았다.

"응. 닮았어."

여자는 방긋 웃었다.

"다정하고 좋은 분이셨을 거예요."

훈겸은 고개를 끄덕였다. 목이 메는 것 같았다. 훈겸은 헛기침을 했다.

"전 엄마보다는 아빠를 더 좋아했어요."

여자는 잠자코 찻잔에 시선을 주다가 문득 말을 꺼냈다. 훈겸은 조용히 그녀의 말을 들었다.

"엄마는 뭐랄까…… 나쁜 분은 아니었지만 왠지 우리 엄마가 아닌 것 같은 느낌? 엄마보다는 여자로 살기를 더 원했던 것 같아요. 그래서 어렸을 때는 엄마를 많이 원망했어요. 왜 엄마가 나와 동생을 돌봐 주지 않을까 하는 원망이 컸던 것 같아요. 그렇지만 엄마에게 강요할 수만은 없다는 걸 알아요. 조금은 이해할 수 있을 것 같아요."

"그래도 지금의 상황은 어머니 때문에 생긴 거 아닌가? 그것까지 이해할 수 있어?"

"맞아요. 다신 보고 싶지 않아요. 엄마를 만나면, 쉽사리 용서할 수 없을 것 같아요. 그렇지만…… 정말 그럴 수 있을지는 모르겠어요. 그래도 엄마잖아요."

여자는 나직한 목소리로 말했다.

"아버지는 어떤 분이었어?"

훈겸은 여자에 대해 궁금해졌다. 그녀에 대해서 뭔가 더 알고 싶었다.

"아주…… 선한 분이요."

여자는 방긋 웃으며 말했다.

"선한 분?"

훈겸이 눈썹을 치켜세우며 묻자 여자는 웃으며 고개를 끄덕였다.

"누군가를 미워할 줄도 모르고 미움을 받지도 않았죠. 다른 사람들을 늘 먼저 생각해 주는 분이셨어요. 성실하고 우직하고 한결같은 분이었죠."

나예는 아빠를 떠올리며 생각에 잠겨 있다가 미소를 지었다. 아빠가 처음으로 빵 만드는 걸 허락해 주었던 그날이 생각났다.

*

"아이고, 나 죽네. 아이고, 나 죽어!"

"엄마! 괜찮아?"

"이년아! 네 눈엔 괜찮아 보이니? 네 아빠는 왜 안 오는 거야! 아야야!"

엄마의 손에 등짝을 옴팡지게 맞은 나예는 비명을 질렀다. 아빠는 며칠째 빵집 문을 닫은 채 술독에 빠져 있었다. 늦둥이 동생을 보는 나예는 예정일이 다가오자 뒤숭숭한 집안 분위기에 안절부절못했다. 엄마는 아빠를 찾으며 진통을 했다. 나예는 낑낑거리며 엄마를 부축해 집 앞 산부인과로 힘들게 걸어갔다. 바로 엎어지면 코 닿을 데 병원이 있는 것에 감사하며 나예는 헉헉 숨을 몰아쉬었다.

"아아! 아파 죽겠네! 네 아빠 찾아와! 얼른 찾아오라고!"

진통 때문에 제대로 걷지도 못하는 엄마는 얼굴을 일그러뜨리며 아빠를 찾았다. 나예는 간신히 병원에 들어서서 원무과에 엄마의 이름을 말했다.

"김영주요."

간호사가 상황을 보고 재빨리 엄마를 부축해 침상에 눕혔다. 나예는 숨을 몰아쉬며 이마에 맺힌 땀을 닦았다. 엄마는 계속해서 당장 아빠를 찾아오라고 성화를 부렸지만 나예는 모른 척하고 간호사에게 간단하게 상황을 알렸다.

"엄마가 두 시간 전부터 배가 아프다고 했어요. 저희 엄마 괜찮은 거예요?"

간호사가 엄마의 혈압을 재고 간단히 몇 가지 체크를 했다. 내진을 하고 나서 엄마의 상태를 살핀 간호사가 살짝 웃으며 나예에게 돌아섰다.

"걱정하지 마. 나예가 이렇게 야무지게 엄마를 돌봐 주는데 괜찮지 그럼."

나예는 안도의 한숨을 내쉬었다. 엄마는 여전히 아파 죽겠다고 앓는 소리를 하고 있었다. 간호사는 엄마를 흘깃 보곤 나예의 귀에 대고 속삭였다.

"이렇게 예쁘게 화장할 정신이 있는 걸 보면, 엄마 아직은 괜찮은 거야."

간호사가 생긋 웃었다. 나예는 피식 웃고 말았다. 그러고 보니 엄마는 평소와 마찬가지로 예쁘게 단장한 상태였다. 임산부 특유의 퍼석함도 없었고, 매끈한 피부에 곱게 화장을 하고 아이라인에 속눈썹, 립스틱까지 완벽한 모습이었다. 나예는 엄마가 편히 누울 수 있도록 베개를 매만져 주고 이마에 맺힌 땀을 닦아 주었다.

"네 아빠 불러와! 어딜 간 거야, 대체!"

"오신다고 했어. 엄마, 진정하고 가만 좀 있어."

나예는 한숨을 쉬고 조용히 밖으로 나왔다. 엄마는 만삭이 되어 가자 변해 가는 몸 때문에 유독 짜증을 내곤 했다. 나예는 타박타박 걸어 아빠가 있을 동네 술집으로 향했다. 이미 어둑해진 거리가 무서울 만도 했지만 나예는 익숙하게 걸어 술집에 들어섰다. 아빠는 혼자 술을 마시고 있었다.

"아빠, 저녁도 안 드시고 이러고 있으면 어떡해요. 술 많이 마시면 아파요."

나예는 볼멘소리를 하며 아빠의 손에서 술잔을 빼앗았다. 가을에 있었던 Siba 경연 대회 이후로 아빠는 울분을 못 참고 술독에 빠져 버렸다. 엄마의 산달이기도 하고 아빠가 빵집을 팽개쳐 두고 생전 마시지 않던 술에 빠져 있는 것도 걱정이 되어 나예는 심란했다. 매서운 칼바람에 차가워진 손을 비비며 나예는 한숨을 쉬었다. 아빠는 핏발이 선 눈으로 나예가 멀리 치운 술잔을 노려보았다.

"케이크시트가 바뀌었어. 분명 정도훈, 그놈 짓이야."

아빠는 분노에 찬 목소리로 중얼거렸다. 나예는 대회장에서 보았던 키가 아주 컸던 호남형의 남자를 떠올렸다. 그리고 그녀에게 나비 모양의 쿠키를 주었던 남자도 떠올렸다. 가슴이 설레었다. 그가 준 나비 쿠키는 아까워서 먹지 못했다. 먹지 않으면 상할 것을 알고 있었지만 끝내 나예는 쿠키가 상해 버려야 할 때까지도 그것을 먹지 않았다.

그 남자가 그렇게 나쁜 사람일 것 같지는 않았지만 아빠의 말 또한 믿지 않을 수가 없었다. 나예에게는 소중하고 존경스러운 아빠였다. 평생 빵을 만들면서 남에게 해가 되는 일은 하지 않은 분이었다. 누굴 미워하지도 않는 분이었다. 그런데 왜 정도훈이라는 남자에게는 그렇게 적대적이었는지 나예는 이해할 수가 없었다.

"아빠, 이제 술 그만 드세요. 엄마 병원에 갔어요. 진통이 오나 봐요."

일단 나예는 아빠에게 엄마의 상황을 알렸다. 아빠는 동생을 기다리고 있었다. 나예가 그렇게 좋아하는 빵을 굽게 해 달라고 어릴 때부터 말해 왔지만 아빠는 나예가 여자라는 이유로 제빵실에 얼씬도 하지 못하게 했다. 그리고 자신의 기술을 물려줄 아들을 고대하고 있었다. 나예가 병원 이야기를 하자마자 아빠의 눈빛이 달라졌다.

"병원에 갔다고?"

아빠가 자리에서 벌떡 일어났다. 나예는 고개를 끄덕이곤 앞장서서 밖으로 나갔다. 매서운 칼바람이 나예의 볼을 때렸다. 나예는 숨을 들이쉬곤 힘차게 걸었다. 병원에 도착하니 엄마는 한창 진통을 하며 힘들어하고 있었다. 그러다가 아빠를 보자 안도가 되는 듯 눈물을 글썽이며 손을 뻗었다. 아빠는 엄마의 손을 잡아 주었다.

"괜찮아?"

"안 괜찮아요. 아파서 죽을 것 같다고요. 그래서 내가 아이 따윈 다시 갖지 않겠다고 했잖아요. 당신이 우기지만 않았어도……."

볼멘소리를 내뱉는 엄마를 보며 나예는 아빠의 뒤에서 절레절레 고개를 저었다. 엄마는 더 이상 아이를 낳지 않겠다고 고집을 부렸었다. 나예를 낳고 나서 몸매가 망가졌다며 더 이상은 안 된다고 했다. 엄마에게 가장 중요한 것은 자신의 몸이고 미모였다. 나예는 언제나 그것이 좀 이해가 되질 않았지만 엄마는 아름다운 것을 좋아했고 자신의 아름다움을 계속 지키고 싶어 했다.

"됐어, 그만해. 아이를 낳는 마당에 그런 소릴 해서 뭐해?"

"그렇게 원하던 대로 아들 낳아 줄 테니까 이제 더 이상은 바라지 말아요. 아아!"

다시 진통이 오는지 엄마는 말을 끊고 인상을 찡그렸다. 나예는 엄마의 산처럼 둥그런 배를 보면서 신기해했다. 그 속에 동생이 들어 있다고 했다. 아주 조그마한 아기가. 엄마가 아기를 달가워하든 그렇지 않든 나예는 동생을 빨리 보고 싶었다. 동생이 나오면 잘 돌봐 주고도 싶었다.

"아이 낳으면 다이아 목걸이 해 줘야 해요."

진통이 잠시 멈췄는지 엄마는 아빠의 손을 꼭 잡고 말했다. 아빠는 어이없다는 얼굴로 엄마를 내려다보았지만 이내 피식 웃고 말았다. 나예 역시 웃음이 나왔다. 엄마는 배가 아파 죽겠다면서도 다이아몬드 목걸이를 생각하고 있었다.

"그래, 내 빚을 내서라도 사 줄 테니 낳기만 하라고."

나예는 작게 한숨을 쉬었다. 아빠의 빵집은 이제 겨우 자리를 잡아 가는 참이었고 손님이 그렇게 많은 편도 아니었다. 그걸 알고 있으면서도 아빠에게 비싼 선물을 요구하는 엄마가 철없어 보였다. 게다가 가게 얻을 때도 이미 은행에서 상당한 빚을 냈다고 알고 있었다. 나예는 집 안 곳곳에 숨겨져 있는 엄마의 카드 명세서 숫자까지 다 알고 있었다.

어쨌든 나예가 해결할 수 있는 일은 아니었다. 나예는 병실에서 나왔다. 아빠 역시 밖으로 나와서 기다리고 있었다. 동생이 나오려면 아직 한참 있어야 할 것 같았다. 나예는 집으로 가겠다고 아빠에게 말하고 병원에서 나왔다. 혼자 집으로 가서 이불을 펴고 누웠다. 보일러를 틀지 않아 차가운 방 안에서 나예는 몸을 웅송거리며 잠을 청했다.

하지만 잠이 쉬이 들지 않았던 나예는 새벽녘에 잠을 깨고 말았다. 방 안에 오도카니 앉아 있던 나예는 배가 고팠다. 주섬주섬 옷을 챙겨 입고 빵집 열쇠를 챙겨 집을 나섰다. 가게는 집 옆에 붙어 있어서 바로 도착할 수 있었다. 나예는 열쇠로 문을 열고 들어가 제빵실에 들어섰다. 며칠 동안 빵을 굽지 않아 냉기가 감돌았지만 상관없었다. 아빠가 빵 만드는 모습을 늘 훔쳐봤기 때문에 제빵실은 나예에게 집처럼 익숙한 곳이었다. 어디에 무슨 재료가 있고 오븐이며 기계가 어떻게 작동하는지까지 다 알고 있었다.

나예는 혼자 제빵실 안에 있는 것이 꽤나 마음에 들었다. 평소에는 아빠가 얼씬도 못 하게 하기 때문에 숨어서 보는 것이 고작이었지만 아빠가 없는 지금은 나예가 마음대로 할 수 있었다. 나예는 콧노래를 부르며 밀가루를 꺼냈다. 아빠가 하는 것처럼 밀가루를 붓고 물, 소금, 이스트를 꺼내 넣어 반죽을 했다. 힘이 약해 밀가루를 치대는 것이 힘들었지만 나예는 아랑곳하지 않았다. 좀 더 세게 힘을 주어 낑낑대며 반죽을 했다. 아빠가 반죽을 치대던 모습을 떠올리며 그대로 하려고 애를 썼다. 잘 안 됐지만 어찌어찌 밀가루 덩이를 만들긴 했다. 나예는 신이 나 작게 환호성을 질렀다. 반죽이 질어서 손가락에 다닥다닥 달라붙었지만 신나기만 했다. 나예는 아빠가 했던 것처럼 반죽을 반죽대에 세게 던지듯 내리쳐 탕탕 소리를 내었다. 그럴듯하다고 생각했다. 반죽을 힘차게 내리치니 반죽에 점점 힘이 생겼다. 나예는 노래를 부르며 반죽을 계속 탕탕 내리쳤다.

문득 대회 때 보았던 킹 과자점의 제빵사가 생각났다. 나예에게 처음으로 설렘을 안겨 주었던 남자. 마술처럼 신기한 손놀림으로 빵을 만들었던 그 남자가 생각나자 나예의 볼이 붉어졌다.

"이렇게 했었는데……."

나예는 남자의 마법 같았던 손놀림을 머릿속에 떠올렸다. 바로 어제 보았던 것처럼 선명히 기억에 남아 있었다. 나예는 그가 반죽을 둥글게 굴렸던 것을 떠올리며 그대로 해 보았다. 처음에는 천천히, 그리고 조금씩 더 빨리. 심장이 느리게 뛰다가 점점 빨라졌다. 숨이 찼다. 나예는 발그레해진 볼에 손부채질을 했다.

발효기에 반죽을 넣고 나예는 하릴없이 손부채질을 하며 공장 안을 돌아다녔다. 발걸음이 가벼웠다. 나비처럼 사뿐사뿐 돌아다니던 나예는 콧노래를 부르며 춤을 추었다. 기분이 깃털처럼 공중으로 날아오르는 것 같았다. 한동안 춤을 추며 놀던 나예는 발효기에서 반죽을 꺼내 두 배로 부풀어 오른 반죽을 눌러 가스를 빼고 동그랗게 빚었다. 재빠르게 움직이던 남자의 손놀림을 떠올리며 반죽을 빚고 길쭉하게 늘여 꽈배기도 만들었다.

너무 재미있었다. 손에 닿는 보드라운 밀가루의 감촉, 공기 중에 흩어지는 하얀 가루, 차지게 손에 달라붙는 하얗고 고운 밀가루 반죽. 모든 게 나예에게는 황홀한 감각이었다. 나예는 방긋 웃으며 예쁘게 빚은 반죽을 팬 위에 올렸다. 콧노래를 부르며 팬을 들어 올리는데 밖에서 문소리가 들렸다.

"올 사람이 없는데?"

나예는 깜짝 놀랐다. 이 시간에 빵집에 올 손님은 없었다. 바깥은 어슴푸레 날이 밝아 오고 있었으며 빵집 문조차 열지 않았던 터였다. 묵직한 발소리가 들리고 제빵실 문이 열리자 나예는 화들짝 놀라 팬을 반죽대 위에 내려놓았다.

"나예?"

"아, 아빠."

새벽에 제빵실에 나올 만한 단 한 명, 아빠였다. 며칠간은 아예 빵집 문조차 열지 않아 아빠가 올 거라고는 생각도 하지 못했다. 나예는 안절부절못하며 자신이 어질러 놓은 반죽대 위를 울상이 되어 바라보았다.

아빠는 빵을 만드는 곳은 늘 청결해야 한다고 반짝반짝 빛이 날 때까지 청소를 하곤 했다. 그리고 누군가 다른 사람이 제빵실 안을 어지르는 것을 몹시 싫어했다. 아빠는 나예가 꺼내 놓은 각종 재료와 도구들, 그리고 반죽을 하나하나 훑어보더니 놀란 눈으로 나예를 바라보았다.

"이게 다 뭐냐? 네가 한 것이냐?"

이제 혼나겠다는 생각에 나예는 입술을 깨물었다. 마지막으로 몰래 제빵실에 들어와서 밀가루와 도구들을 만졌다는 것 때문에 아빠에게 호되게 혼났던 게 바로 작년의 일이었다. 그때도 나예는 빵을 만들어 보고 싶어서 한밤중에 몰래 제빵실에 들어왔다가 아빠에게 들켜 호되게 야단맞고 회초리까지 맞았던 터였다.

대담하게 재료들을 다 꺼내 빵을 만들기까지 했으니 아빠에게 죽지 않을 정도로는 맞겠다 싶어 나예의 온몸이 바들바들 떨렸다.

"죄송해요. 너무 해 보고 싶어서……."

나예는 떨리는 목소리로 말했다. 고개를 숙이자 눈물이 툭 떨어졌다. 아빠는 한참을 말없이 서 있었다. 아빠가 무척 화가 난 것 같아 두려웠지만 동시에 억울한 마음이 치밀어 올랐다. 나예는 이를 앙다물었다. 빵을 만들고 싶었다. 아빠처럼 맛있는 빵을, 멋진 빵을 만들고 싶었다. 그런데 여자아이라는 이유로 제빵실에도 들어오지 못하게 하다니 불공평하다는 생각이 들었다. 나예는 용기를 내어 고개를 들었다. 눈물이 툭툭 계속 떨어졌다.

"저도 하고 싶어요. 아빠, 저도 빵을 만들게 해 주세요."

아빠는 그녀가 만든 반죽을 내려다보다가 매섭게 그녀를 노려보았다.

"내가 널 가르친 적이 없는데 이건 어디서 배워 온 거냐?"

아빠는 몹시 화가 나 보였다. 나예는 입술을 바르르 떨었다. 마른침을 삼키니 목울대가 울렁거렸다. 평소 아빠는 다정한 편이었지만 화를 낼 때면 몹시 무서웠다. 특히 나예가 잘못한 일에 대해서는 엄하게 혼을 내곤 했다. 잔소리는 많지만 별로 무섭지 않은 엄마와 달리 아빠는 늘 나예에게 경외감을 느끼게 하는 존재였다. 나예는 나오지 않는 목소리를 억지로 쥐어짜 말했다.

"배운 적 없어요."

"배운 적이 없다고? 지금 거짓말을 하는 거냐? 배우지도 않았는데 이걸 어떻게 만들었다는 거냐?"

당장이라도 회초리를 들 기세에 나예의 눈에서 눈물이 줄줄 흘러내렸다. 하지만 거짓말을 하는 것은 아니었다. 몰래 숨어서 훔쳐본 건 사실이지만 정식으로 배운 적은 없었으니까.

"정말이에요. 사, 사실은 몰래 숨어서 아빠가 하시는 거 봤어요."

숨어서 훔쳐보았다는 것 또한 아빠가 알면 불같이 화를 낼 일이었지만 나예는 용기를 내어 말했다. 혼이 나겠지만 어쩔 수 없었다. 아빠는 믿기지 않는다는 듯한 얼굴이었다.

"내가 빵을 만드는 것을 몰래 봤다고? 보고 흉내 내어 한 거란 말이냐? 이게 다?"

아빠는 반죽을 손으로 살짝 떼어 문질러 보며 말했다. 나예는 눈물을 흘리며 고개를 끄덕였다.

"잘못했어요, 아빠. 다시는 몰래 훔쳐보지 않을게요. 그렇지만 저도 빵이 만들고 싶단 말이에요. 아빠처럼 맛있는 빵을 만들고 싶어서……. 흑흑."

아빠는 잠시 아무 말도 하지 않고 반죽과 나예를 번갈아 보았다. 그리고 잠시 후, 아빠는 입을 떼었다.

"처음부터 다시 해 봐라."

나예는 잠깐 아빠가 무슨 말을 하는지 몰라 어리둥절한 얼굴로 서 있었다.

"네?"

"처음부터 다시 해 보란 말이다. 네가 훔쳐보고 따라 했다는 이 반죽. 다시 한 번 만들어 보라고. 내 앞에서."

아빠가 빵을 만들어 보라고 했다. 나예는 귀를 의심했다. 정녕 아빠가 한 말이 맞는지 의심스러웠다. 하지만 아빠는 반죽대 앞에 서서 나예에게 재촉하는 듯한 눈길을 보냈다. 나예는 아빠의 눈치를 보다가 천천히 밀가루에 손을 뻗었다. 혼자서 했던 것처럼 나예는 밀가루에 소금, 이스트, 물을 넣어 반죽을 시작했다. 낑낑대면서도 힘껏 반죽을 치대고 아빠가 했던 것처럼 힘차게 반죽을 했다. 반죽대 위로 던지듯 반죽을 내리치고, 반죽에 힘이 생기고 쫄깃해질 때까지 반복했다. 하얗고 매끄러운 반죽을 사랑스럽게 둥글리면서 나예는 다시 기분이 좋아졌다. 아빠에게 혼이 날지도 모른다는 생각은 잊어버렸다. 오로지 하얀 밀가루의 마법을 즐기며 반죽을 했다. 나예는 반죽을 그릇에 넣어 랩을 씌운 뒤, 발효기를 켜고 반죽을 넣었다.

아빠는 무슨 생각을 하는지 알 수 없는 얼굴로 나예가 하는 것을 하나하나 바라보고 있었다. 나예는 긴장감에 숨도 제대로 못 쉬고 발효기 안을 들여다보았다. 아빠에게 등을 돌리고 있었지만 유리문에 비친 아빠의 모습을 고스란히 보고 있었다. 나예는 혼이 날까 봐 겁이 잔뜩 나 있었지만 반죽을 바라보고 있자니 왠지 모르게 마음이 편해졌다. 나예는 용기를 내어 뒤로 돌아서 아빠와 마주 보았다.

"아기……는요?"

"태어났다. 새벽 2시에."

"남자예요, 여자예요?"

"사내아이다."

나예는 안도의 한숨을 쉬었다. 남동생이든 여동생이든 별 상관은 없었다. 어쨌든 무사히 태어났으니 다행일 따름이었다.

"근데 엄마는 어쩌고 여기 오신 거예요?"

"다이아 목걸이 해 주려면, 빵집 열어야 되지 않겠니."

쓴웃음을 짓는 아빠의 얼굴을 보고 나예 역시 웃음을 지었다. 아빠는 이제 대회의 울분을 털어 버리기로 한 모양이었다. 나예는 속으로 다행이라고 생각했다.

새로 태어난 동생 때문에 아빠의 기분이 꽤 좋은 것 같다는 생각을 하자 나예는 조금씩 마음이 놓였다. 그리고 발효가 다 되었다고 생각이 되자 발효기에서 반죽을 꺼냈다. 반죽은 알맞은 크기로 부풀어 있었다. 나예는 반죽의 가스를 빼고 다시 치대었다. 그리고 작게 분할해 동그랗게 빚었다. 나예의 손놀림을 보던 아빠가 조금 놀란 표정을 지었다. 나예는 살짝 아빠의 눈치를 보곤 반죽을 가지런히 팬 위로 올렸다. 심장이 두근두근 뛰었다. 아빠가 뭐라고 할지 몰랐지만 제발 제빵실에 다시 들어오지 말라는 말만은 아니었으면 했다.

"이걸, 보고 흉내 낸 거란 말이지?"

"네."

아빠는 다시 한 번 반죽을 보다가 손으로 반죽을 살짝 뜯어 보았다. 그러고는 표정을 알 수 없는 얼굴로 한 발짝 물러섰다.

"그다음은?"

"네?"

"그다음도 해 봐라."

나예는 잠시 망설이다가 아빠의 얼굴을 한번 보고는 얼른 오븐을 켰다. 그러고는 적당히 예열이 된 오븐에 까치발을 하고 팬을 집어넣었다. 아빠가 했던 것처럼 15분을 맞추어 놓고 나예는 기다렸다. 한 시간과도 같았던 15분이 지나고 빵이 완성되었다. 나예는 두근거리는 마음으로 오븐을 열고 팬을 꺼내려고 했다. 뜨거운 것은 알고 있었지만 생각보다 오븐의 열기는 더 뜨거웠다. 나예는 숨을 훅 들이쉬며 뒤로 물러섰다. 아빠가 다가와 팬을 꺼내 주었다.

그녀가 처음 구운 빵이었다. 나예는 반짝이는 눈으로 빵을 보았다. 아빠가 구운 것처럼 맛있어 보이는 빵은 아니었다. 모양은 그럴듯했지만 빵이 제대로 부풀지 않고 납작하게 주저앉은 모습이었다.

나예는 다소 실망했지만 그래도 좋았다. 그녀가 스스로 구웠다는 것이 무척 자랑스러웠다. 아빠는 나예의 빵을 하나 집어 들고 반으로 갈랐다. 하얀 김이 오르면서 빵 냄새가 훅 끼쳤다. 나예는 코를 킁킁거렸다. 그다지 향긋한 냄새는 아니었다. 아빠는 빵을 한 입 맛보곤 나예에게도 하나 내밀었다. 나예는 빵을 들고 급하게 한입 베어 물었다. 밀가루 맛이 떨떠름하게 났다. 빵은 조금 딱딱했고 심심한 맛이 났다. 생각했던 그런 맛은 아니었지만 나예는 배시시 웃었다. 묘한 맛이었다.

"반죽이 제대로 되지 않아서 이런 맛이 나는 거다. 발효 시간은 얼추 맞췄다만 밀가루 맛이 나는 것은 발효가 적당하게 되질 않아서 그런 것이고."

아빠는 차분하게 설명을 해 주었다. 나예는 고개를 끄덕였다. 비록 맛은 없었지만 그녀가 구운 첫 빵이라 자꾸만 손이 갔다. 나예는 빵을 연신 씹으며 미소 지었다.

아빠는 나예를 찬찬히 바라보았다. 그제야 아빠에게 혼나고 있었다는 것을 기억해 낸 나예는 쭈뼛거리며 아빠의 눈치를 보았다.

"몇 시에 나온 게냐?"

"4시쯤이요."

"피곤하겠구나. 집에 가서 자거라. 그리고 내일부터 5시에 제빵실로 나오도록 해."

"네……. 네?"

나예는 고개를 번쩍 들었다. 제빵실에 나오라는 말은 무엇을 의미하는 걸까?

'혹시?'

나예는 놀란 얼굴로 아빠를 바라보았다. 아빠는 더 이상 화가 나 있지 않았다. 믿을 수가 없었다. 나예는 제대로 들은 게 맞나 싶어 눈을 깜박거리며 아빠를 올려다보았다. 아빠의 입가에 미소가 드리워졌다. 나예의 입가에도 미소가 지어졌다.

"늦게 나오면 혼날 거다."

"네! 절대 안 늦어요!"

나예는 즐거운 비명을 지르며 아빠에게 안겼다. 가슴이 터질 것만 같았다. 신이 나 춤이라도 출 것 같았다. 나예는 면도도 제대로 하지 않아 따가운 아빠의 뺨에 뽀뽀를 해 대며 까르르 웃었다.

*

'누군가를 미워할 줄도 모르고 미움을 받지도 않았죠. 다른 사람들을 늘 먼저 생각해 주는 분이셨어요. 성실하고 우직하고 한결같은 분이었죠.'

여자의 말에서 아버지에 대한 무한한 신뢰와 믿음이 느껴졌다. 여자가 아버지에 대해 말한 것을 들으며 훈겸 역시 자신의 아버지, 정도훈을 떠올렸다. 어릴 때부터 지금까지 단 한 번도 아버지를 의심한 적이 없었다. 그의 인생의 나침반이라고 할 수 있을 정도로 올곧게 아버지만 바라보고 아버지처럼 살고 싶었다. 하지만 이젠 아버지를 믿을 수 없었다. 여자의 말처럼 가족이기 때문에 계속 미워하거나 등지고 살 순 없다. 하지만 지금까지처럼 아버지를 존경하면서 아버지처럼 살 수는 없다는 게 분명했다. 아버지의 모든 치부를 알아 버린 지금에는.

*

아버지의 서재에서 강희석의 일기장을 발견한 뒤, 그 내용을 도저히 믿을 수 없어 아버지에게 확인을 해 봐야겠다고 생각을 하면서도 훈겸은 두려움에 망설이고 있었다.

'확인해 보았다가 모든 게 사실이면?'

훈겸은 고개를 저었다. 사실일 리 없었다. 그가 세상에서 가장 존경하는 아버지가 그런 파렴치한일 리 없었다.

훈겸은 일기장을 펼쳤다. 일기의 앞부분은 주로 빵에 대한 내용이었다. 사진 속에서 그가 보았던 것처럼 아버지와 강희석, 그리고 어머니는 매우 친밀한 사이였던 것 같았다. 녹원당이라는 제과점에서 세 사람이 함께 일을 하고 있었다. 훈겸은 아버지의 스승님이 녹원당의 김인웅 명장이라는 것을 알고 있었다. 아버지와 함께 찾아가 인사를 드린 적도 있었다. 그때 김인웅 명장은 훈겸을 보고 아련한 표정을 지으며 말했었다.

'닮았구나. 참 많이 닮았어.'

그때는 그 말의 의미를 몰랐는데 아마도 그건 어머니를 많이 닮았다는 말인 것 같았다. 훈겸은 일기장 사이에 끼워 두었던 사진을 꺼내 보았다. 어머니는 무척 아름다운 분이었다. 가슴이 따뜻해지는 것 같았다. 훈겸은 사진을 다시 일기장에 끼워 놓았다.

강희석이라는 사람은 훈겸과도 참 비슷한 면이 많은 사람이었다. 24시간 내내 거의 빵만 생각하고 빵을 만드는 재미로 사는 사람 같았다. 배합비를 어떻게 했더니 어떤 모양의 빵이 나왔다든가, 반죽을 하는데 정확한 시간을 맞추려 수십 번 연습을 했다든가, 발효종을 찾기가 힘들어 어떤 식으로 방법을 연구해 봐야겠다든가. 일기는 온통 그런 내용들뿐이었다.

어머니인 최난희에 대한 내용이 절반 정도 되었다. 그 일기 속에 그려진 어머니는 밝고, 다정하고, 빵에 대한 열정이 대단한 여자였다. 경력은 3년여밖에 되지 않지만 열정과 노력으로 대단한 실력을 가졌다고 쓰여 있었다.

그리고 강희석은 어머니를 무척 사랑했다. 어머니가 아버지와 결혼했다는 게 믿기지 않을 정도로 강희석은 어머니를 사랑했다. 일기의 내용대로라면 어머니는 강희석과 결혼했어야 했다. 훈겸은 혼란스러웠다. 맞춰지지 않는 퍼즐 조각처럼 이해가 되질 않았다.

아버지와 강희석의 관계도 이해가 되지 않기는 마찬가지였다. 강희석의 일기 앞부분은 아버지에 대해서 무척 호의적이었다. 거의 형제처럼 자란 것 같았다. 친형제는 아니었지만 서로 깊은 우정을 나눈 사이인 것 같았다.

"대회 때는 그렇게 보이지 않던데."

훈겸은 고개를 갸웃거렸다. 대회 때 훈겸은 아버지와 강희석이 서로 아는 사이라는 것조차 짐작하지 못했었다. 아버지와 강희석은 서로 조금도 아는 척을 하지 않았고 모르는 사이처럼 굴었다. 일기의 뒷부분에 쓰인 대로 아버지가 잘못을 저질렀다면, 그래서 두 사람이 갈라선 것이라면 가능할 법도 한 사실이었지만 훈겸은 그걸 인정할 수 없었다.

진실을 덮어 두면 그냥 지나칠 수는 있을 터였다. 하지만 아버지에 대한 의심은 마음속에 남아 있을 게 분명했다. 아버지를 볼 때마다 의심이 고개를 들고 훈겸의 마음을 지배할 게 분명했다. 더군다나 그 일은 어머니와 관련된 일이기도 했다.

태어나면서부터 알지 못했던 어머니. 훈겸에게는 아련한 추억 속에서도 찾을 수 없는 어머니의 기억이, 어떤 식으로든 알고 싶었지만 이런 식의 아픈 기억이라는 것은 상상하지도 못했다.

강희석과 서로 사랑했지만 결국 아버지와의 결혼을 선택한 어머니. 사랑하는 사람을 두고 왜 아버지와 결혼을 한 것인지는 알 수 없었다. 결국 의문을 풀어 줄 사람은 아버지밖엔 없었다. 훈겸은 하루 종일 머리가 터지게 고민을 하다가 결국 결심했다.

"확인해 보자. 결과가 어떻게 되었든 알아야겠어."

훈겸은 자리에서 일어났다. 그리고 옷을 갈아입었다. 아버지는 킹 과자점 본점에 계실 터였다. 킹 과자점 본점은 처음 과자점을 열었던 역 근처였다. 프랜차이즈 사업을 하면서 사무실을 겸해 사용하기 위해 건물을 증축했고, 본사 건물 안에 킹 과자점 본점을 입점시켰다. 훈겸은 옷을 입자마자 주차장으로 뛰어가 차를 타고 킹 과자점으로 향했다. 이미 퇴근 시간은 훌쩍 지나 있었고, 늦게까지 야근하는 경우가 많은 아버지는 아마 사무실에 계실 터였다. 훈겸은 엘리베이터를 타고 회장실로 올라갔다. 비서들도 퇴근했는지 회장실과 붙어 있는 비서실엔 아무도 없었다.

"이제 그만하지."

회장실 안에서 아버지의 목소리가 들려왔다. 회장실로 바로 들어가려던 훈겸은 발걸음을 멈추었다. 반쯤 열려 있는 문 사이로 새어머니의 꼿꼿한 등이 보였다. 두 분이 또 다투는 건가 싶어 훈겸은 잠시 망설였다. 이대로 들어가서 두 분의 싸움을 끊을 것인가, 아니면 잠시 뒤에 다시 올 것인가. 잠시 망설이던 훈겸은 킹 과자점에 내려갔다가 다시 와야겠다는 생각을 하고 돌아섰다.

"오늘은 결론을 내려야겠어요. 당신이 킹 과자점을 훈겸이에게 물려주겠다고 한 것은 말도 안 된다니까요."

돌아선 훈겸은 발걸음을 떼지 못했다. 새어머니가 차가운 어조로 그의 이름을 언급하자 그 자리에 못 박힌 듯 멈출 수밖에 없었다.

'킹 과자점을 물려준다고? 내게?'

새어머니는 화가 난 듯했다. 훈겸은 다시 돌아서서 회장실 안쪽으로 시선을 돌렸다. 아버지는 책상 앞에 앉아 있었고 새어머니는 서 있었다.

"왜 말이 안 되지? 훈겸이는 내 아들이고, 내 사업을 물려주겠다는데 그게 왜?"

"킹 과자점을 이만큼 키운 사람은 바로 나예요. 그리고 인재고요. 우리가 아니었다면 킹 과자점은 그냥 윈도우 베이커리로 그저 그런 명맥을 유지하며 영업을 하고 있을 거라고요. 내가 혜성그룹의 자본을 끌어오지 않았다면 지금의 이 회사, 가당키나 했겠어요?"

새어머니는 허리에 손을 얹고 딱 부러지는 어조로 말했다. 새어머니의 말이 틀린 건 아니었다. 지금까지 킹 과자점이 프랜차이즈로 성공을 거둘 수 있었던 건 새어머니의 자금력과 사업 수완 덕이 컸다. 훈겸 역시 그런 점은 인정하고 있었다.

"당신 말도 일리는 있소. 그래. 나 역시 당신이 큰 역할을 했다는 것은 인정해. 하지만 사업 수완만으로 킹 과자점이 이렇게 컸다는 것은 인정할 수 없어. 킹 과자점의 빵들이 맛이 없었다면 프랜차이즈도 성공할 수 없었어. 킹 과자점은 내 회사야. 내가 만들었고 내가 빵 맛을 냈다고. 소비자들에게 가장 중요한 것은 맛이야. 그 맛을 지금까지 유지해 왔고 앞으로도 유지할 사람은 훈겸이요. 훈겸이가 사업을 물려받는 게 합당하다고 생각해."

새어머니는 자그마한 주먹을 꽉 쥐었다. 새어머니 차성희는 말랑한 여자가 아니었다. 훈겸은 두 분의 언쟁이 쉽게 끝나지 않을 것이라는 걸 예감했다. 역시 새어머니는 당찬 어조로 말을 이었다.

"훈겸이는 사업에 대해서 하나도 아는 게 없어요. 그저 빵을 만들기만 할 뿐이라고요. 내가 보기엔 그냥 기술자에 불과해요. 이 회사를 맡길 만한 능력도 되지 않는다고요. 그에 비해서 인재는 어릴 때부터 경영 수업을 받은 아이예요. 유학 시절에 체계적인 경영 교육을 받고 돌아와 킹 과자점을 이만큼 키우면서 실무를 쌓은 아이란 말이에요. 앞으로 킹 과자점의 100년은 인재가 책임져요."

"아, 정말. 결론이 나지 않는 언쟁이야. 이런 언쟁이 필요하다고 생각하오? 어차피 둘 다 우리 아이들이야. 그리고 아직 내가 회장 자리에 있고. 나중에 생각해도 되는 문제 아닌가?"

"맞아요. 그건 정말 나중에 생각할 얘기죠. 하지만 지금 당장, 당신이 훈겸이 앞으로 주식을 돌려놓고 있으니까 하는 말이에요. 게다가 다음 달부터 회사로 불러들여 실무를 익히게 하겠다는 계획이잖아요. 난 찬성할 수 없어요."

잠시 회장실에 침묵이 흘렀다. 훈겸은 아버지가 그런 생각을 하고 있었다는 걸 알고 깜짝 놀랐다. 언젠가는 킹 과자점을 물려받을지도 모른다는 생각은 어렴풋이 하고 있었지만 훈겸은 그냥 아들이기 때문에 킹 과자점을 거저 물려받으려는 생각은 없었다. 당장은 하고 싶은 빵을 만드는 일부터 시작해서 최고의 실력을 갖춘 뒤에, 킹 과자점을 감당할 능력이 될 때의 이야기라 생각했다. 그리고 그때가 되면 킹 과자점을 물려받는 것 대신에 다른 루트를 찾을지도 모른다.

훈겸은 자기 것이 아닌 것에 욕심내지 않았다. 킹 과자점은 아직 그의 것이 아니었다. 아버지의 것이었지.

"인재에게 회사를 물려준다는 것도 난 찬성할 수 없소. 그

아이는 빵에 대해서는 아무것도 몰라. 그저 경영인일 뿐이야. 일반 회사를 경영한다면 가능하겠지만 킹 과자점은 일반 회사가 아니야. 우린 빵을 만드는 일을 한다고. 빵에 대해 알아야 해. 훌륭한 맛을 내려면 어떻게 해야 하는지 알아야 하고, 새로운 제품을 만들어 낼 수 있어야 해. 빵에 대한 지식 없이 회사를 경영한다는 건 불가능해."

"왜 불가능해요? 지금까지 잘해 왔는데. 프랜차이즈를 이만큼 키웠다는 게 그걸 증명하는 거잖아요."

"프랜차이즈가 이만큼 컸다는 것은 나와 훈겸이가 빵 맛을 유지했기 때문이야. 내가 처음부터 말했잖소. 아무리 사업을 확장한다 해도 빵 맛이 달라지면 사업은 실패할 수밖에 없다고. 우리 회사는 더 이상 규모를 키워서는 안 돼. 서울 지역까지는 어떻게든 커버할 수 있지만 전국 체인은 불가능하다고. 신선한 빵을 구워서 파는 것이 내 철칙이야. 지방까지 신선한 빵을 보낼 수는 없어."

아버지가 역정을 냈다. 훈겸은 아버지의 생각을 이해할 수 있었다. 그리고 그 역시 동감이었다. 훈겸은 프랜차이즈라는 사업 방식 자체가 별로 마음에 들지 않았다. 가맹점 어디에서나 동일한 맛을 내기 위해선 자로 잰 듯 똑같은 공정을 거쳐야만 했다. 신제품 개발도 용이하지 않았고 만들 수 있는 빵의 가짓수 또한 제한적이었다. 훈겸은 굽고 싶은 빵이 무궁무진하게 많았다. 하지만 현재의 시스템 속에서는 그것을 다 만들 수가 없었다.

"당신의 생각은 꽉 막혀 있어요. 프랜차이즈의 장점은 어디에서나 같은 맛의 빵을, 같은 품질의 빵을 손쉽게 구할 수 있다는 거예요. 전국 어디든, 사람들이 동네 몇십 미터만 나가면 우리 회사 빵을 만날 수 있어야 해요. 더 많은 사람들이 좋은 품질의 빵을 쉽게 먹을 수 있어야 한다고요. 전국 가맹점은 실시해야 해요. 지금은 힘들지만 IMF 위기를 극복하고 나서 우리 회사가 나아갈 방향이라고요."

"난 내 빵을 최고의 상태가 아니면 판매하지 않을 거요. 프랜차이즈 규모를 축소해야 한다면 그렇게 할 거야."

"절대 안 될 말이에요! 사업을 확장해야지 축소한다는 건 말도 안 돼요!"

아버지와 새어머니는 근본적으로 가치관이 다른 사람들이었다. 훈겸은 두 분의 언쟁을 들으며 착잡한 마음을 감출 수 없었다. 아버지는 새어머니와 결혼을 하지 말았어야 했다.

"회장은 나요. 우리 회사의 기본 방침은 내가 정해."

"당신이 그 자리에 오른 게 당신 혼자만의 힘이라고 생각해요? 5년 전에 난 다른 선택을 할 수도 있었다고요!"

아버지는 다시 입을 다물었다. 훈겸은 새어머니의 말이 무슨 의미인지 의아한 생각이 들었다. 5년 전이라면 아버지가 새어머니와 재혼을 한 때였다.

'다른 선택?'

새어머니는 5년 전 Siba 대회 때 직접 아버지가 대회에 출전한 것을 보았고, 그곳에서 처음 만났다고 들었다.

"알고 있어. 어쨌든 대회에서 우승한 건 나였고, 그건 내 힘으로 이룬 거요."

"운명을 바꾸는 것 또한 능력이라면, 당신의 능력이겠죠. 실력을 운명으로 바꾸어 버린 것도……. 안 그래요?"

이건 또 무슨 이야긴가 싶어 훈겸은 눈살을 찌푸렸다. 새어머니의 말은 알쏭달쏭했다.

"무슨 뜻이지?"

"알고 있잖아요. 그때 최우수상은 당신이 아니라 강희석이 받았어야 했죠."

새어머니의 차가운 말에 아버지가 벌떡 일어섰다. 훈겸은 머리끝에서 발끝까지 차가운 물을 뒤집어쓴 것 같은 기분에 얼음처럼 굳었다.

'강희석.'

또 그 사람이다. 훈겸은 강희석이 만들었던 케이크를 떠올렸다. 그가 인정할 수밖에 없었던 실력. 그럼에도 수상을 하지 못한 아이러니.

"당신, 말조심해!"

"왜요? 치부가 드러나니 싫은가 보죠?"

"당신이 뭘 안다고 함부로 말을 해!"

"난 내 회사를 키울 수 있는 최고의 파티시에를 찾고 있었어요. 대회 때 출품한 킹 과자점의 작품들, 최고였죠. 당신의 실력 또한 최고였어요. 하지만 당신보다 더 뛰어난 사람이 한 명 있었어요. 강희석 씨. 그 사람의 작품이 순위에도 들지 못했던 것은 참 이상한 일이었죠. 내 눈에도 그 사람의 작품이 최고였는데. 대회가 끝나고 나서 당신이 한 파티시에한테 돈을 건네주는 걸 봤어요. 그래서 난 그 사람을 불러다 두 배의 돈을 주고 물어봤죠. 궁금해서. 그리고 그 사람이 강희석의 케이크시트를 바꿔 놓는 대가로 당신에게서 돈을 받았다는 것을 들었어요."

훈겸은 순간 비틀거렸다. 이상했던 퍼즐 한 조각이 제자리에 맞추어졌다. 믿고 싶지 않았던 사실을 듣는 순간 훈겸은 자신을 지탱하던 세계가 무너지는 것을 느꼈다.

'아버지…….'

훈겸은 입술을 굳게 다물었다. 아버지의 부정한 행동, 훈겸에게는 세상이 무너지는 것 같은 충격이었다. 아버지 역시 새어머니가 그 사실을 알고 있었다는 게 충격이었는지 한참 동안이나 아무 말도 하지 못하고 있었다.

"그런데 그 사실을 알고도 왜 날 선택한 거지?"

"실력도 운명으로 바꾸어 버릴 수 있다면, 그게 진짜 실력인 거죠. 난 그렇게 생각해요. 당신의 행동은 정당하지 않았지만 결과를 보면…… 당신이 승리자예요. 최우수상은 당신이 받았고, 난 당신을 선택했어요."

훈겸은 새어머니의 말에 이를 앙다물었다. 몸이 부들부들 떨렸다. 새어머니는 아버지의 잘못된 행동이 옳다고 생각하고 있었다. 비겁하게 속인 행동이었지만 승리자라고 치켜세우고 있었다. 훈겸은 인정할 수 없었다. 새어머니도, 아버지도. 훈겸은 치가 떨리게 분노를 느꼈다.

"당신……."

"나 역시 당신 덕분에 상황을 극복할 수 있었으니 서로 윈윈한 거죠. 우리 아버지, 내가 아무리 능력을 보여 주어도 여자라는 이유로 회사 지분을 하나도 물려주지 않았어요. 난 충분히 혜성그룹을 키울 능력이 있었는데. 큰오빠가 그냥 회사를 물려받았죠. 난 내 힘으로 회사를 만들 수밖에 없었어요. 재혼하라고 아버지가 준 돈이 전부였죠. 그걸 가지고 회사를 키우려면 나도 당신 같은 사람이 필요했어. 우린 그런 의미에서 서로 잘 맞을 거라고 생각했죠. 당신이 빵 맛만 고집하면서 이렇게 융통성 없이 굴 거라곤 예상 못 했다고요."

땅이 흔들렸다. 발아래 지진이 일어난 것 같았다. 훈겸은 하얗게 질린 얼굴로 한 발짝 내디뎠다. 그가 살아왔던 세계가 송두리째 무너져 내리고 있었다. 훈겸은 회장실 문을 열었다. 서 있던 아버지와 새어머니가 동시에 훈겸을 돌아보곤 놀란 표정을 지었다.

"훈겸아!"

아버지의 얼굴이 당황스러움에 잔뜩 굳었다. 훈겸은 주먹을 꽉 쥐었다. 제발 그에게 일어난 일이 사실이 아니라 꿈일 뿐이라고 누가 말해 줬으면 싶었다. 하지만 눈앞에 보이는 현실은 그게 아니었다.

"언제부터 거기 있었던 거니?"

역시 먼저 정신을 차린 건 새어머니였다. 새어머니는 상황을 정리한 듯 훈겸에게 물었다. 훈겸은 입을 굳게 다물고 새어머니와 아버지를 번갈아 쳐다보았다. 그리고 새어머니에게 말했다.

"자리 좀 비켜 주세요. 아버지와 할 말이 있습니다."

새어머니는 뭔가 더 할 말이 있는 듯 훈겸을 보며 입술을 달싹거렸지만 이내 말을 더 하는 게 상황을 악화시킬 뿐이라는 것을 알았는지 입을 다물고 밖으로 나갔다. 훈겸은 아버지를 바라보았다. 어릴 때부터 언제나 우러러보던 아버지를 어떻게 바라볼 것인지, 어떻게 대해야 할 것인지 막막했다. 훈겸은 쉽사리 입을 열지 못했다. 물어볼 말은 많았으나 입 밖으로 말이 나오질 않았다. 훈겸은 한참을 말없이 서 있었다. 어디서부터 어떻게 말을 해야 할 것인지 답답했다.

"다 들은 게냐?"

아버지의 목소리는 침통했다. 훈겸은 대답하지 않았다. 대답하지 않아도 그의 표정이 대답이 될 거라 생각하면서. 아버지는 잔뜩 굳은 얼굴로 훈겸의 시선을 피했다. 단 한 번도 보지 못한 아버지의 태도였다. 훈겸은 절망스러워졌다.

"아버지는 승리자가 아닙니다."

목소리가 갈라졌다. 눈앞이 흐려졌다. 훈겸은 눈에 힘을 주었다. 아버지가 시선을 피하고 있는 것이 못 견디게 서러웠다.

"그때 난 성공해야만 했다. 킹 과자점은 내 평생을 바쳐 키워 온 곳이었지만 평범한 윈도우 베이커리 그 이상은 되지 못했어. 혜성그룹에서 대회를 보러 온다는 소문을 들었다. 투자처를 찾고 있다는 말도 들었지. 난 그때 절박했어. 그래서 잘못을 저지르고 있다는 사실조차 인식하지 못했다."

아버지는 고개를 떨구었다. 훈겸의 눈에서 눈물이 떨어졌다. 훈겸은 이를 악물었다.

"성공은……."

목이 메었다. 훈겸은 말을 멈추고 분노를 가라앉히려 애썼다.

"……중요하지 않았습니다. 아버지 입장에서 킹 과자점을 살리는 것이 성공이었다면 다른 방법도 얼마든지 찾을 수 있었어요! 다른 사람의 눈을 속일 순 있어도 아버지 자신을 속일 순 없었잖아요! 자신에게 부끄럽지 않은 인생을 살아야 한다고…… 아버지가 그러셨잖아요."

울음을 참을 수가 없었다. 훈겸은 주먹으로 눈을 슥 문지르곤 아버지를 노려보았다. 아버지는 여전히 고개를 들지 못했다. 화가 나서 미칠 것 같았다. 훈겸은 아버지에게 손에 들고 있던 일기장을 들어 보였다.

아버지는 훈겸이 들고 있는 일기장을 보더니 사색이 되어 버렸다. 훈겸은 묻어 버리고 싶었던 진실에 한 발짝 가까이 다가섰다.

"이게 왜 아버지한테 있는 겁니까? 이건 아버지 것이 아니잖아요."

"그거, 읽어 본 게냐?"

아버지의 목소리가 떨렸다. 훈겸은 아버지의 흔들리는 눈동자에서 진실을 읽었다. 훈겸이 살아왔던 세계에 균열이 일었다. 훈겸은 아버지의 눈을 보고 휘청거렸다. 마지막까지 부정하고 싶었던 진실이 블랙홀처럼 시커먼 입을 벌리고 훈겸을 집어삼킬 듯 가까이 다가오고 있었다.

"왜요? 읽으면 안 됩니까? 아버지의 치부를 더 알게 되니까?"

목이 메었다. 훈겸은 눈물을 흘리며 아버지에게 대들었다. 아버지는 다리에 힘이 풀린 듯 의자에 주저앉았다.

"항상 어머니에 대해서 물어보면 대답해 주지 않으셨죠. 그 흔한 사진 한 장 없었습니다. 아버지가 어머니를 너무 사랑해서 마음이 아파 어머니에 대한 이야기는 하지 않았다고 생각했습니다. 그런데 뭐가 진실인 거죠? 어머니를 사랑하긴 한 겁니까?"

아버지는 한참을 아무 말도 못 하고 있었다. 훈겸은 울음을 억지로 참으며 핏발 선 눈으로 아버지를 노려보았다. 아버지는 한참을 멍하니 있다가 천천히 입을 열었다.

"사랑했다. 난희는 내가 사랑했던 유일한 여자였어."

"믿을 수 없어요! 어머니는…… 강희석 그 사람과 사랑하는 사이였잖아요. 아버지가 억지로…… 억지로……."

훈겸은 차마 말을 잇지 못했다. 아버지가 어머니를 성폭행했다는 사실은 입에 담을 수조차 없었다. 그게 진실이든 아니든 생각하고 싶지도 않았다. 그것은 범죄였다. 그게 사실이라면 훈겸은 범죄자의 아들이었다. 비약이 심하다고도 생각했지만 어쨌든 결론이 그랬다.

"내가…… 다 잘못한 일이다. 과거의 나는 씻을 수 없는 잘못을 저질렀어. 평생 후회하고 잘못을 뉘우치며 살았다. 난희를…… 억지로 갖고 싶을 정도로 난 그녀를 사랑했다."

"형제처럼 10년을 넘게 함께 지냈던 친구의 여자를요? 그저 사랑했다는 게 면죄부는 될 수 없다고요! 그게…… 변명으로 통할 거라고 합리화하지 말라고요!"

아버지는 훈겸의 말에 대답을 하지 못했다. 훈겸은 주먹을 부들부들 떨었다. 일기장을 쥔 손이 하얗게 되도록 힘을 주었다.

"어머니를 겁박해서 결혼한 겁니까? 그래요?"

훈겸은 아버지를 다그쳤다. 눈앞이 하얗게 변한 듯 아무 생각도 나질 않았다. 믿을 수 없는 엄청난 진실에 훈겸은 흔들렸다. 아버지는 한숨을 쉬더니 훈겸을 바라보았다.

"그때…… 난희가 임신을 했다. 널 가졌었지."

다리가 후들후들 떨렸다. 훈겸은 차가운 바닥에 털썩 주저앉고 말았다. 퍼즐의 조각이 맞춰졌다. 다른 남자를 사랑하면서 아버지에게 몸을 빼앗기고, 임신까지 해 할 수 없이 결혼을 하고 말았던 거였다.

"아버지!"

훈겸은 절규했다. 미칠 것 같았다. 어머니는 그를 가졌기 때문에 아버지와 결혼을 해야만 했고, 그를 낳다가 세상을 떠나야 했다. 말도 안 되는 일이었다. 훈겸은 모든 것을 부정하고만 싶었다.

"미안하다. 너에게 그런 과거의 일을 알리고 싶지 않았다. 다 내 잘못으로 일어난 일, 원망은 달게 들으마."

"나 때문에……. 나 때문이잖아요!"

눈물이 흐르는지 어떤지 아무 느낌도 나질 않았다. 진실은 훨씬 더 참혹했다. 그래서 진실을 확인하는 것이 그토록 두려웠는지도 모른다. 그가 감당할 수 없을 정도의 참혹한 진실이라면 어쩌나 두려워서. 훈겸은 일기장을 꽉 그러쥐었다. 입술을 떨며 눈을 부릅떴다. 미칠 것 같았다. 심장이 갈가리 찢기는 듯한 아픔에 온몸이 부들부들 떨렸다. 차마 인간으로는 할 수 없는 파렴치한 짓을 한 아버지, 그리고 어머니를 불행으로 몰아넣고 죽음으로까지 몰고 간 스스로의 존재까지. 훈겸은 어찌할 바를 몰랐다. 그의 존재 때문에 모든 일이 벌어진 것 같은 기분에 미칠 것만 같았다. 아버지는 훈겸에게 다가와 그의 앞에 무릎을 꿇었다.

"아니다. 내 잘못이다. 모든 게 내 잘못이야."

훈겸의 어깨를 잡은 아버지의 손이 바르르 떨렸다. 아버지의 눈에서도 눈물이 흘러내리고 있었다. 훈겸은 아버지를 외면했다. 그와 꼭 닮은 아버지를 늘 자랑스럽게 생각했었지만 이젠 아니었다. 아버지의 손이 끔찍하게만 느껴졌다. 훈겸은 일기장을 꽉 쥔 채 일어섰다. 더 이상은 아버지와 마주하고 있을 수 없었다.

"훈겸아!"

회장실을 나가는데 아버지가 그에게 쫓아와 다시 어깨를 잡았다. 훈겸은 아버지의 손을 뿌리쳤다. 악마가 존재한다면 지금 훈겸의 마음속에 뭉클거리며 끓어오르는 분노의 감정을 이용하리라 생각이 들었다. 아버지를 닮고 싶고, 아버지처럼 살고 싶었던 훈겸의 마음은 산산조각이 나 버렸다. 분노의 감정은 이성을 갉아먹고, 잘못을 한 아버지를 단죄해야 한다고 아우성치고 있었다.

"어떤 식으로든…… 대가를 치러야 할 겁니다. 아버지도, 나도……."

꽉 쥔 주먹이 부르르 떨렸다. 목이 메어 목소리가 잘 나오지 않았다. 훈겸은 눈을 깜박였다. 고여 있던 눈물이 흐르자 눈앞이 맑아졌다.

"모두 내 잘못이다. 네게…… 미안하구나."

아버지의 침통한 음성도, 흔들리는 눈빛도 훈겸에겐 아무런 느낌을 주지 못했다. 아버지는 자신의 잘못을 뉘우치는 게 아니었다. 잘못을 했다고 생각했다면, 다시 잘못을 저지르지 않았어야 했다. 훈겸의 뜨거운 피는 분노에 쉬 식지 않았다. 훈겸은 아버지에게 등을 돌렸다.

"훈겸아!"

아버지가 안타까운 손길로 훈겸을 붙잡았지만 뿌리쳤다.

"부르지 마세요. 다시는."

훈겸은 차가운 어조로 말했다. 아버지의 표정은 망연자실 그 자체였다.

*

그때의 일을 수십 번, 수백 번 머릿속으로 떠올렸으나 결론은 나지 않았다. 아버지와 자신을 단죄해야 한다는 생각은 변함없었지만 그 일을 계속 상기하며 방황하는 것은 아무런 소득이 없는 일이라는 걸 깨달았다. 기실 방황은 그만 끝내는 게 좋겠다고 진작 생각하고 있었다. 하지만 집으로 돌아갈 생각은 없었다. 오후 내내 바닷가에서 많은 생각을 했던 훈겸은 아버지의 사업을 물려받지 않겠다고 결정했다.

'아무것도 없이 처음부터 다시 시작할 수 있을까?'

훈겸은 길게 한숨을 쉬었다. 어떻게 해야 할지 막막하다.

"힘들겠지만 견뎌 봐요. 가족에게 배신당하는 것처럼 괴로운 일은 없을 테지만, 시간이 지나면…… 조금이라도 나아지지 않을까요?"

여자가 따뜻한 눈길을 보내며 그의 손을 잡았다. 훈겸은 그의 손을 잡은 작고 보드라운 여자의 손에 시선을 주었다. 정신이 번쩍 들었다. 그녀는 단지 위로를 해 준 것뿐이었지만 훈겸에게는 그 손길이 다른 의미로 다가왔다.

훈겸은 여자의 눈동자로 시선을 옮겼다. 까만 눈동자에 따뜻함이 서려 있었다. 가슴이 급하게 뛰었다. 뭔가 대답을 하려 했지만 입이 떨어지지 않았다. 이상한 일이었다. 단 한 번도 여자 앞에서 그렇게 심장이 두근거렸던 적은 없었다.

'이상한 기분이야. 왜 이런 기분이 드는 거지?'

그가 마음이 내킨다면 여자를 가질 수도 있었다. 훈겸은 이미 그녀에게 값을 치렀고, 그녀 역시 그가 원한다면 거부하지 않을 게 분명했다. 하지만 훈겸은 손가락 하나 움직일 수 없었다. 간밤에 그녀에게 했던 말이 보이지 않는 족쇄가 되어 손가락 하나 까딱할 수 없게 만들었다. 사실 그 말 때문이 아니더라도 훈겸은 여자에게 손을 댈 생각이 없었다.

'그런데 왜…… 멈출 수 없는 거지?'

지금이라도 그녀의 손을 놓고 방으로 들어가야 했다. 하얗고 보드라운 손이 그의 손을 잡는 순간부터 훈겸은 이성적인 생각을 할 수가 없었다. 입 안이 바싹바싹 말랐다. 마주하고 있는 그녀의 눈동자에 그의 욕망이 흔들려 보였다. 미묘하게 변한 그의 눈빛을 알아차린 것 같았다.

'거부하지 않아?'

그의 눈빛을 알아차리고도 여자는 손을 빼지 않았다. 맑은 눈동자에 순간 망설임이 스쳐 지나갔다. 하지만 여자는 시선을 돌리지 않았다. 그의 눈빛을 바라보면서 그녀 역시 얼음처럼 멈춰 있었다. 쉬지 않는 펌프처럼 온몸의 맥박이 요동쳤다. 그녀의 붉은 입술을 맛보고 싶었다. 저도 모르게 훈겸은 그녀에게 가까이 몸을 기울였다. 하지만 언제든지 여자가 물러날 수 있도록 천천히 다가갔다. 그는 여자가 원하지 않는다면 즉시 멈출 생각이었다. 그녀가 언제든 도망갈 수 있게 기회를 주었다.

하지만 여자는 물러나지 않았다. 시선을 피하지도 않았다. 그녀의 눈동자에서 그의 마음과 같은 마음을 읽었다. 가슴이 터질 것 같았다.

"좋아요."

가까이 다가간 훈겸은 그녀의 꽃잎 같은 입술이 살짝 벌어지며 들릴 듯 말 듯 흘러나온 말을 똑똑히 들었다. 그리고 다음 순간 아주 천천히 그녀의 입술을 빨아들였다. 두 번째의 키스. 눈을 감자 촉촉한 입술의 느낌이 강렬하게 심장을 뒤흔들었다. 훈겸은 여자의 어깨를 살짝 잡았다. 손 아래 그녀의 어깨는 가늘게 떨리고 있었다. 순간 훈겸은 망설였다. 그녀가 허락했지만 함께 밤을 보내는 건 그의 입장에선 쉬운 일이 아니었다. 그는 여자와의 하룻밤 따위, 아무렇지 않게 치부해 버릴 만큼 가벼운 남자가 아니었다. 지금까지 여자에 대해 깊이 생각해 본 적도 없었지만 그래도 누군가와 사랑에 빠진다면, 정말 서로 몸과 마음을 나눌 만큼 사랑하는 여자와 밤을 보내고 싶은 마음이었다.

"너…… 괜찮은 거야?"

훈겸은 그녀에게서 입술을 떼었다. 여자는 붉게 상기된 얼굴로 천천히 눈을 떴다. 그녀가 조금이라도 망설인다거나 주저한다면 그만둘 생각이었다. 하지만 여자는 그가 생각했던 것처럼 주저하는 반응을 보이지 않았다. 그녀의 눈빛은 불안함과 혼란스러움을 담고 있었지만 그의 시선을 피하지 않았다. 그를 거부하지도 않았다.

"그쪽이라면, 괜찮을 것 같아요."

훈겸은 얼음처럼 굳어 버렸다. 손끝 하나 움직일 수 없었다. 여자는 그가 아무 말도 하지 않고 가만히 있자 그의 어깨에 손을 얹고 입술에 천천히 키스했다. 심장이 터질 것 같았다. 보드라운 입술이 와 닿자 정신이 아득해졌다.

훈겸은 눈을 감았다. 여자는 서툴렀지만 자극적이었다. 그의 어깨에 손을 대고 입술만 그의 입술에 대고 있었다. 하지만 그녀의 입술은 천국이었다. 훈겸은 작게 한숨을 쉬었다. 그녀가 입술을 벌려 주었다.

훈겸은 그녀의 등을 감싸고 천천히 끌어당겼다. 여자는 부드럽게 그에게 끌려와 안겼다. 이미 딱딱하게 굳어 버린 몸 위로 부드러운 그녀의 몸이 느껴졌다. 훈겸은 저도 모르게 신음소리를 냈다.

여자의 입술이 떨어지자 훈겸은 눈을 떴다. 입으로는 괜찮을 것 같다고 했지만 여자의 눈동자엔 여전히 혼란스러움이 담겨 있었다. 용기를 짜내어 그에게 다가왔지만 역시 두려운 게 사실인 모양이었다. 하지만 훈겸은 이제 멈출 수 없었다. 달콤한 그녀의 향기에 취해 버렸는지 부드러운 입술에 매혹당했는지 모르지만 이제 그만둘 수가 없었다.

훈겸은 여자를 안아 들고 침실로 들어갔다. 두려움이 그녀의 눈동자에 순간 스쳐 갔지만 그의 손을 밀어내진 않았다. 여자는 침대에 눕히는 그의 손길을 거부하지 않았다.

"아……."

여자가 숨죽인 신음 소리를 냈다. 훈겸은 천천히 그녀의 니트 아래로 손을 집어넣었다. 매끄러운 살결에 숨이 찼다. 손끝에 느껴지는 보드라운 살결은 훈겸이 사랑해 마지않는 밀가루 반죽보다도 더 보드라웠다. 손 아래로 느껴지는 그녀의 심장이 그의 것 못지않게 빠르게 뛰고 있었다.

훈겸은 여자의 눈동자를 똑바로 바라보며 그녀의 가슴을 손으로 쥐었다. 풍만한 가슴은 한 손에 간신히 쥐어질 정도로 컸다. 여자가 숨이 찬 듯 헐떡거렸다. 그녀의 눈동자에서 두려움은 사라졌다. 훈겸은 가운을 벗고 여자의 옷도 벗겼다. 드러난 몸에 여자는 당황했는지 눈을 꼭 감았다. 그녀의 몸은 정말 아름다웠다. 훈겸은 홀린 듯 가슴을 손으로 쥐었다. 그녀가 붉어진 얼굴로 고개를 돌렸다. 그 모습이 숨이 멎을 듯 매혹적이었다.

그녀는 부끄러운 듯 몸을 꼬았다. 부드러운 가슴이 흔들렸다. 그 모습에 눈을 뗄 수 없었다. 훈겸은 마른침을 꿀꺽 삼키고 그녀의 가슴에 키스했다. 그의 입술이 브래지어 위에 닿자 여자는 놀란 듯 뒤로 물러났다.

훈겸은 그녀에게 몸을 숙이곤 키스했다. 그녀는 몸을 떨면서도 그의 입술을 피하지 않았다. 그녀가 입술을 열어 그의 혀를 빨아 당겼을 때, 훈겸은 손을 뻗어 그녀의 가슴을 부드럽게 쥐었다. 낭창한 그녀의 몸이 흔들렸다. 그녀의 몸은 잘 숙성된 빵의 향기보다도 더 향기로웠다.

훈겸은 가슴을 쥐고 있는 손을 천천히 움직였다. 부드러운 가슴은 그의 가슴을 늘 뛰게 하는 빵 반죽처럼 보드랍고 말랑했다. 사랑스럽게 만져 보고 쥐어 보았다. 여자의 입술에서 신음 소리가 새어 나왔다.

훈겸은 그녀의 입술을 파고들며 사랑스런 그녀의 몸을 쓰다

들었다. 그녀의 몸은 모든 부분이 다 보드라웠다. 입술을 살짝 떼고 부드러운 목덜미를 혀로 핥았다. 달콤했다. 훈겸은 여자의 드러난 어깨에 키스하며 향기로운 몸 냄새를 맡았다. 그녀에게서는 무척 좋은 냄새가 났다. 보디 워시 냄새보다도 살 냄새가 더 좋았다. 아주 달콤하고 상큼한 향기였다. 훈겸은 여자의 냄새를 맡으며 밤을 새고라도 그녀를 안고 있을 수 있을 것 같다는 생각을 했다. 동그란 어깨를 쥐고 민감한 혀끝으로 핥자 여자가 신음 소리를 냈다.

그녀의 목소리도 마음에 들었다. 그가 키스할 때마다 여자는 반응을 보였다. 신음 소리를 낸다거나 몸을 떤다거나 숨을 몰아쉬었다. 그녀의 목소리는 듣기 좋은 음악 소리 같았다. 부끄러운지 꾹꾹 참는데 도저히 참아지지가 않는 듯 억눌린 신음 소리는 그를 몹시 흥분시켰다. 훈겸은 여자의 어깨에서 부드러운 목덜미까지 미끄러지듯 핥았다. 그녀가 할딱거리며 고개를 돌렸다. 그녀의 살을 핥으면 부드럽고 달콤한 맛이 났다. 냄새도 좋았다. 초콜릿보다도 달콤하고 설탕보다도 맛이 좋은 그녀의 살갗을 잘근잘근 씹고 싶다는 생각마저 들었다. 정말 신기했다. 훈겸은 그녀의 목덜미와 얼굴, 귓불을 정성스럽게 핥았다. 그녀가 신음 소리를 내며 몸을 움찔거렸다.

그것은 훈겸이 이제까지 몰랐던 세상임에 틀림없었다. 그의 세상에 유일무이하게 존재하던 빵은 그의 전부였고, 그의 단 하나의 사랑이었다. 그는 여자 대신에 빵 반죽과 사랑에 빠졌고 초콜릿과 설탕에 흥분했다. 잘 숙성된 반죽의 향만큼 향기로운 건 없었고, 하얀 반죽보다 부드러운 무언가는 세상에 존재하지도 않았다. 그래서 훈겸은 어떤 여자가 다가와도 초연할 수 있었다. 그를 흥분시키는 것은 빵 말고는 아무것도 없었다.

그런데 이 여자 때문에 그 세계가 지진이 난 듯 흔들려 송두리째 뒤집혀 버렸다. 빵 반죽보다도 더 부드러운 여자였다. 그녀의 몸은 어느 한 곳도 부드럽지 않은 곳이 없었다. 그것은 정말 놀라운 일이었다. 훈겸은 여자의 머리끝에서 발끝까지 모든 곳을 손끝으로 느꼈다. 그에게 있어 손은 굉장히 예민한 곳이었다. 그는 여자의 몸을 손으로 만져 보는 것만으로도 절정에 다다를 만큼 흥분했다.

"아……."

훈겸은 새하얀 그녀의 브래지어를 천천히 풀었다. 크고 풍만한 가슴이 해방되자 심장이 쿵쾅쿵쾅 터질 듯이 뛰었다. 여자는 부끄러운지 가슴을 손으로 가렸다. 훈겸은 그녀의 가슴이 가장 마음에 들었다. 그녀의 풍만한 가슴에 얼굴을 묻으면 파묻힐 것만 같았다. 엄마의 품이 늘 그리웠던 그가 가슴에 집착하는 것은 어쩌면 자연스러운 것인지도 모른다. 훈겸은 여자의 가슴을 뜨겁게 바라보며 손가락으로 부드럽게 쓸었다. 여자는 불에 데인 듯 몸을 들썩거렸다. 큰 가슴이 흔들리는 것은 무척 아름다웠다. 훈겸은 보드라운 가슴에 얼굴을 가져다 대고 냄새를 맡았다. 달콤했다. 여자는 그의 얼굴을 밀어내지 않고 가만히 있었다.

잠시 후, 그는 커다란 가슴을 입 안 가득 물고 빨았다. 그녀는 등을 휘고 고개를 뒤로 젖혔다. 그러자 가슴이 더욱 도드라졌다. 엄마의 젖을 빠는 아기처럼, 그렇게 한참을 그녀의 가슴에 매달렸다. 그녀의 신음 소리가 음악처럼 들렸다.

"아아……."

여자가 머리카락을 헤집었다. 머리카락을 쓰다듬는 그녀의 손길도 좋았다. 흥분해서 내뱉는 신음 소리도 섹시했다. 여자와 몸을 나눈다는 게 그런 기분일 줄은 몰랐다.

훈겸은 천천히 고개를 들고 그녀의 바지 버클을 풀었다. 바지와 팬티를 한꺼번에 내려 벗기자 그녀의 벌거벗은 몸이 눈앞에 나타났다. 발그레해진 얼굴로 그녀는 부끄러운 듯 몸을 가렸다. 훈겸은 누워 있는 그녀의 팔을 잡고 몸을 가리지 못하도록 벌렸다. 눈앞에 천국이 펼쳐져 있었다.

"정말 부드러워."

홀린 듯 여자의 몸을 손끝으로 쓸어 보았다. 여자는 그의 손길을 피하지 않았다. 하지만 부끄러운 듯 빨개진 얼굴로 고개를 돌렸다. 훈겸은 손을 미끄러뜨려 여자의 가느다란 팔을 쓰다듬었다. 손끝으로 훑고 지나간 자리는 입술로 뜨겁게 어루만지듯 빨았다. 여자의 몸은 한없이 부드럽고 사랑스러웠다.

훈겸은 숨을 들이쉬고는 여자의 날씬한 배를 핥았다. 그녀는 신음 소리를 내며 고개를 저었다. 훈겸은 부드러운 허벅지와 무릎 안쪽, 장딴지까지 손으로 애무하고 키스했다. 그녀의 다리는 늘씬하고 길었다. 다리를 붙잡고는 어느 한 곳 빠뜨리지 않고 촘촘하게 입을 맞췄다. 여자가 자지러질 듯 신음 소리를 냈다. 그녀는 몹시 민감했다. 그가 오랜 시간 공들여서 애무를 하기도 했지만 온몸이 성감대인 듯 그가 입술을 대는 곳마다 움찔움찔 반응했다.

그리고 그녀의 몸은 어디 한구석 예쁘지 않은 곳이 없었다. 훈겸은 그녀가 몸을 비비 꼬면서 흥분하는 모습을 홀린 듯 멍하니 바라보았다. 그녀의 몸은 정말 아름다웠다. 손끝으로 천천히 온몸을 어루만졌다. 반죽을 만질 때 느꼈던 희열감보다 더한 흥분이 그의 몸을 감쌌다. 여자의 부드럽고 사랑스러운 몸을 어루만지자 그녀는 어쩔 줄을 모르며 다리를 떨었다. 그녀의 모양 좋은 엉덩이를 손으로 주무르자 여자의 입에서 탄성이 새어 나왔다.

허벅지를 살짝 벌리자 핑크빛을 띤 은밀한 속살이 보였다. 머리가 어질어질할 정도의 흥분감이 느껴졌다. 그곳은 그녀의 몸 중에서도 가장 부드러운 곳이었다. 차마 손을 대기도 조심스러운 곳. 훈겸은 아주 조심스럽게 살살 그 부분을 어루만졌다. 이미 젖어 들 대로 젖어 들어 손가락을 대자 매끄럽게 미끄러졌다.

홀린 듯 고개를 숙여 키스했다. 여자는 자지러질 듯 신음을 흘렸다. 혀로 살짝살짝 핥으니 그곳으로 맑은 물이 흘렀다. 훈겸은 손가락으로 그녀의 꽃잎을 매만졌다. 그녀의 까만 눈동자가 쾌락으로 흐려져 있었다. 다리가 저절로 벌어지며 거친 숨을 내뱉는 그녀의 모습이 유혹적이었다.

훈겸은 그녀의 몸 위로 자신의 몸을 겹쳤다. 본능적으로 그녀의 다리 사이에 자리를 잡자 딱딱해진 그의 몸이 여자의 꽃잎을 찔렀다.

"아파……."

가늘게 중얼거리는 목소리를 제대로 듣지 못했다. 난생처음 느껴 보는 강한 쾌감에 훈겸은 아무 소리도 들리지가 않았다. 그는 숨을 몰아쉬며 여자의 몸에 자신을 묻었다. 뜨겁고 매끄러운 그곳은 훈겸의 몸을 강하게 조였다. 순간 숨을 제대로 쉴 수조차 없었다. 여자는 아픈 듯 끙끙거렸다.

"아파?"

여자의 반응이 좀 달라진 걸 느꼈는지 훈겸이 물었다. 그녀는 입술을 깨물곤 고개를 끄덕였다. 훈겸은 잠시 멈추었지만 그녀의 몸속으로 파고들고 싶어 견딜 수가 없었다. 결국 그는 세차게 그녀의 몸을 갈랐고 그녀는 조금 울었다.

"미안. 많이 아파?"

뺨에 흐르는 눈물을 보고 놀라 물었다. 여자는 고개를 저었다. 아프다는 것인지 아니라는 것인지 혼란스러웠다.

"괜찮아요."

여자의 말에 훈겸은 다시 몸을 움직였다. 여자는 신음 소리를 냈다. 붉어진 뺨이 예뻤다. 여자는 엄청난 힘으로 그를 조이고 있었다. 정신이 아득해졌다. 훈겸은 몸을 더욱 빨리 움직였다. 여자의 다리가 넓게 벌어졌다. 훈겸은 그녀의 풍만한 가슴에 얼굴을 묻었다. 그녀의 살 냄새가 너무도 달콤했다.

"아아……."

여자의 목소리가 음악 소리처럼 아름다웠다. 흥분에 찬 신음 소리에 온몸의 솜털이 쭈뼛거리며 섰다. 훈겸은 여자를 꼭 끌어안았다. 여자의 다리가 그의 허리에 감겼다. 여자의 몸에서 나는 달콤한 냄새에 취해 버릴 것만 같았다. 가느다란 허리를 힘주어 끌어당기자 그의 몸에 착 달라붙듯 기대어 왔다.

훈겸을 거세게 몰아붙여도 부드럽게 받아 주는 여자가 사랑스러웠다. 머리끝까지 온몸의 피가 빠르게 돌고 있었다. 허리를 빠르게 움직여 여자를 몰아붙였다. 그녀의 몸은 너무도 부드러웠다. 그리고 다음 순간 훈겸은 정신이 아득해졌다.

# 7장

돌아올 수 없는 강을 건넜다는 기분에 나예는 우울했다. 그것은 생각했던 것보다 더 견디기 힘든 일이었다. 쾌락의 파도가 지나간 뒤는 너무도 허탈했다. 나예는 새벽녘에 잠에서 깨어 조용히 밖으로 나왔다. 도저히 남자와 한방에 머물러 있을 수가 없었다. 조심스레 밖으로 나오자 찬 공기가 그녀를 훅 덮쳐 왔다. 숨이 멎을 듯 찬 기운에 순간 움찔했지만 나예는 천천히 걷기 시작했다. 멀리 바다가 붉게 물들며 해가 뜨고 있었다. 갑자기 눈물이 왈칵 났다. 나예는 근처 공중전화 박스로 들어가 수화기를 들었다.

"엄마……."

음성 녹음 버튼을 누르고 나예는 한참을 울었다. 울다가 녹음이 끝나자 나예는 다시 엄마의 삐삐 번호를 눌렀다.

"엄마……. 엄만 나랑 영우…… 찾을 생각 없는 거지? 그래서 아무 연락 안 하는 거지? 이거 듣고 있어? 듣기는 하는 거야?"

다시 눈물이 흘렀다. 목이 메었다. 나예는 떨리는 목소리로 계속 말을 이었다.

"다신…… 우리 볼 생각 하지 마. 이제 필요 없어. 엄마 때문에…… 내 인생도 끝장났으니까 나한테 용서받을 생각 하지 마. 절대 용서 안 해. 죽을 때까지…… 연락하지 마."

부들부들 떨리는 손으로 수화기를 내려놓았다. 눈물이 뺨을 타고 흘렀다. 차마 영우를 구하기 위해 몸을 팔았다는 말은 할 수 없었다. 하지만 다시는 엄마를 보고 싶지 않았다. 엄마가 삐삐 음성을 들었는지 못 들었는지 몰랐지만 나예는 엄마를 다시 보고 싶지 않을 정도로 화가 났다.

"다신 안 봐."

눈을 꼭 감았다가 떴다. 나예는 주먹으로 눈을 슥슥 비비곤 타박타박 펜션으로 돌아왔다. 머릿속이 멍했다. 모든 일이 다 엄마 탓인 것만 같았다.

'왜 괜찮을 거라고 생각했을까……. 아무리 포장해 봤자 그 남자와의 관계는 돈으로 사고 판 것 이상도 이하도 아닌데.'

그가 보여 주었던 말과 행동에 감동해 괜찮은 남자라 생각했었다. 그녀를 바라보는 애틋하고 뜨거운 눈빛에 순간 특별한 여자가 된 것 같은 착각에 빠져 버렸었다. 그 남자라면 괜찮을 것 같았다. 바보처럼.

'아무리 아닌 체해도 결론은 변하지 않아. 난 그 남자에게 돈

을 받고 내 몸을 팔았고, 내 진심이 아무리 그 남자가 좋아서 몸을 허락했다고 하더라도 결국은…….'

코끝이 매웠다. 나예는 눈에 힘을 주었다. 첫 경험을 하고 난 뒤, 이제는 순결하지 않다는 자괴감보다 돈에 스스로 몸을 팔았다는 사실 때문에 마음이 아팠다. 순결 따위, 중요하다고 생각하진 않았다. 누구에게나 처음은 있는 법이니까. 좀 아프긴 했지만 견딜 만했고, 생각했던 것처럼 끔찍하지도 않았다. 아니, 오히려 그 반대였다.

'끔찍하지 않았던 게 더 끔찍한 일이지.'

나예는 시니컬하게 생각했다. 그녀는 그녀가 경멸해 마지않았던 어머니처럼 자신을 팔았다. 영우를 구하기 위해서 어쩔 수 없는 상황이었지만 그게 변명이 될 수는 없었다. 돈을 받고 스스로 몸을 남자에게 주었다는 것은 나예에게 씻을 수 없는 치욕이었다. 더군다나 그와의 관계에서 나예는 자발적으로 그에게 다가갔다. 충분히 거절할 수 있는 상황이었고, 그녀가 거부했다면 그가 멈췄을 거라는 걸 알고 있었다. 하지만 그에 대한 끌림 때문에 나예는 몸을 허락하고 말았다. 정신을 차리고 나자 그녀 자신에 대한 자괴감과 경멸감 때문에 나예는 견딜 수가 없었다.

'모르겠어. 나도 내 마음을.'

머리가 터질 정도로 생각을 거듭해도 명쾌하게 결론이 나질 않았다. 어차피 그 남자와의 일은 결론을 내고 말고 할 것도 없었다. 약속한 사흘을 채우고 나면 다시 볼 일 없을 테니까. 나예는 안으로 들어가 거실 창으로 눈부시게 들어오는 햇살에 시선을 주었다가 침실로 조용히 들어갔다. 그가 일어나기 전에 옷을 갈아입고 식사 준비를 해야겠다는 생각이었다. 하지만 침실로 들어선 나예는 자리에 못 박힌 듯 멈춰 서고 말았다.

'잘생겼어…….'

나예는 눈부신 햇살보다 더 눈부신 남자의 얼굴을 바라보며 생각했다. 간밤에 그녀의 정신을 쏙 빼놓았던 남자는 아기처럼 깊이 잠들어 있었다. 또렷한 이목구비가 햇살에 빛이 났다. 멍하니 남자의 얼굴을 바라보던 나예는 스스로의 행동에 놀라 소스라쳤다. 욕실로 가서 샤워를 하곤 거울을 바라보았다. 동그랗게 큰 눈이 깜박이고 있었다.

'강나예, 정말 미쳤어.'

속으로 스스로를 탓해 보았지만 그런다고 지난밤이 지워지지는 않았다. 그 남자와의 단 하룻밤만으로 그에게 속절없이 빠져든 것 같아서 나예는 스스로를 용서할 수가 없었다.

단지 위로하기 위해 그의 손을 잡았지만 미묘하게 바뀌어 버린 그의 눈빛 속에 욕망이 꿈틀거리는 걸 보고 나예는 갈등했었다. 짧은 순간 동안 그에게 허락해야 하나 아니면 거부해야 하나 고민했지만 문득 그런 고민이 무의미하다는 생각이 들었다. 싫더라도 거부할 수 없는 게 그녀의 입장이었다. 그녀는 이미 영우를 살릴 돈을 받은 상황. 이미 값을 치른 그에게 칼자루가 쥐어져 있었지 그녀에게 결정권이 있는 건 아니었다.

물론 그가 말했듯이 거부하는 여자를 안을 생각이 없다는 것도, 마지막 순간까지 그녀에게 거절할 기회를 주었다는 것도 알고 있었다. 하지만 그의 뜨거운 눈빛에 사로잡혀 마법에 걸린 듯 그에게 다가갔다. 마치 자석에 끌리듯 그렇게 천천히. 그의 뜨거운 입술에 입술을 갖다 대자 부드럽고 뜨거운 느낌에 명치끝이 조여들었다. 머릿속으로는 그에게 항복하는 것이 치욕스럽고 창피한 일이라고 생각했지만 그녀의 몸은 다른 대답을 들려주고 있었다.

달콤함에 항복하라고. 그냥 즐기라고.

어쩌면 정말 최면에 걸린 것일지도 모른다. 그의 검은 눈동자를 마주한 순간, 나예는 최면에 걸린 듯 꼼짝할 수 없었다. 유혹은 너무도 강했다. 도저히 자제할 수 없을 정도로. 나예는 이성을 접고 그냥 본능대로 움직였다. 짜릿함에 져 버렸다. 그의 입술은 뜨겁고 부드러웠다.

이성은 그녀에게 이제 그만 떨어져야 한다고, 그에게서 도망가라고 했지만 그녀의 몸은 그를 원했다. 더 안아 주기를 원했다. 그녀의 몸에 붙은 불을 더 활활 태워 없애 주기를 바랐다.

이미 바닥에 떨어져 더 이상 떨어질 곳도 없는 자존심은 아주 만신창이가 되어 버렸다. 그가 나예의 온몸에 뜨겁게 입을 맞추었을 때, 제발 더 해 달라고, 이 미칠 것 같은 뜨거운 몸을 어떻게든 해 달라고 요구하는 말이 목구멍까지 치밀어 올랐지만 간신히 참았다. 더 이상 구겨질 자존심도 없었지만 그에게 애걸하는 자신이 너무 비참하게 느껴졌기 때문이다.

그와의 첫 경험은 말로 표현할 수 없는 짜릿한 느낌이었다.

태어나서 처음으로 그런 강한 자극을 느꼈다. 신세계가 열린 것 같았다.

'내가 타락한 걸까? 그저 욕망의 노예가 되어서 헤픈 여자처럼 굴었어.'

나예는 옷을 입으며 우울하게 생각했다. 아마 남자는 그녀를 정말 술집 여자로 생각할 것 같았다.

'사랑은 분명히 아닐 거야.'

심란한 마음으로 욕실을 나왔다. 만난 지 사흘밖에 되지 않은 남자와 사랑에 빠질 리는 만무했다. 한 번도 남자와 연애 비슷한 것을 해 보지 않아서 나예는 헷갈렸다. 그 남자를 원하는 마음이 사랑인 건지, 아니면 그저 욕망인지. 정상적인 연애도 아니고 돈을 받고 몸을 파는 일이었다. 그와의 관계는 정상적인 남녀의 관계가 아니라고 생각했다.

"일어났어?"

나예는 사랑 같은 그런 감정, 잘 몰랐지만 그 남자에게 드는 감정이 사랑이라고는 생각지 않았다. 분명…… 아닐 거라고 확신했다.

"네."

하지만 심장이 쿵 소리를 내며 떨어졌다. 남자의 헝클어진 머리카락을 보자 눈이 부셨다. 침대 시트 사이로 드러난 탄탄한 근육질의 몸을 보자 목이 말랐다. 간밤의 흥분했던 모습을 떠올리자 뱃속이 뒤틀리는 듯한 지독한 통증이 느껴졌다.

"오늘은, 돌아가자."

나예는 그가 침대에 앉은 모습을 보고 화들짝 놀라 돌아섰다. 심장이 쿵쾅거리며 뛰었다. 사그락거리는 소리는 그가 가운을 걸치는 소리라는 걸 짐작할 수 있었다. 나예는 떨리는 입술을 꼭 깨물었다. 그의 손길을 단 한 차례도 거부하지 않고 받아들였던 간밤의 일이 떠올라 참담한 기분이었다.

남자는 돌아서 있는 나예의 어깨에 천천히 손을 올렸다. 그녀를 어떻게 하겠다는 의도가 담겨 있지는 않은 것 같았지만, 나예는 남자의 손이 부드럽게 몸에 와 닿는 것만으로도 짜릿했다. 그리고 그게 그렇게 싫을 수가 없었다. 인간이라면, 부끄러움을 알고 있어야 했다. 하지만 그녀의 몸은 부끄러움도 모르고 남자의 손길에 열렬하게 반응을 했다. 나예는 그게 너무도 부끄럽고 치욕스러웠다. 돈을 받고 몸을 판 주제에, 남자의 손길에 흥분하고 쾌락에 젖어 굴복하는 자신에 대해 실망스럽고 끔찍한 느낌이었다.

그녀가 가장 경멸했던 어머니의 피를 받아 남자를 밝히는 것일지도 모른다. 나예는 괴로웠다. 나예는 아무 말도 못 하고 두 손을 꽉 쥐었다. 그는 그녀가 얼음처럼 가만히 서 있자 이내 손을 떼고 바로 욕실로 들어가 버렸다.

"아……."

남자가 욕실로 사라지자 나예는 다리에 힘이 풀려 주저앉고 말았다. 그 남자의 손길 한 번에 반응한 것이 창피해서 죽을 것만 같았다.

"아아, 정말! 강나예, 왜 이러는 거야!"

나예는 머리카락을 쥐어뜯었다. 온몸의 세포 하나하나가 모두 그를 향해 뜨겁게 반응하고 있다는 사실이 그녀를 견딜 수 없게 했다.

"아침은, 아니, 벌써 점심이네. 아무튼 나가서 먹자."

어느새 욕실에서 나온 남자는 옷을 갖춰 입고 있었다. 거실 소파에 앉아 있던 나예는 쭈뼛거리며 일어났다. 별로 챙겨 온 짐도 없는지라 가방과 옷가지 몇 개만 챙기고 밖으로 나왔다. 근처 식당에서 밥을 먹으면서도 남자는 무슨 생각을 하는 건지 말이 없었다. 나예는 그의 눈치를 보다가 시간을 확인했다. 그가 늦게 일어난 탓에 늦은 점심을 먹고 나니 벌써 오후 시간이었다. 약속된 날짜는 오늘까지 사흘. 그곳에서 계속 머무를 수도 있었지만 남자는 서울로 돌아갈 생각인 것 같았다.

"너, 괜찮아?"

차에 타고 서울로 돌아오면서 한참 동안 남자는 침묵을 지키고 있다가 불쑥 물었다. 나예는 남자의 음성에 정신을 차렸다. 벌거벗은 몸을 불빛 아래 드러내는 것 같은 기분에 몹시 심란했다. 나예는 아무렇지 않은 듯 말했다.

"네."

그가 무슨 의미로 물어보는지 깊이 생각하지 않고 대답했다. 상처 입은 자존심을 걱정해 주는 것인지, 스스로에 대한 경멸감에 치를 떨고 있는 것에 대해 걱정하는 것인지 몰랐지만 나예는 그가 그녀의 기분을 눈치채지 않았으면 했다. 하지만 남자는 나예의 말을 믿지 않았다.

"너…… 처음이었잖아."

그의 말에 순간 얼굴로 피가 몰리는 것 같았다. 나예는 입술을 깨물며 고개를 돌려 시선을 창밖으로 던졌다. 창피했다. 아마 그녀가 살짝 울었던 것 때문에 지레짐작했을 수도 있었다. 어쨌든 나예는 남자와 첫 관계를 가진 뒤 그것에 대해서 이야기하는 게 무척 창피하고 어색했다.

"그게 문제가 돼요?"

떨리는 목소리를 감추려 애쓰며 나예는 창밖으로 스쳐 지나가는 나무에 시선을 고정시켰다. 그는 잠시 침묵을 지켰다.

"아니. 너…… 마음 쓰일까 봐."

심장이 두방망이질 쳤다. 나예는 흠칫 놀랐다. 알 수 없는 남자라 생각하며 남자에게 시선을 돌리는데 순간 눈이 부셨다. 돈을 주고 여자를 산 것이 분명한데, 그의 태도는 전혀 그렇게 느껴지지 않았다. 하잘것없는 술집 여자, 아무렇게나 자기 내키는 대로 가질 수도 있었다. 그녀가 싫어하든 좋아하든 이미 그는 돈을 지불했고, 그 대가로 그녀의 몸을 마음대로 가질 권리가 있었다. 하지만 남자는 그녀를 배려했고 마치 그녀의 기분이 그에게 중요한 것처럼 굴었다. 사랑하는 여자를 배려하는 것처럼 보이기도 했지만 그 남자가 그녀를 언제 봤다고 감정을 갖고 있겠는가.

"나도…… 처음이었어."

남자가 정면에 시선을 주며 지나가듯 아무렇지 않게 한마디 내뱉었다. 나예는 잠시 남자가 무슨 말을 한 것인지 생각을 했다.

'뭐가 처음이라는 거지?'

그러다 머리를 망치로 맞은 듯한 충격을 느꼈다. 나예는 눈을 휘둥그레 떴다. 제대로 이해한 게 맞다면, 그녀처럼 그 역시 여자 경험이 처음이라는 의미인 것 같았다.

"어떻게……."

저도 모르게 중얼거렸나 보다. 남자는 나예를 돌아보았다. 그리고 시니컬하게 피식 웃었다.

"말했잖아. 여자한테 별로 관심 없다고. 사실은…… 지금까지 마음에 드는 여자를 만나 본 적이 없어서."

남자의 대답은 꽤 의외였다. 나예는 고개를 갸웃거렸다. 그는 무척 매력적인 남자였다. 키가 큰 편인 그녀도 한참 올려다볼 정도로 키도 크고 건장했다. 처음에 볼 때도 그랬지만 옷을 벗은 그의 몸은 정말 감탄이 나올 정도로 멋졌다. 근육은 탄탄했고 온몸에 군살 하나 없었다. 처음부터 그녀를 놀라게 했었던 외모는 물론이고, 그는 정말 여자들이 따르게 생긴 남자였다. 그런데 여자 경험이 단 한 번도 없을 정도로 여자들과의 사이가 담백했다는 게 믿어지질 않았다.

"그런데 왜…… 나와 시간을 보낸 거예요?"

관계를 가졌다고 말을 하기도 쑥스럽고, 사랑하지도 않는데 사랑을 나눴다는 말도 어울리지 않았다. 그래서 나예는 얼굴을 붉힌 채 둘러말했다. 그는 그녀의 말뜻을 이해한 듯했다. 잠시 침묵을 지키던 그는 살짝 미소를 짓고는 대답했다.

"네가 마음에 들어서."

나예는 얼굴이 빨개져 한참 동안 아무 말도 하질 못했다. 머릿속이 복잡해졌다. 이 남자, 지나치게 치명적이었다.

남자는 그녀가 심란해하는 것을 아는지 모르는지 한동안 다시 침묵을 지키며 운전에만 집중했다.

"앞으로 뭐할 거야?"

그가 침묵을 깨고 다시 물었다. 나예는 남자의 생각으로 머릿속이 꽉 차 있었다. 흠칫 놀라 그를 돌아보자 그는 반듯하게 앞을 보며 운전에 집중하고 있었다. 나예는 얼른 생각을 했다.

"글쎄요."

아직 깊이 생각해 보지 않았다. 아버지의 뜻을 따라 파티시엘로서의 길을 가야 했지만 당장 눈앞의 현실은 달랐다. 룸살롱에서 계속 일을 해야 했고, 영우를 돌봐야 했다. 영미의 집에서 계속 신세를 질 수만도 없었다.

"거기, 계속 나가야 되나?"

그가 말한 곳이 룸살롱이라는 것을 알고 나예는 우울하게 고개를 끄덕였다. 그러다 그가 앞을 보고 있다는 것을 깨닫곤 나예는 헛기침을 했다.

"네. 처음에 마담 언니한테 가불을 해서. 그리고 엄마가 마담 언니한테도 빚을 졌거든요. 그거 갚으려면 당분간은 일해야 될 것 같아요."

나예는 강 마담을 처음 만났던 날을 떠올렸다. 영우를 인질로 끌고 간 사채업자들이 한 달 안에 1억 원을 구해 오라고 협박을 해서 먼 친척들에게까지 돈을 빌리려다 거절당하고 떠올린 것이 레드플라워의 강 마담이었다. 엄마가 늘 부자 친구라고 자랑을 했었던 강 마담 강정연.

*

"언니, 나 이제 어떻게 해야 돼?"

나예는 아버지 빵집에서 일했던 영미를 찾아가 울고 또 울었다. 영미는 나예를 안아 주며 함께 눈물을 흘렸다. 영미 역시 부모님이 일찍 돌아가시고 집안의 가장 역할을 하고 있었다. 두 동생을 건사하며 혼자 일을 하고 있었기에 하루아침에 일터를 잃고 막막한 상황이었지만 코딱지만 한 방 한 칸에 나예까지 받아 주었다.

"나예야, 뭔가 방법이 있을 거야. 어쩌면 좋니."

영미는 자신이 도움이 되지 못한다며 슬퍼했다. 나예는 하루 종일 목 놓아 울다가 저녁 무렵이 되어서야 울음을 그쳤다.

"시커먼 바닥이…… 입을 벌리고 내가 떨어지기를 기다리고 있는 것 같아. 무서워."

"나예야, 힘을 내. 우리 같이 생각해 보자. 영우를 구할 수 있는 방법이 분명 있을 거야."

영미가 나예의 손을 굳게 잡았지만 나예의 마음은 괴롭기만 했다. 사채업자의 말이 계속해서 그녀의 머릿속을 맴돌았다. 도저히 자신의 몸을 팔면서까지 돈을 구할 순 없었다. 하지만 그녀가 어떻게든 돈을 구하지 않으면 영우가 위험했다. 나예는 사고 기능이 멈춰 버린 듯한 머리를 쥐어짜듯 생각에 생각을 거듭했다. 돈을 어디서든 구해야 했다.

'네가 참견할 일이 아니야. 얘, 걱정하지 마. 빚? 그거 조금 있다고 무슨 일 안 생겨. 여차하면 내가 다시 잠깐 일해도 되고. 아니면 그 정도는 정연이한테 말해도 문제없이 갚아 줄 거야. 친구 좋다는 게 뭐니. 넌 쓸데없는 걱정 하지 말고, 영우나 좀 봐 줘.'

그때 문득 예전에 엄마가 했던 말이 떠올랐다. 엄마의 유일한 친구, 정연을 떠올리곤 나예는 잠시 망설였다. 그땐 엄마의 말을 한 귀로 듣고 흘려버렸지만 지푸라기라도 잡아야 하는 지금, 나예의 머릿속엔 실낱같은 가능성도 일단은 타진해 봐야 한다는 생각이 들었다.

'정연이네 가게, 그저 그런 술집 아니야. 레드플라워라고 강남에서도 다섯 손가락 안에 드는 곳이야. 술집이라고 무조건 색안경 끼고 보지 말라고. 거기 하루 매상이 얼만 줄이나 아니? 네 아빠 빵집 한달 매출 정도는 우습지.'

정연이 마담으로 일하고 있는 레드플라워라는 술집은 나예도 대충은 알고 있었다. 엄마가 여러 번 얘기를 하기도 했고, 강남에서 꽤 알아주는 고급 룸살롱이라는 소문 역시 들은 적이 있었다.

"레드플라워……."

나예는 저도 모르게 입 속으로 중얼거렸다. 정연이 엄마의 유일한 친구라는 건 사실이었다. 예전에 같은 술집에서 일했었고, 엄마가 결혼한 뒤에도 가끔 연락을 주고받으며 만나는 사이였다. 그래도 가장 친한 친구였으니, 어려움에 처한 친구를 도와줄 수 있지 않을까 하는 생각이 들었다. 엄마의 말대로 레드플라워라는 술집이 그렇게 대단한 곳이라면, 하루 매상이 수천을 호가한다면 나예를 도와줄 만한 돈도 가지고 있지 않을까 싶었다.

"뭐?"

영미가 눈을 동그랗게 뜨고 나예를 바라보았다. 나예는 영미의 손을 힘주어 잡았다. 비로소 정신이 드는 것 같았다.

"거기 마담 이모가 엄마랑 친구야. 가장 친한 친구였으니 도와주지 않을까?"

"그래. 저번에 네가 한번 얘기해서 나도 알고는 있지만……. 가족도 아니고 남인데, 도와줄까?"

영미가 불안한 듯 눈동자를 굴리며 말했다. 하지만 나예의 눈에 영미의 불안한 눈동자는 들어오지 않았다. 나예는 절박했고, 누구에게든 도움을 받아야 했다. 수단과 방법을 가리지 않고 영우를 구해 내기 위해 돈을 구해야만 했다.

"도와줄 거야. 엄마가 그랬어. 가장 친한 친구라고. 그 정도 돈은 얼마든지 갚아 줄 수 있다고."

"하지만 나예야, 그 마담 이모가 선뜻 도와줄 만큼 부자는 아닐 것 같아. 그리고 아무리 친한 친구라고 해도 너, 그 사람을 믿을 수 있어? 너와는 잘 아는 사이가 아니잖아."

"그렇지만 언니, 난 지금 선택의 여지가 없어. 그 누가 되었든, 악마에게라도 돈을 빌려야만 해. 되든 안 되든 가서 부딪혀 볼래. 그리고 혹시 또 알아? 친구니까 엄마 소식을 알고 있을지. 돈을 못 빌리면, 엄마를 찾아서 어떻게든 방법을 생각해 봐야지."

"그렇지만 위험하지 않을까? 거기 술집이라며. 너한테 돈 빌려 준다면서 술집에서 일하라고 하면 어떻게 해. 네가 제일 싫어하던 거였잖아. 엄마, 룸살롱 출신이라는 거 평생 너한테 상처였잖아."

영미가 눈물을 글썽이며 나예를 말렸다. 나예가 술집에 다녔던 엄마를 끔찍하게 여겼다는 것을 잘 알고 있었기 때문에 영미의 말을 이해할 수는 있었지만 나예에게는 선택의 여지가 없었다.

"아니. 그러지 않을 거야. 그리고 언니도 알잖아. 어떤 상황에서든 나, 스스로를 포기하진 않을 거야. 나 나갔다 올게. 걱정하지 마, 언니."

나예는 외투를 입고 황소바람이 부는 바깥으로 나갔다. 바람에 긴 머리카락이 날렸지만 나예는 차가움마저 느낄 수 없었다.

나예는 지하철을 타고 레드플라워의 위치를 물어물어 찾아갔다. 그곳은 겉으로 보기엔 평범한 술집과 다르지 않아 보였다. 다만 건물이 고급스러워 보였고, 안으로 들어가니 인테리어가 깔끔하면서도 정갈해 보였다.

"저, 여기 마담 언니를 만나러 왔어요. 저희 엄마가 마담 언니 친구예요."

나예는 입구에서 술집 매니저라는 사람에게 제지를 당했다. 나예가 마담을 만나고 싶다고 말하자 마뜩잖은 눈길로 보던 매니저가 안으로 연락을 했고, 잠시 후 나예에게 들어오라고 말했다.

나예는 긴장한 얼굴로 안으로 들어섰다. 그리고 안쪽의 룸으로 안내되었다. 잠시 기다리니 화려하지는 않지만 무척 세련되어 보이는 아름다운 여자가 안으로 들어왔다.

"날 만나러 왔다고? 누구?"

여자는 나예를 보자 대뜸 물었다. 나예는 어색함을 감추려 애쓰며 자리에서 일어섰다.

"저 기억하시겠어요? 김영주 씨가 저희 엄마예요."

여자는 나예를 머리끝부터 발끝까지 훑어보았다.

"영주? 어머, 너 나예구나. 본 지 꽤 오래돼서 못 알아봤네. 너, 어른이 다 되었구나. 지금 몇 살이니?"

"스무 살이요."

정연은 오랜만에 나예를 보고 꽤 놀란 듯했다. 나예는 마른침을 꼴깍 삼켰다. 정연도 엄마처럼 나이에 비해 무척 젊어 보이고 아름다웠다. 하는 일 때문에 관리를 계속 해 왔으리라 생각은 했지만 정연에게서는 단순히 돈을 들여 관리를 했다는 느낌보다 뭔가 더 세련되어 보이고 매혹적인 느낌이 들었다.

"그래, 영주를 빼다 박았네. 내가 마지막으로 널 봤을 때가 한 5년 전이었나? 그때까지는 예뻤지만 앳된 학생이었는데. 이제 정말 여자처럼 보이네.”

정연의 평가하는 듯한 시선이 날카롭게 나예를 훑었다. 나예는 긴장감과 불편함에 쭈뼛거렸다. 뭐라고 말을 꺼내야 할지 망설여져 입 안이 바싹 말랐다.

“저…….”

“뜸들이지 말고 말해. 나한테 뭔가 할 말이 있어서 찾아왔겠지?”

나예가 머뭇거리며 말을 꺼내자 정연은 입가에 살짝 미소를 띠고 말했다. 세련되어 보이는 옷차림과 화장, 머리 모양과 더불어 자신감 어린 태도가 정연을 돋보이게 하고 있었다. 나예는 정연의 입가에 엷게 걸린 미소에 용기를 내어 말을 꺼냈다.

“네. 사실은 엄마가 사채 빚을 졌어요. 그것 때문에 동생이 사채업자에게 잡혀갔고요. 한 달 안에 1억을 구하지 못하면 동생에게 무슨 일이 생길지도 몰라요. 엄마가 마담 이모 이야기를 많이 했었어요. 정말 친한 친구이고 어려운 일이 생기면 도와줄 거라고……. 이렇게 불쑥 찾아와서 부탁드리기 정말 죄송하지만 제가 정말 급해서요. 도와주시면 그 은혜는 평생 잊지 않을게요. 제발 부탁드립니다.”

나예는 눈물을 글썽이며 말했다. 정연은 나예의 사정 이야기를 들으며 고개를 끄덕였다. 표정의 변화는 없었으며 입가에 띤 미소는 그대로였다.

“그랬구나. 영주는 십수 년이 지났는데도 예전 버릇을 고치지 못했어. 전에도 늘 빚을 져서 그 빚을 다른 빚으로 돌려 막는 게 일이었는데."

"빌려 주시면 제가 나중에 갚겠습니다. 한꺼번에 갚지는 못하겠지만 열심히 갚을게요. 제발 부탁드려요."

나예의 볼에 눈물이 도르르 흘러내렸다. 정연은 알 수 없는 표정으로 나예를 바라보며 침묵을 지켰다. 왠지 기분이 이상했다. 정연의 호의적인 태도에 나예는 도움을 받을 수 있지 않을까 하는 희망을 품고 있었지만 정연은 쉽게 승낙의 말을 하지 않았다. 미소 띤 정연의 얼굴을 보며 나예는 점점 불안해졌다. 정연은 나예의 불안이 극에 달할 무렵, 천천히 입술을 열었다.

"일단 결론부터 이야기하자면, 난 네게 돈을 빌려 줄 수 없어."

숨이 턱 막혔다. 쉽지는 않을 거라 생각했지만 정연이 단칼에 그녀의 부탁을 거절해 버릴 줄은 몰랐다. 나예는 뭐라고 사정을 해야 할지 암담해졌다. 정연은 엷은 미소를 거두지 않은 채 계속 이야기했다.

"왜냐면 나 역시 네게 받아야 할 빚이 있거든."

"네?"

나예는 어리둥절해졌다. 정연에게 빚을 지기는커녕 5년여 전에 잠깐 엄마와 만나는 걸 본 것 외에는 정연을 본 적도 없었다. 그런데 정연이 그녀에게 받을 빚이 있다고 하는 건 이해할 수가 없었다.

"영주 말야. 그 계집애가 나한테 돈을 빌려서 날랐어. 넌 몰랐겠지만 결혼한 후에 몇 번, 나한테 돈을 빌려 갔었거든. 그래도 예전에 함께 일했던 정이 있어서 빌려 줬지. 결혼 생활이 답답하다고 징징대기도 했고, 불쌍하기도 해서. 나름 친했던 친구이기도 했어. 그 계집애도 나 말고는 친구가 없었고, 나도 이 일을 하다 보니 제대로 된 친구가 없었거든. 그나마 친구라고 생각해서 빌려 줬지만 돈 줄 때만 찾아오고 돈 받은 다음엔 소식 한 자락 없더라. 얼마 전에도 한 2000 빌려 달라기에 줬더니 그 뒤로 연락이 끊겼어. 어쩌겠니. 그 계집애한테선 돈 받을 가능성이 없고. 너라도 대신 갚아야지."

말이 나오질 않았다. 나예는 기가 막혀 순간 말문마저 막혀 버렸다. 그럴 순 없었다. 엄마가 대책 없는 여자이긴 했어도 이렇게까지 할 거라곤 예상 못 했다. 나예는 한참을 아무 말도 못 하고 있었다. 답답함에 가슴이 타들어 갔다.

"그, 그건 말도 안 돼요. 엄마가 빌려 간 거잖아요! 그걸 왜 제가 갚아야 하죠?"

"그럼 이건 말이 되니? 네 엄마가 나한테 돈을 빌려 간 거는? 이미 나한테 빌려 간 돈도 5000이 넘었어. 그런데 내가 또 네 엄마 빚 갚으라고 1억을 내놓아야 한다는 거니? 네 엄마, 연락도 끊겼는데 내 돈은 어디 가서 받으라고?"

정연의 입가에서 미소가 사라졌다. 차갑게 가라앉은 눈빛과 매서운 말투를 들으니 두려움이 밀려왔다. 나예가 발버둥 쳐도 도망칠 수 없었던 사채업자들처럼, 정연 역시 나예가 대적할 수 없는 상대라는 생각이 들어 암담해졌다. 나예의 눈에서 눈물이 흘러내렸다.

"죄송합니다. 전 그 돈을 갚을 수가 없어요. 당장 돈을 구하지 못하면 동생이 위험해요. 나중에…… 나중에 갚을게요. 엄마를 어떻게 해서든지 찾아서 갚으라고 할게요. 죄송합니다."

나예는 더듬거리며 말했다. 흘러내리는 눈물로 눈앞이 흘러내리는 눈물로 뿌옇게 변했다. 정신을 차릴 수가 없었다. 정연을 만나면 돈을 구할 수 있지 않을까 했던 실낱같은 희망도 사라져 버렸다. 나예는 차갑고 매서운 정연의 눈동자를 보고 두려움에 질려 버렸다. 사채업자가 영우를 팔아 버리겠다고 했을 때도 두려웠지만 말없이 차갑게 가라앉은 정연의 눈동자가 더 오싹했다.

나예는 천천히 뒷걸음질 쳤다. 두려움에 발이 잘 움직여지지 않았지만 정연의 올가미 같은 시선에서 벗어나야만 했다. 그러지 않으면 1억 원에 새롭게 알게 된 7000만 원까지 당장 내놓아야 할 것 같았다. 나예는 룸에서 천천히 나갔다. 정연이 보이지 않자 비로소 손발이 자유롭게 움직여졌다. 나예는 빠른 걸음으로 레드플라워에서 나갔다. 사람들이 어지럽게 지나다니고 있는 대로변에 나가서야 나예는 숨을 제대로 쉴 수 있었다. 다리에 힘이 탁 풀렸다. 나예는 차가운 길바닥에 털썩 주저앉았다.

"엄마! 도대체 엄마라는 사람은……. 어디까지 가야 끝이 보일까! 정말 지긋지긋해!"

나예는 울부짖었다. 미칠 것만 같았다. 1억 원이라는 돈도 나예의 숨통을 조이고 있었지만 새롭게 드러난 7000만 원의 빚은 나예의 손발을 묶어 옴짝달싹할 수 없게 만들었다.

가슴속 깊은 곳에서 울음이 밀려나왔다. 어찌할 바를 모르고 흐느끼던 나예는 문득 울음을 그쳤다. 눈앞에 검은 구두가 보였다. 검정 양복을 입은 긴 다리도 보였다. 나예는 고개를 들었다.

"누, 누구세요?"

무표정하게 굳은 얼굴. 검정 양복을 입고 있는 사내는 방금 레드플라워에서 보았던 사내가 분명했다. 나예는 저도 모르게 더듬으며 말을 내뱉었지만 이미 그 남자가 누구인지 알고 있었다. 도망가야 했다. 그가 왜 그녀를 따라왔는지 알 것 같았다. 하지만 맥이 풀려 버린 몸은 그녀의 마음대로 움직여지지 않았다. 사내는 나예의 팔을 거칠게 잡고 일으켜 세웠다.

"왜 이러세요! 이거 놔요!"

사내 한 명이 아니었다. 몇 명의 사내들이 나예를 쫓아와 붙들었다. 나예는 몸부림을 쳤다. 잡히면 끝장이라는 생각이 머릿속에 스쳐 지나갔지만 사내들의 억센 손을 벗어날 수는 없었다.

"놓으란 말이에요! 아악! 살려 줘요!"

비명을 질렀지만 공허한 외침일 뿐, 아무도 나예를 도와주지 않았다. 레드플라워로 다시 끌려 들어가는 잠깐 동안, 그들을 스쳐 간 사람들은 수없이 많았지만 그들 중 아무도 감히 사내들을 제지하지 못했다.

나예는 울면서 다시 정연의 앞에 섰다. 사내들이 나예를 거칠게 다루어 나예는 바닥에 넘어지고 말았다. 정연은 말없이 나예를 내려다보다가 천천히 허리를 숙여 그녀 앞에 쪼그리고 앉았다.

"너, 실수한 거 알겠지? 그래도 평생 네 엄마랑 같이 살았으면 네 엄마가 어떤 사람인지 충분히 알았을 텐데. 바보같이 네 엄마를 믿은 게 네 실수였어. 알겠니?"

"제발…… 지금은 돈을 갚을 수 없어요. 아까 말씀드렸잖아요. 당장 전 돈이 필요해요."

"그건 네 사정이지."

정연은 비단결처럼 부드러운 목소리로 말했다. 정연의 입가에 아까와 똑같은 미소가 걸려 있는 걸 보고 나예는 몸을 흠칫 떨었다. 강정연이라는 여자는, 사채업자보다도 무서운 여자였다.

"살려 주세요. 제발 살려 주세요. 뭐든지 하겠습니다. 돈은 나중에 갚을 수 있게 해 주세요. 제가 일을 해서 갚든지 어떻게든 그 돈, 7000은 꼭 갚겠습니다. 그러니 지금은……."

눈물이 바닥으로 뚝뚝 떨어졌다. 아무리 사정해도 정연이 도와주지는 않을 것 같았지만 나예는 필사적이었다. 정연은 잠시 나예를 가만히 바라보더니 다시 일어섰다.

"너, 일어나 봐."

나예는 정연의 말에 눈물을 닦고 일어났다. 손가락이 바르르 떨렸다. 정연은 나예의 몸매를 요모조모 뜯어보더니 고개를 끄덕였다.

"살려 달라고 애원하니 방법을 알려 줄게. 내 돈 갚을 때까지 여기서 일해. 네 말대로 일해서 갚아."

"그, 그건…… 그럴 수 없어요! 제가 말한 일은 이, 이런 일이 아니라……."

얼굴에서 핏기가 가시는 게 느껴졌다. 머리가 핑 도는 것 같았다. 어떤 일이 있어도 몸을 팔아 돈을 구하지는 않겠노라고 다짐하고 또 다짐했었다. 그토록 싫었고 인정하기조차 싫었던 엄마의 과거를 그대로 살아야 한다는 게 죽기보다도 싫었다. 나예는 고개를 도리도리 저었다. 입술을 피가 나도록 깨물었다. 사실상 나예에게 돈을 구할 수 있는 방법이 그 방법밖에 남지 않았지만 술집 여자로 전락할 수는 없었다.

"꼴에 자존심은 창창하구나. 이런 일? 지금 이런 일 저런 일 따지는 거니?"

"다른 일을 해서 갚겠어요. 몸을 팔고 싶지 않습니다. 다른 일은 뭐든지 해서 돈을 꼭 갚을 테니……."

"시끄러워! 다른 일을 해서 갚겠다고? 어느 세월에? 죽을 때까지 갚을래? 꼴 같지 않은 자존심 그만 세우고 네가 할 수 있는 일을 해. 그나마 네 얼굴이 반반하니까 여기서 일할 수라도 있는 거지, 웬만한 외모로는 어림도 없어. 여기서 일하고 싶어 하는 애들, 빗자루로 쓸어 낼 만큼 많아. 여대생들도 일하게 해 달라고 찾아오는 애들이 부지기수야. 여기서 일하다가 연예인 된 애들도 많고."

몸이 떨렸다. 레드플라워에서 일하게 해 준 것만으로도 감지덕지하라는 뜻인 것 같았다. 눈앞이 캄캄했다. 현실은 나예에게 좌절감만 주었다. 더 이상 나락으로 떨어질 곳이 없을 것 같았는데 아직도 더 떨어질 바닥이 남아 있다는 게 미치게 괴로웠다.

"하지 않겠어요."

눈물이 흘렀지만 나예는 단호하게 말했다. 정연은 코웃음을 쳤다.

"너에게 선택권은 없어. 여기서 일하면서 내게 빚진 돈을 갚아. 그리고 너 돈 필요하다며. 여기서 일하는 건 네게 또 다른 기회가 될 수 있어. 네 주제에 어디서 1억이라는 돈을 한 달 만에 구할래? 여기 오는 손님들, 그 정도 돈은 쓸 수 있는 사람들이야. 고고한 척하지 말고 그냥 널 팔아. 네 동생 구해야 한다며."

목구멍까지 올라온 싫다는 말이 콱 막혀 버렸다. 정연의 말이 옳았다. 지금 나예가 돈을 구할 수 있는 곳은 그 어디에도 없었다. 하지만 돈을 꼭 구해야만 했다. 정연의 말대로 레드플라워에 오는 사람들이 그 정도 재력이 있다는 건 사실인 듯했다.

현실과 타협을 해야 한다는 생각과 마지막까지 자존심을 버릴 수 없다는 생각이 팽팽하게 맞섰다. 나예는 한참 동안이나 아무 말도 못 했다. 정연은 냉정한 눈길로 나예를 바라보며 침묵을 지켰다. 죽을 만큼 괴로웠다. 마음이 산산조각이 나서 욱신거렸다. 마지막까지 넘고 싶지 않았던 그 선을, 넘지 않으면 영우를 구할 수 없다는 절박함에 나예의 심장은 터질 것만 같았다.

'영우를 구해야 한다면, 영혼이라도 팔아야 해.'

나예는 밀랍 인형처럼 질린 얼굴로 정연을 바라보았다. 도저히 입이 떨어지지 않았다. 정연은 나예가 아무 말도 하지 못하자 한동안 찬찬히 바라보더니 살짝 미소를 지었다. 그리고 핸드백에서 카드를 꺼내더니 나예에게 내밀었다.

"일단 네 꼴이 엉망이니 좀 꾸미고 와. 내일 날 밝는 대로 미용실 가서 머리 하고, 쇼핑해. 우리 애들 다니는 숍이 있으니까 거기 가서 해. 말해 둘 테니까. 네가 쓴 돈은 월급에서 제할 거야. 내일 저녁에 제대로 꾸미고 나와."

나예는 카드를 보고 눈을 질끈 감았다. 손끝이 바들바들 떨려 왔다. 그걸 받으면 이제 다시는 돌이킬 수 없게 된다. 어느 정도 각오는 했지만 막상 돌아올 수 없는 강을 건넌다는 생각에 나예는 가늘게 손을 떨었다. 하지만 어디선가 그녀를 찾으며 울고 있을지도 모를 영우를 생각하자 마음이 차갑게 가라앉았다. 나예는 천천히 손을 뻗어 카드를 받아 들었다.

'영우를…… 구해야 해. 영우를.'

나예는 주문을 외우듯 마음속으로 되뇌었다. 절대 가지 말아야 할 길로 들어선 건 불가항력이었다. 나예의 두 눈에서 눈물이 쉬지 않고 흘러내렸다.

*

"술도 못 마시면서 그 일을 계속하겠다고?"

남자의 말에 화들짝 정신을 차린 나예는 한숨을 쉬며 대답했다.

"어쩔 수 없잖아요."

나예도 그곳에서 일하는 건 죽기보다 싫었지만 어쩔 수 없었다. 엄마가 진 빚에다 처음에 나예가 썼던 돈도 몇천이 되는 금액이었다. 옷이며 머리며 왜 그렇게 비싼 건지는 몰랐지만 그 돈을 갚으려면 꽤나 오랫동안 일을 해야 할 것 같았다.

"거기, 나가지 마."

한참을 말없이 운전만 하던 그가 던지듯 말을 꺼냈다. 그가 아직도 그것에 대해서 생각하고 있을 줄 몰랐던 나예는 깜짝 놀랐다.

"네?"

"가지 말라고."

"그렇지만……."

"그런 곳에서 네가 더 이상 술을 마시지 말았으면 좋겠어. 마셔야 한다면 나하고 마셔. 남자를 만나야 한다면 나하고 만나."

나예는 순간 말문이 막혔다. 가슴이 터질 것같이 뛰었다. 남자의 소유욕 가득한 말에 놀랐다. 그가 그녀를 사랑할 거라고는 생각하지 않았다. 나예는 그 정도로 순진하지는 않았다. 어쩌면 그녀의 몸에 대한 욕망 때문인지도 모른다.

"왜요?"

입술에 침을 묻혔다. 입술이 바짝바짝 말랐다. 나예 역시 약속한 사흘이 지나면 다시 그를 만날 수 없을지도 모른다는 생각을 하고 있었다. 그런데 그가 그녀를 더 만나기를 원하고 있었다. 심장이 미친 듯이 뛰었다.

"널 알고 싶어졌어."

심장이 몸 밖으로 튀어나올지도 모른다는 생각이 들었다. 나예는 어쩔 줄 몰랐다. 맞잡은 두 손을 비틀었다. 그의 말이 머릿속을 둥둥 떠다녔다. 너무 떨렸다. 그와 돈을 받고 몸을 파는 관계로 만나지 않고 정상적인 관계로 만났다면 어쩌면 좀 더 떳떳하게 그를 만나고 싶다고 말할 수 있을지도 모른다. 하지만 나예는 그에게 떳떳하지 못했다. 마음이 있더라도 표현하기 쑥스러웠다. 하지만 그가 먼저 그녀에게 호감을 표시했다는 것은 여러 가지 가능성을 비추는 의미였다. 나예는 창밖으로 시선을 돌렸다. 어쩌면, 어쩌면 이 남자와 사랑에 빠질 수도 있을 것 같다는 생각을 했다.

각자의 생각에 빠져 있다 보니 어느새 서울에 도착했다. 남자는 호텔 쪽이 아니라 나예가 일하고 있는 레드플라워로 차를 몰았다. 그가 무슨 생각인 건지 모르는 나예는 안절부절못했다. 그에게 좋다고, 만나 보자고 말을 해야 하는 건지, 아니면 거절해야 하는 건지 갈피를 잡지 못했다. 그녀가 복잡한 마음으로 한숨을 쉬었다.

"여기서 기다려."

레드플라워 근처에 차를 세우더니 남자가 시동을 껐다. 나예는 그가 왜 혼자 나가려 걸까 몰라 머뭇거리다가 그가 차에서 내리자 따라 내렸다.

"올 필요 없어."

남자는 나예가 따라가려는 걸 저지하고 혼자 레드플라워에 들어갔다. 나예는 그가 어쩌면 정연을 만나 거래를 하기 위해 가지 않았을까 짐작했다.

'그렇다면 어떻게 해야 하지?'

그녀를 룸살롱에서 빼내 오는 것은 정연에게 돈을 주는 방법밖에 없었다. 그에게 계속해서 신세를 질 수는 없었다. 그리고 나예는 그 금액이 어느 정도인지 이미 알고 있었다. 어쩌면 정연은 나예를 빼앗기기 싫어 돈을 더 요구할지도 모른다.

정연에게 빚을 지는 것이나 그에게 빚을 지는 것이나 매한가지였다. 그녀가 빚을 진다는 것은 변함없는 사실이었다. 나예는 입술을 깨물었다. 그가 그렇게까지 할 필요는 없었다. 그녀가 그렇게 대단한 여자도 아니었고 약속된 거래 이외에 그가 돈을 더 지불할 필요는 없는 거니까.

"가자."

남자는 들어간 지 얼마 되지 않아 다시 나왔다. 그가 아무 말 없이 차에 올라탔기 때문에 나예도 차에 올랐다. 그의 눈치를 보았지만 아무것도 알 수가 없었다. 그는 호텔 쪽으로 차를 몰았다.

"저, 아까는……."

결국 궁금증을 참지 못한 나예가 먼저 말을 꺼냈다. 남자는 호텔 앞에 차를 세웠다. 나예는 남자를 따라 내리면서 뭐라고 말을 해야 하나 고민했다.

"거긴, 이제 가지 않아도 돼."

로비로 들어가며 남자가 한 말에 나예는 마음이 불편해졌다. 그녀가 예상했던 대로 남자는 정연에게 돈을 지불한 모양이었다. 나예는 한숨을 쉬었다. 이건 옳지 않았다.

"잠시만요."

나예는 앞서 가는 남자의 팔을 붙잡았다. 남자가 나예를 돌아보았다. 생각을 알 수 없는 눈빛. 그녀에 대한 감정이 무엇인지 궁금했다. 나예는 숨을 크게 들이쉬었다.

"저녁 먹어야지."

남자가 가려던 곳은 식당이었던 듯했다. 그는 턱짓으로 1층에 있는 레스토랑을 가리켰다. 나예는 더욱 불편해졌다. 그와 함께 마주 보며 식사를 한다면 음식이 목에 걸릴지도 모르겠다는 생각을 했다.

"도와주신 건 감사하지만 이유 없는 호의는 받을 수 없어요."

"이유…… 있는데?"

"네?"

"아까 말했잖아. 널 계속 만나고 싶다고."

"그, 그렇지만……."

나예는 당황해 버렸다. 말을 더듬는 게 바보처럼 느껴졌지만 남자의 아무렇지 않은 태도에 뭐라 말을 해야 할지 순간 생각이 나질 않았다.

"나한테 그 돈은 있어도 그만, 없어도 그만인 돈이야. 불편하게 생각할 필요 없어."

"아뇨. 돈은…… 갚을게요. 어떻게든 갚겠습니다. 만나는 건, 그다음 일이에요."

나예는 단호하게 말했다. 남자와 다시 만난다면 대등한 관계에서 만나고 싶었다. 또 그에게 빚을 진 채로 채무감에 그를 만날 순 없는 노릇이었다. 남자는 나예를 찬찬히 내려다보았다.

나예는 남자의 시선을 똑바로 마주했다. 그에게 가진 감정이 무엇인지 아직 잘 모르고 헷갈리지만 그게 무엇이 되었든 간에 나예는 그 앞에서 떳떳하고 싶었다.

"그 돈, 다 갚을 때까지 기다리기 싫은데."

남자의 입술이 살짝 곡선을 그렸다. 그가 웃고 있다는 걸 알아챈 나예는 더욱 당황했다. 뭐라고 해야 할 것인가. 나예는 머릿속으로 열심히 대답을 생각해 냈다.

"오늘은 여기서 헤어지자. 동생한테 가 봐야지. 그리고 내일 오후 3시에 여기로 와. 네가 돈을 갚고 싶다면 그렇게 하자. 하지만 난 기다리기는 싫으니 널 봐야겠어."

생각을 하고 있는데 남자가 명쾌하게 결론을 내려 버렸다. 나예는 더 이상 그의 말을 거부할 수 없었다. 가슴이 떨렸다. 그의 웃음에 자꾸 다른 생각이 들었다. 나예는 눈부신 듯 그를 올려다보며 고개를 끄덕였다.

"나예야! 너 도대체 어떻게 된 거야?"

영미의 자취방으로 갔을 때 영우는 잠이 들어 있었다. 나예는 영미의 손에 이끌려 거실로 나가 앉았다.

"고마워, 언니. 영우 돌봐 줘서."

"그거야 당연한 거지, 뭘. 그거 말고, 너 대체 뭐가 어떻게 된 건지 말 좀 해 봐. 영우는 무슨 돈으로 데려온 거고, 또 사흘간 대체 어딜 갔다 온 거야?"

나예는 영미에게 사실대로 다 말하기가 좀 쑥스러웠다. 그녀에게 일어났던 일들을 그녀 스스로도 믿기 힘들 지경이었다. 하지만 영미는 사실대로 이야기하지 않으면 가만두지 않겠다는 듯 숨넘어가게 나예를 채근했다.

"그냥. 어떻게 돈을 구할 수 있었어."

"얘가. 그 큰돈을 어디서? 너 술집 나간다고 여기저기 다니더니, 혹시……."

영미의 의심스런 눈길에 나예는 시선을 돌렸다. 어차피 영미도 어느 정도는 예상하고 있을 게 분명했다. 그만한 액수의 돈을 술집에 나간다고 해서 월급으로 받을 수 있는 것도 아니고, 그렇다면 답은 뻔했으니까.

"나한테 주어진 상황은 언니도 알다시피 어쩔 수 없었어. 그냥 일만 해서는 그 돈, 구할 수 없었고. 영우를 구하지 못한다면 그 사람들이 중국으로 팔아 버리겠다고 했다고."

"그래서 너 진짜……."

"그래."

영미가 눈물을 글썽거렸다. 나예는 한숨을 쉬었다. 그녀가 한 일이 사실 어쩔 수 없는 상황이기는 했지만 자랑스럽게 말할 일은 아니었다.

"너 괜찮니? 지난 사흘간 돈 준 사람과 함께 있었던 거야?"

"응."

영미는 눈물을 흘리며 나예를 안아 주었다. 나예는 영미를 보며 입술을 깨물었다. 영미의 품에 안기니 비로소 그녀가 처한 상황이 현실감 있게 느껴지면서 눈물이 났다. 하지만 나예는 눈물을 얼른 훔치고 영미에게 웃는 낯을 보였다. 영미의 눈이 새빨개져 있었다.

"언니, 나 정말 괜찮아. 그 사람, 좋은 사람이야. 나한테 나쁘게 하지 않았어. 그리고 술집에서 가불한 돈도 갚아 주었어. 이제 술집에 나가지 않아도 돼."

"정말이야?"

"응. 걱정하지 마. 난 괜찮아."

나예는 영미를 안심시키려 밝은 표정으로 말했다. 영미는 조금은 의심스러운 듯 눈을 가늘게 뜨고 나예를 바라보았다. 나예는 영미의 시선을 살그머니 피했다.

'오히려 내가 그 사람한테 적극적으로 반응했는걸. 정신 나간 여자처럼.'

나예는 속으로 한숨을 쉬며 생각했다. 그가 다시 만나자고 한 것이 마냥 기쁘지만은 않았다. 나예는 분명 그 사람과의 사이에 뭔가 감정적인 것이 있다고 생각했다. 그것이 사랑은 아닐지라도 서로에 대한 호감이나 적어도 관심 같은 뭔가가 남아 있다고 생각했다. 그래서 남자가 다시 만나자고 한 것이고, 나예 역시 그와 채무 관계없이 만나고 싶다고 한 까닭이었다.

"술집에 진 빚까지 갚아 주었다면 그 사람, 너한테 관심이 보통 이상인 거 아니니?"

"모르겠어."

"그렇잖아. 네가 술집에서 일하는 게 싫은 거 아냐. 그 사람이 혹시 다시 만나자고 했니?"

나예는 고개를 끄덕였다. 영미는 잔뜩 의심스런 표정을 짓고 있다가 걱정되는 듯 나예의 손을 잡았다.

"그 사람, 혹시 유부남이야? 그만한 돈이 있다면 어느 정도 성공한 사람일 건데, 너한테 다시 만나자고 했으면 정부가 돼 달라거나 뭐 그런 거 아니니?"

나예는 영미의 말을 듣고 고개를 저었다. 분명 유부남은 아니었다. 여자 경험이 처음이라고 했으니 결혼은 안 했을 것이 분명했다. 하지만 그녀에게 만나자고는 했지만 어떤 형태의 만남인지는 정확히 말해 주지 않았다는 데 생각이 미쳤다.

"결혼 안 한 것 같아. 그런데…… 어떤 만남을 원하는지는 말해 주지 않았어."

"결혼을 했는지 안 했는지 네가 어떻게 알아? 그리고 뭐하는 사람이래? 너하고 만나기를 원하는 게 단순히 육체적인 관계를 원해서 그런 것 같아?"

나예는 다시 고개를 갸웃거렸다. 그러고 보니 그 남자에 대해 아는 게 하나도 없었다. 이름도, 나이도, 직업도. 남자는 그녀에게 아무것도 말해 주지 않았다. 그리고 그녀에게 이름조차 묻질 않았다.

"그러고 보니 서로 아는 게 하나도 없네."

나예가 중얼거리자 영미는 걱정스런 얼굴로 그녀를 바라보았다.

"조심해. 내 생각엔 그 사람 만나지 않는 게 좋겠어. 너에 대해 아무것도 모르잖아. 너도 그 사람에 대해 모르고. 그 사람이 너한테 지난 사흘간 그랬던 것처럼 육체적인 관계만을 원할 수도 있어. 그게 아니더라도 이미 널 돈 주고 산 사람이야. 너에게 함부로 대할 수도 있어."

영미의 말도 일리가 있었다. 보통의 남자라면, 이런 상황에서 정상적인 연애보다는 육체적인 관계나 다른 것에 더 관심이 있을 수 있었다.

'그렇지만 그 사람은 달라.'

나예는 어렴풋이 짐작했다. 그 남자는 다른 남자들과 다른 것 같다고. 어쩌면 그녀에게 육체적인 관계 이상의 다른 걸 원할 수도 있다고.

물론 단정 지을 수는 없었다. 나예가 잘못 생각했을 수도 있었다. 하지만 그와 함께 사흘을 지내면서 느낀 것은 다른 것이었다. 나예는 잠자리에 들며 고민했다. 그가 다시 만나자고 했지만 만나서 어떻게 해야 할지 결론을 내리지 못했다. 그는 나예를 알고 싶다고 했다. 그것이 그녀의 몸을 원한다는 것인지 아니면 단순히 남자, 여자가 서로 알아 가면서 연애를 하는 것을 원하는 것인지 분명치가 않았다.

어떤 형태로든 그는 나예와 관계를 더 지속하기를 원했지만 그의 돈을 갚지 못한 상태에서 그와 만나는 것이 꺼림칙했다. 나예는 그가 강 마담에게 얼마를 지불했을지 생각을 해 보았다.

'내가 미리 썼던 돈이 2000 정도에 엄마가 빌린 돈이 7000이니까 그쯤 줬겠지? 그러면 그걸 갚으려면…….'

당장 일을 시작해야 했다. 영우와 함께 살 생활비도 벌어야 했고, 영미의 집을 나가 영우와 머물 방도 알아봐야 했다. 당장 월세방 얻을 돈도 없는 상태였다.

'아, 일은 어디서 해야 할까?'

제과학교에 돌아가긴 힘들 것 같았다. 어차피 졸업까진 얼마 남지 않았으니 바로 현장에서 일을 해도 될 것 같았다. 다만 유학을 갈 형편은 되질 않으니 그것은 포기하고 그냥 국내 제과점에서 일자리를 알아봐야 했다.

나예는 이런저런 생각을 하며 밤을 꼬박 새웠다. 남자와의 관계도, 그녀가 앞으로 살아가야 할 일도 뿌연 안개 속처럼 답답하기만 했다. 나예는 어떻게 해야 좋을지 몰랐다. 그렇게 이런저런 복잡한 생각만 계속하다 보니 약속 시간이 거의 다 되어 버렸다.

"언니, 나 약속이 있어서 나갔다 올게. 오늘까지만 영우 좀 돌봐 줘."

나예는 영미에게 영우를 맡기고 나왔다. 영미는 걱정된다며 조심하라고 신신당부했다. 내심 나예가 남자를 만나러 가는 것이 마음에 걸리는 것 같았다.

나예는 지하철을 타고 그랜드호텔 앞으로 갔다. 호텔 로비에 들어서는데 심장이 두근두근 뛰었다. 거울을 보니 볼이 상기된 자신의 모습이 비쳐 보였다. 새로 산 옷들은 대부분 너무 짧은 치마이거나 원피스라서 입기가 민망했다. 결국 또 평범한 청바지에 니트를 입고 나왔다. 남자가 보기에 너무 초라해 보이지 않을까 하는 생각에 잠시 후회했지만 어쩔 수 없다고 생각했다. 그 남자는 겉모양에 그리 신경 쓰는 것 같지 않았다.

"좀 늦네."

20분 정도 지나자 나예는 초조한 마음으로 시간을 확인했다. 그가 약속 시간을 잘 지키는 사람인지는 모르지만 사흘 전 나예를 처음 만날 때는 정확하게 시간을 지켜서 나왔던지라 시간이 늦자 조금 초조한 마음이 들었다.

'어쩌면…… 날 만나고 싶지 않아졌을지도 몰라.'

로비의 소파에 앉아서 지나다니는 사람들을 바라보며 나예는 생각에 잠겼다. 사흘간 그녀의 몸을 가졌으니 이제 흥미가 떨어졌을지도 모른다. 만나자고는 했지만 하루 만에 생각이 달라졌을 수도 있다.

'그렇지만 만나지 않을 거라면 왜 룸살롱에서 날 빼내 준 걸까?'

30분이 지나자 나예는 남자가 나오지 않을 것 같다는 생각을 했다. 하지만 의문점은 풀리지 않았다. 하루 만에 생각이 변할 수도 있지만 분명 남자는 나예에게 호감을 보이고 있었다. 그냥 한 번 만나고 끝낼 여자를 위해 몇천만 원의 돈을 쓸 남자는 없다. 나예는 고개를 갸웃거렸다.

'무슨 일이 생긴 걸까?'

혹시나 무슨 사정이 생긴 것일지도 모른다. 나예는 남자에게 연락을 해 봐야 하나 생각하다가 힘없이 씁쓸한 미소를 지었다. 나예는 남자의 이름조차도 몰랐다. 연락처를 알 리가 없었다.

'이 호텔에 머무는 것 같던데.'

나예는 안내 데스크에 서 있는 직원을 보고 자리에서 일어섰다. 한 시간이 지난 시간이었다. 나예는 몇 번을 망설이다가 직원에게 다가갔다.

"저, 말씀 좀 물을게요."

"네, 손님. 무엇을 도와드릴까요?"

"여기 묵는 손님을 찾고 있는데요. 그게…… 제가 이름은 잘 모르고요……. 20대 중반의 남자인데, 키가 크고……."

나예는 말을 하다가 멈칫했다. 그녀가 생각하기에도 대략의 외모 묘사만으로는 사람을 찾기 힘들 것 같았다. 데스크의 직원은 난감한 미소를 지으며 나예에게 정중하게 말했다.

"죄송하지만 손님, 투숙하고 계신 분의 개인 정보에 대해서는 말씀드리기 어렵습니다. 양해 부탁드립니다."

"아, 네."

나예는 돌아서서 다시 로비 소파에 앉았다. 남자가 나올 생각이 없다면 나예 역시 미련을 가질 필요가 없었다. 어차피 그 남자와 열렬하게 사랑을 한 것도 아니고 어찌 보면 다시 생각하기 싫은 관계로 치부될 수도 있었다.

'그 남자에게 미련이 있는 걸까?'

나예는 멍하니 로비에 장식으로 설치된 조형물을 보면서 생각했다. 한 시간이 넘었음에도 계속 기다리고 있는 자신이 너무 한심하게 느껴졌다. 남자가 나예에게 마음이 있었다면 아마 약속을 지켰을 게 분명했다. 이렇게 한 시간이 넘도록 오질 않는 걸 보면 남자의 마음은 명백하게 드러났다. 하지만 나예는 미련을 버릴 수가 없었다.

'미쳤구나, 강나예. 남자한테 굶주린 것도 아닌데 왜?'

그와 함께했던 뜨거운 밤을 떠올리는 것만으로도 온몸이 욱신욱신 아파 왔다. 살면서 맹세코 그런 짜릿함과 환희는 느껴 본 적이 없었다. 그렇게 좋아하는 빵을 만들면서도 그런 기분은 느껴 보질 못했었다. 그 느낌을 떠올리자 얼굴이 붉어지고 숨이 가빠 왔다.

나예는 스스로에게 환멸감이 느껴졌다. 남자를 밝히는 여자가 된 듯한 기분이었다. 나예는 눈물을 글썽였다. 그 남자가 도대체 뭐라고 자신이 그렇게 남자를 기다리고 또 기다리는지 이해가 되질 않았다.

'강나예, 정신 차려. 지금 남자한테 목맬 때가 아니잖아.'

나예는 고개를 저었다. 눈을 꼭 감았다가 떴다. 눈물이 뺨을 타고 흘렀다. 나예는 주먹으로 눈가를 슥슥 문지르곤 자리에서 일어섰다. 남자에게 진 빚은 언젠가 갚아야 한다고 생각했다. 그 남자를 다시 만날 수 있을지 없을지는 모르지만 그래야 마음이 편해질 것 같았다.

"지금은 어떻게 다시 일어설지 생각해야 돼."

나예는 주먹을 꼭 쥐고 중얼거렸다. 어떻게든 다시 살아가야 했다. 영우도 돌보고, 아버지의 꿈과 그녀의 꿈도 이루어야 했다. 나예는 단호하게 감정의 싹을 잘라 버렸다. 그녀에게 한가하게 남자나 생각하고 있을 시간은 없었다.

"일을…… 시작하자."

나예는 호텔을 나왔다. 그리고 단 한 차례도 뒤돌아보지 않고 집으로 돌아왔다.

# 8장

훈겸은 휘파람을 불며 옷을 갈아입었다. 2시. 여자와의 약속 시간은 한 시간 뒤였다. 한 시간을 참을 수가 없을 것 같았다.

"내려가서 기다리지 뭐."

훈겸은 옷을 챙겨 입고 테이블 위의 쇼핑백을 손에 들었다. 여자에게 주기 위해 오전에 나가서 사 왔던 휴대폰이었다. 그 여자와 어떤 형태로든 관계를 지속하려는 생각이었다. 아직 학생이니 억지로 관계를 할 생각은 없었다. 그냥, 처음부터 시작하고 싶었다. 다른 사람들 하는 것처럼 데이트도 하고 서로에 대해 알아보고 싶었다. 그녀가 공부를 계속해야 하니 도와주고 싶기도 했다.

"빚 갚는다고 또 쓸데없는 짓을 하진 않겠지."

그가 술집에 돈을 지불한 것 때문에 여자가 부담스러워한다는 것을 알고 있었다. 그런 돈 따위, 훈겸에게는 하나도 중요하지 않았다. 물론 집에서 독립을 하게 되면 지금처럼 펑펑 쓸 돈은 없겠지만 돈이 있든 없든 그게 중요한 건 아니었다.

어쨌든 여자와 사흘간을 보내고 나서 훈겸은 여자를 좀 더 만나 보기로 결론을 내렸다. 그리고 조만간 집으로 돌아가 아버지에게 독립하겠다고 할 생각이었다. 거짓 위에 쌓아 올린 기업을 그대로 받을 순 없었다. 훈겸은 그가 좋아하는 일을 하면서 살고 싶었다. 아버지가 평생 키워 온 킹 과자점을 지키는 것도 중요한 일이지만 이미 훈겸에게는 다른 목표가 있었다.

쇼핑백을 들고 막 방을 나서려는데 전화가 울렸다. 훈겸은 그냥 나갈까 하다가 다시 방으로 들어왔다.

"네."

— 나다, 인재.

"형? 여긴 어떻게 알고?"

인재가 그의 호텔방 전화번호를 어떻게 알고 연락을 했는지 몰랐지만 훈겸은 일단 의문을 접었다. 아마도 사람을 시켜 알아본 모양이었다. 인재는 훈겸이 레드플라워에 있을 때도 귀신같이 그를 찾아내었던 터였다.

— 지금 병원으로 와야겠다. 아버지가 쓰러지셨어.

"뭐?"

인재가 하는 말이 머릿속으로 입력이 되자 훈겸은 몸을 떨었다. 아버지가 쓰러지셨다니, 그럴 리가 없었다. 평소 혈압이 높고 심장이 안 좋긴 했지만 철저하게 관리하셔서 건강에는 무리가 없는 상태였다.

손에 들고 있던 쇼핑백이 바닥으로 툭 떨어졌다. 훈겸은 어느 병원인지 확인을 하고는 바로 밖으로 뛰어나갔다. 운전대를 잡은 손이 부들부들 떨렸다. 어떻게 운전을 했는지 기억도 나질 않았다. 훈겸은 30분도 채 되지 않아 병원으로 달려 들어갔다. 수술실 앞에서 가족들이 심각한 표정으로 서 있었다. 새어머니와 형 인재, 그리고 회사 사람들 몇.

"훈겸아, 회장님이……."

킹 과자점 본점의 공장장 혁준과 달수도 와 있었다. 일하다가 뛰어온 듯 하얀 작업복 차림이었다. 혁준의 눈이 빨개져 있었다.

"어떻게 된 거예요?"

심장이 두근두근 뛰었다. 나쁜 예감이 등을 타고 흘렀다. 훈겸은 새어머니와 인재에게 시선을 주었다가 혁준을 바라보았다.

"그게…… 회장님이 공장에 오셨다가 쓰러지셨어. 최근에 많이 안 좋으셨는데……."

"몸이 안 좋으셨다고요? 그럴 리가 없어요. 건강하셨다고요."

인재가 훈겸에게 다가왔다. 그 역시 표정이 어둡게 굳어 있었다.

"너 공장에 안 나온 뒤로 계속 안 좋으셨어. 왠지 몰라도 스트레스를 많이 받은 모양이더라고. 의사 말로는 뇌출혈이라는데, 지금 수술 들어가셨다."

훈겸은 충격을 받아 아무 말도 할 수 없었다. 마지막으로 아버지를 보았을 때 절규하면서 아버지 탓이라고 마구 화를 냈던 게 떠올랐다. 훈겸은 가슴을 쥐어뜯었다. 그 때문에 아버지가 쓰러지신 것 같아서 미칠 것만 같았다.

"훈겸아, 나 좀 보자."

혁준이 인재의 눈치를 보며 훈겸을 잡아끌었다. 훈겸은 멍한 머리를 흔들며 혁준을 따라 병원 복도 모퉁이를 돌았다.

"저기, 이런 말, 해도 되나 모르겠는데……."

혁준이 머뭇거리며 훈겸을 바라보았다. 훈겸은 혁준에게 시선을 주었다. 혁준은 뭔가 좀 불안한 눈빛이었다.

"너 대체 왜 공장에 안 나온 거냐?"

"사정이 있었어요. 그런데 왜?"

"너 공장 안 나온 뒤로 회사 사정이 더 안 좋아졌어. 생산 라인에 당장 문제가 생기더니, 빵 맛이 달라졌다고 몇몇 소비자들이 클레임 걸면서 매출도 확 떨어졌다고. 뒤에 파티시에 다시 채용해서 위기는 넘겼지만 엊그제 임시 주주총회가 열렸다고 하더라고. 회장님, 지금 경영 위기에 책임을 지고 물러나라고. 안건이 대표이사 해임이었어."

"뭐라고요?"

"회장님이 구조조정도 반대하고, 전국 가맹점 확대도 반대하셨었잖아. 사모님께서 작정하고 회장님을 자리에서 몰아낸 것 같아."

"그럼 지금 아버지가 쓰러지신 게 임시 주주총회 결과 때문이라는 거예요?"

"아니, 그건 아닌 것 같아. 훈겸이 너도 회장님 성격 알잖아. 회장 자리보다 빵 만드는 데 더 심혈을 기울이시는 분이라고. 오늘 갑자기 쓰러지신 건, 공장 오셨다가……. 아휴."

혁준은 더 이상 말을 잇지 못하고 한숨을 쉬었다. 훈겸은 혁준의 눈을 노려보며 대답을 채근했다. 혁준은 한숨을 푹 쉬더니 다시 입을 열었다.

"너 공장에 안 나오고부터 사모님이 오셔서 생지를 미리 만들어 두라고 하시더라고. 생산 라인에 차질 생기지 않게 하라고 오신 줄 알았는데, 그게 아니라…… 일주일 분량의 생지를 미리 각 지점에 보내서 쌓아 두고 쓰면 배송비 등 비용 절감을 할 수 있다고……."

"어떻게 그걸 그냥 보고만 있어요? 매일 새로 만든 생지를 보내야 각 지점에서도 신선한 빵을 만들 수 있다고요!"

분노하는 훈겸의 말에 혁준이 답답한 듯 가슴을 쳤다.

"나도 안 된다고 막았지. 근데 내 말이 먹히냐? 사모님이 어떤 분인지 너도 알면서. 게다가 재료비 단가를 좀 더 낮춰야 한다고……. 회사 사정이 지금 어려운 건 사실이잖아. 그래서 뭐라고 더 말을 못 하겠더라고. 거래해 오던 재료상도 바꾸고, 좀 더 싼 재료를 썼더니 빵 맛이 변했다고 클레임이 들어온 거였어."

"말도 안 돼! 빵을 그렇게 만들 수는 없어요!"

"그러니까 인마, 너 대체 어디 갔었던 거야? 너만 있었어도 사모님이 그런 지시 못 하셨을 텐데. 아무튼 회장님이 공장에 점검하러 오셨다가 냉동고에 생지가 산더미처럼 쌓여 있는 거 보고 기함하셨어. 재료 싼 거 쓴 것도 아시고. 그일 때문에 사모님하고 다투다가 갑자기 쓰러지신 거야."

훈겸은 분노로 몸을 부들부들 떨었다. 아버지가 무슨 일이 있어도 지켰던 것은 최고의 재료로 최고의 맛을 낼 수 있다는 원칙이었다. 훈겸 또한 아버지와 같은 생각이었다. 회사 상황이 어려워도 싼 재료로 갈아타지 않았던 것도 다 그런 이유에서였다. 회장 자리에서 물러나야 하는 것보다 아버지에게는 자신의 빵이 쓰레기처럼 변해 버렸다는 것이 더 큰 충격이었을 것임에 틀림없었다.

훈겸은 주먹을 부르르 떨었다. 그리고 빠른 걸음으로 수술실 앞에 서 있는 새어머니에게 다가갔다. 혁준이 새파랗게 질려 훈겸의 팔을 붙잡았지만 그를 막을 수는 없었다.

"어머니! 대체 빵에 무슨 짓을 하신 겁니까!"

불같이 화를 내는 훈겸을 보고 새어머니는 흠칫 놀라며 뒤로 물러섰다. 인재가 새어머니의 앞을 가로막으며 훈겸을 차갑게 바라보았다.

"진정해라. 아버지 수술 중이야."

"지금 진정하게 생겼어? 킹 과자점이 이만큼 클 수 있었던 건 빵 맛 때문이라고! 사람이 먹는 빵이야! 가장 좋은 재료로 신선하게 만들어야 하는데 일주일씩이나 생지를 보관해 가면서 쓰다니, 미쳤어?"

"일주일 정도로 그렇게 크게 문제가 되진 않아. 매일 생지를 만들어 각 지점에 보내는 비용은 어마어마해. 지점이 한두 개도 아니고……. 겨우 일주일 보관한다고 해서 그것이 빵 맛에 영향을 미치진 않아."

새어머니가 인재를 밀어내고 훈겸에게 차갑게 말했다. 언제나 냉정하고 어떤 상황에서도 침착한 여인이었다. 훈겸은 부들부들 떨면서 새어머니를 노려보았다.

"아버지가 충격을 받은 건 당연한 일이었어요! 아버지의 빵이 신선하지 않은 상태로 만들어졌다면 용납하지 않으셨을 거예요! 그리고 재료상까지 바꾸셨다는데 싼 재료를 써서 단가를 낮출 수 있었을지는 모르지만 빵 맛은 분명 변합니다. 최고의 재료를 쓰지 않으면 최고의 맛을 낼 수 없어요! 대체 왜 그러셨어요! 아버지에게 킹 과자점의 빵들은 인생의 전부라고요!"

훈겸의 분노에 새어머니의 표정이 변했다. 늘 냉정했지만 훈겸의 기세가 두려웠는지 새어머니는 다시 몇 발짝 뒤로 물러섰다. 그렇지만 절대 자신의 잘못을 인정하지는 않았다.

"네가 할 소리는 아닌 것 같다. 그날 아버지와 무슨 일이 있었는지는 모르지만 잔뜩 퍼붓고 집을 나가 버렸던 건 생각 안 하는 모양이구나? 아버지는 그날 이후로 심장 병세가 악화되었어. 한 달간 널 찾아오라고 성화셨다."

훈겸은 숨을 헐떡이며 새어머니를 노려보았다. 분노가 치밀었지만 그녀의 말도 틀린 말은 아니었다. 그 역시 아버지를 내버려둔 채 집을 나가 버리지 않았던가. 킹 과자점이 어떻게 되든 나 몰라라 했으니 할 말이 없기는 매한가지였다. 훈겸은 머리를 쥐어뜯었다. 아버지를 쓰러지게 만든 게 그와 가족들이라는 사실에 미칠 것 같았다.

"아버지 상태는 어떻습니까?"

훈겸은 분노를 누르며 다시 물었다. 일단 아버지의 상태부터 알아야 했다.

"의사가 수술 전엔 정확한 상황을 말해 줄 수 없고, 일단 열어 보아야 상태를 알 수 있다고 했다. 그리고 경우에 따라서 마음의 준비를 해야 할 수도 있다고 했어."

"아……."

말이 나오질 않았다. 훈겸은 주먹을 쥐었다. 아버지가 수술을 해도 살아날지 어떨지 알 수 없다는 게 현실로 느껴지지가 않았다. 모든 게 꿈이었으면 좋겠다고, 꿈에서 깨어나는 순간 모든 게 없었던 일이 되었으면 좋겠다고 생각했다. 한참 동안이나 주먹을 부들부들 떨고 있던 훈겸은 새어머니를 바라보며 한마디 한마디 똑똑하게 내뱉었다.

"킹 과자점의 빵들을 다시 돌려놓으세요. 그래야 아버지가 살아날 수 있습니다. 아버지가 어떻게 이룬 것들인데요. 그걸 이런 식으로 망칠 순 없어요! 아시겠어요? 빵에 손을 대는 건 아버지가 용납지 않으실 겁니다."

하지만 새어머니는 차가운 눈으로 훈겸을 일별하곤 고개를 저었다.

"아니. 이제 아버지는 더 이상 킹 과자점의 회장이 아니다.

임시 주주총회 결과 아버지는 대표이사 자리에서 해임되었어. 이제 그 자리는 내 것이다. 킹 과자점에 대한 모든 결정은 내가 내려. 네 아버지가 아니라."

훈겸은 싸늘하게 피가 식는 기분을 느껴야만 했다. 새어머니는 아버지가 차가운 수술대 위에 누워 있는 지금 이 순간에도 회사는 자신의 것이라고 주장하고 있었다. 기가 막혔다. 그녀에게 소중한 것은 회사밖에는 없는 모양이었다.

"어머니에게 소중한 것은 회사밖에는 없습니까? 아버지는요? 그럴 거면 아버지와 왜 결혼한 겁니까!"

훈겸의 분노 어린 목소리에 새어머니는 눈길을 피했다. 답답했다. 훈겸은 벽을 주먹으로 치고 새어머니를 노려보았다. 그녀는 더 이상 훈겸의 분노를 감당하고 싶지 않은 듯 인재에게 몇 마디 낮게 속삭이곤 자리를 떴다. 훈겸은 절망스러웠다. 다리에 힘이 풀려 벽에 등을 기대고 스르르 바닥으로 주저앉았다. 혁준이 눈물이 글썽한 얼굴로 훈겸의 옆에 앉아 손을 잡아 주었다.

"아버지……."

훈겸의 눈에서 눈물이 떨어졌다. 한 달 전, 그렇게 아버지를 미워하며 상처를 주었던 말들이 머릿속에 하나도 빠짐없이 다 떠올랐다. 아버지가 그가 생각했던 것처럼 훌륭한 사람이 아니라는 것이 충격을 주었지만 그래도 그의 아버지였다. 그렇게 상처를 주지 말았어야 했다. 훈겸은 소리 없이 오열했다. 혁준이 훈겸의 손을 꼭 잡고 함께 울어 주었다. 달수도 옆에 서서 소리 없이 눈물을 흘렸다.

수술이 진행되었던 열두 시간 동안 훈겸은 수술실 앞에서 계속 주저앉아 울었다. 눈물이 더 이상 나오지 않을 때까지 울고 또 울었다. 미워했던 아버지였지만 제발 수술이 잘되어 살아나기를 바랐다.

'제발…… 아버지, 모두 다 잊겠습니다. 살아나기만 하신다면…… 아버지의 잘못된 과거, 기억 속에서 모두 지우겠습니다. 제가 했던 말들…… 모두 다시 주워 담겠습니다. 제발 살아나기만 하신다면…….'

간절히 기도했다. 훈겸은 아버지가 했던 모든 잘못을 다 그가 안고 가리라 결심했다. 잘못을 사죄해야 한다면 그가 하겠다고 생각했다. 아버지의 행동은 잘못되었지만 자식인 그로서는 아버지를 단죄할 수 없었다. 미워할 수 없었다. 훈겸은 눈물을 흘리며 기도했다.

"뭐라도 좀 먹고 와라. 열두 시간이 넘도록 아무것도 먹질 않고 있으니."

새벽녘에 인재가 퉁명스런 목소리로 말을 걸었다. 훈겸은 대꾸하지 않았다. 피도 눈물도 없는 냉혈한 정인재가 먼저 그에게 끼니 걱정을 해 준 것은 경천동지할 일이었지만 훈겸에게는 아무 의미가 없었다.

"충격이 크겠지만 마음의 준비를 해라. 수술이 끝나도 아버지, 장담할 수 없는 상황인 것 같다."

수술 시간이 길어질수록 절망의 그림자는 짙어졌다. 인재는 냉담한 목소리로 훈겸에게 말을 건넸다. 훈겸은 피가 나도록 입술을 깨물었다.

그때 영원히 열리지 않을 것 같았던 수술실의 문이 열리고 의사가 나왔다. 훈겸은 자리에서 벌떡 일어났다. 의사를 뚫어지게 바라보며 다가간 훈겸은 의사의 어두운 낯빛에 그만 심장이 무너지는 것 같았다.

"최선을 다했습니다만, 출혈 부위가 너무 커서 역부족이었습니다. 마음의 준비를 하셔야 할 것 같습니다. 죄송합니다."

훈겸은 멍하니 서 있었다. 의사의 말이 사형 선고처럼 들렸다. 그럴 순 없었다. 아버지를 그런 식으로 떠나보낼 수는 없었다. 훈겸은 현실이 느껴지지 않았다. 혁준이 훈겸의 손을 잡아끌었지만 훈겸은 움직일 수조차 없었다.

"깨어나실지 어떨지 아직 알 수가 없습니다. 마지막 준비를 하시는 게……."

수술실에서 옮겨진 아버지가 있는 중환자실 앞에서 훈겸은 넋이 나간 채 서 있었다. 혁준이 그를 이끌어 중환자실 앞으로 왔지만 아버지를 만날 수 있을지 없을지도 알 수 없는 상황이었다. 훈겸은 의사를 붙잡았다.

"선생님, 들어가도 됩니까? 아버지를…… 만나 봐야 되겠습니다."

"면회는 안 됩니다."

간호사가 옆에서 말했지만 훈겸은 의사의 소맷자락을 붙잡고 간절하게 바라보았다. 의사는 훈겸을 잠시 바라보다가 조용히 고개를 끄덕였다.

훈겸은 혼자 병실로 들어갔다. 아버지는 산소호흡기와 각종 기계에 의지해 간신히 숨만 쉬고 있는 상태였다. 아버지의 모습을 보니 눈물이 쏟아졌다. 훈겸은 멍하니 아버지를 바라보다가 한 발짝 한 발짝 가까이 다가갔다. 침대 옆에 서서 아버지를 내려다보다 훈겸은 천천히 앉았다. 아버지의 손을 잡았으나 아무 반응이 없었다.

"아버지……."

훈겸은 눈물을 흘리며 아버지를 불렀다. 하지만 아버지는 아무런 대답이 없었다. 훈겸은 떨리는 손으로 아버지의 손을 잡고 흐느꼈다. 아버지에게 왜 그렇게 모질게 굴었는지 후회가 되었다.

"아버지, 일어나세요. 저 돌아왔어요. 이제 아버지 곁에 있을게요."

훈겸은 떨리는 목소리로 말했다. 눈물이 뚝뚝 떨어져 아버지의 손을 적셨다.

그때, 아버지의 손가락이 꿈틀했다. 훈겸은 숨을 멈추고 손가락을 바라보았다. 꿈틀. 또다시 손가락이 움직였다. 아버지의 얼굴을 바라보며 훈겸은 쉴 새 없이 눈물을 흘렸다. 아버지가 천천히 눈을 떴다. 그리고 뭔가 말을 하려는 듯 입술을 달싹거렸다. 훈겸은 아버지의 입을 막고 있는 호흡기를 벗겨 냈다. 아버지는 훈겸을 알아본 듯 입술을 달싹였다.

"아버지, 저예요. 알아보시겠어요?"

"미안……하다."

"아니요. 제가 잘못했어요. 그렇게 집을 나가는 게 아니었는데. 이제 돌아왔어요. 이젠 아버지 곁에 있을게요."

훈겸은 아버지의 말에 빠르게 대답했다. 아버지는 힘겹게 말을 이었다.

"희석이……."

"네, 아버지."

"불러…… 다오. 희석이한테…… 사죄를……."

"예, 그럴게요. 그분, 제가 모셔 올게요."

아버지는 작게 한숨을 쉬었다. 훈겸은 아버지의 손을 꼭 잡았다. 마지막 순간이란 걸 직감이라도 했는지 아버지는 사과를 하고 싶어 했다. 훈겸은 아버지의 부탁을 꼭 들어 드려야겠다고 생각하며 고개를 끄덕여 보였다.

"후회……하고 있다고…… 전해 다오. 희석이…… 찾아서 꼭……."

"예. 제가 전할게요."

아버지는 지나온 삶을 후회하고 있었다. 죽음 앞에 마지막으로 후회가 몰려들었는지도 모른다.

"모든 게…… 내 욕심 때문이었다. 욕심이 모든 걸…… 망쳐 버렸어. 훈겸아, 미안하다. 너에게만은…… 훌륭한 아비가 되고 싶었는데……. 네게…… 부끄럽구나."

"아니에요, 아버지. 아버지는 저한테 가장 훌륭한 분이세요. 제가 항상 말했잖아요. 아버지는 제 인생의 롤모델이라고."

눈물이 비처럼 흘러내렸다. 훈겸은 아버지의 손을 꽉 쥐었다. 아버지는 희미하게 미소를 지었다.

"고맙다…… 훈겸아. 너는…… 나보다 훨씬 재능 있는 아이다. 못난 아비 때문에…… 네 인생을 망치지 마라. 나처럼 부끄러운 전철을 밟지 말고…… 진정한 명장이 되어라."

"네, 아버지."

아버지는 하고픈 말을 다 한 듯 희미하게 웃음을 지었다. 그리고 천천히 잠이 들듯 눈을 감았다. 훈겸은 아버지의 손이 힘없이 툭 떨어지자 믿을 수 없다는 듯 얼음처럼 굳어 버렸다. 이렇게 허무하게 돌아가실 순 없었다. 훈겸은 떨리는 손으로 아버지를 흔들었다.

"아버지? 아니죠? 네? 대답 좀 해 봐요! 아버지!"

훈겸이 소리치자 밖에서 간호사들이 뛰어 들어왔다. 훈겸은 아버지를 흔들며 절규했다.

"아버지! 제발 눈떠 보라고요! 이렇게 절 두고 가실 순 없어요! 아버지!"

눈물이 흘렀다. 훈겸은 아버지를 붙잡고 오열했다. 밖에 있던 혁준과 인재가 들어왔다. 혁준이 훈겸을 붙잡고 울음을 터뜨렸다. 가슴이 무너졌다. 그렇게 훈겸은 아버지를 떠나보냈다.

# 9장

"유언장을 공개하겠습니다."

훈겸은 표정 없는 얼굴로 유령처럼 자리에 앉아 있었다. 유언장을 공개하는 자리에 온 아버지의 변호사와 새어머니, 인재 이렇게 네 명이 거실에 둘러앉아 있었다.

출상이 끝나고 나서 이런저런 뒤처리 후 모이는 자리였기 때문에 며칠이 지난 뒤였다. 훈겸은 아버지가 남긴 재산이라든가 회사 지분에 대해서는 별로 관심이 없었다. 그런 데까지 신경을 쓸 만한 정신도 없었다. 아버지의 갑작스러운 죽음을 받아들이는 데만 한참의 시간이 걸렸다. 그리고 아버지의 부재를 온몸으로 느끼며 슬픔에 잠겨 있었다. 그래서 킹 과자점의 변호사인 최인규가 훈겸에게 연락을 했을 때, 유언장을 공개하는 자리에 별로 참석하고 싶지 않았다. 하지만 아버지가 마지막으로 남기신 유언을 들어야 했기 때문에 할 수 없이 참석했다.

훈겸은 새어머니나 인재에게 시선을 주지 않았다. 그들 역시 훈겸을 아는 척하지 않았고 조용히 최 변호사의 목소리에 귀를 기울였다.

“정도훈 회장님께서는 돌아가시기 한 달 전쯤 유언장을 새로 작성하셨습니다.”

최 변호사의 말에 인재와 새어머니는 시선을 주고받았다. 훈겸은 가만히 듣고 있었다.

“킹 과자점의 지분 중 회장님이 갖고 계셨던 31퍼센트의 지분을 모두 차남인 정훈겸 씨에게 남기셨습니다.”

새어머니가 참담한 신음 소리를 냈다. 낭패라는 듯 온 인상을 찡그리고 있었다. 훈겸은 아버지가 회사를 물려주기 위해 지분을 모두 그에게 남겼다는 걸 알았다. 하지만 훈겸은 회사를 받을 생각이 없었다. 그리고 이미 대주주인 새어머니가 회사의 대표이사로 있는 한, 훈겸이 그 자리를 빼앗기는 어려운 일이었다.

“강남에 갖고 계시던 땅과 건물 등의 부동산 역시 정훈겸 씨에게 남기셨습니다.”

“뭐라고요!”

새어머니가 분노하며 벌떡 일어섰다. 훈겸은 조금 놀랐지만 아무 말 없이 앉아 있었다. 아버지가 강남에 갖고 있던 땅과 건물들은 킹 과자점을 운영하던 초기부터 20여 년간 아버지가 모아 왔던 재산이었다. 아버지는 그곳에 킹 과자점의 분점들을 내기 위해서 빵집이 입점할 만한 자리와 위치를 보아 가며 땅과 건물을 사 두었다. 훈겸은 아버지와 함께 몇 군데는 건물 등을 보러 다니기도 했었기 때문에 그것을 알고 있었다.

"정도훈 회장님께서는 그 부동산들을 정훈겸 씨가 관리하고 그중 일부를 강희석 씨에게 양도할 것을 유언하셨습니다."

"세상에, 말도 안 돼요. 배우자는 나인데 그 많은 부동산들을 내게는 단 하나도 주지 않고 다 훈겸이에게 남겼다니! 어떻게 그럴 수가 있어요!"

새어머니는 분노했다. 하지만 이미 죽은 사람에게 따질 수는 없는 노릇. 훈겸은 가볍게 한숨을 쉬었다.

"그 부동산들은 어머니를 만나기 전에 아버지가 가졌던 재산이었습니다."

아버지가 사 두었던 땅과 건물들은 20년이 지난 현재, 가격이 천정부지로 뛰어 있었다. 모두 강남 쪽에 있는 부동산들이라 시세 차익이 엄청났다. 그걸 새어머니도 알고 있었기 때문에 욕심을 내고 있었던 거였다. 새어머니는 훈겸을 노려보았다. 훈겸은 한숨을 쉬곤 시선을 돌렸다. 욕심 많은 새어머니의 분노까지 감당할 여력이 없었다.

"금융 자산은 배우자이신 차성희 씨에게, 그리고 현재 거주하고 계신 도곡동 집은 장남인 정인재 씨에게 남기셨습니다."

새어머니는 자리를 박차고 일어났다. 최 변호사를 노려보며 그녀는 분노에 찬 음성을 내뱉었다.

"킹 과자점을 이만큼 키운 사람은 바로 나와 인재예요. 그런데 우리에게는 금융 자산과 집 한 채만 딸랑 주겠다고? 가만있지 않겠어!"

최 변호사는 이미 유언장은 정도훈 회장의 의도대로 재작성되어 있는 것이기 때문에 이의를 받아들일 수 없다는 입장이었다. 훈겸은 분노로 부들부들 떠는 새어머니를 보곤 냉소를 지었다.

아버지가 돌아가실 수밖에 없었던 것은 사고였지만 그 사고는 우연한 사고가 아니었다. 훈겸 자신을 비롯하여 새어머니와 인재 모두 책임이 있다고 생각했다. 훈겸은 자신의 행동 또한 아버지의 죽음에 큰 책임이 있다고 생각했기 때문에 새어머니나 인재에게 더 이상의 원망은 하지 않았다. 그렇지만 아버지의 결정에 대한 그들의 반대를 묵인할 생각은 없었다. 그리고 아버지가 평생 일궈 온 킹 과자점에 대해서도 마찬가지의 입장이었다. 그가 회사를 차지하지는 않을 것이지만 새어머니의 마음대로 회사를 좌지우지하는 것도 용납할 수 없었다.

"최 변호사님, 저하고 이따 따로 만나시죠. 더 물어볼 게 있습니다."

훈겸은 정중하게 최 변호사에게 말을 건넸고, 최 변호사는 고개를 끄덕인 후 밖으로 나갔다. 새어머니는 아직도 분노에 차 훈겸을 노려보고 있었다.

"어머니, 말씀 드릴 게 있습니다."

"네가 할 말이 더 남았니? 회사에 대해서 말하겠다면 그만두렴. 네가 후계자라고 주장한다고 해도 아무도 널 받아 주지 않아. 이미 회장은 바뀌었어."

훈겸은 새어머니의 말에 차갑게 냉소를 지었다. 그녀는 두려워하고 있었다. 그가 정도훈 회장의 아들이고 회사 지분을 31퍼센트나 가지고 있으며 대주주들을 충분히 설득할 수 있음을 알고 있었으니까. 실제로 대주주 중 정도훈 회장을 믿고 밀어주었던 몇 명의 주주들이 훈겸에게 연락을 해 왔었다. 새어머니가 그 사실을 모를 리가 없었다. 훈겸이 마음만 먹는다면 다시 판을 뒤집는 것도 아주 불가능하지는 않았다.

"주주들 중 대부분은 킹 과자점의 빵을 십수 년 먹어 온 분들이 태반입니다. 아버지의 빵을 그리워하는 분들도 많습니다. 그리고 언제든지 프랜차이즈 사업에 등을 돌릴 수도 있습니다. 어머니도 다 잘 알고 계시겠죠?"

"흥! 말도 안 되는 소리! 킹 과자점의 대표이사는 나야. 네가 회사를 차지할 수 있을 거라고는 생각 마라. 어림없으니까."

새어머니의 눈빛이 흔들렸다. 언제나 냉정하고 두려움 없던 새어머니가, 훈겸 앞에서 흔들리고 있었다.

"한 달 전에 집을 나가면서 결심한 게 있습니다. 다시 돌아오지 않겠다……. 킹 과자점은 아버지의 빵집입니다. 그걸 내가 아들이기 때문에 거저 받는 걸 원하지는 않습니다. 하지만 지금 아버지는 돌아가셨고, 아버지의 회사 또한 흔들리고 있습니다. 아버지는 내가 회사에 돌아와 아버지의 뒤를 잇기를 바라셨지만 그건 제가 원하는 일이 아닙니다."

"그렇다면 뭘 원하는 거지?"

"대표이사는 어머니로 바뀌었으니 경영은 하십시오. 구조조정도, 전국 가맹점도 어머니가 판단하셔서 회사에 도움이 되는 방향으로 결정하세요. 하지만 킹 과자점은 아버지의 기업입니다. 아버지가 원하셨던 빵을 그대로 만들어 주세요. 그게 제가 원하는 겁니다."

새어머니는 생각에 잠겼다. 그녀는 영민한 여인이었다. 훈겸이 말하는 게 무슨 뜻인지 알고 있을 터. 훈겸은 잠시 기다렸다. 새어머니는 인재와 시선을 교환했다. 훈겸의 말대로 했을 때 어떤 이득이 있을지, 그것을 거절했을 때 훈겸이 어떻게 나올지 생각하고 있는 것 같았다.

"아버지가 원하는 빵은 킹 과자점 본점의 권혁준 공장장님이 가장 잘 알고 있습니다. 그분에게 생산 책임을 맡기세요. 최고의 재료로 건강한 빵을 만들어야 합니다. 전국으로 가맹점을 늘린다고 해서 빵의 유통기한까지 늘리려 하지 마세요. 제가 말씀드린 조건을 다 지켜 주신다면 저는 회사에 욕심내지 않고 집을 나가겠습니다. 하지만 거절하신다면 저도 대주주로서 권리 행사를 해야겠죠. 다른 주주들을 모아서 판을 바꿔 버릴지도 모릅니다. 제가 다른 건 몰라도 빵에 대해선 아버지랑 똑같은 고집불통이라서요."

훈겸은 부드럽지만 단호하게 말했다. 새어머니로서는 훈겸이 말하는 조건을 이행하는 것이 훨씬 이득이 될 거라고 생각했다. 더 합리적인 방법이 있는데 쓸데없이 정면 승부를 하는 무리수는 두지 않을 거라 생각했다.

"좋아. 조건은 의논해 보마."

훈겸은 자리에서 일어났다. 앞으로 영영 보지 않고 살 수는 없겠지만 새어머니도 인재도 별로 가까이하고 싶진 않았다. 훈겸은 뻐근해진 뒷목을 주무르며 밖으로 나왔다. 호텔로 돌아가며 훈겸은 최 변호사에게 전화를 걸어 호텔로 와 줄 것을 청했다.

— 네. 오전에 미리 잡힌 미팅이 몇 건 있어서 오후쯤 호텔에 들어가겠습니다.

최 변호사와 통화를 끝내고 훈겸은 호텔로 가서 눈이라도 좀 붙여야겠다고 생각했다. 아버지의 장례를 치르고 일주일 남짓 제대로 잠을 자지 못해 몹시 피곤했다. 훈겸은 호텔방으로 들어가 재킷을 아무렇게나 벗어 소파에 던졌다.

"아, 휴대폰."

호텔 객실 청소원이 치워 놓았는지 거실 테이블 위에 놓인 쇼핑백을 발견한 훈겸은 그제야 여자와의 약속을 떠올렸다. 이미 일주일도 넘게 지나 버렸다. 아버지의 일 때문에 여자에게 메모 한 장 남겨 놓지 못하고 약속을 어겨 버렸다. 훈겸은 쇼핑백을 들곤 잠시 망설였다. 여자에게 연락처를 따로 받아 놓지도 못했고, 어디 사는지 물어보지도 않았었다. 그 여자를 만날 방법이 없었다. 훈겸은 쇼핑백을 들고 다시 재킷을 챙겨 밖으로 나왔다.

그는 레드플라워에 갔다. 오전이라 아직 영업시간이 되려면 한참 남았지만 훈겸은 기어코 안으로 들어가 자고 있다는 강 마담을 깨워 가게로 나오게 했다.

"어머, 한동안 안 오시더니 오늘은 이렇게 일찍부터 웬일이세요?"

자다가 나왔어도 완벽하게 화장을 하고 나타난 강 마담은 조금 피곤해 보였지만 훈겸을 보고 웃음을 띠며 물었다. 훈겸은 심호흡을 하고 입을 열었다.

"그 여자, 연락처를 알고 싶어서."

"나예 말씀하시는 건가요? 왜요? 지난번에 사장님이 거금을 주고 데려가셨잖아요. 혹시 걔가…… 도망갔어요?"

"그게 아니라…… 사정이 있어서 연락이 끊어졌어. 여기서 일할 때 연락처 알아두지 않았나?"

"아뇨. 그 애, 휴대폰도 없고 집전화도 없다고 해서 연락처 못 받았어요. 그때 사채업자 때문에 도망 다닌다고 한 것 같았는데."

"그럼 어디 사는지는?"

"도망 다니는 애가 집이 어디 있겠어요. 집 주소도 없다고 해서 그냥 연락처 아무것도 안 받아 놨는데."

훈겸은 인상을 찡그렸다. 여자는 흔적도 없이 사라져 버렸다. 레드플라워에는 그래도 흔적을 남겨 놓았을 거라 생각했는데 여자는 아무것도 남기지 않았다.

"혹시 그때 이후로 여기에 찾아온 적도 없어?"

"네. 한 번도."

훈겸은 실망감을 안고 돌아서야만 했다. 강 마담은 입구까지 나와 그를 배웅해 주었다.

"그 애가 인물은 인물인가 봐요. 찾는 분들이 많으시네. 며칠 전에도 나예 찾는다며 누가 오셨었는데."

훈겸은 쓴웃음을 지었다.

'나예.'

입 속으로 이름을 중얼거려 보았다. 이름 하나밖에는 알아낸 게 없었다.

'그 여자와의 인연은 여기까지인가 보군.'

훈겸은 어쩔 수 없다고 생각했다. 호텔로 돌아와 차에서 내리려다 조수석에 놓아둔 쇼핑백을 보았다. 훈겸은 쇼핑백을 들고 차에서 내렸다. 로비로 들어오면서 쇼핑백을 잠시 바라보던 훈겸은 쓰레기통에 쇼핑백을 버렸다.

훈겸은 약속을 지키지 못했고, 여자는 사라졌다. 흔적이라도 남겼다면 찾아보았겠지만 여자는 아무 흔적 없이 사라져 버렸다. 거리로 나가 그 여자를 찾아 헤맬 수도 없는 노릇이고 훈겸은 이제 해야 할 일이 있었다. 아버지의 죽음으로 인한 충격은 훈겸을 각성시켰다. 아버지가 마지막으로 괴로운 숨을 몰아쉬며 했던 유언을, 훈겸은 지킬 작정이었다. 이미 아버지의 회사에서 독립하기로 마음은 정했지만 어떻게 할지 구체적으로 생각은 하지 못했었다.

하지만 아버지의 유언을 듣고, 장례를 치르면서 훈겸은 결심했다. 아버지의 바람대로 최고가 되기로. 최고의 빵을 만들기로 마음먹었다. 명장은, 언젠가 될 수도 있을 거라고 생각했다. 하지만 명장이 되기 위해서 빵을 만드는 것이 아니라 그가 만들어 보고 싶은 빵을 만드는 게 우선이었다. 가장 좋은 빵을 만들어 내는 것, 그것이 바로 훈겸이 해야 할 일이었다.

그 여자는 훈겸의 인생에서 빵 말고 최초로 애착을 갖게 한 특별한 여자였지만 그 여자를 찾느라 시간을 낭비할 수는 없었다. 그에게는 더 중요한 일이 있었으니까. 훈겸은 엘리베이터 앞에 서서 층수 표시판을 올려다보았다.

"나예……."

예쁜 이름이었다. 성을 물어보지 않았다는 생각이 들자 훈겸은 실소를 지었다. 그 여자는 쉽사리 지워 버릴 수 없는 여자였다. 훈겸은 잠시 엘리베이터의 층수 표시판을 올려다보다가 몸을 돌려 온 길을 되돌아 걸어갔다. 그리고 쓰레기통에서 쇼핑백을 다시 꺼냈다.

방으로 올라간 훈겸은 쇼핑백을 거실 테이블 위에 올려놓았다. 그리고 한참 동안 생각에 잠겼다.

"오래 기다리셨죠? 미팅이 좀 늦게 끝나는 바람에. 죄송합니다."

최 변호사를 만난 건 오후 느지막한 시간이었다. 훈겸은 방으로 찾아온 최 변호사를 안으로 맞으면서 인사를 했다. 시간이 늦은 것은 별로 문제가 되지 않았다. 훈겸은 최 변호사에게 자리를 권하고 마주 앉았다.

"어차피 이제 할 일도 없고, 남는 게 시간인데요, 뭐. 마음 쓰지 마십시오."

훈겸을 보며 최 변호사는 살포시 미소를 지었다. 킹 과자점 초기부터 아버지가 잘 알던 분이었고, 가끔 법률 자문을 구하기도 했었다고 들었다. 그리고 킹 과자점이 확장세를 떨치기 시작할 무렵, 회사의 고문 변호사로 몇 년간 일해 왔던 분이었다. 그래서 훈겸과도 안면이 있는 분이었다.

"회장님 일은, 유감입니다. 아직 정정하실 나이인데."

"따지고 보면 제 잘못이 크죠. 아버지 속을 썩였으니."

"그렇지 않습니다. 회장님은 언제나 아들 자랑하는 재미로 사셨는걸요."

훈겸은 쓴웃음을 지었다. 아버지와의 사이가 좋았기 때문에 아버지 역시 그가 등을 돌렸을 때 충격이 컸던 것이라 생각했다.

"아버지가 남겨 주신 재산은, 최 변호사님이 관리해 주세요. 당분간은 저한테 필요 없을 것 같습니다."

"필요 없다니요. 혹시 어디 해외에라도 가실 계획입니까?"

"아뇨. 그런 건 아니고…… 저한테는 재산이 필요 없어서요. 어차피 저는 종일 공장에서 일만 하니까 돈 쓸 일도 없고……."

최 변호사가 놀란 듯한 얼굴로 그를 바라보았다.

"그렇지만 그 부동산들은 모두 회장님이 차남인 정훈겸 씨에게 물려주기 위해서 관리하셨던 겁니다."

"어떻게 보면 그렇기도 하지만, 사실 그 땅과 건물들은 아버지가 킹 과자점의 분점을 내기 위해서 사 두셨던 겁니다. 그래서 상업지역 중에서도 주변 인구와 교통, 앞으로의 성장 가능성을 염두에 두고 고르고 고른 곳들이에요. 그곳들은 모두 빵집을 내기 위한 곳이니 저 개인이 쓰게 하려고 물려주신 건 아닙니다. 그리고 전 아버지의 사업을 물려받지 않기로 결정했거든요."

"아……."

"대신 아버지가 생전에 아주 친하게 지냈던 친구분이 있습니다. 그분에게 아버지는 굉장한 부채감을 갖고 있으셨어요. 병원에서 제게 마지막으로 남기신 말은 그분을 찾아서 사과의 말을 전해 달라는 것이었어요. 그리고 변호사님이 알려 주셨던 유언장에서도 아버지가 부동산 중 일부를 그분께 양도하라고 하신 걸 보니 그 재산들은 제가 아니라 그분이 가져야 할 것 같아요."

최 변호사는 훈겸의 말에 더욱 놀란 표정을 지었다. 훈겸의 생각이 이해가 되지 않는 듯한 얼굴이었다.

"강희석 씨 말씀입니까? 하지만 부동산을 모두 그분에게 양도하시겠다는 건 아니죠?"

"맞아요, 강희석 씨. 그분을 찾아서 아버지의 유언도 전하고 부동산도 양도하려고요."

"하지만 보시면 아시겠지만 재산이 어마어마합니다. 그걸 다 양도하신다는 건……."

최 변호사는 서류 봉투를 내밀며 말했다. 훈겸은 최 변호사가 내민 서류 봉투를 열어 보지도 않고 다시 그의 앞으로 밀어 놓았다.

"많으면 좋겠네요. 아버지가 강희석 씨에게 평생 사죄하고 싶다고 하셨거든요. 강희석 씨, 그분도 빵을 만드는 분입니다. 아마 아버지가 봐 둔 자리에 빵집들을 낸다면 아버지가 기뻐하실 거예요. 강희석 씨가 아마도 아버지의 뜻을 저보다 더 잘 알 것 같습니다."

훈겸은 아버지의 서재에서 발견했던 일기장을 떠올렸다. 그의 가방 속에 들어 있는 일기장. 아버지는 친구의 레시피를 훔쳐 킹 과자점의 주력 상품을 만들었다. 킹 과자점의 성공은 바로 강희석이라는 그분의 성공과 다르지 않았다. 그로 인해 벌어들인 돈과 아버지가 사 모은 부동산들은 엄밀하게 말하면 강희석의 것이라고도 볼 수 있었다. 훈겸은 그래서 그것을 포기할 생각이었다. 원래의 주인에게 돌려주고, 아버지의 사과를 대신 전하는 것이 그가 해야 할 일이라고 생각했다. 그래야 아버지가 다시 떳떳해질 수 있다고 생각했다.

"하지만 다시 한 번 생각해 보십시오. 일단 관리는 제가 하고 있겠습니다만, 모든 재산을 처분하는 것은 신중해야 할 일입니다."

"네, 알겠습니다."

"제가 더 도와 드릴 일은 없습니까?"

최 변호사는 훈겸에게 조금이라도 도움이 되고 싶어 했다.

훈겸은 잠시 생각에 잠겼다. 재산 관리만 해 준다면 더 이상 필요한 것은 없었다. 그러다 강희석을 찾아야 한다는 생각을 해냈다.

"아, 강희석 씨를 찾아야 하는데, 도와주실 수 있나요?"

"예, 물론입니다. 사람을 시켜 찾아보도록 하죠."

"다행이네요. 아버지와 함께 예전에 녹원당에서 빵을 배우셨다고 들었습니다. 아마 지금 서울 시내에서 빵집을 운영하고 계실 겁니다. 빵집 이름은 잘 모르겠지만……. 그리고 어린 딸이 하나 있었고……."

아픔으로 남아 있었던 Siba 대회. 훈겸은 아버지가 케이크데커레이션 경연 대회에 참가했던 제6회서울국제빵과자페스티벌을 떠올렸다. 강희석이라는 파티시에에게 깊은 인상을 받았던 대회였다. 그리고 그의 딸이었던 자그맣고 귀여운 여자아이도. 그가 만들던 빵 반죽과 사랑에 빠진 것처럼 홀딱 반한 표정을 지었던 여자아이. 그가 처음으로 호감을 느꼈던 여자아이였다.

"그리고 한 명 더 찾을 사람이 있는데……."

훈겸은 테이블 위의 쇼핑백에 눈길을 주고선 말을 이었다.

"……나이는 20대 초반이고, 대학생입니다. 나예라는 이름만 알 뿐, 성도 모르고요. 서울 소재 대학교에 알아볼 수 있을까요?"

"예, 그것도 알아보겠습니다."

"감사합니다."

훈겸은 최 변호사에게 공손하게 인사를 하곤 그를 배웅했다. 결국 훈겸은 사라진 여자를 찾기로 결심했다. 아버지의 유언을 지키는 것도, 나예라는 여자를 찾는 것도 모두 포기할 수 없었다.

# 10장

훈겸은 파스티아주 반죽을 적당한 두께로 밀고 있었다. 작업실 안은 훈겸이 작업을 하기 위해 늘어놓은 각종 설탕 공예 재료와 도구들로 가득했지만 냄비 하나조차도 질서정연하게 정리되어 있었다.

"오늘은 파스티아주?"

혁준이 옆에 앉아 훈겸이 작업하는 모습을 보며 싱글거렸다. 작년부터 일하던 호텔의 영업이 다 끝난 시간에 연습을 하는 것이라 이미 시간은 10시를 훌쩍 넘겼지만 훈겸은 전혀 피곤한 기색 없이 작업을 하고 있었다. 삼각틀로 반죽을 찍어 내던 훈겸은 혁준에게 흘깃 시선을 주었다.

"응. 형은 연습 안 해?"

"어허, 이 자식이. 말이 짧다."

"아니, 우리가 같이 일한 세월이 얼만데. 아직도 형 대접 받고 싶어?"

킹 과자점에서 어릴 때부터 같이 일했던 걸 생각하면 얼추 10년도 훨씬 넘게 알아 온 사이였다.

"하늘같은 공장장님한테."

"지금이야 우리 공장장님도 아니고. 어디까지나 동등한 선수끼리 왜 이래?"

훈겸은 씩 웃으며 자를 대고 반죽을 잘랐다. 동그랗게 말아 틀에 감고 다시 혁준을 보니 어느새 그가 꺼내 놓은 설탕 반죽을 쿡쿡 찔러 보고 있었다.

"야, 우리 대회 때 작품 말야. '여신'은 너무 가볍지 않을까?"

훈겸은 설탕 공예용 램프로 대리석 판을 골고루 달궈 놓으며 고개를 갸웃했다. 지난해 가을, Siba 대회 때 훈겸은 설탕 공예 및 초콜릿 케이크 부문에서 우승을 했다. 각종 공예는 프랑스 유학 때부터 배웠던 것이고, 프랑스에서도 여러 굵직한 대회에서 수상한 경력이 있었다. 그리고 아이스 카빙 대표로 선발된 혁준과 함께 한국 대표로 프랑스월드페이스트리컵 대회에 참가하게 되었다. 이듬해 초에 있을 대회를 위해 훈겸은 혁준, 그리고 초콜릿 공예 및 디저트 접시 부문의 대표 선수인 이호준과 함께 맹연습 중이었다. 세 사람이 하나의 주제를 가지고 작품을 만들어야 하기 때문에 한 달에 몇 차례씩 함께 모여 연습을 해야 했다.

"작품 만들기 나름이지. 형이 좋아하는 거잖아. 여자 몸."

훈겸은 웃으며 혁준에게 윙크를 했다. 혁준은 최근 연애 걸고 싶은 여자를 발견했다며 입이 귀까지 찢어져서 다니고 있었다. 노총각 딱지를 꼭 떼고 결혼을 하고야 말겠다고 의지에 불타고 있었다.

"그런데 나야 그런다 치지만 넌 뭐야? 이 가면 말야. 분위기가 좀……. 너야말로 여자 따윈 쳐다도 안 보는 녀석이."

훈겸이 작품에 쓰려고 꺼내 둔 실리콘 가면을 보곤 혁준이 의심스럽다는 듯 눈을 가늘게 떴다. 훈겸은 피식 웃으며 가면을 손에 들고 이리저리 보았다.

"글쎄. 나도 이제 여자한테 관심 가져야 할 나이잖아."

"어이구. 언제는 아니었나? 그런데 너, 정말 여자 있어? 요새 네 작품 보면 의심이 무럭무럭 솟아오른단 말야."

"만나는 여자 없어. 형도 알잖아. 나 잠잘 시간도 없는 거."

"하긴. 새벽부터 호텔에서 일해, 밤에 일 끝나면 대회 연습해. 너 하루에 세 시간 정도는 자는 거냐?"

"음…… 그 정도 되나? 아니면 두 시간?"

"두 시간 자고 이렇게 멀쩡하다니 놀랍다. 너 계속 그랬잖아. 정 회장님 돌아가시고 나서 바로 호텔 들어와서 일하고. 내가 예전에도 너 미친놈이라고 했지만 요새 들어서 정말, 인정한다."

훈겸은 아버지가 돌아가신 직후, 바로 지금 일하고 있는 라파예르호텔에 파티시에로 취직을 했다. 국내 호텔 중 다섯 손가락 안에 드는 호텔로, 훈겸이 그 호텔에서 일하기로 결심했던 건 바로 근무 조건 때문이었다.

'저희 호텔에서는 레스토랑의 주방과 파티시에가 쓰는 작업실을 따로 둡니다. 물론 독립된 별개의 영역으로 간주하죠. 레스토랑 수석 셰프와 동등한 조건입니다.'

라파에르호텔에서는 다른 특급 호텔과 마찬가지로 전문 파티시에를 따로 두는 형태로 레스토랑을 운영하고 있었다. 게다가 레스토랑 쪽 일과는 별개로 호텔 베이커리 쪽을 전담하도록 되어 있어서 더욱 마음에 들었다.

'전 제가 만들고 싶은 빵을 만들 겁니다. 베이커리 쪽 주력 상품이나 제품군들을 제가 결정할 수 있게 해 주십시오.'

'좋습니다. 일단 원하는 대로 해 보시죠. 정훈겸 씨 경력이나 수상 실적 등으로 봐서는 저희로서도 충분히 믿고 맡길 수 있을 것 같습니다.'

'하나 더, 제가 제품에 대해 연구를 할 수 있게 해 주십시오. 물론 영업에는 지장 없도록 영업이 끝난 뒤에 하겠습니다.'

호텔 측에서는 훈겸이 원하는 조건을 다 들어주었다. 그래서 훈겸은 원하는 빵을 실컷 만들고 작품도 만들 수 있었다. 그러고 보니 호텔에 취직하면서부터 계속 하루 세 시간 이상을 자 본 일이 없었다. 호텔 작업실에 틀어박혀서 하루 종일 빵을 굽고, 초콜릿과 설탕을 만지고, 좋아하는 일은 실컷 하고 있었다.

"미친 게 아니고, 형. 좋아서 하는 거지. 난 이게 좋아."

훈겸은 싱긋 웃으며 설탕 반죽에 조심스럽게 홈을 파고 공기를 주입했다. 천천히 부드럽게. 설탕 덩어리가 둥글게 부풀면서 매끄러운 광택이 나기 시작했다. 얼굴이 투명하게 비칠 정도로 광택이 나자 훈겸은 공기를 주입하던 걸 멈추고 토치램프로 구멍 입구를 살짝 녹여 마무리했다. 혁준은 못 말린다는 듯 고개를 절레절레 흔들었다.

"그러니까 널 따라올 사람이 없지. 아주 빵이랑 결혼을 하지 그래?"

"후후. 결혼은 여자랑 해야지."

"하루에 두 시간 자면서 여자는 언제 만나게?"

훈겸은 웃으며 다른 반죽을 손에 들었다. 물론 여자를 만날 시간은 없었다. 누군가일지 모를 영혼의 짝을 찾으려 이 사람 저 사람 만나고 싶은 생각은 없었다. 언젠가는 여자를 만날 수도 있겠지만 일단 지금은 일에 집중하고 싶었다. 그리고 그가 정말 만나고 싶었던 한 여자, 그 여자를 찾을 때까지는.

'서울 소재 대학교에서 나예라는 이름을 가진 여학생은 총 다섯 명이 있었습니다. 이나예, 홍나예, 정나예, 박나예, 김나예. 사진을 가지고 왔는데 한번 보시겠습니까?'

최 변호사가 그가 원하던 결과를 가지고 왔을 때, 훈겸은 떨리는 마음으로 사진을 확인했다. 하지만 다섯 명의 여자들은 모두 그가 찾던 여자가 아니었다.

'더는 없습니까? 모두 제가 찾는 사람이 아닌데요.'

'말씀하신 대로 찾으면 그렇습니다. 혹시 다른 특이 사항은 없습니까?'

훈겸은 실망하고 말았다. 이름 하나만으로 여자를 찾는 것은 어려운 일이었다. 그녀와 함께 있을 때 사진 한 장이라도 찍어 놓을 걸 하고 후회했지만 이미 지나간 일이었다.

'좀 더 찾아봐 주세요. 영우라는…… 어린 동생이 있습니다. 그리고 외모는…….'

대략적인 외모의 묘사만으로는 사람을 찾기 어려웠다. 최 변호사는 계속 여자를 찾아보겠다고 했지만 그다지 큰 성과는 없었다.

'그리고 말씀하신 강희석 씨에 대해서도 알아보았습니다만, 현재 소재 파악이 되지 않습니다.'

'그럴 리가요. 그분이 서울에 있지 않다는 건가요?'

'잘 모르겠습니다. 그분이 운영하던 빵집은 서초동에 있는 '클로버 빵집'이라는 곳이었습니다. 그런데 그 빵집이 지금은 없습니다. 얼마 전에 사채업자 손에 넘어가 팔렸다고 합니다. 현재 그 매장은 비어 있는 상태고요. 아마 강희석 씨가 사채를 쓴 모양입니다. 빵집도 집도 다 넘어가고, 강희석 씨와 그 자녀들은 소재가 불분명합니다. 사채업자들에게 쫓겨 지방으로 도망간 것 같습니다.'

답답했다. 아버지가 유언하셨던 것을 훈겸은 꼭 지켜야만 했다. 강희석이라는 사람을 꼭 찾아내 아버지의 사과를 전해야만 했다.

'그분이 운영하던 점포가 비어 있다고 했죠? 그 점포가 있는 건물이 어딥니까? 제가 그 건물을 샀으면 하는데.'

'아, 예. 알아보겠습니다. 그런데 그 건물은 왜?'

'그분을 찾아서 돌려 드려야 할 것 같아서요. 건물을 사고, 그 빵집이 있던 점포는 계속 비워 두었으면 합니다.'

사채를 쓰기 전에 알았더라면 그런 일을 막을 수 있었을 거라고 생각했다. 훈겸은 씁쓸하게 여자를 떠올렸다. 그 여자도 사채 때문에 그를 만나게 되었던 것을 떠올리며 훈겸은 마음이 좋질 않았다.

"어? 훈겸아, 코피 난다."

작업대 위에 붉은 방울이 툭 떨어졌다. 훈겸은 정신을 차리고 휴지를 찾아 코에 갖다 댔다. 혁준이 혀를 끌끌 찼다.

"너 거의 1년이 넘었잖아. 하루에 두세 시간밖에 못 자고 일만 하니까 몸이 버텨 나겠냐? 좀 쉬면서 해."

"괜찮아. 코피 정도 가지고."

"그럴 게 아니라니까. 지금이야 젊으니까 버틴다 해도 나중을 생각해야지. 인마, 서른 넘어가 봐. 확실히 몸이 축난다니까."

"음, 그럼 서른 되기 전에 계속 많이 해 둬야겠네."

"뭐야? 이 미친 자식!"

"미친 게 아니라 좋아하는 거라니까."

훈겸이 대충 화장지로 코를 막곤 손을 씻자 혁준은 기가 막힌다는 표정을 지었다.

"너 진짜 쓰러지는 거 아니냐? 내년에 기능올림픽도 있잖아. 너 그거 연습도 하고 있다며?"

"응. 형, 긴장해야 될걸. 내가 형보다 아이스 카빙 전문가야.

후훗."

기능올림픽 제과 부문에 출전하게 되어 훈겸은 두 배로 바빴다. 프랑스월드페이스트리컵 대회는 제과인에게 있어 가장 권위 있고 큰 세계 대회였다. 그 대회에 출전하게 된 것은 무척 영광이라고 볼 수 있었는데 한국팀은 이제까지 한 번도 본상을 수상하지 못했었다. 훈겸은 꼭 대회에서 상을 받고 싶었다. 이것은 아버지의 꿈이기도 하고 그의 꿈이기도 했다. 그리고 스스로에 대한 새로운 도전이기도 했다.

그리고 기능올림픽은 한국팀이 강세를 나타내는 대회이긴 했지만 아직까지 제과 부문에서는 단 한 차례도 메달을 따지 못한 분야이기도 했다. 훈겸은 그 대회에서 최초로 메달을 따는 한국인이 되고 싶었다. 기능올림픽은 아이스 카빙, 설탕 공예, 초콜릿 공예 등 모든 분야의 작품을 며칠에 걸쳐서 만들어야 하기 때문에 월드페이스트리컵 대회와는 별도로 연습을 해야만 했다.

몸은 고단했지만 훈겸은 미친 듯이 일에 집중할 수 있는 시간이 좋았다. 다른 잡념 없이, 오로지 작품만 만들 수 있다는 게 행운이라고 생각했다.

"너도 진짜 대단한 녀석이야. 제과 부문에 있어서는 우리나라 최고일 거다. 킹 과자점에서도 널 놓친 걸 후회할걸."

훈겸은 싱긋 웃고는 설탕 반죽을 살짝 녹여 길게 잡아당겼다. 우아한 곡선을 그리는 봉이 만들어지자 세심하게 끝을 마무리했다. 킹 과자점에서 나온 것은 잘한 일이라고 생각하고 있었다. 아버지의 평생의 땀과 노력이 깃들어 있는 곳이었지만 훈겸의 것은 아니었다. 그리고 훈겸은 정은 없었지만 아버지와 결혼했던 새어머니 차성희, 이복형 정인재와 원수처럼 지내고 싶지는 않았다. 그래서 최소한의 거리를 두고 지내려고 노력했다.

"요새는 어때? 일은 할 만해?"

"응. 너 무서워서 회장님이 매장 일은 될 수 있으면 간섭 안 하려고 하신다. 재료상들도 계속 거래하고 있고. 내가 할 수 있는 최대한의 노력을 하고 있으니까."

"다행이네. 프랜차이즈 규모가 더 커진 것 같던데."

"응. 전국으로 확대되고 있으니까. 회장님은 정말 사업 수완이 대단해. 정인재 이사도 마찬가지고. 사업 머리는 아주 천재적이라니까."

훈겸은 씁쓸하게 웃었다. 프랜차이즈는 더 이상 막을 수 있는 게 아니었다. 훈겸은 그것을 알고 있었기에 킹 과자점의 프랜차이즈화에 반대하지 않았던 거였다.

"윈도우 베이커리가 많이 죽을 것 같은데, 걱정이다."

"아무래도 프랜차이즈가 성업을 하면 그렇겠지. 어차피 모두 경쟁이야. 프랜차이즈에 대항할 수 있는 제품 개발을 해야 해. 그러지 않으면 살아남을 수 없어."

혁준은 훈겸의 말에 동감한다는 듯 고개를 끄덕였다.

"노엘식품과 함께 시작한 외식 사업 역시 크게 성공하고 있어. 우리 쪽에서 제품을 공급하고 있는데 그쪽으로 해서 올린

매출도 무시 못 할 정도야."

"외식 사업?"

"응. 작년부터 시작했는데 일반 외식 사업과 비교해서 고급화, 개별화에 차이를 두고 있지. 대기업 파티 리셉션부터 출판 기념회, 상류층 파티까지 다 커버하고 있어. 한번 출장 나갈 때마다 매출이 장난 아니야. 어차피 그런 파티는 음식도 양보다 질이니까."

훈겸은 고개를 끄덕이며 만들어 놓은 조각들을 토치램프로 살짝살짝 녹여 붙이기 시작했다. 전체적인 조화를 생각해서 붙여야 하기 때문에 신중하게 붙였다. 혁준은 훈겸의 작품을 보다가 은근한 표정을 지으며 바싹 다가앉았다.

"내가 말야, 노엘식품에 몇 번 출장 나갔다가 기가 막힌 미인을 발견했거든. 너 한번 만나 볼래?"

훈겸은 피식 웃으며 설탕 반죽을 밀대로 밀었다. 혁준이 말하는 미인이 얼마나 예쁜지는 몰라도 관심 없었다.

"형 눈에는 치마만 입으면 예쁜 거 아냐?"

"이 자식이! 그 아가씨 진짜 예쁘다고. 내가 불같이 대시하고 싶었지만, 사실 너무 도도해서 엄두를 못 냈다. 같이 일하는 남자들 공통적인 의견인데, 얼굴은 연예인 빰치게 생겼는데 또 몸매가 예술이야."

혁준이 생각만 해도 짜릿한 듯 몸서리를 치며 말했다. 훈겸은 혁준의 말을 한 귀로 흘리면서 작품을 완성했다.

"여자 만날 시간 없어."

"진짜 예술이라니까. 키도 크고. 게다가 네가 좋아하는 파티시엘이야."

"파티시엘?"

"그래. 빵 만드는 여자. 언젠가 네가 그랬잖아. 빵 만드는 여자 만나고 싶다고. 그 여자가 노엘식품에서 외식사업부 디저트 담당자야. 같이 몇 번 일해 봤는데 실력이 굉장해. 유학파도 아니라는데 어린 아가씨가 대단하다니까."

"그렇게 실력이 좋아?"

"여자라서 그런지 굉장히 섬세하고 꼼꼼해. 그리고 데커레이션에 천부적인 재능이 있더라고. 그 여자가 만든 빵을 먹어 봤는데 뭔가…… 독특하면서도 또 먹고 싶은 중독성이 느껴지는 빵이랄까?"

"그래? 형이 인정한 실력이라면 대단한 게 맞겠지. 나중에 기회 되면 그 여자가 만든 작품, 가져와 봐. 한번 맛이나 보게."

"이 자식이 그렇게 말을 해도. 그 여자가 만든 빵 맛을 보라는 게 아니라, 여자를 만나 보라는 거라고!"

"바쁘다니깐."

훈겸은 작품에 집중하며 건성으로 대답했다. 혁준은 혀를 끌끌 찼다.

# 11장

"음, 쇼콜라 맛있는데? 이거 다 네가 만든 거야?"

"응. 킹 과자점에서 이번엔 케이크류를 나한테 해 오라고 해서."

나예는 영미를 보고 방긋 웃었다. 이름만 대면 다 아는 저명한 국회의원의 출판기념회장이었다. 나예는 연회장에서 음식을 세팅하고 있는 담당자들 사이로 테이블을 체크해 보고 있던 중이었다. 3년 전, 직장을 찾던 나예에게 영미가 알려 준 아르바이트 자리는 나예에게는 로또와도 같은 자리였다. 나예는 제과점에 바로 취업을 하려 했었다. 동네부터 주변의 제과점들을 돌아다니며 일자리를 구했으나 자리가 여의치 않았다. 영미도 일자리를 구하던 중이라 함께 돌아다녔지만 딱히 학벌이 좋은 것도 아니고, 경력이 화려한 것도 아니어서 일자리를 구하기가 힘들었다. 영미 역시 고등학교만 겨우 졸업하고 클로버 빵집에서 일을 했던 터라 쉽사리 자리를 찾지 못했다.

'노엘식품에서 이번에 새로 외식 사업을 시작한대. 직접 현장에서 일할 인력을 한꺼번에 뽑느라 인원이 부족하다고 아르바이트생을 쓴다는데, 거기 한번 지원해 볼까?'

영미가 가져왔던 광고지 하나가 나예의 인생을 바꾸었다. 나예는 영미와 함께 아르바이트 자리를 지원했다. 파티 때 각종 장비와 그릇 등을 운반, 세팅하는 일 등 허드렛일부터 시작했다. 그리고 3년여간 정말 몸이 부서져라 일을 했다. 타고난 성실함도 한몫했지만 나예가 디스플레이하는 음식들은 반응도 좋고 눈에 띄었다. 감각적인 세팅을 인정받아 나예는 2년 만에 정규직으로 전환될 수 있었다.

"그래? 킹 과자점에서 물량이 부족하다고 해 오라는 거였어?"

파티 때 디저트 및 제과류는 킹 과자점과 일을 했지만 가끔 그쪽 사정이 바쁠 때는 나예가 대신 디저트 음식을 준비하기도 했다.

"아니. 이번엔 바빠서 그런 것 같진 않고……. 아마도 공장장님이 날 테스트하려고 그러는 것 같아."

나예는 싱긋 웃으며 대답했다. 킹 과자점은 한창 프랜차이즈 규모가 확대되어 바쁘기 그지없었다. 행사가 있을 때마다 킹 과자점 쪽에서 전문 파티시에가 디저트 음식을 가져왔지만 가끔 너무 바빠 사람을 보내지 못할 때도 있었다. 그럴 때 나예가 대신 음식 준비를 하곤 했는데 몇 번 나예의 솜씨를 보더니 킹 과자점의 담당자인 권혁준은 나예에게 어떤 음식이 필요하다고 주문을 하기도 했다.

"강나예 씨, 준비는 다 된 건가요? 그렇게 수다 떨고 있을 시간이 있으면 한 번이라도 더 연회장 점검해 보는 게 어때요?"

"네, 부장님. 죄송합니다."

나예가 분명 일을 하고 있음에도 불구하고 옆에 와서 딱딱한 어투로 채근하는 것은 노엘식품 외식사업부의 부장, 이은빛이었다. 그녀는 황금수저를 입에 물고 태어난 로열패밀리였다. 노엘식품 회장의 하나뿐인 외동딸이라는데, 그래서인지 평소의 기세도 대단했다. 자기 마음에 들지 않는 사람이 있으면 그게 누구든 간에 무사하지 못했다.

나예는 긴장된 표정으로 목례를 하곤 얼른 연회장 디스플레이 상태를 확인했다. 행사 시작까지는 30분. 모든 준비가 완벽하게 되어 가고 있었다. 영미는 날카로운 눈빛으로 꼬투리 잡을 게 없나 하고 보는 것처럼 훑어보던 은빛이 저만치 멀어지자 작게 투덜거렸다.

"괜히 트집이야. 이 부장은 너만 보면 트집이더라?"

"그러게. 내가 마음에 안 드나 봐."

나예는 힘없이 웃으며 말했다. 은빛이 트집을 잡는 건 하루이틀의 일이 아니었다. 나예가 아르바이트를 처음 시작했을 때부터 은빛은 나예를 별로 좋아하지 않았다. 늘 뭔가 야단칠 거리가 있는지 찾는 것 같았고, 작은 실수 한 번에도 호되게 면박을 주곤 했다.

"네가 예뻐서 그래. 내가 보기에 이 부장은 본인보다 일을 잘하거나 예쁜 여사원들을 싫어하는 것 같아. 나예 넌 일도 잘하고 예쁘기까지 하니 오죽 질투가 나겠니?"

"언니도 참. 설마 외모 가지고 그럴까. 이 부장, 성질이 좀 괴팍하긴 해도 일은 잘하잖아."

"그건 인정. 외식사업부가 이 정도로 클 거라곤 다들 예상 못 했잖아. 비록 난 아직도 비정규직이긴 하지만."

아르바이트로 시작한 자리이지만 나예는 파티시엘로서의 경력과 실력을 인정받아 정규직이 되었다. 하지만 단순 허드렛일을 하던 영미는 아직도 비정규직이었다. 영미는 나예와 함께 다니며 일을 할 수 있어서 다행이라며 별로 서운해하지 않았지만 비정규직이라 언제 그만두게 될지 알 수 없다는 것이 불안한 점이었다.

"손님들 들어오네. 이제 준비는 거의 된 것 같으니까 잠깐 숨 좀 돌릴까?"

"그래. 잠깐 대기실에 가 있자. 출판기념회 끝날 때까지는 음식 체크해 봐야 하니까. 그런데 오늘 살짝 들어 보니까 어마무시하게 대단한 사람들 많이 온다는데, 구경이라도 해 봐야 하는 거 아니니?"

"대단한 사람들이라도 우리하고는 아무 상관없는 사람들이겠지."

나예는 영미와 함께 연회장에서 나와 대기실로 들어갔다. 연회장에 디저트가 떨어지면 언제든 보충해 놓을 수 있게 준비가 되어 있는지 확인하고 잠깐 쉴 요량으로 대기실 소파에 앉았다.

"안녕, 나예 씨."

"안녕하세요, 공장장님. 오늘 못 오시는 줄 알았는데. 바쁘다고 하지 않으셨어요?"

언제 왔는지 대기실로 쑥 들어와 나예에게 웃으며 인사를 건넨 남자는 킹 과자점 본점의 공장장인 권혁준이었다. 혁준과는 일을 할 때 가끔 마주치는 사이였다. 그는 늘 유쾌하고 명랑한 남자였다.

'나예 씨, 빵도 만들 줄 알아?'

그는 나예가 파티시엘이라는 것을 알고 처음엔 꽤 놀라면서 호감을 보였었다. 언젠가 킹 과자점에서 행사 일정을 혼동하는 바람에 행사를 펑크 낼 뻔한 적이 있었다. 그때 나예가 급한 대로 빵과 케이크 등을 바로 만들어 준비를 했었는데 그걸 알고 혁준이 깜짝 놀란 적이 있었다.

그 뒤로 혁준은 나예에게 호감을 보이며 만날 때마다 빵을 만드는 것이나 공예 작품을 만드는 것에 대해 조언도 해 주고, 가끔 나예의 실력을 보겠다는 듯 뭔가를 만들어 오라고 하기도 했다. 혁준은 각종 국제 대회에서의 수상 경력도 화려하고 무엇보다 대형 프랜차이즈로 커진 킹 과자점 본점의 공장장이었다.

"응, 연말이라 케이크가 불티난 듯 팔려서 말이지. 밤잠 못 자고 일하느라 다크서클 생긴 거 봐 봐. 이제 새해가 밝았으니 좀 숨통이 트이겠지."

그러고 보니 눈자위가 조금 퀭해진 것 같기도 했다.

"공장장님, 저는 안 보이시나 봐요? 인사도 안 해 주시고?"

그때 영미가 약간은 새초롬한 말투로 끼어들었다. 혁준은 영미를 보고 깜짝 놀란 듯 조금 과장된 표정을 지었다.

"아이고! 영미 씨도 있었네? 하도 쪼끄매서 보여야 말이지."

"뭐예요? 저 키 안 큰 건 사실인데요, 공장장님이 뭐 보태 준 거 하나도 없잖아요? 괜히 트집이야."

영미는 작다고 놀리는 말에 발끈해서 버럭 소리를 질렀다. 혁준은 영미를 보고 실실 웃으며 약을 올렸다.

"그러게. 보태 준 건 없지만 정말 궁금하네? 뭘 먹었는데 이렇게 키가 안 큰 걸까?"

영미는 눈이 뒤집어질 듯 하얗게 치뜨면서 혁준을 노려보았다. 혁준은 상당히 키가 크고 덩치도 컸기 때문에 영미와 나란히 서면 거인과 난쟁이 같은 느낌이었다. 나예는 웃음을 참다가 얼른 두 사람 사이에 끼어들었다.

"고생하셨네요. 오늘은 음식 준비 다 끝났고 행사 끝날 때까지는 제가 대기하고 있을게요. 가서 좀 쉬세요."

나예가 웃으며 하는 말에 혁준은 손사래를 치며 나예가 앉은 소파 옆 자리에 털썩 앉았다.

"가면 또 일해야 돼. 여기서 잠깐 쉬고 가야지. 그런데 나예 씨, 오늘 쇼콜라는? 만들어 왔어?"

"네."

"하나 줘 봐. 맛 좀 보게."

"네. 객관적으로 평가 좀 해 주세요. 팔아도 되겠는지요."

나예는 생글거리며 만들어 놓은 쇼콜라 하나를 혁준에게 갖다 주었다. 혁준은 가늘게 실눈을 뜨고 나예의 케이크를 이리저리 뜯어보았다. 나예의 쇼콜라는 블루베리를 첨가하고 초콜릿 장식을 얹은 앙증맞고 귀여운 모양이었다.

"블루베리?"

"네. 달콤하면서도 상큼한 맛을 내 보려고요."

혁준은 웃음기를 지운 얼굴로 케이크를 훑어보더니 포크로 한 입 떠먹었다. 그가 맛을 음미하는 동안 나예는 긴장된 얼굴로 지켜보았다. 혁준은 말없이 케이크를 한 입 더 먹었다.

"이 정도면 꽤 괜찮은 실력인데. 빵 팔아 보려고?"

"감사합니다. 지금은 아니지만 저도 언젠가는 빵집을 차리려고요."

긴장감이 풀린 나예는 방긋 웃으며 대답을 했다. 혁준은 나예를 잠시 바라보다가 뭔가 생각난 듯 손가락을 딱 울렸다.

"나예 씨, 설탕 공예 잘한다고 했었지?"

"잘한다기보다는…… 예전에 제과학교 다닐 때부터 좋아해서 많이 했어요. 지금도 시간 날 때마다 꾸준히 연습하고 있고요. 그런데 왜요?"

"올해 서울국제빵과자페스티벌 열리는 거 알고 있지? 혹시 대회에 출전해 볼 생각 없어?"

혁준의 말을 듣자 나예는 선뜻 대답을 할 수 없었다. 예전부터 대회에 나가고 싶은 생각은 있었다. 언젠가는 아버지가 이루지 못한 대회에서의 수상을 대신 하고 싶다는 생각도 했었다. 하지만 나예는 아직 바닥에서 구르고 있는 신출내기 파티시엘이었고, 한다하는 수많은 실력자들 틈에서 그들을 이겨 낼 자신도 없었다.

"제가 어떻게……. 전 경력도 별로 없고, 많이 배우지도 못했는걸요."

"경력 같은 건 별로 중요하지 않아. 그리고 많이 배우지 못했다는 것도 그래. 훌륭한 스승 밑에서 배운다고 해도 스스로 노력하지 않으면 아무것도 이룰 수 없어. 변변한 타이틀이 없다고 해서 위축되거나 스스로를 평가 절하할 필요는 없다고. 나예 씨 감각 있고 노력하잖아. 그러면 된 거지. 내가 아는 놈이 하나 있는데, 그 자식이 몇 년을 하루에 두세 시간밖에 안 자고 미친놈처럼 연습만 했거든. 그러더니 기능올림픽 제과 부문에서 은메달을 땄어. 노력하는 거 이상 가는 게 없더라고."

옆에서 혁준의 말을 가만히 듣고 있던 영미가 알겠다는 듯 손뼉을 쳤다.

"그 사람, 정훈겸 셰프 아니에요?"

"어, 맞아. 어떻게 알았어?"

"서당개 3년이면 풍월을 읊는다고, 저도 이 바닥에서 잔심부름 하다 보니까 주워들었죠. 그리고 정훈겸 셰프, 정말 유명한 분 아닌가? 기능올림픽 은메달에 프랑스월드페이스트리컵 대회 특별상도 받았고, 최연소 제과 기능장에, 라파예르호텔 수석 파티시에잖아요. 내가 이 정도 아는 분이면 진짜 유명한 분 맞는 거지?"

영미가 신나게 읊어 댄 프로필은 그 사람의 어마어마한 프로필 중 일부에 불과했다. 나예 역시 그에 대해서는 소문으로 얼마나 대단한 사람인지 익히 듣고 있었다.

"그래. 이제 겨우 스물아홉밖에 안 됐거든. 그런데 실력은 한국 최고야. 그리고 지금도 그 친구, 하루에 세 시간 이상을 안 자. 철인이라고밖엔 볼 수 없지."

"잘 아는 사이인가 봐요?"

나예가 조심스럽게 물었다. 나예 역시 정훈겸에 대해서는 잘 아는 사이라고 할 순 없었지만 어쨌든 알고는 있었다. 제과업계에 있으면서 들은 소문도 있었지만 그는 나예가 처음으로 반했던 이성이었다.

'너랑 닮았어. 이거, 내가 좋아하는 모양이야.'

너무 오래돼서 그의 얼굴도 기억나질 않지만 반죽을 치던 길고 아름다운 손가락은 생생하게 기억이 났다. 나예에게 처음으로 설레는 감정을 느끼게 해 주었고, 나비 모양의 쿠키를 주었던 남자. 그가 킹 과자점 정도훈 회장의 아들이라는 것은 나예에게 잊을 수 없는 의미였다.

평생을 누굴 미워할 줄 모르고 사셨던 아버지가 원수처럼 미워했던 단 한 사람, 킹 과자점의 정도훈 회장. 아버지에게 대회에서의 최우수상을 앗아 가 버린 사람이라는 사실은 나예에게 적잖은 부담이었다. 아버지의 생각대로 정도훈 회장이 정말 아버지의 케이크시트를 바꿔 버려서 아버지가 상을 받지 못했던 것인지는 확실하지 않았다. 하지만 아버지가 그렇게 생각하고 있다는 것이 중요한 것이었다.

아버지가 미워하는 단 한 사람인 정도훈의 아들에게 설레는 감정을 느꼈다는 게 나예는 오래도록 아버지에게 미안했었다. 그래서 정훈겸 셰프가 각종 대회에서 상을 받았을 때 그가 킹 과자점 정도훈 회장의 아들이라는 것을 알고 나예는 꽤 놀랐었다.

"잘 알다마다. 내가 킹 과자점에서 일했던 시간들 중 거의 대부분을 훈겸이 녀석이랑 함께했으니까. 그 녀석은 어렸을 때부터 빵밖에 모르던 놈이었어. 킹 과자점에 있을 때는 하루 종일 공장에만 틀어박혀서 빵만 구웠고, 몇 년 동안의 프랑스 유학 때를 빼놓고는 거의 킹 과자점에서 살았지. 월드페이스트리컵 대회 때도 나하고 같이 팀을 이뤄서 대회에 나갔었어."

"대단하네요. 그런데 정훈겸 셰프, 지금 라파예르호텔에 있잖아요. 왜 킹 과자점에서 나간 거예요? 킹 과자점 회장 아들이라면서요. 킹 과자점을 물려받으면 진짜 대박일 텐데. 전국적으로 가맹점만 수백 개잖아요."

영미가 궁금한 듯 눈을 반짝이며 물었다. 그것은 나예 역시 궁금했던 것이다. 대회 때 나예가 보았던 바로는 아버지와 사이가 무척 좋아 보였었다. 그런데 왜 킹 과자점을 물려받지 않은 것인지 이유가 궁금했다.

"그건…… 나도 잘 몰라. 몇 번 물어보긴 했지만 대답을 안

해 주더라고.”

어릴 때 이후로 언젠가 한 번은 그 사람을 만나 보고 싶다는 생각을 했었다. 아버지 때문에 망설여지기는 했지만 어린 나예가 보았던 마법 같은 반죽 솜씨는 같은 제과인으로서 무척 부럽기도 하고 경외감이 느껴지기도 했던 거였다.

“그런데 정훈겸 셰프, 아직 결혼 안 했어요?”

이번엔 다른 것이 궁금한지 영미가 또 물었다. 혁준은 고개를 저으며 묘한 표정을 지었다.

“그놈은 빵하고 결혼했어. 하루에 세 시간 이상을 안 자는 녀석인데 여자 만날 시간이 어디 있겠어?”

“그 정도 실력에, 집안에. 빠지는 게 하나도 없는데 여자들이 가만두나 봐요?”

“음, 여자들이 접근할 방법이 없어. 훈겸이는 호텔 밖으로 한 걸음도 안 나가고 작업실에만 박혀서 사니까. 오죽하면 그 흔한 인터뷰 한번 안 하겠어. 파파라치가 붙어도 아무것도 캐내지 못할 그런 녀석이지. 안 그래도 내가 여자도 좀 만나면서 살아 보라고 입이 아프게 말했지만 아무 소용이 없다니까. 참. 나예 씨 이야기도 몇 번 했거든, 내가.”

영미와 이야기를 나누던 혁준이 나예를 돌아보며 말했다. 나예는 흠칫 놀라 혁준을 바라보았다.

“나예 씨 애인 없다고 했었지? 두 사람, 꽤 잘 어울릴 것 같아서……. 그런데 내가 아무리 얘길 해 봐도 도통 들어먹어야지. 나예 씨, 괜찮으면 사진이라도 한 장 줘 봐. 정말 예쁘다고 해도 믿지를 않네. 사진을 보여 주면 아마 생각이 달라질 것 같으니까."

"됐어요. 저, 연애할 여유도 없고 남자한테 관심도 없어요."

나예는 난처한 듯 웃으며 혁준의 말을 거절했다. 언젠가 한 번은 만나 보고 싶었지만 선보듯 남자와 여자로 만나고 싶은 건 아니었다. 나예가 거절하자 혁준은 아쉬운 표정을 지었다.

"나예 씨도 녀석이랑 똑같은 말을 하네. 혹시 이미 좋아하는 남자 있나?"

나예는 잠시 혁준의 말에 대답을 하지 못했다. 3년의 시간이 흘렀지만 그녀의 가슴속에 한순간도 지워지지 않는 남자가 있기는 했다. 생각만 해도 가슴이 저릿한, 그 남자.

이름도 모르고, 사는 곳도 모르고, 아무것도 모르는 그 남자. 그녀에게 단 사흘간의 기억만 남겨 주고 영영 사라져 버린 그 남자.

그가 만나자는 약속을 어겼던 그날 이후로, 나예는 남자를 찾지 않았다. 그와의 인연은 거기까지라고 생각했다. 그녀는 그때 연애놀음에 시간을 낭비할 정도로 마음도 경제적인 여건도 여유롭지 못했다. 하지만 그녀의 가슴속 한구석에 그 남자는 단단하게 자리 잡았다. 그와 함께했던 사흘간의 기억은 아직도 나예의 뇌리 속에 생생하게 박혀 있었다. 그의 목소리, 그의 사려 깊은 눈빛, 그의 모든 행동들……. 나예는 그를 잊을 수 없었다.

애틋하게 마음 한 자락을 잡고 있는 그의 기억은, 나예를 늘

갈등하게 했다. 돈을 받고 몸을 팔았다는 것에 대한 자괴감, 그럼에도 불구하고 그를 갈망하는 그녀의 마음은 한동안 나예를 갈팡질팡하게 만들었다. 그를 생각하고 그리워하는 마음이 진심인지도 의심스러웠지만, 끊임없이 스스로의 감정을 의심하고 시험하면서도 나예는 그 남자를 마음속에서 곱씹고 또 곱씹었다.

"아뇨, 없어요."

나예는 시선을 돌리고 대답했다. 다른 사람들에게는, 심지어 영미에게도 나예는 자신의 마음을 털어놓지 않았다. 3년이라는 시간 동안 내내 마음속에 그 남자가 자리하고 있었다는 것을.

'사실은…… 좋아하는 남자, 있어요.'

이름도 직업도 사는 곳도 모르는 그 남자. 아무것도 모르지만 나예의 심장을 저릿하게 만드는 그 남자. 하지만 그 남자를 떠올리면 늘 그녀를 괴롭히는 돈에 대한 기억과 레드플라워에 대한 기억 때문에 늘 마음이 아픈…… 그런 남자.

"아쉽네. 둘이 딱 어울리는데. 그러면 이번 Siba 대회에 출전해 봐. 우리 같이 프랑스에 한번 가 보자고."

"네?"

어김없이 그 남자에 대한 상념에 사로잡혀 있던 나예는 혁준의 말에 정신을 차렸다.

"훈겸이가 이번에 주종목을 초콜릿 공예로 바꾸었거든. 난 아이스 카빙 전문이고. 나예 씨가 설탕 공예 하면 딱 팀이 꾸려

지잖아."

나예는 얼떨떨해져 대답을 얼른 하지 못했다. 아직 국내 대회도 엄두를 못 내는 형편인데 프랑스라니! 전 세계의 뛰어난 기량을 가진 제과인들이 모여 치르는 가장 권위 있는 대회가 바로 프랑스월드페이스트리컵 대회였다. 서울국제빵과자페스티벌에서 2년에 한 번씩 프랑스월드페이스트리컵 대회에 출전할 한국 대표 선수를 선발하는 대회를 열었다. 그런데 그런 대회에 참가하라니 시작하기도 전에 두려움과 긴장감이 먼저 들었다.

"대회엔 참가하지도 않았는데 벌써 팀을 구성하는 거예요? 그러고 보면 공장장님도 진짜 성격 급하셔."

영미가 웃으며 말했다. 혁준은 싱글거리며 나예의 어깨를 두드렸다.

"뭐 어때? 꿈이야 높게 가지는 게 좋지. 나예 씨도 도전해 봐. 시도해서 나쁠 건 없잖아."

혁준이 공장에 다시 들어가 봐야 된다고 일어선 뒤에도 나예는 한동안 들뜬 가슴을 가라앉히기 힘들었다. 혁준의 말대로 시작하기도 전에 포기하는 건 바보들이나 하는 짓이었다. 노력하는 사람이 최후의 승자라는 말에도 공감하고 있었다.

'시도해서 나쁠 건 없잖아.'

나예는 혁준의 말을 곱씹어 보았다.

"강나예 씨, 일을 하겠다는 거야 말겠다는 거야?"

생각에 잠겨 있는데 대기실 문을 거칠게 열고 은빛이 들어섰다. 그녀는 불타오르는 듯한 붉은 체크무늬 정장을 입고 있었다. 몸매의 굴곡을 잘 드러내 주는 옷감이 그녀를 매혹적으로 보이게 했지만 나예를 향한 차가운 표정은 옷과 상반되는 분위기를 자아냈다. 나예는 얼른 자리에서 일어났다.

"쇼콜라 떨어졌는데 여기서 이렇게 앉아만 있을 거예요?"

"네, 죄송합니다. 바로 확인하겠습니다."

은빛은 나예가 홀 직원도 아닌데 디저트가 다 떨어졌다며 화를 냈다. 은빛의 트집엔 어느 정도 이골이 난 상태라 나예는 얼른 고개 숙여 사과하곤 대기실을 나섰다. 은빛은 본인 스스로가 유능한 사람이었고, 다른 직원들에게도 항상 최고의 상태를 원했다. 그래서 조금의 실수도 용납하질 않았다. 그리고 여직원들, 특히 그중에서도 나예에게 모질게 굴었다. 정말 영미의 말대로 예뻐서 싫어하나 싶기도 했지만 나예는 은빛의 신경질도 꾹 참고 일을 했다.

"반응이 괜찮네."

쇼콜라를 챙겨 홀 직원에게 서빙해 줄 것을 부탁하고 나예는 연회장에 들어가 테이블마다 남은 디저트들을 체크했다. 다른 것들보다 그녀가 만든 쇼콜라가 반응이 좋은 걸 보고 기분이 몹시 좋아졌다. 나예는 살포시 미소를 지으며 음식 테이블을 한 바퀴 빙 돌았다.

"너!"

그때 누군가 나예의 팔꿈치를 잡아당겼다. 나예는 깜짝 놀라 고개를 들었다. 인상을 찌푸리고 그녀를 내려다보는 남자는, 키가 크고 지적인 스타일의 남자였다. 남자는 나예를 뚫어지게 바라보고 있었다. 연회장에서 소란을 피워선 안 된다는 생각에 나예는 팔꿈치가 아팠지만 소리를 내지 않고 입술을 살짝 깨물었다.

"죄송하지만 이 팔 좀 놓아주시겠어요?"

나예는 작은 목소리로 말했다. 소란스럽지 않게 하려고 놀랐지만 의연한 척하고 있었다. 하지만 벌써 트집 잡을 게 없나 살피는 듯 연회장으로 들어온 은빛의 눈에 띄고 말았다. 얼굴이 일그러지는 은빛을 보고 나예는 속으로 낭패라 생각했지만 겉으로는 아무렇지 않은 듯 자연스럽게 시선을 돌려 남자를 올려다보았다.

남자는 나예의 얼굴을 뚫어지게 바라보다가 팔을 천천히 놓아주었다. 나예는 아픈 팔꿈치를 다른 손으로 살살 주무르며 남자를 올려다보았다. 분명 처음 보는 사람이었는데 뭔가 그 사람에게 실수를 한 것인가 골똘히 생각해 보았지만 별다른 잘못은 하지 않은 것 같았다.

"네가 왜 여기 있어?"

남자가 차가운 어조로 물었다. 정신을 차리고 보았더니 남자는 무척 잘생긴 외모를 갖고 있었다. 연회장에 있는 사람들 중에 단연 눈에 띄는 남자였다. 나예는 뭐라고 대답을 해야 하나 잠시 망설이다가 정중한 어조로 대답을 했다.

"노엘식품 직원입니다. 거슬리셨다면 죄송해요. 연회장에 음식들이 제대로 서빙되고 있는지 체크하던 중이었습니다. 지금 곧 나가겠습니다."

아무래도 그녀가 돌아다니는 게 거슬렸나 보다고 생각했다. 나예는 남자에게 목례를 하곤 돌아섰다.

"기다려."

하지만 남자는 나예의 손목을 다시 잡아 그녀를 돌려세웠다. 나예는 깜짝 놀라 남자의 손에서 손목을 빼내려 했다. 하지만 남자는 강한 힘으로 그녀를 잡아당겼다. 나예는 갑자기 끌어당기는 남자의 힘을 못 이기고 그에게 넘어질 듯 가까이 다가갔다. 남자에게서 상쾌한 스킨 향이 풍겼다. 나예는 얼굴을 붉히며 몸을 바로 세웠다.

"이것 놓아주세요."

"노엘식품 직원이라고? 그럴 리가. 넌 레드플라워에 있었잖아."

나예는 남자의 말에 화들짝 놀랐다. 그녀가 레드플라워에 있었던 것은 이미 몇 년 전 일이었고, 그것도 한 달이 채 못 되는 기간 동안 잠깐 머물렀던 거라 그녀를 기억하고 있는 사람은 거의 없다고 생각했다. 하지만 남자는 그녀를 정확하게 기억하고 있었다.

'이 남자도 손님이었나?'

기억을 되살리려 애를 썼지만 그 남자는 기억이 나질 않았다. 나예는 고개를 갸웃거리다가 남자를 생각해 내는 걸 포기했다.

"거기 있었던 건 사실이지만 지금은 아닙니다."

"널 찾으려고 그렇게 애를 썼는데."

남자가 허탈한 듯한 표정으로 말했다. 나예는 남자 때문에 좀 난처했다. 연회장에서 소란을 피우진 않았지만 이미 은빛이 그녀를 발견했고, 죽일 듯 노려보며 다가오고 있었다. 나예는 한숨을 쉬곤 남자를 바라보았다.

"죄송합니다. 무슨 일로 절 찾으셨는지 몰라도 지금은 일하는 중이라."

나예는 남자에게 꾸벅 인사를 하곤 다시 돌아섰다. 은빛이 다가와서 찍는 소리를 하기 전에 얼른 자리를 피해야겠다고 생각했다. 하지만 남자는 끈질겼다. 나예의 손목을 다시 잡아 돌려세우자 나예는 짜증이 확 밀려오는 걸 느꼈다.

"너, 내가 기억나질 않아?"

"네. 제가 기억해야 하나요?"

짜증이 나서 남자에게 쏘아붙이고 나예는 곧바로 후회했다. 어찌 됐건 출판기념회에 온 손님인데 그녀가 함부로 대해서는 안 되는 거였다. 남자는 기가 막히다는 표정으로 나예를 노려보았다.

"오빠, 무슨 일이야? 이 여자가 무슨 실수했어?"

은빛이 가까이 다가오며 남자의 팔짱을 꼈다. 나예는 은빛이 남자와 아는 사이라는 것에 놀라 그들을 바라보았다. 은빛은 나예를 한번 흘겨보고는 남자에게 시선을 돌렸다.

"아니. 별일 아니다."

남자는 은빛이 팔짱을 끼고 있는 걸 못마땅하게 보곤 은빛의 손을 풀어내었다. 그러고는 돌아서서 연회장 밖으로 나갔다. 은빛은 남자에게 거부당한 게 분한지 씨근덕대다가 나예를 돌아보았다. 나예는 은빛의 눈빛이 심상치 않은 걸 보고 속으로 한숨을 내쉬었다.

"인재 오빠한테 뭐라고 한 거지?"

"별말 안 했습니다. 아까 그분이 오해를 하신 것 같습니다."

나예는 피곤해져서 더 이상 이야기하고 싶지 않았다. 하지만 은빛은 화가 난 모양인지 나예를 죽일 듯이 노려보았다.

"강나예 씨, 그런 식으로 일을 게을리한다면 나도 그냥 있을 순 없어요. 무슨 뜻인지 알죠?"

"네……. 죄송합니다."

나예는 부당한 대우를 받아도 꾹 참을 수밖에 없었다. 일을 게을리한 적도 없고 잘못을 한 적도 없었지만 은빛은 나예가 잘못을 했다고 생각하는 것 같았다.

'정말…… 치사하네.'

나예는 속으로 투덜거렸다. 은빛은 나예를 노려보며 한마디 더 했다.

"그리고 일하면서 남자들한테 치근덕대지 말아요. 정말 추하니까."

나예는 은빛의 말에 어이가 없어 말문이 막혀 버렸다. 치근덕댄 적도 없고, 그 남자는 모르는 남자였다. 은빛과 어떤 관계가 있는 사람인지는 모르지만 나예는 자신이 잘못했다는 생각은 하지 않았다.

은빛은 야무지게 나예를 흘겨보곤 또각또각 걸어 나가 버렸다. 나예는 한숨을 길게 쉬었다.

"나예야, 너 괜찮니? 무슨 일이야?"

그때 영미가 다가와 나예의 손을 잡았다. 연회장에 들어온 그녀를 따라온 모양이었다. 나예는 아무렇지 않은 듯 영미에게 웃어 보이려 애썼다.

"별일 아냐. 아까 그 남자 때문에……. 아니, 그냥 별일 아니야."

"아까 너랑 같이 있었던 남자 말야? 아하. 이 부장이 왜 저러는지 알겠어."

영미가 고개를 끄덕이며 알겠다는 듯 말했다. 나예는 영미를 보고 의아한 듯 눈썹을 치켜 올렸다.

"그 남자, 누군지 알아?"

"킹 과자점 기획 이사잖아. 정인재 이사. 넌 몰랐어?"

"응. 처음 보는 사람이야."

"주변에 관심을 좀 가져. 그 남자, 요새 한창 뜨는 경제인이야. 현재 킹 과자점 차성희 회장 장남이잖아."

"아, 그래?"

정훈겸 셰프에게 형이 있었나 하고 고개를 갸웃거렸다. 영미는 나예의 팔을 잡아당기며 작은 목소리로 말했다.

"너 모르니? 하긴 일하는 데만 관심 있는 네가 재벌가 가십을 알 리가 없지. 직원들한테 들었는데 킹 과자점 정도훈 전 회장 말야. 재혼을 했어. 원래 아들은 정훈겸 셰프 하나밖에 없었고. 차성희와 재혼하면서 차성희가 데려온 아들이 정인재 이사고. 그래서 한동안 두 진영 간에 전쟁이었잖아. 정도훈 회장이 죽기 전에 회사를 정훈겸 셰프에게 몽땅 물려주려고 했는데 그걸 알고 차성희가 정도훈 회장을 몰아내고 자기가 회장이 되었다는 말이 있어. 정도훈 전 회장이 죽은 뒤로, 정훈겸 셰프가 집에서 나오고……. 아까 권 공장장님은 모른다고 했지만 항간에 떠도는 소문으로는 차성희한테서 쫓겨났다고 그러더라고. 킹 과자점, 그 큰 회사를 차성희가 꿀꺽한 거지. 그리고 이제 그 회사를 물려줄 아들은 정인재 이사고. 그러니까 여자들이 불빛에 몰려드는 나방처럼 정인재 이사한테 몰려든 게 하루 이틀이 아니라는 거지."

나예는 영미의 말대로 재벌가 가십에는 관심이 없었다. 하지만 그게 킹 과자점의 정도훈 전 회장과 정훈겸 셰프에 대한 이야기였기 때문에 관심 있게 영미의 이야기를 들었다. 차성희 회장을 한 번도 본 적은 없었지만 여자의 몸으로 그 정도의 성공을 거둔 것은 대단하다고 생각했다. 그리고 그녀의 아들인 정인재 이사에게 생각이 미치자 조금 혼란스러워졌다.

그 남자는 나예를 아는 것처럼 말했다. 레드플라워에 있었던 짧은 기간 동안이, 나예의 인생에서는 가장 괴롭고 힘든 시기였다. 그 시기를 굳이 떠올리고 싶지 않은 게 나예의 속마음이었다. 그런데 정인재 이사가 싫은 기억을 끄집어냈다. 나예는 인상을 찡그렸다.

'주변에 여자들도 많을 텐데, 왜 나한테 그러는 거지?'

나예는 그녀를 삼킬 듯 바라보던 정인재 이사의 강한 눈빛을 떠올리며 몸을 살짝 떨었다. 영미는 가십거리를 이야기하는 게 몹시 재미있는지 눈을 반짝이며 나예에게 이야기를 했다.

"그런데 정인재 이사, 여자들한테는 완전 얼음왕자래. 아무래도 주변에 여자들이 들끓다 보니까 거만하기도 하겠지만, 그 사람도 워커홀릭이라 여자들은 별로. 그냥 한두 번 데리고 노는 여자들 외엔 깊은 관계를 유지하는 여자는 없다더라고."

"그래?"

"그나마 몇 년 전부터는 이은빛 부장이 아예 여자들을 주변에서 쳐 낸다고 하더라고. 이은빛 부장이 정인재 이사 좋아하거든. 결혼할 거라고 떠들고 다닌다는데, 아직 확실하지는 않은 것 같아. 결혼할 여자한테 대하는 것치곤 정인재 이사 태도가 너무 담백하대. 아무래도 노엘식품 쪽에서는 킹 과자점과 사돈 관계를 맺는 게 사업에 도움이 되고, 이은빛 부장이 워낙 적극적이니까……. 아마 아까도 그래서 너한테 화냈을 거야. 자기 남자한테 접근한다고 생각했을 수도 있지."

영미의 이야기를 듣고 나자 은빛의 태도가 조금 이해가 되었다. 나예는 고개를 끄덕였다. 은빛이 좋아하는 남자와 뭘 어떻게 해 볼 생각은 없었다.

'혹시 다음에 또 보면 피해야겠네. 괜한 오해 사긴 싫어.'

나예는 씁쓸하게 생각했다.

"강나예 씨."

"네."

생각에 잠겨 있었던 것도 잠시, 나예는 차가운 표정으로 그녀를 부르는 은빛을 보고 얼른 정신을 차렸다. 영미의 말대로 정말 자기 남자에게 접근한다고 생각한 건지 은빛은 출판기념회가 끝날 때까지 나예를 잠시도 쉬지 못하게 계속 일을 시켰다. 속이 부글부글 끓어올랐지만 나예는 억지로 참았다. 힘들게 커리어를 쌓아 온 직장에서 조금이라도 자리를 위태롭게 하는 일은 하고 싶지 않았기 때문이다.

"나예야, 괜찮아? 오늘 유난히 일이 많네."

영미가 걱정스러운 눈으로 바라보았지만 나예는 그저 어깨를 으쓱할 뿐이었다.

"괜찮아. 언제는 안 그랬나. 이 부장, 완벽주의자잖아. 이제 거의 끝난 것 같은데. 언니, 나 먼저 나가 있을게."

"알았어. 마무리하고 나갈게."

나예는 영미에게 웃어 보이곤 연회장을 나갔다. 하지만 입가의 웃음은 연회장을 나가는 순간 싹 사라졌다.

"휴우……."

피곤하고 기운이 빠지는 기분이었다. 나예는 터벅터벅 건물 밖으로 나갔다. 정신없이 일하느라 눈치채지도 못했던 두통이 몰려오는 것 같아 나예는 눈살을 찌푸렸다. 나예는 영미를 기다리면서 멍하니 도로가에 시선을 주었다. 잠시 가만히 있다가 나예는 휴대폰을 꺼냈다. 잠시 망설이다 천천히 삐삐 번호를 누르자 결번이라는 안내 메시지가 나왔다. 나예는 입술을 깨물었다.

"엄마……."

휴대폰에서는 앵무새처럼 결번이라는 여자의 목소리가 재차 들려왔지만 나예는 들리지 않는 듯 말을 이었다.

"잘 지내는 거야? 아빠는? 아빠는 찾았어? 어디로 꼭꼭 숨어 버렸는지 모르겠어. 실종 신고 한 지 1년도 넘었는데 다들 모르겠대. 엄마는 알고 있어? 혹시 엄마, 아빠랑 같이 있는 거야? 같이…… 있었으면 좋겠다. 영우랑 나는 잘 지내. 영우는 학교 잘 다니고 있고, 난 회사에서 일 열심히 하고 있어. 뭐 가끔 힘들기도 한데 견딜 만해. 휴우……. 엄마……."

눈물이 흘러내렸다. 목소리가 가늘게 떨렸다. 휴대폰을 든 손도 떨렸다. 나예가 말을 잇지 못하고 울고 있는데 뒤에서 누군가 그녀의 어깨를 잡았다.

"너 또……."

천천히 돌아보니 코끝이 빨개진 채 영미가 서 있었다. 나예는 얼른 휴대폰을 주머니 속으로 넣었다.

"다 했어? 가자."

짐짓 아무렇지 않게 말했지만 두 눈에서 흘러내리는 눈물을 감추진 못했다. 영미는 나예의 손을 잡아 주었다.

"끊어진 삐삐에 대고 넋두리하는 거 그만해, 이제. 너 2년째 이러고 있는 거 알아? 아저씨랑 아줌마, 어디선가 건강하게 잘 지내실 거야."

나예는 고개를 끄덕였다. 영미의 말이 맞았으면 했다. 헤어지고 난 뒤 몇 달 동안 나예는 영우를 구하고 단칸방에서 월세를 내지 못해 쫓겨난 영미와 함께 달동네를 전전하며 정신없이 지내느라 아버지를 찾지 못했다. 단 하나 남은 연락처인 엄마의 삐삐 번호만 가지고 수없이 연락을 해 봤지만 엄마는 묵묵부답이었다. 그리고 몇 달 뒤 경찰에 실종 신고를 했을 땐 두 분 다 행적이 끊어져 찾을 수가 없었다. 삐삐도 해지했는지 결번이라고 했다.

그걸 알고 나서 나예는 며칠 동안 가슴을 치며 울었다. 처음에 영우를 구하기 위해 레드플라워에서 일할 때는 엄마에 대한 원망이 가슴에 사무쳐 음성 녹음을 하면서도 모질게 다신 보지 말자고, 용서하지 않겠다고 화를 냈지만 번호가 결번이라는 걸 알게 된 뒤로 원망은 점점 걱정과 그리움으로 변해 갔다. 그래서 한 달에 한두 번은 꼭 빈 수화기에 대고 넋두리처럼 엄마를 부르곤 했다. 그렇게라도 해야 견딜 수 있었다.

"알아, 언니. 나 좀 더 강해질게. 어디선가 아빠도 엄마도 잘 지내실 거야. 다시 만날 때까지 열심히 살아서 좋은 모습 보여 드려야지."

나예는 웃음을 보이며 영미의 손을 꼭 잡았다. 영미도 나예를 보며 고개를 끄덕여 주었다.

# 12장

"강나예……."

예쁜 이름이었다. 그녀의 외모만큼이나.

인재는 지나가는 서빙 직원의 쟁반에서 샴페인을 받아 들곤 찬찬히 여자를 바라보았다. 지난번 출판기념회장에서 여자를 만난 뒤로 두 번째였다. 그녀가 노엘식품의 직원이었다는 걸 알게 된 인재는 그녀를 다시 만나기 위해 파티에 참석했다. 경제인 모임이었지만 평소 인재는 상류층의 파티에 참석하는 걸 별로 좋아하지 않았다. 서로 목적이 맞는 사람들끼리 만나서 인맥을 넓히는 자리는 필요하긴 했지만 불편했고, 인재는 그런 곳에서 그에게 접근하는 재벌가 영양들도 부담스러웠다. 그래서 평소였다면 참석하지 않았을 자리였지만 파티 음식을 노엘식품에서 한다고 해서 왔던 거였다.

"날 기억 못 한단 말이지?"

인재는 씁쓸하게 웃으며 중얼거렸다. 몇 년 전의 모습을, 인재는 바로 어제 본 것처럼 생생하게 기억하고 있는데 여자는 그를 기억조차 하질 못했다. 자존심이 몹시 상하지 않을 수 없었다.

레드플라워에서 스치듯 그녀를 만난 뒤, 인재는 그 여자를 잊을 수가 없었다. 이제까지 본 여자 중에서 가장 예쁜 여자이기도 했거니와 당돌하게 그를 거부한 첫 여자였기 때문이다. 선약이 있다며 그를 무시하고 가 버린 여자가 괘씸해 인재는 며칠간 분노를 참을 수 없었다. 그래서 레드플라워에 다시 그녀를 찾아갔었다. 하지만 돌아오는 대답은 여자가 술집을 그만두었다는 것. 화가 났다. 그를 무시한 대가를 치르도록 해 주겠다고 단단히 벼르고 갔는데 여자가 그만두었다니. 사람을 시켜 강남 일대의 술집을 다 뒤졌지만 여자는 자취를 찾을 수 없었다. 그녀는 레드플라워에 그 흔한 휴대폰 번호 하나 남겨 놓질 않았다.

"별것도 없는 게, 감히 날 무시해?"

샴페인을 한 모금 넘겼다. 여자는 철저하게 그의 존재를 무시하고 있었다. 파티 시작 전부터 그녀의 일거수일투족을 빤히 쳐다보고 있었음에도 여자는 그를 무시하고 일에만 집중하고 있었다. 파티가 시작되자 안면이 있는지 몇몇 손님들과 웃으며 이야기를 나누기도 했다.

그녀는 몇 년 전 레드플라워에서 봤을 때보다 훨씬 성숙해져 있었다. 그때도 막 피어나는 꽃봉오리처럼 아리따웠지만 지금은 빛나는 보석처럼 그 아름다움이 더해져 있었다.

인재는 감상하듯 나예의 몸매를 훑어보았다. 그때도 한번 데리고 놀아 보고 싶을 정도로 섹시했지만 지금은 그 이상이었다. 화사한 드레스를 입은 화려한 여자들 틈에 있었지만 절대 묻히지 않는 아름다움을 갖고 있었다. 그녀는 얌전한 검정색 원피스를 입고 있었다. 하지만 그녀의 몸에 달라붙은 옷은 봉긋 솟아오른 가슴과 가느다란 허리, 탱탱해 보이는 엉덩이까지 물 흐르듯 흘러내렸다.

크기도 했지만 모양도 예쁜 가슴에 얼굴을 묻으면 천국이 따로 없을 것 같았다. 입 안이 말랐다. 인재는 샴페인을 한 모금 더 마시곤 테이블 위에 내려놓았다. 나예에게 성큼성큼 걸어간 그는 말없이 그녀의 손목을 잡고 파티장을 빠져나왔다.

"놓아주세요."

나예는 침착했다. 그가 할 행동을 예측하고 있었던 것인지 그가 손목을 잡았지만 반항하지 않았다. 그를 따라 파티장을 나온 뒤, 조용한 홀에 들어가자 손목을 비틀며 놓아줄 것을 요구했다. 인재는 천천히 그녀의 손목을 놓아주곤 그녀를 마주보았다. 하얀 얼굴이 표정 없이 차가웠으며 검고 긴 생머리는 신비스러운 분위기를 자아냈다. 인재는 홀린 듯 나예를 바라보았다.

"무슨 일이신가요?"

나예는 사무적인 목소리로 말했다. 차가운 가면을 쓰고 있는 여자. 인재는 못 견디게 화가 났다. 속에서 뭔가 뜨거운 것이 부글부글 끓어올랐다. 어떤 여자도 그의 앞에서 이 여자처럼 철저하게 차가운 태도를 보이는 여자는 없었다. 그의 눈길을 한 번이라도 받기 위해 애를 썼고, 호감을 얻으려고 별짓을 다했다.

"정말 비싸게 구는군. 너, 내가 누군지 알지?"

"네."

아마 지난번의 만남 이후 누군가가 말해 주었겠지 싶어 물었다. 역시나 여자는 그가 킹 과자점의 기획 이사라는 것을 알게 된 것 같았다. 인재는 거만한 시선으로 여자를 내려다보았다.

"네 하룻밤이 얼만지는 모르겠지만 내가 사지. 이번엔 선약이 있다는 거짓말은 하지 않겠지?"

나예는 잠시 생각을 하는 듯하더니 '하룻밤'이라는 말에 모욕을 당한 듯 입술을 깨물며 몸을 떨었다. 인재는 여유 있는 태도로 그녀의 대답을 기다렸다. 얼마를 부르든 그 돈을 치를 생각이었다. 그 여자는 몇 년 전에 그를 무시했던 대가를 치러야만 했다. 그리고 지난번의 무례한 행동에 대한 대가도.

"몇 년 전에 그 일은 그만두었습니다."

하지만 돌아오는 대답은 또다시 당돌한 거절. 인재는 속에서 울컥 화가 치밀어 오르는 것을 느끼곤 나예를 노려보았다. 대체 자기가 뭐라고 생각하는 것인지 감히 거절의 말을 함부로 하고 있었다.

"그런 건 상관없어. 중요한 건 현재지. 내가 지금 널 갖고 싶다고 말하는 거라고. 얼마가 되었든 다 주겠어."

나예는 입을 꾹 다물곤 도전적인 눈빛으로 그를 올려다보았다. 마치 그가 그녀를 원하는 것이 나쁜 일이라도 된다는 듯이.

"이사님께서는 여자도 돈으로 사야 할 만큼 스스로에 대해 자신이 없나 보죠?"

인재는 나예의 말에 순간 말문이 막혔다. 기껏해야 울며 싫다고 하거나, 아니면 돈을 많이 달라고 앙탈을 부리거나 할 줄 알았는데 그녀의 태도는 허를 찔렀다. 인재는 이를 부드득 갈았다. 어떤 여자도 이렇게 그의 자존심을 뭉개 버리는 말을 할 순 없었다.

"뭐야?"

숨이 찼다. 머리끝까지 화가 치밀어 올랐다. 순간 여자의 목을 졸라 버리거나, 뺨을 때리거나, 아니면 힘으로 굴복시켜 그 당돌한 혀에서 잘못했다는 말이 나오도록 하고 싶었다.

"저, 돈 필요 없어요. 그리고 이사님은, 제 타입 아니에요. 더 이상 하실 말씀 없으시면 가 보겠습니다."

나예는 기가 막히게도 당돌한 말만 늘어놓곤 그에게 등을 돌렸다. 너무 화가 나 인재는 순간 이성을 잃었다. 그는 나예의 손목을 잡고 홱 돌려세웠다. 나예는 화가 난 듯 입술을 파르르 떨며 그에게서 벗어나려 손을 비틀었다.

"결정을 하는 건, 네가 아니라 나야. 알겠어? 난 널 가질 거고, 넌 거부할 수 없어."

"왜 거부하면 안 되죠? 전 싫다고요!"

나예의 싫다는 말은 인재에겐 상식 밖의 말이었다. 도대체 왜 싫다는 건지 이해할 수가 없었다. 그가 누군지 알고 있다면 그에게 어떤 힘이 있는지도 알고 있다는 뜻. 그리고 그를 모르는 여자라도 그냥 외모만으로도 그에게 호감을 느끼곤 했다. 인재는 자신이 여자에게 왜 싫다는 말을 왜 들어야 하는지 이해를 할 수 없었다.

"내가 너에게 뭘 줄 수 있는지 모르는 건가? 내 마음에 들게 행동하면 네가 원하는 게 뭐든지 얻을 수 있을 거야. 뭘 원해?"

나예가 파르스름하게 질린 얼굴로 그를 노려보았다. 웬만한 여자였으면 두려움을 느낄 터였지만 나예는 전혀 아니었다. 그녀는 눈 하나 깜짝하지 않고 그를 노려보았다.

"이사님이 제 손을 놓아주는 거요. 그리고 제가 가서 일을 할 수 있게 더 이상 말 시키지 않는 거요. 하나 더 부탁드려요? 앞으로 저한테 말 시키지 않는 거요!"

어이가 없었다. 그가 예상한 답변은 하나도 없었다. 나예는 매몰차게 인재의 손을 뿌리치고 또박또박 걸어가 연회장 안으로 사라졌다.

"허!"

인재는 잠시 동안 분노마저도 잊었다.

"강나예…… 꽤 재미있는 여자야."

입가에 살짝 미소가 떠올랐다. 인재는 여자가 사라진 연회장으로 천천히 걸어갔다. 연회장 안으로 들어서자 우아한 모습으로 연회장 안 음식 테이블을 둘러보고 있는 나예의 모습이 보였다. 목이 말랐다. 인재는 더듬듯 나예의 뒤태를 훑어보았다. 그저 한번 데리고 놀아 보려던 생각이 바뀌었다.

"네 입에서 제발 만나 달라고 사정하는 말이 나오는 걸 들어야겠어."

어떤 일이 있어도 그에게 굽힐 것 같지 않은 여자, 인재는 그 여자를 정복해야겠다고 생각했다.

"오빠, 여기 있었네. 웬일이에요? 이런 파티 싫어하면서."

나예의 모습을 바라보고 있는데 은빛이 불쑥 나타났다. 인재는 은빛에게 시선을 돌렸다. 은빛은 그를 보고 반가운 미소를 지었다가 인재가 보고 있던 쪽으로 시선을 보내더니 나예를 발견하고 낯빛이 어두워졌다.

"그냥. 사업상 만나야 할 사람들이 있어서."

은빛의 표정을 보니 그의 말을 믿지 않는 것 같았다. 은빛은 화를 꾹 참는 듯 입술을 깨물었다.

"오빠, 내가 지금까지 이렇게 참고 있는 건…… 저딴 계집애하고 오빠를 공유하려고 한 게 아니에요. 알죠?"

은빛은 불꽃같은 여자였다. 그녀는 자신이 원하는 게 뭔지 확실히 알고 있었고 그걸 갖기 위해서 올인했다. 킹 과자점이 IMF로 자금 사정이 어려웠을 때, 은빛은 아버지를 설득해 노엘 식품에서 킹 과자점을 지원하도록 만들었다. 그녀의 요구 조건이었던 결혼은 인재가 단칼에 거절했기 때문에 물러섰지만, 은빛은 그만큼의 소유욕으로 인재를 옭아매려 했다.

은빛에게 별로 나쁜 감정은 없었다. 어려울 때 도와주었고,

사업 파트너로서의 유능함 때문에 함께 가기 좋은 상대였다. 그의 주변에 들끓던 여자들을 다 쳐 냈던 것도 귀엽게 봐줄 만했다. 어차피 인재에겐 별 상관없는 여자들이었으니까. 하지만 은빛이 그의 감정까지 좌지우지할 권리는 없었다. 인재는 시니컬한 표정으로 고개를 돌렸다. 분노가 넘실대는 은빛의 눈빛을 보고 인재는 냉정하게 말했다.

"네가 참고 있는 건, 아직 내가 프러포즈를 하지 않았기 때문이지. 이은빛, 난 쉬운 여자 싫다. 그리고 날 마음대로 휘두르려는 여자도 싫어. 내가 어떤 여자를 갖겠다고 마음먹었다면, 난 무슨 일이 있어도 가져. 내가 원하는 여자가 되고 싶다면, 내 마음을 움직여 봐."

인재의 말에 은빛의 얼굴이 빨개졌다. 그의 앞에선 날카로운 이를 드러내지 못하는 여자였다. 인재는 그 사실을 너무도 정확하게 알고 있었다.

"참고로 말해 두자면, 난 네가 싫지 않아."

은빛의 뺨이 더욱 붉어졌다. 인재는 은빛에게 싱긋 웃어 주고 연회장에서 나갔다. 인재도 알고 있었다. 킹 과자점으로서는 노엘식품과 어떤 형태로든 파트너십을 유지하는 게 도움이 된다는 걸. 결혼 상대로 은빛이 나쁘다고 생각진 않았다. 은빛이 질투하는 것처럼 나예에 대해서 심각한 마음도 아니었다. 그 여자는 데리고 놀 만한 여자이지 결혼할 여자는 아니었다.

'건방진 계집애. 버릇을 고쳐 주겠어.'

인재는 나예를 떠올리곤 이를 부드득 갈았다. 밖으로 나가 차에 올라탔다. 연회장에 오면서 나예가 밖에서 걸어 들어왔던 것을 떠올렸다. 그녀는 아마 차가 없는 모양이었다. 연회가 끝날 때까지 있을지는 모르겠지만 어쨌든 일을 다 하면 나올 거라고 생각했다.

인재의 예상대로 오래 지나지 않아 나예가 밖으로 나왔다. 그녀는 동료인 듯한 여자와 함께 나왔다. 인재는 차에서 내려 나예의 시선을 끌었다. 나예는 그를 보더니 움찔하곤 모르는 척 외면하고 버스 정류장 쪽으로 걸어갔다. 괘씸한 여자였다. 대놓고 그를 무시하다니.이상한 투지가 끓어오르는 걸 느끼며 인재는 나예에게 다가갔다. 앞을 가로막자 그녀가 기분 나쁘다는 표정으로 바라봤다.

"이렇게 하자. 네가 원하는 방식이 뭔지 얘기해 봐."

나예는 말없이 그를 노려보았다. 어쩌면 그녀가 원하는 방식은 그와 마주치지 않는 것일지도 모른다.

"무슨 말씀이신지 모르겠어요."

"돈은 싫다며. 그럼 네가 원하는 게 뭐냐고."

"이사님하고…… 얽히지 않는 거요."

또 화가 치밀어 올랐다. 여전히 나예는 그를 거부했다. 억지로 갖겠다는 게 아닌데도 불구하고 그와 어떤 관계도 갖고 싶지 않다는 의지의 표현이었다.

"좋아. 그럼 나하고 저녁 먹자."

"싫다고 몇 번을 말씀드려야 해요?"

기가 막힌 여자였다. 인재는 한결같이 그를 거부하는 여자를 보며 억지로라도 끌고 가야 하나 잠시 고민했다.

"이렇게 하면 아무리 해도 결론이 나질 않는다. 저녁 한 끼 같이 먹자는 게 과한 요구인가?"

"그건 아니지만……."

"그래. 그러면 같이 가자."

인재는 그녀가 잠깐 머뭇거리는 새에 손을 덥석 잡고 끌어 당겼다. 나예의 옆에 있던 여자가 눈을 휘둥그렇게 떴지만 모르는 척했다. 차에 나예를 밀어 넣고 그녀가 내릴세라 빠르게 차를 출발시켰다. 나예는 못마땅한 표정이었지만 어쩔 수 없다는 듯 얌전하게 앉아 있었다.

옆에 앉은 나예에게서 은은한 향이 풍겼다. 여자들의 짙은 향수 냄새에 익숙해 있던 인재에게는 조금 신기하기도 하고 신선하게 느껴졌다. 그녀는 화려한 외모에 비해 옷차림이나 화장은 꽤나 수수했다. 술집에서 일했던 여자 같지 않다는 생각이 들어 조금 의외였다.

"뭐 먹을래?"

운전하며 흘깃 옆으로 시선을 주었다. 나예는 그림처럼 단아하게 앉아 있다가 그의 물음에 조금 생각하더니 그를 향해 고개를 돌렸다.

"순대국밥이요."

인재는 적잖이 당황했다. 대부분의 여자들은 무엇을 먹고 싶냐는 질문에 '아무거나요.'라든지 '글쎄요.'라든지, 그것도 아니면 '알아서 해 주세요.' 등의 대답을 하는 게 보통이었다. 자신의 기호를 직접적으로 표현하는 것도 놀라웠지만 그게 그녀와는 전혀 어울리지 않는 '국밥', 그것도 '순대국밥'이라는 것이 더욱 놀라웠다.

"지금 혹시, 나한테 비호감으로 보이고 싶어서 그런 대답을 하는 건가?"

그녀의 의도는 분명했다. 일부러 확 깨는 행동을 해서 그를 떨어져 나가게 하려는 게 아니곤 그런 대답을 할 리가 없었다.

"아닌데요. 배고파서. 어쨌든 밥은 한 끼 먹어야 보내 주실 거 아니에요."

그녀는 아무렇지도 않게 한마디 툭 던졌다. 인재는 조금 어이가 없었다. 나예는 좀 심하다 싶을 정도로 소탈했다. 어쨌든 자신의 의견을 똑 부러지게 이야기하는 데야 다른 걸 먹기도 좀 그래서 근처 국밥집으로 향했다. 정말 묘한 여자였다.

"들어가자."

국밥집 앞에 서자 여자는 망설이는 기색도 없이 안으로 쑥 들어갔다. 자리를 잡고 앉자 나예는 '순대국밥 주세요.' 하고 주문도 멋대로 했다. 인재는 그녀에게 뒤통수를 맞은 기분이었다. 순대국밥을 하나 더 추가하곤 신기한 생물을 바라보듯 나예를 쳐다보았다. 그녀는 몹시 신기한 여자였다.

"국밥 좋아해?"

보통의 아가씨들은 순대국밥 같은 종류의 식사는 별로 선호하지 않는다고 알고 있었다. 처음에는 그를 떼어 내기 위해 일부러 그러나 싶었는데 그녀는 국밥에 익숙한 듯 주문한 순대국밥이 나오자 후후 불어 가며 후루룩 먹기 시작했다.

"네. 배고플 때는 좋아요. 양도 많고 든든하거든요."

재미있는 여자였다. 새 모이만큼이나 조금 먹을 것처럼 생겨서, 밥을 먹는 걸 보니 많이도 먹는다.

"그렇게 먹고도 몸매가 유지되나?"

진심으로 궁금했다. 여자와 마주 앉아서, 그 여자가 가진 부동산이 얼마나 되나 궁금해하거나, 아니면 그 여자의 회사는 연매출이 얼마나 되는지 궁금해하는 것 이외에 이 여자는 이렇게나 많이 먹고도 날씬한 것인지가 궁금한 것은 처음이었다.

"힘쓰는 일이 많은 직업이라서요. 저, 노엘식품에서 일하기도 하지만 다른 직업은 파티시엘이거든요."

"빵을 만들어?"

"네. 지금은 소속된 빵집도, 제 소유의 빵집도 없지만 언젠가는 제 이름을 걸고 빵을 만들고 싶어요."

인재는 묘한 기분으로 나예가 국밥을 먹는 것을 바라보았다. 당차고 신기한 여자, 강나예라는 여자에 대해 조금 더 알고 싶어졌다.

# 13장

라파예르호텔 파티시에 작업실은 특급 호텔답게 널찍하고 고급스러웠다. 나예는 조심스럽게 가져온 재료들을 작업대 위에 올려놓으며 작업실 안을 둘러보았다.

“우와, 진짜 좋다. 확실히 특급 호텔이라 뭐가 달라도 달라. 아까 들어오면서 보니까 연회장도 굉장히 넓고 고급스럽더라.”

영미가 나예를 따라 들어오면서 말했다. 노엘식품 창립 기념 파티가 열리는 날이라 나예는 아침부터 정신이 하나도 없었다. 창립 기념 파티는 특급 호텔인 라파예르호텔에서 열렸다. 파티 음식은 외식사업부에서 직접 맡아서 준비했기 때문에 며칠 전부터 나예는 그 준비로 몹시 바빴다. 킹 과자점 권혁준 공장장과 디저트류에 대해 의논을 하고 필요한 제품들과 재료들을 준비했다.

"그러게. 여긴 셰프룸과 파티시에룸이 따로 있나 봐."

나예가 서 있는 곳은 오로지 파티시에만을 위한 공간이었다. 영미는 고개를 끄덕이며 작업실 안을 휘휘 돌아보았다.

"특급 호텔들은 파티시에들을 독립된 공간에서 일할 수 있게 한다던데. 여기가…… 맞지? 그 정훈겸 셰프가 일한다는 곳."

"아마도."

나예는 재빠르게 재료들을 꺼내 준비하면서 대답했다. 영미는 신기하다는 듯 여기저기 둘러보곤 나예에게 흥분된 어조로 말했다.

"남자가 되게 깔끔한가 봐. 먼지 하나 없어. 도구들도 제자리에 가지런하게 놓여 있고. 우와, 기계들 봐. 최신식 기계 같은데."

음식은 보통 만들어서 가져오지만 신선도 때문에 현장에서 바로 준비해야 할 것들도 많았다. 그래서 호텔 측에 파티시에룸을 빌릴 수 있는지 물어보았는데 다행히 혁준과 안면이 있어서인지 쉽게 오케이를 해 줘서 작업실을 쓸 수 있었던 것이었다.

나예는 영미가 감탄해 마지않는 작업실을 보고 동감을 표했다. 파티시에라면 누구나 부러워할 만한 최신식 기계가 있는 효율적인 작업 공간이었다. 이런 곳에서 일할 수 있다면 정말 하루 24시간 내내 일만 해도 좋을 것 같았다.

"그런데 좀 아쉽네. 정훈겸 셰프, 직접 만날 수 있는 기회였는데. 왜 하필 출장이래?"

"출장이라서 우리가 여기 빌려 쓸 수 있는 거잖아, 언니."

정훈겸 셰프는 프랑스에 세미나가 있어 일주일간 자리를 비운다고 했다. 그래서 양해를 구하고 작업실을 빌려 쓰는 게 가능했던 것이었다. 나예는 처음에 라파예르호텔에서 행사를 한다고 해서 어쩌면 그를 만날 수 있을지도 모르겠다는 생각을 했지만 그가 없다는 말을 들으니 차라리 그게 낫겠다 싶었다.

어렸을 때 봐서 그도 그녀를 기억하지 못하겠지만 어쨌든 아버지 때문에 껄끄러운 게 사실이었다. 파티시에로서 경력도 화려하고, 젊은 나이에 대단한 성취를 이룬 사람이기는 하지만 정도훈 회장의 아들이라는 것이 왠지 꺼림칙하게 느껴졌다.

"그건 그렇지. 어쨌든 난 그 사람 좀 궁금했는데 아쉽다. 참, 나예야. 지난번에 정인재 이사하고 어디 갔었어?"

나예는 카나페를 만들려고 과일을 꺼내 준비하던 중이었다. 얼마 전, 인재와 함께 저녁을 먹고 바로 다음 날 지방 출장을 며칠 다녀오는 통에 영미와 제대로 이야기를 하지 못했었다. 그리고 며칠간은 오늘 행사 때문에 바쁘게 돌아다니느라 시간이 없기도 했고, 영미가 넌지시 물어보려 할 때마다 나예가 화제를 돌리며 말을 아꼈던 터라 영미의 궁금증은 극에 달해 있었다. 나예는 별로 말하고 싶지 않았지만 영미가 눈을 반짝이며 쳐다보고 있어서 할 수 없이 입을 열었다.

"그냥, 식당에 갔어."

"정인재 이사, 너한테 관심 있는 모양이다? 나 정말 놀랐잖아. 혹시 돈 주겠다고 그러든?"

영미는 나예가 손질하고 있는 과일을 같이 손질하면서 물었다. 나예는 영미의 시선을 피했다.

"예전에 레드플라워에서 일할 때 한 번 마주친 적이 있어. 아마 아직도 날 그렇게 생각하나 봐. 한번 데리고 놀아 볼까 하는 것 같아."

나예는 인재를 기억하지 못했지만 나중에 기억이 났다. 영우를 데려올 돈을 구했던 바로 그날, 술집에서 부딪쳐 그의 옷을 망쳤던 게 생각이 난 것이다. 그때 그는 나예를 사겠다고 했었고, 그녀가 거절했었다. 나예는 그걸 기억해 내고는 인재가 처음에 왜 그녀에게 그런 식으로 대했는지 이해했다. 어쨌든 인재의 입장에서 보면 술집 여자였고, 그냥 한번 데리고 놀려고 생각했을 수도 있었다.

"세상에. 너 괜찮은 거니? 그날도 계속 그런 요구를 한 거야?"

"괜찮아. 싫다고 말했고, 아마 알아들었겠지."

"알아들은 것 같지 않은데?"

나예는 의아한 시선으로 영미를 돌아보았다. 영미는 말없이 눈짓으로 앞쪽을 가리켰다. 인재가 작업실 안으로 들어오고 있었다. 나예는 작게 한숨을 쉬었다. 더 이상 얽히고 싶지 않은 게 그녀의 마음이었다. 그런데 자꾸만 눈에 띄었다.

"파티를 꽤 좋아하시나 봐요."

나예가 비꼬는 어조로 말했지만 인재는 별로 신경 쓰는 것 같지 않았다. 그는 나예를 보고 싱긋 웃었다. 다소 차갑지만 잘 생긴 얼굴에 웃음이 번지자 심장이 두근거렸다. 그는 킹 과자점이라는 타이틀을 빼고도 매력적인 남자였다.

"오늘은 꼭 참석해야 하는 자리라서."

"그럼 파티에 참석하세요. 전 일을 해야 하거든요."

"파티 시작하려면 아직 멀었잖아."

"그럼 가서 볼일 보세요."

나예가 핀잔을 주었지만 인재는 꿈쩍도 하질 않았다. 오히려 나예에게 바싹 다가와 그녀가 일하는 것을 빤히 보았다.

"오늘 파티 끝나고 시간 어때?"

가까이 다가온 그에게서 좋은 향이 풍겼다. 나예는 조금 당황해 옆으로 비켜섰다. 그가 나예에게 허리를 숙이며 은근한 어조로 물었다. 나예는 입술을 꼭 깨물며 그를 노려보았다.

"제발 부탁드리는데 이러지 마세요. 저 오해 받는 것도 싫고 이런 식으로 이사님하고 얽히는 거 싫어요."

인재는 나예의 말을 별로 신경 쓰지 않는 것 같았다. 그녀가 재차 싫다고 하자 재미있다는 듯 입술을 비틀며 그녀의 손목을 잡았다. 뜨거운 그의 손이 닿자 정신이 번쩍 드는 것 같았다. 나예는 재빨리 뒤로 물러서며 그의 손을 뿌리쳤다.

"누가 오해를 한다는 거지?"

그는 차가운 얼굴로 다시 나예에게 다가섰다. 나예는 그녀가 직접 만들어 온 티라미수와 카나페 등을 챙겨 연회장으로 가려 했다. 아무래도 사람들이 있는 곳으로 가면 그도 더 이상은 다가오지 못할 거라고 생각했다.

“누구에게든 오해 받고 싶지 않아요.”

나예는 빠르게 대답하곤 영미에게 눈짓을 했다. 영미는 헛기침을 하며 나예를 따라 나왔다.

“정인재 이사, 무섭게 들이대네. 관심 이상인 것 같다?”

영미는 흘깃 뒤를 돌아보며 목소리를 낮춰 나예에게 속삭였다. 나예는 한숨을 쉬었다. 피곤했다.

“저러다 말겠지.”

“말 것 같지가 않은데? 이은빛 부장 알면 가만 안 있겠다. 완전 자기 남자라고 떠들고 다니던데, 너한테 이러는 거 알면 너 테러당하는 거 아냐?”

나예는 연회장으로 들어가며 심란한 마음을 다잡았다. 일단은 일을 해야 할 시간이었다.

“테러는 무슨. 일이나 하자. 언니, 저쪽부터 세팅해 줘.”

“오케이.”

연회장은 테이블 세팅을 비롯해 파티 준비로 한창이었다. 영미는 쟁반을 들고 테이블 저편으로 걸어갔다. 나예는 테이블 쪽을 한번 보다가 마침 파티장으로 들여오고 있는 아이스 카빙 작품을 보고 깜짝 놀랐다. 파티장을 화려하게 장식하는 작품을 보자 저절로 감탄이 나왔다.

“저건…….”

나예는 조명을 받아 투명하게 빛나는 얼음 조각을 보고 자리에 멈춰 섰다.

"어때? 괜찮아 보여?"

옆에서 불쑥 나타나 말을 거는 남자는 혁준이었다. 얼음 조각은 그의 작품인 모양이었다.

"안녕하세요. 진짜…… 대단해요. 직접 하신 거죠?"

"응. 요새 나름 열심히 연습 중이지. 올해 대회 준비도 할 겸."

혁준은 밝은 웃음을 띠고 나예를 바라보았다.

"이렇게 작품을 만들려면 몇 년이나 연습해야 해요?"

나예가 홀린 듯 작품을 보며 말하자 혁준은 웃음을 터뜨렸다.

"글쎄. 나 같은 경우는 10년도 넘었는데. 사람에 따라 다르지. 서로 능력의 차이가 있고 연습량의 차이가 있으니까. 내가 이렇게 하긴 하지만 사실 훈겸이 녀석이 나보다 조금 더 잘하지. 그 녀석은 천부적인 자질이 있는 녀석이거든. 노력형 천재라고나 할까. 타고난 감각에다 남들이 절대 따라올 수 없는 연습량까지."

또 그 남자에 대한 말이다. 나예는 정훈겸이라는 파티시에가 정말 부럽기도 하고 궁금하기도 했다. 물론 혁준의 말마따나 본인의 엄청난 노력 때문에 모든 성과가 있는 것이겠지만 그런 노력마저도 하기 힘든 환경에 있는 그녀로서는 부러울 따름이었다.

"참, 덕분에 파티시에룸 빌릴 수 있어서 감사해요. 공장장님이 잘 말씀해 주셔서 쉽게 빌릴 수 있었어요."

나예는 정신을 차리고 혁준에게 감사 인사를 했다. 혁준은 손사래를 치며 허허 웃었다.

"내가 뭘 한 게 있다고. 어차피 녀석이 출장 가는 기간 동안은 비어 있는 곳인데 뭐. 나예 씨 여기까지 온 김에 그 녀석하고 만났으면 좋았을걸. 그게 좀 아쉽네."

"아니에요. 저 진짜 누군가를 만나고 싶은 생각 없어요. 지금은 그냥 일에만 집중하고 싶어요. 그리고 그분도…… 저보다 훨씬 좋은 조건의 괜찮은 여자분 만나셔야죠."

"에이. 나예 씨 거절을 그런 식으로 하나? 나예 씨 정도면 완전 괜찮은 거지. 게다가 나예 씨가 훈겸이 녀석 이상형이라니까? 그 녀석이 파티시엘을 만나고 싶어 해. 자긴 빵 굽는 여자가 좋다나."

"설마요."

"진짜야. 나예 씨처럼 감각 있는 파티시엘이라면…… 나예 씨 실력 보면 그 녀석도 아마 깜짝 놀랄걸. 티라미수 나예 씨가 만들어 온 건가?"

"아, 네. 한번 맛보실래요?"

나예는 웃으며 들고 있던 쟁반을 혁준에게 내밀었다. 혁준은 조각을 내어 한입 크기로 모양을 내 놓은 티라미수들을 보더니 한 개 집어 들고 입 안에 넣었다. 천천히 맛을 음미하던 혁준은 조금 놀란 표정을 지으며 나예를 바라보았다.

"이거…… 정말 유혹적인 맛인데?"

"과찬이세요."

나예의 뺨이 상기되었다. 혁준은 맛을 평가하는 데 있어 냉정하고 솔직했다. 그가 칭찬하는 것은 정말 잘했을 때이고 객관적으로 평가해 아닌 것은 아니라고 말하는 사람이었다. 그런 혁준이 놀라움 섞인 말투로 칭찬을 하다니 나예는 정말 기뻤다.

"언제나 솔직하게 말하지, 내가. 나예 씨가 노엘식품에서 일하지 않았으면 같이 일해 보고 싶을 정도야. 나중에 혹시 그만두면 킹 과자점으로 오겠어?"

혁준이 웃으며 말하자 나예는 얼굴을 붉히며 고개를 숙였다. 함께 일을 하자는 것은 나예를 정말 높이 평가하고 있다는 것이었다. 혁준이 고맙기도 하고 그만큼 인정받았다는 게 기쁘기도 했다.

"감사합니다. 저도 꼭 공장장님하고 같이 일해 보고 싶어요. 그런데 킹 과자점 말고 전 제 빵집을 차릴 거거든요. 언제든지 오시면 영광으로 알고 모실게요."

"허허! 맹랑한 아가씨네. 좋아. 나예 씨가 부탁한다면야. 개업하면 연락해!"

나예는 혁준을 바라보며 웃음을 터뜨렸다. 그러다 파티장 한쪽에 서서 그녀를 삼킬 듯 바라보고 있는 인재의 시선을 알아채곤 멈칫했다. 그는 혁준을 보며 웃고 있는 그녀를 탓하듯이 인상을 찌푸리고 노려보고 있었다. 나예는 그의 시선이 부담스러워 슬며시 그에게 등을 지고 돌아섰다.

'아, 젠장.'

돌아선 곳에는 은빛이 도끼눈을 뜨고 나예를 노려보고 있었다. 아무래도 인재와의 관계를 의심하고 있는 듯했다. 나예는 슬그머니 다른 곳으로 시선을 돌렸다. 의도치 않았지만 정말 곤란했다.

"참, 나예 씨. 혹시 방송 출연해 볼 생각 없어?"

어떻게 해야 은빛과 인재에게서 벗어나 그들과 마주치는 일 없이 파티 준비를 끝낼까 머리를 굴리는데 혁준이 또 말을 걸었다. 나예는 혁준을 바라보며 눈을 동그랗게 떴다.

"방송이요?"

"케이블 채널인데, 푸드채널 말야. 거기서 곧 있을 밸런타인데이 특집으로 연인을 위한 초콜릿 케이크 만들기를 해. 특집으로 며칠 할 것 같은데 그중에서 하루 정도 해 볼 수 있겠어? 프로그램에 전문 파티시에가 있는데 예전에 나하고 일했던 친구야. 그 친구가 누구 추천해 줄 만한 사람 없냐고 묻기에 나예 씨 얘기를 했더니 한번 와 보라고 하더라고. 부담 가질 필요는 없고, 그 친구 하는 거 보조해 주면 돼."

"네. 저야 감사하죠. 해 볼게요."

뜻하지 않은 기회에 놀랐지만 나예는 곧 열성적으로 고개를 끄덕이며 말했다. 어떤 기회이든 파티시엘로서 도움이 되는 기회라면 잡고 싶었다.

"그럼 그쪽에 연락해 보고 다시 알려 줄게. 아, 저거 조명 너무 가까이 두면 안 되는데. 나예 씨, 나 먼저……."

혁준은 얼음 조각 작품을 보고 인상을 찌푸리며 달려갔다. 조명이 너무 가까우면 얼음이 빨리 녹아 버리기 때문인 것 같았다. 나예는 테이블 위에 쟁반을 내려놓고 테이블 세팅을 하기 시작했다. 영미는 세팅을 거의 다 끝내고 주변 정리를 하고 있었다.

"취향이…… 저런 쪽인가?"

테이블 세팅을 하던 나예는 옆에서 시니컬하게 들리는 인재의 목소리에 깜짝 놀라 고개를 들었다. 그는 얼음 조각 작품 옆에서 호텔 직원에게 뭔가를 이야기하고 있는 혁준을 턱짓으로 가리켰다. 나예는 한숨을 쉬며 인재에게서 한 걸음 물러나 충분히 거리를 두었다.

"제 취향이 어떻든 상관없잖아요?"

"상관있지. 내가 너한테 관심이 있으니까."

"전 관심 없거든요."

나예는 뾰로통한 얼굴로 쏘아붙이곤 하던 일을 계속했다. 인재는 못마땅한 눈길로 나예를 바라보더니 테이블 위에 놔둔 나예의 휴대폰을 멋대로 집어 들었다.

"뭐하시는 거예요? 이리 주세요."

나예가 놀라 손을 내밀었지만 인재는 아랑곳하지 않고 휴대폰으로 뭔가를 했다.

"네가 알려 주지 않으니 이렇게라도 해야지."

나예의 휴대폰으로 자신의 휴대폰에 전화를 걸었는지 그는 휴대폰을 꺼내 들곤 나예에게 휴대폰을 돌려주었다.

"내 번호 저장해 놔. 전화하면 언제든 받고."

"제가 왜요?"

"좀 그만 튕겨. 한두 번이지 매번 이러면 재미없어."

나예는 한숨을 쉬곤 보란 듯이 최근 목록에서 인재의 휴대폰 번호를 삭제해 버렸다. 그는 기분 나쁜 듯 나예를 노려보다가 이를 갈며 말했다.

"당장 저장해. 안 그러면 이 자리에서 키스할 테니까."

나예는 어이가 없어서 픽 웃고 말았다. 그가 한다면 하는 남자라는 걸 이미 눈치챘지만 사람들 눈 많은 곳에서 함부로 행동하진 못할 거라고 생각했다. 나예는 한 발짝 더 뒤로 물러섰다. 나예가 고집스럽게 가만히 있자 그는 나예의 휴대폰을 빼앗아 스스로 주소록에 전화번호를 입력했다.

"끝나면 호텔 로비로 내려와."

인재는 나예가 대답을 하기도 전에 한마디 툭 던져 놓곤 가버렸다. 나예는 한숨을 쉬며 휴대폰을 챙기고 다시 일을 했다. 은빛이 노려보는 통에 뒤통수가 따가웠지만 나예는 아무렇지 않은 듯 차분하게 일했다.

파티 시작 시간까지 얼마 남지 않았기 때문에 연회장은 준비하는 사람들의 바쁜 움직임으로 다소 부산스러웠다. 나예는 음식 준비를 대충 끝내 놓고 파티시에룸으로 다시 올라갔다. 작업실을 치워 놓고 남은 재료들을 정리해야 했다.

"강나예."

파티시에룸에 들어가 막 재료들을 정리하기 시작하는데 룸 입구에서 차가운 목소리가 들렸다. 나예는 고개를 들고 까맣게 반들거리는 은빛의 눈동자와 시선을 마주했다.

"네. 뭔가 필요하신 거라도?"

은빛은 코웃음을 치며 나예에게 다가왔다. 은빛이 왜 그녀를 쫓아왔는지 이유는 충분히 짐작했지만 나예는 짐짓 아무렇지 않은 듯 질문을 던졌다.

은빛은 나예의 앞까지 성큼성큼 걸어와 호되게 뺨을 쳤다. 눈앞에 별이 번쩍였다. 나예는 입술을 깨물며 고개를 들었다. 은빛은 화가 난 듯 얼굴이 새빨개져 있었다.

"내가 말했지. 인재 오빠한테 꼬리치지 말라고."

"그런 거 아닙니다."

억울했다. 나예는 입술을 피가 나게 깨물고선 온몸을 떨며 말했다. 은빛이 그녀의 상관이 아니었다면 나예 역시 가만있지 않고 은빛의 뺨을 쳤을 터였다. 그녀가 조금이라도 인재에게 마음이 있었다면 억울하지 않았겠지만 나예는 인재에게 전혀 관심이 없었다. 하지만 은빛은 나예의 말 따윈 들을 생각도 하지 않았다.

"웃기지 마. 내 경고 듣지 않은 거, 후회할 거야."

은빛은 눈을 하얗게 치뜨며 쏘아붙였다. 나예는 분노가 치밀었지만 꾹 참았다. 은빛은 그녀를 해고할 수도 있는 위치에 있었다. 은빛의 분노를 더 샀다가 직장 내에서 애써서 얻은 자리를 한순간에 빼앗길 수도 있었다.

'참자, 강나예. 한 번만.'

나예는 스스로에게 주문을 걸듯 속으로 중얼거렸다. 은빛은 바르르 떨며 나예를 노려보곤 밖으로 또각또각 걸어 나갔다.

# 14장

"안녕하세요. 강나예라고 합니다."

조금은 긴장되는 마음으로 방송국에 들어선 나예는 혁준이 소개해 준 프로그램 '파티시에와 함께'의 촬영이 이루어진다는 B스튜디오에 갔다. 담당 피디와 스태프들 앞에서 긴장한 채로 인사하는 나예를 보고 다들 조금은 놀라는 듯한 얼굴이었다. 나예는 뭔가 잘못된 것인가 싶어 눈치를 봤지만 딱히 그녀가 잘못한 것은 없는 것 같았다.

"아, 안녕하세요? 김건호라고 합니다. 혁준 형님이 소개해 준 분이죠? 근데 진짜 파티시엘 맞아요? 혹시 모델이나 뭐…… 연예인 아니고?"

김건호라고 자신을 소개한 남자는 프로그램의 전문 파티시에 같았다. 하얀 제빵 가운 차림으로 그녀에게 다가와 손을 내민 남자를 보고 나예는 머뭇거리며 악수를 했다. 조금은 얼떨떨한 기분이었다.

"그러게요. 깜짝 놀랐네. 모델인 줄 알았어요. 아님 신인 탤런트나. 정말 미인이십니다."

담당 피디도 다가와 인사를 하며 감탄 어린 눈초리로 나예를 바라보았다. 나예는 쑥스러워 얼굴을 붉혔다.

"정말 파티시엘 맞습니까? 가느다란 손목으로 반죽이나 칠 수 있겠는지……. 혹시 혁준 형님이 방송이라고 하니까 외모만 보고 추천해 준 거 아닌가 모르겠네."

건호는 의심스러운 눈초리로 나예를 보면서 고개를 갸웃거렸다. 나예는 난처함에 뭐라고 대답을 해야 할지 몰랐다. 그녀를 생각해서 혁준이 추천해 준 건데 괜히 혁준이 욕을 먹게 되면 안 될 일이기 때문이다.

"뭐 어때요. 김건호 셰프가 다 할 건데. 어차피 옆에서 도와주기만 하면 되니까 부담 가질 필요 없어요. 그리고 이왕이면 카메라에 그림 예쁘게 나오면 좋지 않겠어요?"

담당 피디는 아무려면 어떠냐는 식이었다. 어차피 방송이라 외모가 예쁜 게 도움이 되겠다는 식의 말을 들으니 조금 기분이 씁쓸했다. 어쨌든 나예는 최선을 다해서 혁준의 면은 세워야겠다는 생각으로 옷을 갈아입었다.

"제빵 가운 입으니까 더 예쁜데요. 혹시 애인 있습니까? 없으면 저 어때요?"

나예가 옷을 갈아입고 나오자 건호가 감탄하는 듯 그녀를 보며 말했다. 나예는 갑작스런 그의 말에 당황했다. 그는 장난꾸러기처럼 웃으며 나예의 어깨를 툭툭 치곤 '긴장 풀어요.' 하고 쿠킹 스튜디오 안으로 들어갔다. 건호가 농담을 한 것이라는 걸 안 나예는 작게 한숨을 쉬곤 그를 따라 안으로 들어갔다. 촬영 준비를 하느라 다들 분주했다. 나예는 밝은 조명에 눈살을 약간 찌푸리곤 잠시 눈이 익숙해질 때까지 가만히 서 있었다.

건호는 진지한 표정으로 재료를 살펴보고 여러 가지 제빵 도구들을 챙기고 있었다.

"담당 피디님이 나예 씨를 굉장히 마음에 들어 하는 것 같아요. 오늘 잘해 봅시다. 나예 씨는 제가 하는 거 옆에서 같이 해 주고 재료 준비 같은 거 도와주면 돼요. 별로 어렵진 않을 겁니다."

"네. 잘 부탁드립니다."

"일단 미리 준비해 놓기는 했는데 한번 점검해 보죠. 오늘 밸런타인데이 특집이라 밸런타인데이를 위한 초콜릿 케이크를 만들 거예요. 어차피 20분 정도 방송 분량에 맞춰서 찍어야 하니까 케이크시트부터 만들기는 어렵고, 제가 미리 만들어 왔습니다. 여기에 초콜릿 입히고 장식하는 식으로 할 거예요. 이런 건 식은 죽 먹기죠?"

건호는 무척 친절하고 자세하게 설명을 해 주었다. 나예는 방긋 웃으며 고개를 끄덕였다.

"이 프로그램은 베이킹 초보를 비롯해서 주로 홈베이킹에 관심 있는 주부들이나 젊은 층에서 많이 시청해요. 그런데 이번 특집은 아무래도 밸런타인데이 특집이니만큼 기초 베이킹 상식도 없는 초보자들이 많이 볼 거예요. 그래서 최대한 쉽고 간단하게, 그러면서도 괜찮아 보이는 케이크를 완성하는 게 목표예요."

"네. 알겠어요."

"나예 씨는 지금 어디서 일하고 있어요?"

"노엘식품에서 일하고 있어요. 주로 출장 뷔페요."

"아, 노엘식품. 좋은 데서 일하시네. 혁준 형님하고는 어떻게 아는 사이예요?"

"노엘식품에서 킹 과자점과 함께 일하거든요."

"그렇군요. 형님이 실력 있는 파티시엘이라고 칭찬하시더라고요."

"아, 과찬이에요."

건호와 몇 마디 이야기를 주고받는데 촬영 준비가 다 되었는지 카메라에 불이 들어왔다. 담당 피디가 신호를 하자 건호는 나예에게 다시 시선을 주었다.

"자, 이제 시작이에요. 준비됐죠?"

"네."

촬영은 비교적 순탄하게 이루어졌다. 나예는 처음엔 몹시 긴장했으나 곧 카메라를 의식하지 않고 건호의 지시에 따라 케이크를 만들었다. 하트 모양의 케이크시트에 초콜릿을 입히고 데커레이션을 하니 순식간에 앙증맞은 밸런타인 케이크가 만들어졌다.

건호는 친절하고 위트 있는 남자였다. 그가 자연스럽게 이끌어 줘서 별로 어색하지 않게 촬영을 마칠 수 있었다. 두어 시간 정도의 촬영을 마치고 나서 나예는 스태프들에게 인사를 꾸벅 했다.

"수고하셨습니다. 나예 씨, 수고했어요. 그림 잘 나올 것 같은데. 방송 나가고 반응 괜찮으면 다음에도 또 도와 줘요."

담당 피디가 나예에게 웃는 낯으로 인사했다. 나예는 촬영을 무사히 마쳐서 다행이라고 생각하면서 건호와 스태프들에게 감사하다며 계속 인사를 했다. 아마 혁준에게 누를 끼치지 않을 정도로는 한 것 같았다.

방송국에서 나와 노엘식품 본사로 가면서 나예는 콧노래를 불렀다. 그날은 출장이 없는 날이라 본사 사무실에 근무했다. 방송 촬영 때문에 잠시 자리를 비우겠다고 말하고 나왔기 때문에 나예는 느긋하게 사무실로 들어갔다. 그런데 사무실에 들어가자 분위기가 조금 이상했다.

"나예야."

영미가 불안한 얼굴로 그녀를 끌어당겼다. 나예는 어리둥절한 얼굴로 자리에 앉았다.

"왜 그래, 언니? 무슨 일 있어?"

"너, 인사 발령 났어."

"갑자기 왜?"

"모르겠어. 남원지사 공장으로 대기 발령이야."

"남원?"

믿을 수 없었다. 갑자기 남원이라니. 나예는 자리에서 일어나 부장실로 갔다. 불길한 예감이 등을 타고 흘렀다. 부장실 문을 노크하니 안에서 은빛의 들어오라는 목소리가 들렸다.

"안 그래도 부르려던 참이었어요."

은빛이 사무적인 표정으로 결재판을 열며 말했다. 나예는 은빛에게 목례를 하고 다가갔다. 은빛은 서류를 나예에게 내밀었다.

"인사과에서 온 공문이에요. 확인해 보고 인수인계 준비해요. 남원 공장으로는 다음 주에 내려갈 수 있도록 하고."

"부장님, 너무 갑작스러운데요. 이유가 뭐죠?"

아무리 생각해 봐도 그녀가 지방 공장으로 좌천당할 정도로 잘못한 일은 없었다. 지방 공장으로 내려가라는 말은 사실상 그녀를 해고하겠다는 의미와 다르지 않았다. 나예는 부당한 인사를 그대로 넘기지 않겠다는 생각을 하면서 은빛을 바라보았다. 은빛은 차가운 얼굴로 나예를 보더니 책상에서 파일철을 꺼내 던지듯 내려놓았다.

"이 정도 처분도 감사하게 생각해야 할 거예요. 당장 해고당해도 할 말 없을 텐데."

나예는 떨리는 손으로 파일철을 집어 들었다. 그녀가 일을 하면서 썼던 재료들 구입 목록과 총무과에 낸 서류들이었다.

'이건…… 내가 낸 서류들이 맞는데.'

얼른 훑어보니 그녀가 낸 서류들이 맞았다.

"이게 문제가 되나요?"

"실제 행사에 공급된 음식들의 목록과 비교해 봐요."

나예는 서류를 다시 확인했다. 그녀가 총무과에 신청했던 결제 금액과 실제로 쓴 금액이 달랐다.

'말도 안 돼.'

금액 차이가 너무 컸다. 그녀가 신청했던 것에 다른 영수증들이 들어 있었다. 그런데 그녀가 거래했던 재료상의 영수증이 맞았다. 분명 그녀가 재료를 살 때는 그렇게 많이 사지 않았었는데 어떻게 된 건지 알 수가 없었다.

"저, 이건…… 제가 산 것이 아닌데요."

"그 재료들을 사지 않았다는 거예요?"

"아, 아뇨. 사긴 샀어요. 그런데…… 이렇게 많이 사지 않았다고요. 제가 낸 영수증과 금액이 달라요."

"그럴 리가. 나예 씨가 직접 서명한 서류잖아요."

"그건 그런데…… 뭔가 이상해요."

서류에 따르면 나예는 실제로 쓴 재료에 비해 턱없이 많은 재료를 구입한 것으로 되어 있었다. 실제 행사장에 공급된 음식의 양은 재료에 비해 적었다.

"이제 알겠어요? 공금 횡령은 해고할 수 있는 사유가 됩니다. 사법처리하지 않는 선에서 서로 마무리하죠."

"이건 사실과 달라요. 전 공금 횡령을 하지 않았어요! 재료상에 가서 확인을 해 보면……."

"확인…… 안 했을 것 같아?"

은빛은 뱀처럼 차가운 미소를 지으며 자리에서 일어섰다. 나예를 바라보며 한 발짝 다가서는 은빛의 표정은 질리도록 무서웠다.

"대체 이러는 이유가 뭐죠? 정인재 이사님 때문인가요?"

확실히 그것 말고 다른 이유는 찾을 수 없었다. 나예는 그 서류가 조작되었다는 것을 알아챘다. 하지만 서류에 한 서명은 다른 누구의 것이 아닌 나예 본인의 것이었다. 재료상들과 입을 맞추는 것도 은빛 정도의 수완가라면 어렵지 않을 일이었다. 나예는 은빛이 작정하고 그녀를 쫓아내기로 했다는 것을 알았다.

"사법처리하고 네가 먹은 돈을 뱉어 내라고 할 수도 있어. 그 정도까지 할 생각은 없으니까 당장 짐 싸서 나가. 그리고 인재 오빠한테서도 떨어져."

"정인재 이사님한테는 아무 감정 없습니다."

나예는 주먹을 꽉 쥐었다. 은빛이 쫓아내기로 마음먹었다면 무슨 짓으로든 벗어날 수 없다는 걸 알고 있었다. 어쩌면 이런 일이 생기지 않을까 걱정하기도 했었다. 그런데 정말 이런 일이 생기고 나니 답답해 미칠 지경이었다.

"네가 꼬리를 치니까 그러는 거 아냐. 다신 인재 오빠 만나지 마. 너도 알겠지만, 너 따위와는 어떤 미래도 없어. 알겠니? 오빠는 나와 결혼할 거니까."

속에서 울화가 치밀었다. 정작 관심 없는 그녀를 괴롭히는 건 인재였지만 은빛은 나예에게만 꼬투리를 잡으며 그녀가 꽃

뱀이라도 되는 양 몰아붙이고 있었다. 나예는 화를 가라앉히려 심호흡을 했다. 돈도 없고 힘도 없지만 은빛의 몰아세우는 말에 너무도 화가 나 참고만 있을 수가 없었다.

"정인재 이사님과 미래를 꿈꿀 생각은 없어요. 그리고 솔직히 말할 건 말하죠. 전 아무것도 하지 않았어요. 정인재 이사님이 다가온 거지, 내가 다가간 게 아니에요. 그리고 결혼할 생각이면 이 부장님이 잘 단속하셔야죠. 절 탓할 게 아니라."

"뭐야?"

은빛이 파르르 화를 냈다. 나예는 사원증을 목에서 빼내어 은빛의 책상 위에 탁 소리 나게 내려놓았다.

"이제 계급장 떼고 말하죠. 그쪽이 구속한다고 해서 남자 마음까지 붙잡아 둘 수 없다는 건 알아 둬요. 난 정인재 이사님에 대해서 별다른 감정 없지만, 내가 정말 나쁜 마음을 먹는다면 뺏을 수도 있어요. 성질나겠지만, 정인재 이사님이 나한테 뭐든 주겠다고 했거든. 내가 원하는 건 뭐든. 내가 앙심을 품고 정인재 이사님을 유혹하겠다고 마음먹으면, 못 할 거 없어요."

"너…… 너!"

"그러니까 건드리지 마. 나도 참고 있는 중이니까."

나예는 은빛을 한번 노려보곤 홱 등을 돌려 사무실에서 나왔다. 영미가 걱정스러운 눈으로 바라보고 있었다. 나예는 말없이 자리로 돌아와 짐을 챙겼다. 별로 챙길 것도 없었다. 영미가 눈을 크게 뜨고 나예의 손을 붙잡았다.

"나예야, 어떻게 된 거야? 이유를 물어봤어? 대체 왜 발령이 난 거야?"

"나중에 집에서 얘기해."

나예는 애써 웃음 지으며 영미의 손을 밀어냈다. 그리고 짐을 다 싸서 밖으로 나왔다. 이른 봄의 차가운 바람이 그녀의 옷깃을 헤치고 파고들었다. 노엘식품 건물 밖으로 나온 나예는 뒤돌아서서 지난 3년간 일했던 회사를 올려다보았다.

"성실하게 열심히 일하면…… 안 되는 거예요? 아빠……."

눈물이 한 방울 흘렀다. 나예는 늘 성실하게 빵을 만들었던 아버지를 떠올렸다. 평생을 열심히 일했지만 아버지는 인정을 받지 못했다. 친구에게 배신을 당했고, 아내의 사채 빚을 감당해야 했으며, 결국은 살았는지 죽었는지 모르게 사라지고 말았다. 나예는 아버지를 보며 늘 성실하게 열심히 일을 하다 보면 언젠가는 좋아지겠지, 좋은 날이 오겠지 생각했지만 세상은 그리 녹록하지 않았다.

나예는 터덜터덜 걸어갔다. 앞으로 어떻게 해야 할지, 무엇을 해야 할지 떠오르지 않았다. 아무 생각도 나질 않았다. 막막하고 답답하기만 했다. 일을 하면서 열심히 돈을 모으긴 했지만 그 돈은 턱없이 적은 금액이라 그걸로 무언가를 할 수도 없었다.

"일자리…… 다시 찾아야 하네."

나예는 눈물을 참으려 입술을 깨물었다. 휴대폰이 울렸다. 누군지 몰랐지만 나예는 받지 않았다. 누군가와 이야기할 기분이 아니었다. 지하철역을 향해 터덜터덜 걸어가는데, 도로가에서 클랙슨 소리가 시끄럽게 울렸다.

"너, 어디 가는 거야?"

나예는 소리가 나는 곳으로 고개를 돌렸다. 그녀가 가장 만나고 싶지 않은 사람이 차창을 열고 그녀를 바라보고 있었다. 눈망울에 맺혀 있던 눈물이, 툭 떨어졌다. 나예는 인재에게서 고개를 돌리고 계속 가던 길을 걸어갔다. 잠시 후, 발소리가 들리고 그녀의 어깨를 강한 손길로 잡아 돌려세우는 인재에게 나예는 거세게 저항했다.

"대체 왜 이래? 무슨 일이야?"

인재는 나예의 눈물을 보고 물었다. 나예는 그와 말도 섞고 싶지 않았기에 다시 몸을 돌려 지하철역으로 걸어갔다. 하지만 그는 끈질겼다. 나예를 쫓아와 다시 그녀의 팔을 붙잡았다.

"말을 해야 알지. 울지만 말고 말을 해."

정신을 차려 보니 두 뺨으로 눈물이 쉴 새 없이 흘러내리고 있었다. 나예는 인재의 손을 뿌리쳤다.

"상관없잖아요! 놔주세요!"

"젠장! 상관이 있어졌어! 나도 내가 이러는 게 당황스러운데, 상관있어졌다고."

인재가 나예의 손목을 강하게 잡아당겼다. 화가 난 남자의 손길을 뿌리칠 수가 없었다. 나예는 그의 손에 질질 끌려갔다. 인재는 자꾸 손을 뿌리치려 비트는 나예를 꼭 잡고 차에 밀어 넣었다. 나예는 흘러내리는 눈물을 닦지도 않고 입술을 깨물었다. 자꾸만 그녀에게 집착하는 인재가 두려우면서도 혼란스러웠다. 인재는 운전석에 앉아 나예를 보더니 차를 출발시켰다.

"회사에서 쫓겨난 거야?"

나예는 대답하지 않았다. 그녀의 모양새를 보고 아마 누구라도 알아챌 수 있을 거라 생각했다. 인재는 거칠게 차를 몰다가 욕설을 중얼거리며 차를 갓길에 세웠다.

"야, 대체 너 뭐야! 네까짓 게 뭔데…… 날 이렇게 미치게 만들어!"

인재는 평소의 차가운 가면을 벗어 버렸다. 나예는 처음 보는 인재의 모습에 당황했다. 언제나 차갑고 이지적이던 남자가 불같이 화를 내고 있었다.

그는 손을 뻗어 나예의 볼에 흘러내리는 눈물을 닦았다. 나예는 아무 말도 하지 못했다. 그의 손가락이 부르르 떨렸다. 그리고 나예가 미처 막지도 못할 정도로 갑자기 다가왔다.

인재는 나예의 얼굴을 두 손으로 쥐고 거칠게 키스했다. 나예는 너무 놀라 그를 밀어낼 생각도 하지 못했다. 숨이 막혔다. 그의 입술은 뜨거웠다. 손도 뜨거웠다. 늘 차분하고 냉정하던 그 남자가, 그녀의 앞에서 무너지고 있었다. 나예는 그에게 반항할 수조차 없었다. 그를 밀어내려 했지만 그의 손길은 너무 강력해 옴짝달싹할 수가 없었다.

나예는 바르르 떨었다. 벌을 주듯이 거세게 몰아붙이는 그의 입술은 아픔을 주었지만 나예는 아픔마저 느끼지 못했다.

그가 억지로 입술을 열고 혀를 집어넣었다. 나예의 눈에서 눈물이 다시 흘러내렸다. 나예는 반항을 멈췄다. 몸에서 힘을 빼자 그의 입술이 부드러워졌다. 묘한 기분이었다.

'이상해……. 키스가 이런 느낌이었나…….'

남자와 처음으로 키스를 했던 몇 년 전에도 이런 느낌이었나 기억을 더듬었다. 뭔가 다른 것 같았다. 분명히 달랐다. 나예가 온몸으로 기억하고 있는 그 남자와 인재는 너무도 달랐다. 너무도 매혹적이었던 그 남자와의 키스는 떠올리는 것만으로도 몸이 뜨거워지는 기분이었지만 인재와의 키스는 그 반대였다. 입술은 뜨거웠지만 마음은 서늘한 느낌.

인재가 놓아주었을 때, 나예는 말없이 시선을 무릎에 고정시키고 있었다. 그는 분명 매력적인 남자였다. 그리고 나예에게 호감을 보이고 있었다. 은빛의 흔들리던 눈빛이 떠올랐다. 그녀가 불안해하던 게 이런 거였나 싶었다.

'이 남자를 받아들인다면 이렇게 억울하게 회사에서 쫓겨나는 일은 없겠지.'

인재는 힘이 있는 남자였고, 충분히 매력적이고 유혹적이었다. 그녀에게 없는 경제적인 능력도 있었다. 그 남자를 가진다면 은빛에게 당한 것처럼 억울한 일을 당하진 않을 것 같았다. 그녀를 괴롭히는 지긋지긋한 가난에서도 벗어날 수 있을 터였다. 그녀가 하고 싶은 일을 할 수 있고, 유학도 갈 수 있을지 모른다.

'하지만…….'

단순한 진리가 나예의 마음속에선 받아들여지지 않았다. 그건 이미 나예의 마음이 다른 사람을 향하고 있었기 때문이다. 나예는 침묵을 지켰다.

"네가 회사를 그만둔 건, 아마 나 때문이겠지?"

잠시 후, 인재가 차분한 목소리로 말했다. 나예는 대답하지 않았다. 대답하지 않더라도 이미 인재는 다 알고 있었다.

"처음엔 며칠 데리고 놀아 볼 생각이었어. 네게도 나쁘지 않은 거래라 생각했지. 너도 돈 필요할 테니까. 지난번에 말했듯이 네 가게 차리고 싶다고 했잖아."

"……."

"그런데 생각이 바뀌었다. 나, 여자한테 이렇게 질척거려 본 건 처음이야. 어떤 여자든 내가 갖고 싶으면 가질 수 있었고, 내게 선택받는 거 여자들은 기다렸어. 너 같은 여자는 처음이고, 난 너를 그냥 한번 만나고 말 생각은 없어졌다."

나예는 인재의 말을 듣고도 그에게 시선을 돌리지 않았다. 그의 말대로 그를 만난다면 나예는 많은 것들을 얻을 수가 있었다.

"네가 원하는 거, 다 해 줄 수 있어."

달콤한 유혹이었다. 인재의 말은 어떤 여자의 마음이라도 흔들 수 있는 말이었다. 하지만 나예의 마음을 흔들진 못했다.

'그 남자였다면…… 아마 흔들렸겠지.'

씁쓸한 마음으로 나예는 천천히 인재에게 시선을 돌렸다. 그리고 명확한 어조로 대답했다.

"제가 원하는 것은, 이사님과 다시 만나지 않는 거예요."

인재의 눈에서 불이 났다. 그는 나예의 손을 부서질 듯 꽉 잡았다. 그의 손은 여전히 뜨거웠다.

# 15장

훈겸은 스크래퍼를 사용해 반죽을 일정한 크기로 자르고 있었다. 2월 성수기라 훈겸은 눈코 뜰 새 없이 바빴다. 밸런타인데이를 앞두고 만들어야 할 케이크의 양은 두 배로 늘었고, 초콜릿 제품들도 주문이 밀려들어 정신이 없었다. 호텔 레스토랑에도 미리 예약한 사람들이 줄을 이었기 때문에 훈겸은 평소에 그의 밑에 두던 파티시에 두 명 이외에도 두 명을 더 파트타임으로 쓰기로 했다.

밸런타인데이 주문은 주문이고, 베이커리엔 평소에 내놓는 만큼의 빵을 내놓아야 했기 때문에 훈겸은 정신없이 빵을 만들고 있었다. 프랑스에 일주일간 세미나 참석 차 떠나 있었던 게 얼마 전이라 여행의 여독을 채 풀기도 전에 밤잠을 못 자고 일을 해야 했기 때문에 훈겸은 몹시 피곤했다.

"아, 형. 바쁜데 왜?"

잠잘 시간도 없이 바쁜 그에게 때마침 혁준이 전화를 했다. 훈겸은 휴대폰을 귀와 어깨 사이에 끼고 건성으로 대답했다.

— 얀마! 프랑스 잘 다녀왔냐? 형님 선물도 사 왔고?

"사 왔어. 지금 그런 얘기 할 시간 없으니까 끊어."

— 어어, 잠깐! 왜 이래? 선수끼리. 나도 바쁘긴 마찬가지거든.

"왜!"

훈겸은 짜증이 나서 버럭 소리를 치고 씨근덕거렸다. 혁준 역시 바쁘다는 건 안 봐도 뻔했다. 그런데 1초가 소중한 시간에 왜 전화를 하느냔 말이다.

— 이 형님이 대박 사건 하나 터뜨렸거든. 너, 지금 푸드채널 틀어봐라.

"지금 텔레비전 볼 시간이 어딨어?"

— 잠깐이면 되잖아. 이 형님이 추천한 파티시엘이 지금 방송에 나오는데 말이지, 사람들 반응이 아주 죽인다고.

훈겸은 혁준이 몇 번 얘기했던 그 여자에 대해 이야기한다는 걸 짐작하곤 한숨을 쉬었다. 그가 관심 없다고 몇 번을 말했지만 혁준에게는 쇠귀에 경 읽기였다. 계속 그 여자에 대해 이야기하며 프랑스 출장 가기 전에도 라파예르호텔에 일하러 올 거라면서 못 보고 가서 아쉽다느니, 다녀와서 한번 만나 보라느니 말이 많았다.

"나중에 볼게. 지금 진짜 바빠."

— 그 여자 진짜 예쁘다니깐? 사람들이 연예인 같다고 난리야. 방송

국에서도 다시 출연해 줄 수 없느냐고 내 전화에 불이 붙었다니까.

"알았어, 알았어. 끊어."

훈겸은 혁준이 뭐라고 말을 더 하는데 뚝 끊어 버렸다. 잠잘 시간도 없이 철야를 해야 할 판에 텔레비전이 눈에 들어올 리 없었다. 훈겸은 번개 같은 손놀림으로 반죽을 성형하곤 차례로 오븐에 넣었다.

"음, 다들 어디 간 거야?"

주문 들어온 케이크를 만들어야 하는데 파티시에들이 보이질 않았다. 훈겸은 인상을 찡그리다 작업실 밖으로 나가서 사람들을 찾았다.

"우와, 진짜 예쁘다."

"이렇게 예쁜 파티시엘은 처음 봐."

"어느 제과점 소속이지?"

훈겸은 한숨을 쉬었다. 어디로 갔나 했더니 다들 휴게실에 모여 일은 안 하고 텔레비전을 들여다보고 있었다.

"다들 뭐해? 지금 주문이……."

훈겸이 휴게실에 들어서자 다들 훈겸의 눈치를 보며 자리에서 일어나 슬그머니 나갔다. 일하는 시간에는 철저하고 엄격한 훈겸의 성격을 아는지라 다들 조심하는 편이었다.

하지만 훈겸은 파티시에들을 보고 있지 않았다. 그는 텔레비전 화면에 가득 잡힌 여자를 바라보고 있었다. 순간 숨이 쉬어지질 않았다. 한시도 잊어 본 적이 없는 여자였다. 3년 전 그때, 사흘간의 짧은 기억으로 3년을 지냈다. 서울 시내 대학교를 다 뒤지고도 못 찾자 강남의 술집들이며 안 찾아본 곳이 없었다.

'푸드채널이야.'

어디로 갔는지 꼭꼭 숨어 버렸던 여자가, 텔레비전 속에서 웃고 있었다. 훈겸은 눈도 깜박이지 않고 화면을 노려보았다. 그 여자가, 거기에 있었다.

훈겸은 다음 순간 휴게실을 뛰어나갔다. 제빵 가운을 벗어 던지고 작업실에 놓아두었던 휴대폰을 집어 들고 밖으로 달려 나갔다.

"셰프님! 어디 가세요? 케이크는요?"

파티시에들이 그를 보고 놀라 소리쳤지만 훈겸의 귀에는 들리지 않았다. 훈겸은 주차장으로 내려가며 혁준에게 전화했다.

— 이 자식이, 사람 말하는데 끊어 버리더니…….

"형! 그 여자, 어디 있어?"

— 응? 그 여자? 누구?

"그 여자! 푸드 채널에 나온다고 형이 보라고 했던 그 여자! 어디 가면 만날 수 있냐고!"

— 아, 나예 씨? 너 텔레비전 봤냐? 진짜 예쁘지? 이 형님이…….

"젠장! 빨리 말하라고! 어디 가면 그 여자 볼 수 있어!"

— 야, 너 왜 그래? 만나 보라고 그렇게 얘기할 때는 콧방귀만 뀌더니…… 왜 소리는 지르고 야단이야.

훈겸은 차에 올라타 시동을 걸었다. 지금 당장 그 여자를 만나야만 했다. 훈겸은 마음을 진정시키려 노력하면서 심호흡을 했다.

"미안해. 형, 빨리 말 좀 해 봐. 그 여자 어디 있냐고."

— 글쎄다. 지금 이 시간이면…… 어디 있는지 잘 모르겠는데.

"뭐야?"

— 원래 회사에 있어야 할 시간인데…… 최근에 그만뒀거든. 아, 일단 여기로 올래? 오늘 내가 잠깐 공장에 들르라고 해서, 아마 5시쯤 올 거야.

훈겸은 시간을 확인했다. 오후 3시. 두 시간이 남아 있었지만 마음이 급해 가만히 있을 수가 없었다.

"알았어. 지금 갈게."

훈겸은 전화를 끊고 차를 몰아 밖으로 나왔다. 혁준이 그 여자를 만나 보라고 한 지가 대략 2년도 넘은 것 같은데 그동안 왜 한 번도 그 여자에 대해 물어볼 생각을 안 했을까. 혁준의 말에 못 이기는 척 여자를 한 번이라도 만났다면, 사진을 보여 준다고 할 때 보여 달라고 했더라면. 훈겸은 애가 탔다.

킹 과자점으로 가면서 훈겸은 운전대를 초조하게 두드렸다. 사거리에서 신호가 바뀌어 대기해야만 하자 마음이 더 급해졌다.

"아직 두 시간이나 남았는데, 진정하자."

훈겸은 스스로에게 주문을 걸듯 중얼거렸다. 그때 전화기가 울렸다. 훈겸은 휴대폰을 보고 최 변호사라는 것을 확인했다.

"네, 최 변호사님."

— 지금 잠깐 통화 가능하십니까?

"네. 무슨 일이세요?"

— 아, 지난번에도 한번 말씀드렸었는데요. 서초동 건물 말입니다.

"서초동 건물이요?"

— 네. 강희석 씨 빵집이 있었던 그 건물 말입니다.

"아, 예."

— 건물 1층에 세를 달라는 문의가 자꾸 와서요. 거긴 비워 둔다고 말을 했는데도 자꾸 세를 달라고 연락이 오네요.

"그래요? 거긴 안 된다고 잘 말해 주세요."

— 오늘도 부동산에서 연락이 왔는데 건물주를 만나고 싶다고 부동산에서 버티고 있답니다. 그럼 제가 일단 만나서 안 된다고 말하겠습니다.

"네. 그렇게 해 주세요. 아, 그런데 지금 부동산에 그 사람이 와 있다고요? 서초동에?"

— 네. 그렇답니다.

"그럼 제가 가서 말하죠 뭐. 지금 서초동 근처에 있거든요."

— 아, 그러시군요. 알겠습니다.

훈겸은 전화를 끊고 차를 출발시켰다. 그 건물은 킹 과자점으로 가는 길목에 있었다. 어차피 두 시간 정도 시간이 비는 터라 마음도 진정시킬 겸 훈겸은 부동산에 들렀다 가기로 했다. 훈겸은 건물 근처에 있는 부동산 앞에 차를 대고 내렸다. 마음을 진정시키려 애를 썼지만 머릿속엔 온통 그 여자에 대한 생각이 가득했다. 잠깐 봤지만 그녀의 얼굴이 잊히질 않았다. 하얀 제빵 모자를 쓰고 있던 그녀는 못 견디게 사랑스러웠다. 훈겸은 부동산 문 앞에서 크게 숨을 쉬곤 안으로 들어섰다. 그리고 그는 문 앞에 얼음처럼 멈춰 섰다.

넓다면 넓고 좁다면 좁은 서울 땅에서 3년 동안이나 미친 듯 찾았어도 못 찾은 여자를, 바로 눈앞에서 마주치는 일이 가능한 것인지 의심스러웠다. 훈겸은 눈도 깜박이지 않고 여자를 바라보았다. 부동산 소파에 앉아 있던 여자는 그와 마찬가지로 얼음처럼 굳어 있었다. 그를 알아본 것임에 틀림없었다. 여자의 눈이 커졌다. 그와 시선이 마주치자 여자는 몸을 바르르 떨었다.

"어서 오세요. 마침 잘 오셨네. 이 아가씨가 세를 달라고 떼를 쓰는 통에 아주 죽겠습니다."

훈겸은 부동산 사장의 말에 정신을 차렸다. 마법처럼 여자가 움직였다. 그녀도 당황한 듯 자리에서 일어나 어쩔 줄 모르고 그를 바라보기만 했다. 입이 떨어지질 않았다. 그러니까 그녀는, 그 건물의 1층에 세를 달라며 건물주를 만나겠다고 버티고 있다는 그 사람이 분명했다.

훈겸은 혼란스러웠다. 3년 동안 그녀를 찾으면서 이런 상황은 상상조차 해 보질 못했다. 그저 대학생이라고만 알고 있었고, 그녀를 학교에서 찾지 못하자 또 어디서 술집을 전전하고 있는 게 아닌가 생각했었다. 하지만 그녀는 3년 만에 그의 눈앞에 제빵 가운을 입고 나타났고, 한 시간도 채 되지 않아 그의 건물에 세를 달라며 부동산에 와 있었다. 대체 어떻게 된 일인지 갈피를 잡을 수가 없었다. 당황하기는 여자도 마찬가지인 듯 믿을 수 없다는 얼굴로 그를 바라보고 있었다.

"저…… 그러니까…… 건물주가 이분이에요?"

여자의 아름다운 목소리가 심장을 짜릿하게 휘감았다. 처음 만났을 때의 그녀는 반할 만큼 아름다웠었다. 그리고 3년 후의 그녀는 성숙해졌으며 더욱 매혹적으로 변해 있었다. 훈겸은 검은 생머리를 늘어뜨린 그녀의 자그마한 얼굴에서 신비감마저 느꼈다.

"네. 아가씨 기다린 보람이 있었네. 이제 잘 이야기해 봐요. 난 빠질 테니까."

부동산 사장은 푸근한 인상으로 웃으며 말하더니 부산스럽게 차를 탄다며 달그락거렸다. 훈겸은 멍하니 여자를 바라보다가 정신을 차리곤 소파에 그녀와 마주 보고 앉았다. 꿈만 같았다. 그렇게 찾으려 애썼던 여자를 눈앞에서 만나다니.

"오랜만이에요."

그녀가 먼저 말을 걸었다. 그동안 어디에 있었냐고, 뭘 하고 지낸 거냐고. 묻고 싶었지만 말이 목구멍 밖으로 나오질 않았다. 훈겸은 여자를 뚫어지게 바라보았다.

"저, 그 건물 1층에 세를 얻고 싶어요. 지금 비어 있는 상태던데."

훈겸은 여자의 말에 뭔가 대답을 해야 한다고 생각했다. 훈겸은 헛기침을 했다. 괜스레 얼굴이 뜨거워졌다.

"거긴…… 안 되는데."

여자와 나누고 싶은 이야기는 많았다. 하지만 부동산에 대한 이야기는 아니었다. 그녀가 왜 그곳에 세를 얻고 싶어 하는지 이유는 알 수 없었지만 다른 곳에도 얼마든지 자리는 구할 수 있었다. 훈겸은 여자를 훑어보았다. 여전히 매력적이고, 여전히 예뻤다. 오뚝한 콧날과 커다란 눈망울은 신비로운 느낌이 들었다. 그녀는 평범해 보이는 옷차림을 하고 있었지만 절대 평범하지 않았다.

"부탁드릴게요. 그 자리 꼭 얻고 싶어요. 조건은 원하시는 대로 맞춰 드릴게요."

훈겸은 여자를 찬찬히 보다가 자리에서 일어섰다. 여자는 그가 더 이상 이야기하고 싶어 하지 않는 것으로 착각한 것인지 다급한 표정으로 일어섰다.

"잠시만요. 저랑 얘기 좀 더 해요."

"가자."

훈겸이 가 버릴 줄 알았는지 여자는 훈겸의 옷자락을 잡았다. 심장이 쿵쿵 뛰었다. 훈겸은 여자의 손을 내려다보곤 싱긋 웃었다.

"네?"

그녀는 어리둥절한 얼굴이었다.

"얘기 더 하고 싶다며. 그럼 따라와."

훈겸은 부동산에서 나왔다. 여자는 얼떨떨한 표정으로 그를 따라 나왔다. 훈겸은 차 문을 열고 여자를 기다렸다. 그녀는 잠깐 그의 얼굴을 보더니 말없이 차에 탔다. 그는 차에 올라타고 시동을 걸었다. 심장이 너무 빨리 뛰어 터지지나 않을까 걱정

될 지경이었다.

"저……."

근처 찻집으로 가는데 여자가 쭈뼛거리며 말을 걸었다. 너무 많은 것이 궁금해서 뭐부터 물어보아야 할지 몰랐다. 훈겸은 가슴이 벅차 말을 할 수가 없었다. 여자는 근처 찻집에 도착해 그와 마주 앉아서도 조금 망설이더니 용기를 내는 듯 고개를 들었다.

"뭐라고…… 해야 할지 모르겠어요."

혼란스러운 듯한 그녀의 말에 동감했다. 그 역시 어디서부터 말을 해야 할지 몰랐으니까.

"너, 내가 지금 어떤 기분일지 상상도 못 할 거야."

여자는 조심스럽게 그의 눈동자를 바라보았다. 3년 전 그때, 분명 그녀는 훈겸에게 호감을 가지고 있었다. 지금도 그런 것인지는 모르겠지만.

"어쨌든 반가워요. 이렇게 다시 만나리라곤 생각 못 했어요."

훈겸은 싱긋 웃으며 그녀에게 손을 내밀었다. 여자는 그가 왜 손을 내미는 건지 모르고 눈을 동그랗게 떴다.

"휴대폰."

여자는 뭐가 뭔지 모르겠다는 얼굴로 그를 보다가 휴대폰을 꺼내어 건넸다. 훈겸은 그녀의 휴대폰으로 그에게 전화를 했다. 일단 만났으니 다시 놓치고 싶지 않았다.

"뭐하는 거예요?"

"뭐하긴. 번호 따는 중이잖아. 또 사라져 버리면 곤란하니까."

아무렇지도 않게 대답하는 그의 말에 여자의 볼이 붉어졌다. 그녀의 휴대폰 번호를 저장하고 나자 마음이 좀 놓였다.

"날 다시 만날 마음이 없는 줄 알았어요."

그녀가 말했다. 아마도 그녀는 약속했던 날짜에 호텔로 찾아왔던 모양이었다.

"그때 사정이 생겨서 못 나갔어. 나가려고 했었는데."

"아……."

여자가 놀란 듯했다. 훈겸은 뚫어질 듯 그녀를 바라보았다.

"내가 3년 동안 널 얼마나 찾았는지 넌 모를 거야. 서울 시내 대학교를 다 뒤졌다고."

"네?"

여자의 눈이 더욱 커졌다. 훈겸은 입이 바짝 마르는 것 같았다. 그녀의 손을 잡고 꼭 끌어안고 싶었다. 3년 동안 하루도 그녀를 잊어 본 적이 없었다. 생각하고 생각하고 또 생각하다 보니 그녀를 그리워하는 마음이 사무쳤다.

"네가 대학생이라고 했었잖아. 그런데 그게 아니었나?"

"아시다시피 형편이…… 그래서 학교에 더 다닐 수 없었어요. 그리고 저…… 인문계 고등학교를 졸업한 게 아니라 제과학교를 졸업했어요. 대학은 가지 못했고요."

훈겸은 텔레비전 화면에 보였던 그녀의 차림새를 기억해 냈다. 혁준은 그녀가 꽤 실력 있는 파티시엘이라고 했었다.

"그땐 말하지 않았잖아."

“네. 그게 중요한 게 아니었으니까요.”

여자는 쓴웃음을 지으며 대답했다. 술집에서 일하면서 굳이 그런 말을 할 필요는 없었다. 그리고 그녀와 단 사흘을 지냈을 뿐이었다. 서로의 신상에 대해 이야기할 틈도 없었던 것이다.

“동생은 잘 지내?”

“네, 덕분에. 지금 초등학생이에요.”

훈겸은 고개를 끄덕였다. 그래도 다행이었다. 돈도 없고 동생을 돌봐야 하는 처지에서 나쁜 길로 빠지지 않고 성실하게 일을 한 모양이었다.

“그 건물에 세를 얻으려는 건, 왜지?”

“빵집을 하려고요. 그게 제 꿈이거든요.”

훈겸은 꽤나 놀랐다. 술집 여자로만 알고 있던 여자가 파티시엘이고, 또 자신의 베이커리를 갖고 싶어 한다는 게.

“그 자리는 곤란해. 거긴 이미 주인이 있어.”

하지만 그녀가 원하는 자리는 강희석의 빵집이 있던 곳이었다. 아직 강희석을 찾지는 못했지만 그를 찾으면 돌려주어야 하는 곳이라 아무리 그녀라도 줄 수가 없었다.

“제발요. 저 꼭 그 자리에 빵집을 내고 싶어요. 조건은 원하시는 대로 다 맞춰 드릴게요, 네?”

그녀는 간절했다. 뭐든지 원하는 건 다 주고 싶을 정도로 마음이 울컥했다. 훈겸은 여자의 간절한 눈빛에 순간 말문이 막혔다. 하지만 그곳은 정말 곤란했다. 훈겸의 것이 아니었다. 강희석의 빵집이 있었고, 언젠가 그가 나타나면 바로 돌려줄 생각이었다.

“다른 곳에 건물이 또 있어. 거기보다 위치가 더 좋은 곳도 여러 개 있고. 그중에서 네 마음에 드는 곳으로 골라 봐.”

그냥 건물을 통째로 주겠다는 말이 목구멍까지 올라왔으나 간신히 참았다. 3년 만에 다시 만난 남자가 건물을 통째로 주겠다고 하면 그녀가 오해를 할 것 같았다. 하지만 훈겸의 말에 그녀의 표정이 어두워졌다.

“다른 곳 말고…… 거기가 좋아요. 제발…… 제가 어떻게 하면 돼요? 뭐든지 다 할게요.”

그녀의 표정은 정말 간절했다. 뭐든지 다 하겠다는 말에 가슴이 찌르르 울렸다. 위험했다. 그녀가 뭐든 다 내놓겠다는 표정으로 그를 바라보는데, 3년 전의 그녀가 떠올랐다. 그때도 그녀는 이렇게 간절한 표정이었다. 훈겸은 잠시 말을 멈추고 그녀를 빤히 바라보았다. 그녀의 눈동자가 흔들렸다.

‘이 여자, 3년 동안 어떻게 살아온 것일까?’

갑자기 궁금해졌다. 그리고 덜컥 의심이 들었다. 그에게 그랬던 것처럼, 어려울 때마다 남자들의 도움을 받았을까? 이런 눈빛으로 뭐든지 다 하겠다고 하면 넘어오지 않을 남자가 없었을 터.

“뭐든지 다 하겠다고?”

“네.”

여자는 성급하게 대답을 했다. 속에서 뭔지 모를 분노가 솟아났다. 훈겸은 그녀를 머리끝부터 발끝까지 훑어보았다. 그녀는 그를 받아들였을 때도 처음 치고는 굉장히 적극적이었다. 뜨거운 눈빛으로 그를 바라보았던 그녀를 떠올리니 짜릿해졌다.

"뭘 할 수 있는데?"

그가 심술궂게 묻자 여자의 얼굴이 빨개졌다. 그가 뭘 생각하는지 아는 것 같았다. 그녀는 망설이다가 입술을 꼭 깨물었다. 그와 눈을 마주치지 못하고 고개를 숙인 그녀가 조그마한 목소리로 대답했다.

"뭐든지요. 원하시는 거……."

귓불까지 붉어져 있는 여자는 몹시 섹시했다. 그냥 어디론가 데려가서 안고 싶다는 생각이 들었다. 그가 원한다면 예전처럼 몸이라도 내주겠다는 의도인 것 같았다. 하지만 훈겸은 냉수를 마시고 숨을 들이쉬었다.

"너, 3년간 이렇게 살았어?"

"네?"

훈겸의 차가운 어조에 여자가 고개를 들었다. 커다란 눈망울이 더욱 커졌다. 훈겸은 차가운 눈으로 그녀를 바라보았다.

"뭔가 필요한 게 있을 때마다 이랬냐고."

그녀가 무슨 말인지 모르겠다는 듯 멍한 표정을 짓다가 순간 얼굴이 확 붉어졌다. 그의 말뜻을 알아들은 모양이었다. 그녀는 어쩔 줄 몰라 했다. 입술을 깨물며 눈물을 글썽이는 여자의 모습에 훈겸은 잠깐 미안한 마음이 들었으나 궁금했다. 그녀에게 그 말고 다른 남자가 있었는지.

"가겟세나 보증금, 원하시는 대로 맞춰 드린다고 했는데 싫다고 하셨잖아요. 돈은 제가 드리지 않아도 넘치게 많이 갖고 계시니까…… 그거 말고는 저한테 있는 거, 몸밖에 없잖아요."

떨리는 목소리로 말하는 게, 자존심이 몹시 상한 모양이었지만 이상하게도 꾹 참고 있는 것 같았다. 그에게는 3년 전에도 자존심을 버리고 사정을 했었지만 이번에도 그랬다.

'왜?'

그 건물이 그렇게나 위치가 좋은 곳이었나 생각하다가 그런 것 때문은 아닌 것 같다는 생각이 들었다. 그녀를 이렇게 필사적으로 만든 게 뭘까 생각하다가 훈겸은 눈물을 떨구는 그녀를 보고 정신이 번쩍 들었다.

"날 납득시켜 봐. 네가 그렇게 간절하게 원하는 게 무슨 이유 때문인지. 3년 전에 네가 나한테 사정했었던 건, 네 동생 때문에 어쩔 수 없이 그랬던 거였잖아. 지금은 무엇 때문에 그러는 거지?"

그녀는 울지 않으려는 듯 손으로 눈물을 닦아 냈다. 하지만 빨갛게 되어 버린 눈동자는 다시 습기를 머금었다.

"솔직히 말할게요. 전 그곳에서 꼭 빵집을 열어야 해요."

"꼭? 왜지?"

"아빠 때문이에요."

3년 전에 그녀가 해 주었던 이야기를 기억했다. 어머니가 사채 빚을 져 아버지와 함께 도망을 가다가 아버지와 헤어졌다는 이야기. 헤어졌던 아버지와 다시 만난 건가 싶었으나 그건 아닌 모양이었다.

"얘기해 봐."

"그 건물에서 아빠가 빵집을 운영하셨어요. 전 아빠와 함께 그곳에서 빵을 만들었고요. 아빠가 평생 힘들게 일해서 일군 곳인데…… 사채 때문에 잃었어요. 아빠와 헤어지기 전에 약속했어요. 꼭 다시 빵집을 되찾겠다고. 그래서 아빠 꿈도 대신 이루겠다고. 지금 아빠가 살아 계신지 돌아가셨는지도 모르지만 전 거길 꼭 되찾아야 해요. 무슨 일이 있어도."

그녀의 눈에서 눈물이 흘러내렸다. 훈겸은 망치로 머리를 맞은 듯 충격을 받았다.

'그곳에서 빵집을 운영했다고? 그곳은 강희석 씨가 빵집을 운영했던 곳이었는데…… 그럼 설마…….'

훈겸은 순간 아무 말도 할 수 없었다. 그녀의 말이 맞다면 어쩌면 그녀는 그가 그렇게 찾던 강희석의 딸일지도 모른다.

"사실은 저, 세를 얻을 돈도 부족해요. 3년 동안 아무것도 없는 맨주먹으로 죽을 만큼 힘들게 살았어요. 잠잘 시간도 아껴서 일했어요. 그렇게 했어도 점포 한 칸 얻을 돈도 없어요. 레드플라워에서 일했을 때, 남자들하고 하룻밤 술 마시고 받는 몇십, 몇백의 팁을…… 한 달 동안 죽어라고 일해도 벌기 힘들었어요. 죽을 만큼 힘들게 겨우겨우 다니던 회사도 상사 눈 밖에 나니까 허무하게 쫓겨났고요. 저, 뭐가 옳은 건지 잘 모르겠어요. 아빠도 성실하게 평생을 사셨지만 두 손에 남은 건 빚밖에 없었고, 저도 그래요. 아빠와의 약속……. 지켜야 하는

데……. 어쩌면 그게 유언이었을지도 모르는데…… 전 이렇게 바보 같아요."

그녀의 이어지는 말을 듣고 훈겸은 더욱 말을 할 수 없었다. 그녀의 눈에서 방울방울 흘러내리는 눈물이, 다 그의 잘못인 것만 같아서 아무 말도 할 수 없었다.

따지고 보면 그녀의 아버지인 강희석이 힘들게 살았던 것은 모두 돌아가신 훈겸의 아버지 때문이었다. 그의 아버지 때문에 사랑하는 여자를 빼앗겼고, 레시피까지 도둑맞았다. 그리고 인생을 바꿀 수 있었을지도 모를 대회에서 참담하게 최우수상마저 도둑질당했다. 훈겸은 아버지의 잘못이었지만 절대 그 잘못에서 자유롭지 못했다. 이제 그의 아버지는 돌아가셨고, 사과를 하고 싶어도 할 수 없게 되었으니 모든 것은 그의 몫이었다.

"저, 무슨 짓을 해서라도 그곳에서 일 시작하고 싶어요. 어떻게 생각하실지 몰라도……."

훈겸은 방금 알게 된 엄청난 사실 때문에 혼란스러웠다. 하루 동안 너무 충격적인 일들을 계속 겪어서 정신이 없었다. 훈겸은 그녀가 정말 강희석의 딸이라면 어떻게 해야 되나 미친 듯이 생각했다. 그녀에게 사죄를 해야 하고, 강희석에게 돌려주려고 했던 모든 재산들을 그녀에게 주어야 했다.

그런데 그는 3년 만에 만난 그 여자를 포기할 수 없었다. 그가 자신의 아버지와 강희석의 관계, 그가 사과를 해야 하는 이유 등을 낱낱이 그 여자에게 말을 하면, 어쩌면 다시는 못 만날 수도 있었다. 그녀가 부모님들 간의 일을 어디까지 알고 있는지는 모르겠지만 모든 사실을 알게 되면, 다시는 그를 보지 않겠다고 할 것만 같았다.

훈겸이 아무 말도 하지 않고 있자 그녀는 조금 더 울다가 눈물을 닦았다. 그녀는 마음을 가다듬는 듯 심호흡을 몇 번 하곤 다시 입을 열었다.

"죄송해요. 그냥 답답해서. 무례했다면 용서하세요."

그녀는 덤덤하게 사과했다. 훈겸은 의연한 그녀의 태도에 또 한 번 놀랐다. 그녀는 놀랍도록 금방 침착함을 되찾았고 마음을 가라앉혔다. 아직은 어린 그녀가 그렇게 마음을 잘 다스린다는 게 놀라웠다.

"어쨌든 사정은 그래요. 어떻게 해서든 가겟세는 밀리지 않고 꼬박꼬박 낼게요. 지금 점포가 비어 있는 건 뭔가 사정이 있겠지만 한 번만 더 생각해 주세요."

그녀는 진심으로 부탁했다. 훈겸은 고민했다. 그녀에게 사실대로 이야기를 하고 사죄를 할 것인가, 아니면 다른 방법을 생각해 볼 것인가. 그녀가 그에게 호감을 갖고는 있지만 그가 정도훈의 아들이라는 것을 알면 마음이 바뀔지도 모른다. 하지만 그녀를 속일 수도 없는 일이었다.

'조금만, 조금만 시간을 벌자. 이 여자의 마음을 얻으면 그때 말해도 늦지 않아.'

훈겸은 결심했다. 어떻게 하든 그녀를 포기할 수는 없었다.

"사정은 딱하지만……."

"제발요! 네? 뭐든지 할게요. 거기서 빵집을 열 수 있게 도와주세요."

훈겸이 거절의 말을 하려는 줄로 알았는지 그녀는 그의 말이 끝나기도 전에 말을 잘랐다. 그리고는 그에게 금방이라도 덤벼들듯 그의 손을 꼭 잡았다. 심장이 툭 떨어지는 것 같았다. 마치 롤러코스터를 탄듯 급강하했다. 훈겸은 꿀 먹은 벙어리가 되어 그의 손을 잡고 있는 그녀의 자그마한 손을 바라보았다. 보드랍고 따뜻한 그녀의 몸이 떠올랐다. 조금도 변하지 않았다.

"내가 널 원하면…… 가질 수 있는 건가?"

"네."

"하지만 넌 날 미워하겠지?"

"그건…… 모르겠어요."

그녀가 홍조를 띠었다. 훈겸은 그녀를 안고 싶었다. 하지만 욕망대로 그녀를 가진다면 그녀의 마음은 가질 수 없었다.

"그럼 이렇게 하자. 세를 내어 주지. 하지만 조건이 있어."

세를 내어 주겠다는 말에 그녀의 눈이 반짝 빛났다. 조건이 무엇이든 다 듣겠다는 듯 그녀는 반짝이는 눈으로 그를 바라보았다.

"조건이 뭔데요?"

"빵을 만든다고 했지?"

"네."

"매일 네 빵집에 가겠어. 네가 만든 빵을 먹게 해 줘. 그게 내 조건이야.”

“네?”

믿을 수 없다는 듯 눈을 커다랗게 뜨는 그녀가 몹시 귀여워 보였다. 훈겸은 웃음을 참으며 그녀의 시선을 마주 보았다. 그가 뭔가 대단한 조건을 내걸 것으로 생각했었는지 그녀는 얼떨떨한 얼굴이었다.

“그리고 하나 더.”

훈겸은 그녀의 손을 잡고 세차게 잡아당겼다. 뭐가 뭔지 모르겠다는 표정을 짓던 그녀는 그의 손길에 비틀거리며 자리에서 일어나 그의 자리 쪽으로 넘어지듯 끌려왔다.

“아야.”

갑작스레 잡아당긴 손목이 아팠는지 곱게 인상을 찡그리며 손목을 주물렀다. 훈겸은 끌려온 그녀의 어깨를 잡았다. 가까이 다가온 그녀에게서 익숙한 달콤한 향기가 풍겨 왔다.

“이거, 도저히 참을 수가 없어서.”

주변에 사람들이 있는 것도 상관없었다. 훈겸은 고개를 숙여 그녀의 붉은 입술에 입을 맞추었다. 참을 수 없는 부드러움. 순간 속에서 뜨거운 용암이 끓어오르듯 견딜 수 없어졌다. 저도 모르게 손에 힘을 주었다. 그녀가 입 속으로 신음 소리를 흘리자 그제야 정신을 차리고 어깨를 놓아주었다. 부드러운 볼을 손에 쥐고 붉은 입술을 살살 빨았다. 그녀가 사르르 눈을 감고 입술을 열어 주었다. 그곳이 어디인지, 누가 보고 있는지 아무것도 신경 쓰지 않았다. 오로지 그녀와 그녀의 입술, 부드러운 몸만이 느껴질 뿐이었다.

훈겸은 한 손으로 그녀의 등을 받치고 세게 끌어당겼다. 봉긋한 가슴이 그의 뜨거운 가슴과 맞닿았다. 그녀는 온몸을 그에게 맡기고 있었다. 그의 것처럼 거세게 뛰고 있는 심장이 느껴지자 가슴이 꽉 차오르는 것 같았다.

어디든 좋았다. 둘이 있을 수 있는 곳으로 데려가 그녀를 갖고 싶었다. 머릿속이 그녀로 꽉 차 버렸다. 훈겸은 떨리는 숨을 내뱉으며 그녀의 허리를 더욱 옥죄었다. 두 손으로 감싸면 쏙 들어올 것 같은 가느다란 허리가 버들가지처럼 휘어지며 그에게 밀착되었다. 아마 그가 데려간다면 군말 없이 따라오리라.

훈겸은 정신을 차리려 애썼다. 이성을 찾아야 했다. 그는 간신히 여자에게서 입술을 떼었다. 그녀는 숨이 찬 듯 빨개진 얼굴로 숨을 골랐다. 그 모습이 또 너무 유혹적이었다. 심장이 미친 듯이 뛰었다. 훈겸은 떨리는 손으로 그녀의 어깨를 밀어 조금 거리를 두고 앉았다. 그녀는 혼란스러운 얼굴로 그를 바라보았다.

"강……나예. 맞지? 네 이름."

훈겸은 조금 마음이 가라앉자 그녀의 눈을 바라보며 물었다. 깊이를 알 수 없는 까만 눈동자. 그녀가 고개를 끄덕였다.

"난……."

훈겸은 망설였다. 이름을 말해 주면 그녀가 알 것 같았다. 그녀 역시 제과업계에 있으니 모를 리 없었다.

"……박정민이야."

그래서 거짓말을 했다. 아주 잠깐 속이는 거라고 생각했다. 그녀의 마음을 온전히 얻을 때까지만.

# 16장

"말도 안 돼. 어떻게 보증금도 안 받고 세를 주니?"

나예는 점포 안을 둘러보았다. 예전에 아버지와 함께 빵을 만들던 제빵실도, 먹음직스러운 빵들로 가득했던 매장도 먼지가 가득했다. 옆에서 영미가 믿을 수 없다는 듯 목소리를 높였지만 나예는 그저 살짝 웃을 뿐이었다.

"너, 혹시 사기당한 거 아냐? 계약서도 안 쓰고, 보증금도 안 받았다니. 말이 안 되잖아. 혹시 점포 빌려 준다면서 계약금 먹고 튀는 거 아냐?"

"언니는. 겨우 200 먹고 튄다고?"

"진짜 이상하잖아. 월세가 200이라는 것도 그래. 여기 위치 정도면 월 400 이상 받아도 되는 자리거든. 이 근처 점포들 거의 그럴걸? 지하철역 가까워. 상업지역이야. 우리 예전에 여기서 클로버 빵집 할 때도 월세 300 냈었어. 기억하지?"

영미가 열을 올리며 말했듯이 건물주는 파격적인 조건으로 그녀에게 임대를 해 주었다. 나예는 꿈만 같았던 그날 일을 떠올렸다. 노엘식품에서 부당하게 해고당하고 며칠간은 잠도 제대로 못 자고 눈물만 났었다. 어떻게 살아가야 할지, 다시 처음부터 시작해야 한다는 생각에 고민을 했었는데 그때 내린 결론이 일단 클로버 빵집을 되찾자는 거였다.

'언니, 나 아빠 빵집 다시 찾아야겠어.'

나예는 영미에게 굳은 결심을 이야기했고, 영미는 최선을 다해 도와주기로 했다. 사실 노엘식품에서 일하면서도 언젠가는 클로버 빵집을 다시 되찾고, 그곳에서 그녀의 이름을 건 빵을 만들겠다는 목표를 갖고 있었다. 그것은 그녀의 꿈이기도 했고, 아버지의 꿈이기도 했다.

어차피 하려던 일, 시기가 조금 앞당겨졌을 뿐이라고 생각했다. 3년 동안 아등바등 모은 3000만 원에 영미가 모았던 돈 2000만 원을 합해서 일단 가게를 내 보려고 생각했다. 보증금 2000~3000만 원에 가게 인테리어와 기계 값만 해서 5000만 원을 훌쩍 넘기는 예산이 필요했지만 나예는 결코 포기하지 않았다.

'부족한 건 대출을 받아야 할 것 같아. 언니, 부탁 좀 해도 되겠어?'

가진 게 하나도 없는 나예는 대출을 받아 봤자 얼마 받을 수가 없었다. 은행권에서 대출을 받으려면 절차도 까다로웠기에 결국은 영미가 갖고 있는 코딱지만 한 집을 담보로 대출을 받을 수밖에 없었다. 그래서 영미가 대출을 받기로 하고 세를 얻기 위해 부동산을 찾았던 거였다.

하지만 몇 번을 찾아갔지만 나예는 건물주의 코빼기조차 볼 수 없었다. 점포가 오랫동안 비어 있었다는 걸 알고 있었는데도 부동산에서는 무조건 그 점포는 임대를 줄 수 없다고 못 박았다. 나예가 수십 번을 찾아가 사정하고 또 사정을 해서야 겨우 건물주에게 연락을 해 보겠다고 했다. 그리고 또 들었던 대답은 거절.

'건물주를 만나야겠어요. 연락해 주세요. 만나기 전까지는 일어날 수 없어요. 여기서 한 달이고 두 달이고 있을 거라고요!'

나예가 생떼를 쓰자 부동산에서 난처했는지 다시 연락을 해 주었고, 그때 만난 게 바로 그 남자였다.

"나예야, 너 진짜 계약서 안 썼니? 그런데 여기서 장사해도 된대?"

나예는 재차 묻는 영미에게 고개를 끄덕여 보였다. 그 남자, 박정민은 돈에 초연한 사람 같았다. 무엇 때문인지는 모르겠지만 세를 줄 수 없다고 하더니 결국 마음을 바꾸고 나서는 보증금도 필요 없고, 월세만 200만 원 정도 내면 된다고 했다.

'계약서? 꼭 써야 하나?'

'그래도 계약 기간이나 금액을…….'

'기간도 뭐, 네가 하고 싶을 때까지 해. 너, 지금은 돈도 없다며. 돈 없으면 월세도 안 줘도 돼.'

이해할 수 없지만 그 남자에겐 돈이 넘칠 정도로 많거나 아니면 돈에 대해 관심이 전혀 없는 것 같았다.

'제가 얻는 것에 대해 대가를 치르지 않으면 전 다른 방법을 생각해야 해요. 이유 없는 호의는 받을 수 없어요.'

마음이 불편해진 나예가 한 말에 정민은 한참 동안이나 그녀를 찬찬히 보며 생각을 하는 듯했다.

'이유 없는 호의는 아니지. 난 네게 관심이 있고, 널 도와주고 싶으니까.'

'돈으로 절 사고 싶은 거예요?'

'아니. 그렇게 생각한다면 월세는 꼬박꼬박 받을게.'

그날 그를 만났던 건, 나예에게 엄청난 행운이 아닐 수 없었다. 3년 전, 그와 헤어지고 나서 나예는 그를 다시 만나는 것을 포기했었다. 그가 약속 장소에 나오지 않았던 것은 그녀를 더 이상 만나고 싶지 않은 마음을 드러낸 것이라고 생각했다. 그런 남자를 찾아서 매달린다는 것은 나예의 자존심에 큰 상처를 주는 일이었다. 그리고 그녀의 상황이 남자와 연애놀음이나 하고 있을 여유도 없었다.

하지만 3년 동안 힘들게 일을 하면서도 나예는 그를 쭉 마음에 품고 있었다. 항상 마음속에 그날의 일들이 묻혀 있었고, 남자들이 그녀에게 호감을 표시할 때마다 그가 떠올랐었다. 나예는 어차피 남자와 연애를 할 여유가 없었기 때문에 어떤 남자에게도 곁을 주지 않았지만, 마음속에 그 남자에 대한 기억이 계속 남아 있었으므로 그녀에게 다가오는 남자들을 은연중에 그와 비교하고 있었다.

“어떻게 생각해도 결론이 안 나네. 난 도통 이해가 안 된다. 얘! 혹시…… 건물주가 남자였어?”

“응.”

“혹시 그 남자, 너한테 흑심 품고 있는 거 아니니? 어떻게 해 보려는 심사 아닐까?”

나예는 뭐라고 대답을 해야 하나 잠깐 고민했다. 그가 그녀에게 했던 행동과 말들을 미루어 보았을 때, 분명 영미의 말처럼 흑심을 품고 있는 건 사실이었다. 그녀에게 대놓고 관심이 있다고, 도와주고 싶다고까지 말했으니까. 하지만 그는 좀 달랐다.

인재 역시 그녀에게 대담하게 다가왔지만 돈이든 권력이든 자신이 갖고 있는 힘을 이용해 나예를 억지로라도 가지고 싶어 했다. 대부분의 남자들은 비슷했다. 나예에게 접근하는 남자들은 정말 호감을 갖고 접근하기도 했지만 한번 놀아 보려고, 그녀의 외모를 보고 호기심이 생겨 접근하는 남자들도 많았다. 인재 역시 그런 쪽이었고, 그래서 나예가 거세게 저항하자 오히려 그녀에게 호감을 느낀 듯했다.

그런데 정민은 달랐다. 3년 전에도 그랬지만 그는 조심스러웠다. 당장이라도 그녀의 옷을 벗기고 덤벼들고 싶다는 표정을 짓고 있었지만 그는 놀랍게도 그걸 참고 있었다. 그가 조건을 걸겠다고 했을 때, 나예는 분명 그녀와의 잠자리를 원하거나 그와 비슷한 뭔가를 원할 거라 생각했다. 그런데 그가 원한 것은 단순히 그녀의 빵을 먹어 보는 것이었다. 대체 그가 무슨 생각으로 그런 조건을 걸었는지 짐작조차 할 수 없었다. 하지만 그가 다른 남자들과는 다르다는 생각을 하기엔 충분했다.

"잘 모르겠어. 사실은 언니, 그 사람 내가 아는 사람이야."

"아는 사람? 누구?"

"3년 전에 영우 구해 준 사람."

영미의 눈이 화등잔만 하게 커졌다. 정말 놀랐는지 영미는 나예의 손을 잡고 잠시 동안 말을 더듬기까지 했다.

"정말이야? 그때 그 1억? 1억 주고 널 샀던 남자?"

"응. 우연이었어. 그 사람이 건물주더라고."

"그 뒤로 한 번도 만난 적 없잖아."

"응. 그랬지. 어쨌든 그 사람이 내 부탁을 들어주었어."

"진짜 놀라운 일이다. 그 사람이면, 이미 널 가졌던 사람이잖아. 혹시 그 사람이 또 네 몸을 요구한 건 아냐? 그 대가로 보증금도 안 받고 세도 그렇게 받겠다는 거 아니냐고!"

"그런 것 같지는 않아."

나예는 얼굴을 붉히며 말했다. 영미는 의심스러운 눈으로 나예를 보더니 얼굴을 일그러뜨렸다.

"어머머! 애가 미쳤나 봐! 너, 그 남자 좋아하니? 너, 정신 단단히 차려. 그 남자는 정인재 이사보다도 더 위험한 남자야."

"언니, 그런 거 아니야!"

"아니긴 뭘 아냐. 딱 보니까 알겠는데. 그 남자는 이미 널 한 번 돈으로 샀어. 두 번 못 할 것 같니? 게다가 넌 보증금도 내지 않고 파격적인 조건으로 그 남자의 건물에 세를 얻었어. 그 사람이 그걸 빌미로 해 너한테 요구하지 않겠니? 너 진짜 그렇게 진흙탕에 굴러 봐야 알겠어? 이 바보야, 그 남자 목적은 하나야."

영미가 목에 핏대를 세우며 화를 냈다. 나예는 뭐라고 항변하지 못했다. 정민이 영미의 말대로 그녀의 몸을 가지려는 의도로 세를 준 건 아니라는 게 분명했지만 어쨌든 그는 그녀에게 호감을 표시하고 있었고 호감 이상의 육체적 관계도 원하고 있음에 틀림없었다.

'나도…… 그게 좋으면 어떻게 되는 거지?'

나예는 겁이 덜컥 났다. 3년 만에 그와 만났을 때, 나예는 온몸이 전기에 감전된 듯 짜릿함을 느꼈다. 잊히고 있다고 생각했는데 전혀 아니었다. 그 남자와 보냈던 하룻밤의 짜릿한 경험을 그녀의 몸에서 속속들이 기억하고 있었다.

그래서 그가 나예의 손을 잡고 끌어당겨 키스했을 때, 미칠 듯이 그를 원했다. 창피했지만 그녀는 그와 키스 이상의 무언가를 하고 싶었다. 뜨겁지만 조심스럽고 부드럽던 그의 입술이 미치게 좋았다. 그를 향한 갈망이 3년 동안 몸속에서 뜨겁게 꿈틀거리고 있었던 것 같았다. 더 이상 참을 수 없을 정도로 그의 입술이 감미롭게 그녀를 빨아 당겼을 때, 나예는 모든 걸 던지고 그에게 가고 싶었다.

"그 사람 목적이 그게 아니라면? 만에 하나, 조금이라도 나한테 진심이라면…… 그래도 안 돼?"

"뭐? 강나예, 너 정말 미쳤구나! 그런 남자가 널 그냥 사랑해서 너한테 잠자리를 요구하겠니? 생각을 해 봐. 1억 정도 아무렇지도 않게 하룻밤에 쓰는 남자야. 건물 임대료 정도는 껌값이겠지. 이런 건물을 몇 채 가지고 있을지도 모르는 사람이야. 그런 사람이 여자를 진심으로 사랑해서 그 여자를 돈을 주고 사겠어? 그런 남자한테 돈을 주고 산 여자는 하룻밤 노리개일 뿐이야. 그 사람, 아마 와이프도 눈 시퍼렇게 뜨고 있을걸. 애도 있을 거야. 잘못하면 네 인생 망쳐. 와이프가 알면 가만있겠니?"

"언니……."

"정신 차려! 아무튼 좀 생각해 봐야겠어. 너한테 지금 다른 요구를 하지 않더라도, 일단 약점이 있으면 언제든지 훅 치고 들어올 수 있다고. 너 보니까 그 남자가 뭔가 요구하면 다 들어줄 기세잖아. 평소의 너답지 않게 왜 그래? 남자들 옆에도 못 오게 차갑게 끊어 내던 애가. 정인재 이사 같은 남자도 밀어냈으면서."

나예는 쓴웃음을 지었다. 영미의 말이 틀린 말은 아니었다. 일반적인 상황에선 그랬다. 정말 영미의 말대로 그 남자가 유부남이고 그녀를 돈으로 산 하룻밤 노리개로 생각할 수도 있었다. 하지만 정민은 달랐다. 그는 다른 남자들과 달랐다.

'내가 전화하면 바로 받아. 걱정되니까.'

'뭐가요?'

'네가 또 사라져 버릴까 봐. 어쨌든 거기서 빵집을 하는 한

어느 날 갑자기 사라지진 않겠네.'

그날 킹 과자점에 가야 하는 그녀를 데려다주며 정민이 했던 말이었다. 나예는 그와 헤어진 뒤로도 한참을 꿈속에 있는 듯 멍한 상태에서 보냈다. 결국 혁준마저도 그녀가 좀 이상하다며 무슨 일이 있는지 물어보았다.

"걱정하지 마. 언니, 나 그동안 어떻게 살아왔는지 언니가 제일 잘 알잖아. 남자한테 이용당하지 않아."

"그럼 다행이지만……. 어쨌든 조심해."

"응. 여기 매장은 일단 청소 좀 하고, 인테리어 하면 되겠네."

나예는 먼지가 자욱한 점포 안을 둘러보며 감상에 젖었다. 그녀가 어릴 때부터 집처럼 살다시피 한 곳이었다. 아버지에게 들킬까 봐 몰래 발끝을 세우고 문 사이로 아버지가 빵을 만드는 모습을 훔쳐보기도 했고, 아버지에게 정식으로 빵을 배우면서 아버지와 단둘이 추억을 쌓기도 했던 곳이었다. 점포 안 어느 한구석도 나예의 추억이 묻어 있지 않은 곳이 없었다.

"그래도 보증금 안 받는다고 하니까 대출 안 받아도 될 것 같아. 기계는 어때? 오븐은 꽤 비쌀 텐데."

영미가 말했다. 나예는 영미를 돌아보았다.

"어떻게 간신히 될 것 같아. 킹 과자점 권혁준 공장장님이 오븐이랑 기본적으로 갖춰야 할 것들, 아는 분 통해서 싸게 구해 주신다고 했어."

"다행이다. 우리가 다시 빵집을 열 수 있다니!"

영미는 나예가 노엘식품에서 쫓겨난 뒤로 정이 떨어져 더는

다니고 싶지 않다고 했었다. 나예는 예전에 클로버 빵집에서 그랬던 것처럼, 영미에게 매장 일을 봐 달라고 했다.

"응. 다 언니 덕분이야. 고마워."

"내가 뭐 한 일이 있다고 그래."

"오갈 데 없는 우리 영우랑 나, 언니가 받아 줬잖아. 우리, 빵집 자리 잡으면 이사 가자. 언니, 내가 집 사 줄게."

"치. 우리 사이에 무슨. 그래도 정말 기분 좋다. 나예 네가 빵집을 되찾아서. 이제 아저씨 소식만 알면 될 텐데……."

영미는 나예의 손을 따뜻하게 잡아 주었다. 나예는 눈물을 글썽이며 영미를 보고 미소 지었다.

"참. 나 킹 과자점에 가야 해."

나예는 킹 과자점에 가서 혁준을 만나기로 한 것을 기억해 냈다.

"공장장님 만나러?"

"응. 언니, 이따 집에서 만나."

나예는 점포를 나와 영미와 헤어진 후, 지하철을 타고 킹 과자점으로 갔다. 혁준은 그녀가 빵집을 개업한다는 말에 만사 제쳐 두고 도와주었다. 오븐을 비롯한 기계와 제빵 도구들을 싸게 구입해 주기도 했고, 여러 도움이 되는 조언도 많이 해 주었다. 나예는 고마운 마음에 혁준에게 식사 대접을 하려던 참이었다. 혁준이 빨리 끝나는 날에 맞춰서 만나기로 했던 터라 나예는 걸음을 재촉했다.

"진짜 성 같네."

킹 과자점 본사 건물 앞에서 나예는 경외감 어린 눈으로 건물을 올려다보았다. 1층에는 킹 과자점 본점이 입점해 있고, 나머지 빌딩은 본사 건물이었다. 킹 과자점의 이름처럼 베이커리 간판엔 왕관 모양의 상징이 멋들어지게 붙어 있었고, 건물 안 로비에는 성 모양의 커다란 조형물이 서 있었다. 건물 자체도 디자인이 성과 비슷한 모양으로 되어 있어 은빛으로 빛나는 커다란 성 같았다. 나예는 건물에 위압감을 느끼며 잠시 올려다보다가 안으로 들어갔다.

"강나예."

베이커리 뒷문 쪽인 공장 입구 쪽으로 들어가려는데 누군가 그녀를 불렀다. 나예는 흠칫 놀라 뒤돌아보았다. 인재였다. 그는 뭔가 화난 것처럼 인상을 찡그린 채 그녀에게 성큼성큼 다가왔다.

"아야. 왜 그러세요? 이것 좀 놓고 말씀하세요."

인재는 그녀의 팔꿈치를 아프게 잡고선 끌어당겼다. 그가 어디로 가는지 모르고 끌려가던 나예는 그의 손에서 벗어나려 애썼지만 화난 남자의 거친 손길에서 벗어날 순 없었다.

"전화는 왜 안 받아!"

"전화요?"

엘리베이터에 그녀를 밀어 넣고 23층을 누르는 인재를 멍하니 바라보며 나예는 앵무새처럼 따라 했다. 그러고는 얼른 가방에서 핸드폰을 꺼내 보았다. 부재중 전화가 열한 통이나 와 있었다.

"아…… 전화 온 줄 몰랐어요. 오늘 좀 바빴거든요."

휴대폰을 진동으로 해 놓곤 여기저기 바쁘게 돌아다니느라 전화 온 줄도 모르고 있었던 거였다. 나예는 미안한 마음에 살짝 웃음을 보이며 변명하듯 말했지만 인재는 화가 난 듯 얼굴이 붉어져 있었다.

"내가 왜 너 따위에게 이러는지 모르겠어! 회의 하면서도 네 생각이 나 집중이 안 되었다고. 네가 왜 전화를 안 받을까? 무슨 일이 생긴 건 아닐까? 대체 왜 내 전화를 무시할까? 온갖 생각을 다 했어."

"죄송해요. 무시한 게 아니라 진동으로 해 놓고 있어서 몰랐어요. 정말이에요."

나예가 사과했지만 인재는 분노가 쉬 가라앉지 않는 듯 씨근덕거렸다. 엘리베이터가 23층에 도착하자 인재는 나예의 손을 끌고 사무실로 들어갔다. 비서가 놀란 듯 눈을 동그랗게 떴다. 나예는 정신없이 그의 사무실로 끌려 들어가 인재의 거친 손길에 벽으로 밀쳐졌다.

"놓아주세요."

차분하게 요구했지만 그는 나예의 말을 들어줄 생각이 없는 것 같았다.

"너 때문에 정말 미치겠어. 내가 일하는 시간까지 네 생각을 해야 해?"

인재는 무섭게 그녀를 노려보았다. 나예는 어떻게 해야 할지 몰랐다. 가까이 다가온 그에게서 벗어날 수가 없었다.

"한번 만나려면 내가 몇 번 전화를 해야 하는 거지? 지난 몇 주간 내가 네 집 앞으로 찾아가지 않는 한 널 만날 수도 없었어. 내가 웬만큼 튕기라고 했지."

인재는 나예의 어깨를 잡고 이를 갈며 말했다. 그의 손길에 꼼짝 못하고 있었던 나예는 그의 시선을 피하며 한숨을 쉬었다. 그는 보통 남자는 아니었다. 여자에게 무시당하면서 참고 있을 만한 타입도 아니었다. 그가 여자를 무시했으면 했지, 결코 여자에게 무시당할 남자는 아니었다.

"그렇게 느끼셨다면 죄송해요. 의도적인 건 아니었어요. 그동안 일 때문에 많이 바빴거든요."

인재는 뚫어지게 그녀를 바라보고 있었다. 나예는 그 상황이 몹시 불편했다. 조만간 인재를 만나서 확실하게 이야기를 하려고 생각하던 참이었다. 아무래도 그가 계속 접근하는 게 마음에 걸렸다. 하지만 말을 꺼내기도 전에 인재가 고개를 숙였다. 그녀에게 키스하려는 의도라는 걸 알아챘다. 나예는 짧은 순간 어떻게 해야 할까 생각을 하기도 전에 본능적으로 고개를 돌렸다. 그는 나예가 키스를 거부하자 멈칫하고 얼음처럼 굳었다.

"너, 뭐야?"

나예는 고개를 돌린 채 숨을 멈췄다. 두려움에 심장이 뛰었다. 인재가 화가 많이 났을 거라는 생각이 들었다. 사실 보통의 여자라면 그에게 흔들릴 게 분명했다. 그처럼 매력적이고 부유한 남자가 대시하는데 흔들리지 않을 여자는 없었다. 킹 과자점 전체를 소유하고 있는 남자였다. 전국적인 체인망을 갖고 있는 제과점. 거의 재벌급이나 다름없는 회사였다. 그런 회사의 오너 아들, 그리고 젊고 유능하고 잘생기기까지 했다.

그를 잡으면 그녀의 인생 자체가 천지개벽하듯 바뀔 수 있었다. 그 남자가 그녀에게 흔들리고 있었다. 전화 한 통에 일희일비하는 상황에, 나예가 마음만 먹으면 그 남자를 얼마든지 유혹할 수 있었다.

"죄송해요. 전 이사님 마음에 없어요."

그런데 나예는 끝내 그를 거절했다.

"지금 날 유혹하려고 얄팍한 수를 쓰는 거야?"

박정민, 그를 만나고 생각이 바뀌었다. 나예는 인재의 말에 고개를 돌려 그를 똑바로 바라보았다. 분노로 활활 타오르는 눈동자. 조금 두려웠지만 나예는 그의 눈을 똑바로 응시했다.

마음을 속이는 것은 그녀 스스로가 용납할 수 없었다. 다시는 만날 수 없을 거라고 생각했고, 그가 그녀에게 마음이 없다고 생각했었다. 그래서 3년간 잊으려고 노력했었고 잘 지워지진 않았지만 서서히 지워지고 있다고 생각했다.

그렇지만 3년 만에 그를 다시 만난 날, 나예는 깨달았다. 그녀는 절대 그를 잊지 않았고, 오히려 마음속에 그의 자리를 점점 더 늘려 두었다는 것을. 그의 키스 한 번에 모든 걸 다 잊고 그에게 몸을 던지고 싶어졌던 건, 그녀의 진심이었다. 그렇게 뜨거운 마음은, 처음 느껴 보는 감정이었다.

이제는 더 이상 인재에게 곁을 줄 수 없었다. 그래서 솔직하게 말하고 확실히 해 두어야겠다고 생각했다. 나예는 인재를 보며 또박또박 말했다.

"아니요. 유혹하려 들었다면 이러지 않았을 겁니다. 솔직하게 말하고 있는 거예요. 전 좋아하는 사람 있습니다. 다신 전화하지 마세요."

"허! 내가 그 말을 믿을 것 같아? 내가 네 주변에 남자가 있는지 없는지 알아보지도 않고 너한테 덤벼들었을 것 같냐고. 거짓말하지 마. 넌 어떤 남자도 네 주위에 두질 않았어. 네게 대시했던 남자들, 한순간의 여지도 주지 않고 다 밀어냈지. 그런데 좋아하는 사람이 있다고? 거짓말이야."

나예는 한숨을 쉬었다. 인재가 그렇게 생각하는 것도 무리가 아니었다. 그가 본 것이 정확하게 맞았다. 하지만 그는 그녀의 주변을 조사했는지는 몰라도 그녀의 마음속은 들여다보지 못했다. 그녀가 3년 동안 한 남자를 마음에 품고 있었다는 것을, 그는 알 리가 없었다.

"거짓말 아니에요. 그 사람, 좋아한 지 오래됐어요."

"믿을 수 없어. 누군지 있다면 내 눈앞에 데려와 봐. 그러면 인정해 줄 테니."

"제발 이러지 마세요. 이사님이 아무리 그래도 제 마음, 변하지 않으니까요."

인재는 나예의 말을 전혀 믿지 않는 것 같았다. 나예는 답답한 마음에 한숨을 쉬었다. 그가 다시 나예에게 키스하려 고개를 숙였다. 나예는 그에게서 벗어나려 도리질치며 몸부림쳤다.

"인재야, 아직 나가지 않았다고 해서 같이 가려고 왔다."

"저, 회장님. 이사님은 손님이 오셔서……."

그때 사무실 문이 벌컥 열리고 누군가 들어왔다. 나예는 그녀의 어깨를 움켜쥐고 있던 그의 손에서 힘이 풀리자 겨우 풀려날 수 있었다. 거칠어진 숨을 고르고 있던 나예는 사무실 문 앞에서 놀란 눈으로 그녀를 바라보는 사람들을 발견했다. 회장님이라고 불린 사람은 아마 인재의 어머니일 것이다. 세련되고 우아한 차림의 여자가 놀란 눈을 하고 그들을 바라보고 있었다. 인재와 꼭 닮은, 차가우면서도 이지적인 아름다움. 나예는 조금 당황했지만 침착하게 그녀에게 목례를 했다.

"누구?"

누구냐는 물음에 뭐라 대답하기가 난감했다. 나예가 머뭇거리는데 인재의 어머니의 옆에서 분노로 부들부들 떨며 그녀를 노려보는 은빛을 발견했다. 나예는 흠칫 놀랐다. 은빛이 함께 있는 걸로 봐서 아마 세 사람이 함께 어딘가에 갈 약속이 되어 있었던 모양이었다.

"별일 아닙니다. 먼저 나가 계세요."

나예는 곤란해져 사무실에서 나가려다가 인재가 하는 말에 화들짝 놀랐다. 그의 어머니와 은빛 역시 놀란 모양인지 믿을 수 없다는 표정을 지었다. 은빛은 바르르 떨기까지 했다.

"이 아가씨가 누군지 소개하는 게 먼저 아닌가? 그리고 선약은 우리가 한 것 같은데."

인재 역시 이런 상황이 당황스러운 모양이었다. 나예는 숨을 크게 들이쉬고 차성희 회장에게 인사를 했다.

“강나예라고 합니다. 이사님과는 예전 노엘식품 외식사업부에서 일할 때 알게 되었고요, 그냥 일 때문에 알게 된 사이 이상은 아닙니다. 저 때문에 방해되었다면 죄송합니다. 먼저 가보겠습니다.”

나예는 꾸벅 인사를 하곤 사무실에서 나가려 했다. 하지만 인재가 그녀의 손목을 잡았다. 나예는 깜짝 놀라 그를 돌아보았다.

“나중에 다시 얘기하자. 전화할 테니까 받아.”

“아뇨. 전 할 말 다 했습니다. 전화하지 마세요.”

“젠장! 말 좀 들어!”

인재가 벌컥 화를 냈지만 나예는 더 이상 대답하지 않고 꾸벅 인사를 하곤 밖으로 나갔다. 짧은 순간이었지만 차성희 회장이 날카로운 눈으로 그녀를 훑어보는 걸 느꼈다. 심장이 오그라드는 느낌이었다.

‘낯이 익어. 어디서 봤을까?’

나예는 빠른 걸음으로 밖으로 나갔다. 차성희 회장의 차갑지만 우아한 모습을 떠올리며 나예는 고개를 갸웃거렸다.

“강나예.”

엘리베이터 앞에 서 있는데 뒤에서 누군가 그녀를 불렀다. 돌아보니 은빛이었다. 그녀는 얼굴이 하얗게 질린 채 바들바들 떨고 있었다.

“너 정말 제정신이 아니구나. 여기가 어디라고 기어들어 와?”

나예는 은빛의 분노에 한숨을 쉬었다. 은빛이 화를 내는 건 이해했지만 부당하다고 생각했다.

"그만하죠. 피차 감정만 상할 뿐이잖아요."

"이게 어디서 눈을 똑바로 뜨고 말을 해? 너, 다시는 내 눈에 띄지 말고 인재 오빠한테서도 떨어지라고 했잖아!"

"안 떨어지는 건 정인재 이사님이에요. 아까 보셨잖아요. 어쨌든 저도 다신 만나고 싶지 않으니 서로 보지 말죠."

피곤했다. 나예는 단호하게 말하곤 엘리베이터를 탔다. 은빛은 화가 풀리지 않은 듯 씨근덕거리고 있었다.

"너, 가만두지 않을 거야! 한 번만 더 인재 오빠한테 질척거리면 가만히 안 둬!"

나예는 대꾸하지 않고 엘리베이터의 닫힘 버튼을 꾹꾹 눌렀다. 정말 보고 싶지 않은 여자였다. 앙심을 품고 복수하고 싶다는 생각도 안 해 본 건 아니지만 더 이상 은빛과 엮이는 것이 피곤했다. 나예는 고개를 절레절레 저으며 1층으로 내려왔다. 그녀가 엘리베이터에서 내렸을 때, 일이 끝났는지 마침 혁준이 밖으로 나오고 있었다.

"나예 씨! 어떻게 거기서 와?"

혁준은 나예를 보고 반갑게 손을 흔들었다. 나예는 어색한 웃음을 지으며 혁준에게 다가갔다.

"잠깐 들를 데가 있어서요. 공장장님, 가요. 배고프죠?"

"응. 오늘 나예 씨가 맛있는 거 사 준다고 해서 점심도 조금밖에 안 먹었잖아. 하하."

혁준은 커다랗게 웃으며 나예의 등을 두드리곤 앞장 서서 건물 밖으로 나갔다. 나예는 얼른 그를 따라 주차장으로 가서 혁준의 차에 올라탔다. 혁준이 운전을 하는데 휴대폰이 울렸다. 나예는 전화기에 '훈겸'이라는 이름이 뜨는 걸 보고 시선을 돌렸다. 혁준은 차를 멈추고 휴대폰을 들었으나 전화벨은 멈춘 뒤였다. 혁준은 휴대폰을 내려놓으며 나예에게 씩 웃어 보였다.

"성질 급한 녀석이네. 그새를 못 참고 끊어 버렸어."

"다시 전화해 보세요."

"아니. 필요하면 또 전화하겠지. 참. 안 그래도 이 녀석한테 나예 씨 보여 주려고 나예 씨 일하는 모습 사진 몇 번 찍었는데."

"아…… 그래요?"

"걱정하지 마. 안 보여 줬으니까. 사실은 내가 보여 준다고 해도 녀석이 관심 없다고 안 본다고 해서."

나예는 고개를 끄덕였다. 혁준이 그녀와 잘 어울릴 것 같다면서 연결해 주려고 애썼는데 결국은 만나지 못했다. 혁준과의 관계 때문에 대놓고 거절은 못 했지만 아무래도 불편한 건 사실이었다. 아버지의 소식도 모르는데 정도훈의 아들과 만날 수는 없었다.

"어디로 가요?"

나예가 화제를 돌리자 혁준은 신나는 얼굴로 대답했다.

"고기 먹으러 가야지. 오늘 허리띠 풀고 먹어도 되는 거지?"

"당연하죠."

나예는 웃으며 대답했다. 혁준은 잘 아는 곳인 듯 근처 고깃집으로 나예를 데려갔다. 고기를 시켜 놓고 혁준은 뭔가 굉장히 궁금한 표정으로 나예의 눈치를 보았다. 나예는 불판에 삼겹살을 펼쳐 놓으며 아무렇지도 않게 말했다.

"물어보세요. 궁금한 거."

혁준이 조금 뜨끔한 얼굴로 어색하게 웃었다. 오븐과 제빵도구 때문에 혁준과 몇 번 만났었는데 그때마다 혁준이 몹시 궁금한 얼굴을 하면서도 물어볼 듯 말 듯 하며 묻지 않았던 걸 기억하고 있었다. 모르긴 몰라도 좀 곤란한 질문인가 보다 생각했었다.

"아니, 그냥. 나예 씨 개업하는 장소가 꽤 좋은 곳이라 궁금해서. 그 건물, 몇 년간 임대되지 않고 비어 있었다며. 그런데 어떻게 그런 장소를 얻게 된 거야?"

"건물주가 아는 분이어서 우연찮게 좋은 장소 얻게 된 거예요. 그게 궁금하셨던 거예요?"

"아, 뭐. 그냥 이것저것. 나예 씨가 나중에 꼭 빵집 차리겠다고 했었잖아. 그땐 그냥 하는 소리인 줄 알았는데 정말 개업을 한다니까 놀랍기도 하고 부럽기도 했거든. 아직 어린 나이인데 대단하다 싶기도 하고. 걱정되지 않아? 잘될지."

혁준의 말대로 걱정도 되기는 했다. 아버지와 함께 클로버빵집을 운영하긴 했지만 그땐 아버지가 운영을 했었고 그녀는 아버지를 도와 빵을 만들었을 뿐이었다. 그런데 이제는 하나부터 열까지 모두 그녀의 몫이었다. 재료상들과 거래를 트는 것도, 가게 준비를 하는 것도, 빵을 만들고 운영을 하는 것도 모두 그녀가 해야 할 일이었다. 두렵지 않다면 거짓말일 게 분명했다.

"당연히 걱정은 되죠. 제가 잘할 수 있을까. 근데 용기를 내 보려고요. 제 꿈이었거든요. 제 이름을 걸고 빵을 만들어 파는 거. 제가 만들고 싶은 빵 만들고, 그걸 먹고 사람들이 행복해하는 거, 보고 싶어요. 사람들에게 작은 행복을 나눠 주고, 저도…… 행복해지고 싶어서요."

나예는 구워진 고기를 혁준의 접시에 덜어 주면서 생긋 웃었다. 혁준은 감탄하는 표정으로 나예를 바라보았다.

"아마 나예 씨 잘할 수 있을 거야. 솜씨로는 내가 인정하는 몇 안 되는 파티시엘이니까."

"영광인데요."

"진짜야. 유학파도 아니면서 그런 실력 가진 파티시엘은 흔치 않다고. 나예 씨 언제부터 빵을 만들었다고 했지?"

"음…… 어릴 때부터요. 열네 살 때부터니까 꽤 오래됐죠."

"어릴 때부터 했네. 혹시 아버지도 파티시에? 그렇게 어릴 때부터 했으면 학교에서 배운 건 아닐 것 같고."

"네. 어릴 때는 아버지께 배우고, 제과학교에 다녔었어요. 사실 유학도 가고 싶었는데 집안 형편이 어려워서 갈 수가 없었어요."

"유학 안 가도 실력은 유학파보다 나은데 뭘. 지난번에 나예 씨가 만들었던 설탕 공예 작품 말야. 그거도 보고 깜짝 놀랐잖

아. 요새도 연습해?"

"시간 날 때마다 하려고 하는데 노엘식품에서 나온 뒤로는 작업실도 없고 해서 못 하고 있어요. 개업하면 이제 가게에서 연습해야죠."

혁준은 왕성한 식욕으로 고기를 먹다가 조금 생각을 하더니 나예를 보고 싱긋 웃었다.

"연습실 필요하면 언제든 와서 연습해. 우리 작업실 빌려 줄게."

"아니에요. 제가 킹 과자점 직원도 아닌데 어떻게……."

"영업 다 끝나고 밤에 와서 하면 되지. 어차피 나도 밤에 연습하니까 같이 하자. 내가 저번에 말했던 대회 생각 있어? 곧 예선이 있거든."

혁준이 지난번에 이야기했던 Siba 대회에 대해 떠올리며 나예는 망설였다. 빵집을 차리려고 준비하는 것도 만만치 않게 바쁘고 힘든 일이었다. 영업을 시작하면 자리를 잡기까지 몇 달간은 거기에만 매달려 일을 해도 부족할 터였다. 그런데 대회 준비까지 할 여력이 있을까 싶었다.

"글쎄요. 잘 모르겠어요. 제가 해낼 수 있을지도 모르겠고요."

"나예 씨 실력이 아까워서 그래. 물론 개업 초기에는 힘들겠지. 혼자 운영을 해야 할 테니까. 하지만 하고자 하는 의지와 열정이 있다면 길은 있어. 내가 인정하는 실력이니까 의심은 하지 말고."

"생각해 볼게요. 그런데 공장장님은 아이스 카빙 종목에 출전하실 거예요?"

"응. 난 조각하는 걸 좋아해서. 그런데 우리가 알고 지낸 지도 몇 년 됐는데 아직도 공장장님이야? 그냥 편하게 불러."

"네? 그래도 어떻게……. 대선배님이시잖아요."

나예는 손사래를 쳤다. 혁준과 알게 된 지도 꽤 됐고, 그와 일적인 관계 말고 개인적으로도 친해졌지만 나예가 보았을 때 혁준은 까마득한 대선배였다. 아무렇게나 편하게 부를 정도로 편하진 않았다.

"우리 사이에 뭐 그런 걸 따져. 그냥 오빠라고 불러. 아니면 선배라고 하든지."

"네……. 그래도 괜찮으시다면 선배님이라고 할게요. 그런데 선배님도 밤에 늘 연습하시는 거예요?"

"응, 나도 연습해야지. 연습 없이 실력이 그냥 생기는 건 아니니까. 나예 씨나 훈겸이는 천부적인 자질이 있는 사람들이니 기본은 있는 편이지만 난 그런 것도 없으니까 연습밖에는 없다고."

"아니에요. 제가 무슨."

"나예 씨 한 번 본 건 똑같이 만들어 내잖아. 내가 그걸 몇 번 보니까 알겠더라고. 천부적인 손을 타고났어. 그래서 공예 작품 만드는 것도 더 잘할 수 있는 거고. 나예 씨는 섬세하고 손기술이 좋으니까 설탕 공예가 딱 맞아. 그러니까 연습해 보라고."

나예는 혁준의 말을 듣고 쑥스러움에 어찌할 바를 몰랐다.

그의 말대로 그녀는 어릴 적부터 아버지의 손놀림을 기억해 빵을 만들었을 정도로 한번 본 것은 잊지 않고 똑같이 흉내 낼 수 있었다. 하지만 혁준이 평가하는 대로 정말 자신이 그렇게 대단하다고 생각하지는 않았다.

'대회…… 나가 볼까?'

망설였지만 나예는 어느새 대회에 나가 보면 어떨까 생각을 하고 있었다. 혁준은 엄청난 양의 고기를 먹어 치우곤 어느새 배를 두드리고 있었다.

"아, 배부르다. 잘 먹었어."

"더 드세요."

"더 먹으면 배 터져. 오늘 잘 먹었어. 가게 오픈 준비 바쁠 텐데, 힘내고."

혁준은 나예의 어깨를 두드려 주며 위로해 주었다. 나예는 방긋 웃으며 어깨를 으쓱했다.

"도와주셔서 감사해요. 저, 가게 오픈하면 꼭 오세요. 제가 만든 빵 제일 먼저 드시고 평가해 주세요."

"당연하지. 기대되는데."

나예는 혁준을 보고 웃음을 지었다. 가게를 오픈한다고 생각하니 벌써부터 가슴이 떨렸다.

## 17장

"인마, 궁금해서 못 참겠다. 진짜 말 안 할 거야?"

훈겸은 초콜릿 템퍼링을 하느라 냄비에 온도계를 넣고 온도를 재고 있었다. 늦은 시간, 작업실에 찾아와 성화를 부리는 혁준을 무시한 채로 일에만 집중하고 있었으나 혁준은 포기하지 않고 그를 귀찮게 하고 있었다.

"뭘?"

"뭐냐고? 다짜고짜 나예 씨 만나겠다고 어디 있는지도 모르는 여자 내놓으라고 할 땐 언제고, 이젠 또 그 여자한테 아무 말도 하지 말라니. 내가 답답하지 않게 생겼냐고."

"그럴 일이 있다니까."

"그러니까 그럴 일이 뭐냐고! 나 몇 주 동안 궁금해서 밤에 잠도 안 와, 인마. 갑자기 전화해서는 너에 대해서 말하지도 말고 아는 척하지도 말라니 어이가 없잖아. 내가 왜 그래야 되는데? 너, 나예 씨 만난 거 맞지? 그날. 나한테 전화해서 다짜고짜 어디서 만날 수 있냐고 신경질 부렸던 그날 말이야."

훈겸은 한숨을 쉬며 혁준에게 시선을 돌렸다. 아무래도 오늘은 그냥 넘어갈 것 같지가 않았다. 나예를 만났던 날, 그녀가 킹 과자점에 혁준을 만나러 가야 한다는 것을 알고 있었기 때문에 그녀를 데려다주고, 바로 혁준에게 전화를 했었다.

'형, 아무 말도 하지 말고 그냥 듣기만 해. 지금 강나예 들어갔지? 그 여자한테 내 이야기 절대 하지 마. 날 만났는지 묻지도 말고 나에 대한 이야기는 한마디도 하지 마. 알겠지?'

앞뒤 설명 없이 그저 말하지 말라고만 했기 때문에 혁준이 그 뒤로 몇 번 궁금하다며 대체 무슨 일이냐고 물어보았었다. 하지만 훈겸은 대답을 해 주지 않았다.

"그래, 만났어. 근데 그 여자는 내가 정훈겸이라는 거 몰라. 그래서 내 이야기 하지 말라고 한 거야."

"모른다고? 대체 나예 씨랑 무슨 사이야? 너, 나예 씨가 빵집 열려고 하는 건물 몇 년간 비워 두었었잖아. 내가 그 자리 좋다고 나한테 팔라고 했을 때도 한사코 안 된다고 했었지. 그런데 그 자리, 나예 씨한테 세준 거 어떻게 생각해야 되는 거냐?"

혁준이 조금 서운해했던 게 사실이었다. 킹 과자점에서 나올 생각을 오래전부터 하고 있었던 듯 혁준은 가게 자리를 보다가 훈겸에게 그 건물을 사고 싶다고 했었다. 훈겸의 건물은 위치가 좋은 곳이었다. 그리고 곧 그쪽이 더 개발될 여지가 있어서 가격이 한창 오르고 있었던 곳이었다. 혁준이 앞으로 오를 것까지 다 계산해서 주겠다고 했지만 훈겸은 건물을 팔지 않았다.

'안 팔 거면 임대라도 해 주라. 그 자리에서 꼭 개업하고 싶다고. 근처에 빵집도 없고, 유동 인구도 많아. 어차피 너 지금 거기 사용도 안 하잖아. 그냥 비워 두기만 하는 것도 너한테 손해인데 그럴 거 뭐 있어. 내가 세도 빵빵하게 낼 테니까.'

혁준이 온갖 말을 해 가며 임대라도 해 달라고 했지만 훈겸은 그것마저도 단호하게 거절했다. 그래서 혁준이 좀 서운해했었는데 그런 곳을 나예에게 임대해 주었으니 혁준이 서운해하는 것도 당연했다.

"미안. 그건 사정이 있어. 그 자리는 원래 주인이 있는 자리였다고. 형한테도 말했었지만 엄밀히 말하면 내 것이 아니야."

"그럼 그 자리의 주인이 나예 씨라는 거냐?"

"뭐, 그렇다고 볼 수도 있지."

"대체 어떤 사이야? 나예 씨 말로는 건물주와 원래 알던 사이라던데, 너 나예 씨하고 원래 알던 사이였어?"

훈겸은 템퍼링을 마친 초콜릿을 한쪽에 정리해 두고 말을 골랐다. 혁준은 그와 막역한 사이이긴 하지만 그의 아버지와 강희석 사이에 얽힌 일들을 이야기해 줄 순 없었다. 당사자인 나예와도 아직 나누지 못했던 이야기이기 때문에 더더욱 말을 할 수가 없었다.

"3년 전에 잠깐."

"3년 전에 잠깐 알았던 여자한테, 내게도 주지 않았던 건물을 임대해 주고, 비싼 오븐이며 기계들 싸게 해 준다며 거짓말까지 해 가면서 다 사 주고. 이건 좀 이해가 되지 않는 상황이잖아."

"그건, 나예가 부담스러워하니까 형한테 부탁했던 거고."

"그러니까. 부담스러워한다는 건 너하고 그렇게 가까운 사이는 아니라는 거 아냐. 그런데 왜 그렇게까지 해 주냐고."

훈겸은 혁준에게 어느 정도까지는 이야기를 해야 되겠다고 생각했다. 다 말해 줄 순 없지만 그의 마음만큼은.

"앞으로 가까워질 사이니까."

"뭐?"

"내가, 그 여자 좋아해. 원한다고 했으면 건물도 줬을 거야."

혁준의 눈이 휘둥그레졌다. 혁준은 조금 이해가 안 된다는 표정으로 고개를 갸웃거리더니 훈겸에게 빠른 말투로 물었다.

"좋아한다고? 네가? 빵밖에 모르던 정훈겸이, 여자를? 너, 분명히 내가 나예 씨 얘기했을 때 관심 없다고 딱 잘랐잖아. 내가 너 어렸을 때부터 봐 오면서 단 하루도 빵 말고 다른 것에 관심 두는 거 못 봤거든? 지금 그 말을 나더러 믿으라는 거야?"

"그거야, 이미 나예를 좋아하고 있었으니까 다른 여자 관심 없다고 한 거였지."

"허! 야야, 내 얼굴 좀 꼬집어 봐라. 진짜 꿈 아니고 사실이야? 평생 반죽만 만지고 살 것 같던 녀석이, 여자라고?"

혁준은 훈겸에게 뺨을 내밀며 놀란 듯 말했다. 훈겸은 피식 웃으며 들이댄 혁준의 얼굴을 밀어냈다. 그는 믿을 수 없다는 듯 놀라워했다.

“말도 안 돼. 내가 아는 한, 너는 여자를 만날 시간이 없었어. 평생 여자 만나는 걸 본 적이 없다고, 내가.”

“3년 전에 내가 공장 안 나왔었던 한 달, 기억해? 그때 만났어.”

“3년 전에? 아, 그때? 정말이야? 그런데 나예 씨를 그렇게 좋아했다면 그동안은 왜 안 만난 거야? 나한테 한 번도 얘기한 적 없었잖아.”

“그동안엔 그 여자가 어디 있는지도 몰랐어. 그때 사흘 정도 만나고…… 아버지 일 때문에 갑작스럽게 내가 집에 들어오는 바람에 연락처도 못 물어보고 헤어졌었거든.”

“3년 전에 딱 사흘 만난 여자를 좋아하고 있었다고? 난 당최 이해가 안 된다.”

혁준은 혼란스러운 듯 머리를 흔들며 말했다. 훈겸은 씩 웃으며 혁준을 바라보았다.

“형, 사랑에 빠지는 건 3초면 충분해. 사흘이면 결코 짧은 시간이 아니라고.”

“우와! 네 입에서 이런 말이 나오다니, 진짜 오래 살고 볼 일이다. 그러니까 지금 네 말은, 나예 씨를 사랑한다는 거지? 다른 사람이라면 몰라도 네 입에서 그런 말 들으니까 진짜 믿어지질 않는다.”

훈겸은 피식 웃었다. 혁준이 믿지 못하는 것도 무리는 아니었다. 어릴 때부터 훈겸은 단 한 번도 한눈을 팔지 않았으니까.

여자를 만나는 것보다 빵을 만드는 게 더 중요하다고 생각했고, 여자들이 그에게 호감을 보여도 요지부동, 전혀 흔들리지 않았으니까.

"그러니까 형, 좀 도와 줘. 나예는 아직 나한테 그런 감정이 있는 건지 없는 건지 잘 모르겠거든. 싫어하는 것 같진 않아. 그렇지만 형 말마따나 3년 전에 딱 사흘 만났던 남자한테 금방 마음을 열진 않겠지. 그리고 나예를 만났던 상황이 그러니까…… 정상적인 남녀 사이의 만남은 아니었어. 나예가 날 오해할 수도 있을 것 같아서 내가 적극적으로 마음을 표현할 수도 없다고."

"흐음, 그래? 어떻게 만났었는데?"

"그건 말할 수 없어."

"에이, 이 자식이! 다 말해 줄 수 없다면서 뭘 도와 달래! 내가 상황을 알아야 뭘 도와주든지 말든지 하지."

"형이라면 좋아하는 여자랑 뭘 했는지 다른 사람한테 다 이야기할 거야? 둘 사이의 일은 둘만 알아야 되는 거 아닌가?"

"허! 진짜 할 말 없게 만드네. 알았다. 일단은 너에 대해서 이야기를 하면 안 된다는 거지? 그런데 언제까지 그래야 해? 나 거짓말 잘 못한단 말이야."

"거짓말 잘하면서 뭘. 일단 몇 달간만. 내가 나예 마음을 잡을 때까지만. 그 뒤엔 내가 이야기할 거야."

혁준은 고개를 끄덕였다. 일단 혁준을 설득했으니 안심이었다. 그러고 보니 혁준이 나예를 알고 지낸 게 2년이 넘었다는

데 생각이 미쳤다. 훈겸은 혁준을 뚫어지게 바라보며 물었다.

"그런데 형, 궁금한 게 있는데. 나예하고 일한 지 몇 년쯤 됐어? 한 2년 되었나?"

"3년 다 되지. 노엘식품에서 외식 사업 시작할 때부터였으니까. 그때 나예 씨는 알바생이었고, 우리가 디저트류 공급했었거든."

"그럼 나하고 헤어진 뒤에 거의 바로 노엘식품에서 일을 하기 시작한 거겠네. 그러니까 못 찾았지."

그가 서울 시내 대학교들을 몽땅 뒤지고 있었을 때 이미 그녀는 회사에 들어가 일을 시작한 뒤였다. 그래서 그녀를 찾을 수 없었던 것이다.

"3년 동안이나 나예 씨를 찾고 있었어? 거참. 눈앞에 두고도 못 찾았구먼. 그러니까 내가 한번 만나 보라고 했을 때 만났으면 더 빨리 찾을 수 있었잖아."

"그러게. 그런데 나예가 날 만나겠다고 했어?"

"아니. 나예 씨도 별로 관심 없다고 하더라고. 하긴 나예 씨 미모가 워낙 출중해서 그런지 꼬이는 남자들이 한둘이었어야지."

"남자들? 누구 만나는 사람 있었어?"

"신경 쓰여? 그런데 나예 씨는 너랑 좀 비슷한 데가 있어. 일하는 데는 열성적인데 남자 만나는 것은 별로. 그 정도 외모에 연애 경험 없을까 싶긴 하지만 3년 동안 내가 봤을 땐, 어떤 남자도 안 만나더라고. 항상 남자는 별로 관심 없다고 하면서 거절하던데, 진짜 관심이 없는 것처럼 보였어. 일하는 건 진짜 열정적으로 잘했는데. 작업실 하나 없으면서도 밤마다 회사에서 연습을 하는 것 같더라고."

강나예라는 여자에 대해서 훈겸은 아는 게 별로 없었다. 하지만 그녀가 무척 뜨거운 여자라는 건 알고 있었다. 그를 만났을 때, 그녀는 경험이 한 번도 없는 처녀였다. 하지만 그에게 반응했던 그녀의 몸은, 남자를 알고 있는 여자라고 해도 과언이 아닐 정도로 뜨겁고 적극적이었다. 그런 여자가 3년간 남자를 만나지 않았다는 건 쉽게 믿어지지 않는 일이긴 했다.

"남자한테 관심이 없었다고?"

훈겸은 멍하니 중얼거렸다. 3년 만에 그녀를 다시 만났을 때, 바로 어제 만났던 것처럼 그녀는 뜨겁게 반응해 왔었다.

"처음엔 회사 남자들 장난 아니었지. 다들 도전하는 분위기였는데 나예 씨가 워낙 차갑게 끊어 내니까 막상 엄두를 못 내더라고. 하긴 그 차갑던 정인재 이사마저 쥐락펴락했으니까."

"뭐? 형을?"

훈겸은 정신이 번쩍 들었다. 다른 남자라면 모르지만 정인재라면 이야기가 달라진다. 인재는 여자 알기를 우습게 아는 남자였다. 자신의 커리어를 더 소중히 여기고 일에만 매진하는 타입이라 여자에게 시간 낭비하는 걸 싫어했다. 하지만 킹 과자점의 후계자라는 위치는 인재를 무척 매력적으로 만들었다. 그래서 인재에게 몸을 던지는 여자가 한둘이 아니었다. 아마 인재가 여자에게 관심이 많은 남자였다면 여자관계가 복잡했을 게 뻔했다.

"아, 나예 씨가 좋아한 건 아니었고. 나예 씨는 다른 사람들한테 그런 것처럼 똑같이 거절했는데 정인재 이사가 아주 적극적이었지. 원래 여자들한테 그렇게 매달리는 타입 아니라고 알고 있었는데 나예 씨가 준비하는 파티엔 일 없어도 와서 다른 사람들 눈도 상관 안 하고 대시하더라고. 정인재 이사, 일하는 데 있어선 철저하잖아. 그런 사람이 자기 시간 축내 가면서 파티에 계속 오는 것만 봐도 나예 씨한테 보통 이상 감정을 가졌다고 봐야지. 어쩌면 나예 씨가 거절하니까 자존심이 상해서 그랬을 수도 있지만."

인재가 나예를 마음에 두었다면 그냥 물러서지는 않을 터였다. 인재는 승부욕이 무척 강한 남자였다. 그리고 자신을 무시하는 것을 절대 참지 못했다. 왠지 불안한 예감이 들었다.

"예쁜 것도 좋은 것만은 아니네."

한숨 섞인 그의 말에 혁준이 낄낄거리며 웃었다.

"재밌는데. 너하고 정인재 이사, 항간에 킹 과자점을 두고 대결 구도로 기자들이 몰아가는 경향이 있잖아. 여자까지 한 여자 두고 싸운다고 하면 아주 대박이겠다."

"형은 그게 재밌어?"

"재밌지, 당연히. 나예 씨가 누굴 택할지 궁금한데."

"강나예는 내 여자라고."

"글쎄다. 내가 보기엔 네가 김칫국 마시고 있는 것일 수도 있다고. 나예 씨, 정말 남자한테 관심 없어. 너도, 정인재 이사도. 나예 씨가 관심 있는 건…… 오로지 빵뿐인 것 같던데. 누구처럼.”

혁준이 재미있다는 듯 싱글거리며 하는 말에 한숨이 절로 나왔다. 사실 그녀가 그를 잊지 못하고 있었던 게 아닐까도 생각했었다. 그의 입술에 뜨겁게 반응하는 그녀를 보고 그런 생각을 조심스럽게 했었는데 어쩌면 그게 아닐지도 모른다는 생각이 들었다. 정말 혁준의 말대로 그녀가 일에만 관심이 있다면, 그저 그에게 육체적인 욕망만을 느끼는 거라면 그게 인재든 그든 상관없는 거였다. 육체적인 욕망을 채워 줄 수 있는 사람이면 되는 게 아닌가.

‘아냐. 그렇지 않을 거야.’

고개를 저으며 생각했지만 역시 결론은 나질 않았다. 훈겸은 강나예라는 여자에 대해 잘 몰랐다.

“그렇게 빵을 좋아해? 나예가 만든 빵, 먹어 봤지? 어때?”

“실력이 꽤 괜찮아. 열서넛 될 때부터 빵을 만들기 시작했다는데, 그 정도면 너처럼 어릴 때부터 제빵실에서 살았다는 얘기잖아. 유학파도 아닌데 손맛이 아주 좋더라니까. 게다가 천부적인 감각을 타고났어. 어떤 모양이든 한번 본 것은 똑같이 만들어 내. 설탕 공예 작품 해 놓은 걸 봤는데 대단하더라고. 내가 인정할 정도면 진짜 잘하는 거란 건 알지?”

“그 정도야?”

“그래. 너 나예 씨가 파티시엘이라는 거 몰랐어?”

“몰랐어. 서로에 대해 이야기할 시간이 없어서.”

"사흘간 만났다며? 서로의 신상에 대한 얘기도 할 새 없이 뭘 했을까?"

혁준이 짓궂은 표정으로 웃으며 말했다. 훈겸은 그 정도 수에 걸리지 않는다는 듯 코웃음을 쳤다.

"어쨌든 이 형님이 인정한 실력이니 개업해도 될 만하다고. 실력이 아까워서 내가 대회도 같이 나가 보자고 했어."

"대회?"

"이번 가을의 Siba 대회. 우리 같이 한번 해 봐도 좋을 것 같아서. 너랑 나랑 나예 씨."

"대회에 나가도 될 만한 실력이야?"

"그렇다니까. 나예 씨한테도 이야기는 해 놨는데 예선에 참가할지는 모르겠다."

"하겠대?"

"몰라. 처음엔 못 하겠다고 했는데 어떨지. 아무래도 이제 빵집 오픈하니까 좀 힘들긴 하겠지."

그녀와 대회에 나간다는 생각을 하자 가슴이 두근거렸다. 그녀가 파티시엘이라는 것은 설레는 일이었다. 그녀가 무슨 직업을 갖고 있든 좋아했겠지만, 그가 가장 좋아하는 빵을 그녀도 좋아한다는 것은 운명처럼 느껴졌다. 우스갯소리로 빵을 만드는 여자와 만나고 싶다고 했었지만, 진짜 그녀와 함께 빵을 만들 수 있다면 그 이상 좋을 게 없을 듯했다.

"빵집 준비는 잘되어 가는 거야?"

"직접 물어보지 나한테 물어보냐."

"부담스러워할까 봐 일 얘기는 못 하겠어. 혹시 도와줘야 할 건 없어?"

"보증금도 안 받고, 기계도 다 사 줬는데 뭐가 더 필요해? 인테리어나 다른 것들은 충분히 준비할 수 있을 거야. 그나저나 정말 적응 안 된다. 빵이 인생의 전부였던 놈이 여자 얘기에 눈빛을 빛내는 걸 보니. 혹시 너, 나예 씨가 빵보다 더 좋은 건 아니겠지?"

"어쩌면 그렇게 될지도 모르지."

"와, 진짜 놀라운 여자네. 나예 씨한테 비결 좀 물어봐야겠어. 다른 남자도 아니고 널 이렇게 만든 걸 보니 보통 여자가 아니야. 혹시…… 어디까지 갔어? 끝까지?"

혁준이 은근한 어조로 물어보는데 순간 얼굴이 확 뜨거워졌다. 훈겸은 혁준에게 등을 돌리고 작업대를 정리했다. 아무래도 오늘 연습은 공친 것 같다. 혁준은 낄낄 웃으며 훈겸의 팔을 잡아당겼다.

"얼굴 빨개진 거 보니까…… 설마? 이 자식, 진짜 사흘 만에 할 건 다 한 모양이네."

대답을 할 수가 없었다. 귀까지 뜨거워져 버렸다. 혁준은 웃다가 또 고개를 갸웃거렸다.

"근데 이상하다. 나예 씨 그렇게 쉬운 여자로는 안 보이던데. 남자들 손끝 하나 못 닿게 무안을 주면서까지 접근 못 하게 했다고. 사흘 만에 마음을 열 것 같진 않은데."

그건 혁준의 말이 맞았다. 그때 동생을 구해야만 하는 상황이 아니었다면 그에게 하룻밤 만에 몸을 허락하진 않았을 것이다. 훈겸은 헛기침을 하며 제빵 가운을 벗었다. 옷을 갈아입는데 혁준이 계속 놀리듯 낄낄 웃어 댔다.

"연습 안 해? 여기서 이러고 있을 시간 있나?"

훈겸이 핀잔을 주었지만 혁준은 싱글거리며 웃기만 했다.

"알다가도 모를 게 여자들 속이긴 하지. 조언 구할 일 있으면 언제든 물어봐."

훈겸은 인상을 쓰며 혁준을 노려보았다. 혁준은 또 낄낄거리며 웃음을 터뜨렸다. 훈겸은 그냥 포기하고 밖으로 나왔다. 연습은 공쳤으니 나예를 만나러 가야겠다고 생각했다.

"나예 씨 만나러 가려고?"

"입 좀 닥치지?"

"이 자식, 형님한테 못 하는 소리가 없어. 사랑이 좋긴 하네. 평생 답답한 작업실 안에만 처박혀 반죽만 하던 정훈겸 셰프를 작업실 밖으로 끌어내다니, 놀랍다, 야."

"제발 가 버려. 더 이상 떠들면 다신 안 봐."

"네놈이 협박할 입장이기는 하고? 내 비위 거슬리면 당장 나예 씨한테 가서 건물주는 정훈겸이라고 불어 버릴 텐데."

"제발, 형!"

"알았어, 인마. 데이트 잘해라. 그래도 네놈 청춘 구해 준 나예 씨한테 감사해야겠네."

혁준은 하하 웃으며 그에게 손을 흔들곤 가 버렸다. 훈겸은 한숨을 쉬며 차에 올라탔다. 그리고 휴대폰을 들고 나예에게 전화를 했다.

— 네.

그녀의 목소리를 듣자 가슴이 두근거렸다. 훈겸은 심호흡을 했다.

"뭐해?"

— 영우 숙제 봐주고…… 이제 재웠어요.

"이제 뭐할 건데?"

— 이것저것……. 요새 개업 준비하느라 바쁘거든요.

속이 간질간질했다. 그녀의 달달한 목소리를 들으면 참을 수가 없었다. 당장 그녀를 만나고 싶었다.

"보고 싶다."

잠시 그녀가 아무 말도 하지 않았다. 당황한 것인지, 아니면 뭐라고 대답할지 몰라 침묵을 지키는 것인지 모르지만 그녀는 잠시 아무 말 하지 않았다.

"잠깐 나올래? 내가 집 앞으로 갈게."

— 이 시간에 여기까지요? 피곤하실 텐데 그냥 들어가세요.

"하나도 안 피곤해."

성급하게 이어지는 그의 대답에 나예가 듣기 좋은 목소리로 웃었다. 입이 저절로 벌어졌다.

— 알겠어요.

그녀와의 통화를 마치자마자 훈겸은 튀어나가듯 액셀을 밟았다. 라파예르호텔에서 그녀가 살고 있는 교대 근처까지는 그다지 멀지 않았다. 교통량이 많아서 늘 막히는 길이긴 하지만 차가 막히지만 않으면 금방 갈 수 있었다.

"막히는 게 문제지."

훈겸은 자동차로 꽉 찬 도로를 보며 한숨을 쉬었다. 어쨌든 1분 1초가 급했다. 그녀가 살고 있는 집은 함께 일하는 언니의 집이라 했다. 오갈 데 없는 나예와 영우를 받아 주었다고 들었다. 훈겸은 그녀에게 감사했다. 자칫 잘못하면 나쁜 길로 빠져들 수도 있었던 나예를 보살펴 준 것은 고마운 일이었다.

훈겸이 나예의 집 근처에 도착한 것은 통화를 하고도 한참 지난 후였다. 훈겸은 그녀에게 도착했다고 전화를 하곤 차 밖으로 나와 기다렸다. 봄이었지만 아직은 밤 기온이 쌀쌀했다. 하지만 훈겸은 쌀쌀한 밤공기마저 제대로 느낄 수 없었다.

"오셨어요?"

그녀가 눈앞에 있으면 언제나 그랬다. 아무 생각도 할 수 없었다. 훈겸은 두근거리는 가슴을 주체할 수가 없었다. 나예는 편한 트레이닝복 차림에 얇은 카디건만 걸치고 나왔다. 트레이닝복을 입은 여자가 섹시해 보이는 건 처음이었다. 훈겸은 그녀의 몸매를 훑어보지 않으려 애쓰면서 그녀에게 다가갔다.

"근처에 공원이 있어요."

나예는 부드러운 어조로 말하며 앞장섰다. 그녀의 친절한 목소리가, 행동이, 그에게만 보여 주는 것이었으면 했다. 훈겸은 그녀가 어떤 생각을 하고 있는지 궁금했다. 늦은 밤에 그녀를 찾아온 것이 반가운 것인지 아닌지. 그와 함께 있는 시간을 좋아하는지 어떤지.

"뭐하고 있었어?"

그녀의 옆에서 걷고 있는 이 순간이 꿈처럼 느껴졌다. 훈겸은 살짝 곁눈질로 그녀의 옆얼굴을 바라보았다. 달빛에 그늘이 진 얼굴이 고왔다. 그녀에 대해서 알고 싶었다. 3년간의 공백을 지울 수 있게 그녀의 모든 것을 다 알고 싶었다.

"개업하면 어떤 종류의 빵을 만들까 계획하고 있었어요."

그녀는 방긋 웃으며 대답했다. 눈초리가 반달처럼 휘어지며 눈웃음을 치는 모습에 심장이 덜컹 내려앉았다. 훈겸은 얼른 눈길을 다른 곳으로 옮겼다. 심장이 갑자기 심하게 요동쳐 어지러울 지경이었다.

공원은 그녀의 말처럼 집과 가까운 곳에 있었다. 가로등이 켜진 곳은 밝았지만 인적은 드물었다. 나예는 가로등이 환하게 켜져 있는 벤치에 앉으며 그에게 자리를 권했다. 훈겸은 잠시 망설이다가 그녀와 조금 떨어져 앉았다. 나예는 그가 시선을 돌리지도 못하고 자리에 앉아 다른 곳만 보고 있는 걸 보곤 빙그레 웃었다.

"정민 씨는, 굉장히 조심스런 성격인 것 같아요."

정민이라는 이름이 낯설었다. 그녀에게 들키지 않으려고 둘러댄 이름이지만 그녀의 입에서 들으니 기분이 묘했다. 훈겸은 나예를 돌아보았다. 그녀는 귀엽게 웃음 짓고 있었다. 그 모습이 너무 예뻐서 심장이 또 울렁거렸다.

"뭐, 별로 그렇진 않은데."

"어떨 땐 그렇기도 하고, 또 어떨 땐 아니기도 한 것 같아요.

나한테 대하는 걸 보면 느낄 수 있어요."

나예가 조금 추운지 두 손으로 팔을 감쌌다. 그러고 보니 밤이라 쌀쌀한데 그녀는 얇은 카디건 차림이었다. 훈겸은 얼른 재킷을 벗어 그녀의 어깨에 둘러 주었다. 나예가 깜짝 놀란 듯 눈을 동그랗게 떴다.

"아, 괜찮은데. 저한테 옷 벗어 주면 춥잖아요."

"안 추워."

추위도 느낄 수 없을 정도로 훈겸은 나예에게 집중해 있었다. 그녀의 목소리, 표정, 자그마한 손짓 하나하나까지 놓치지 않으려 엄청난 집중력을 발휘하고 있는 중이었다. 그녀는 또 웃었다. 웃는 여자는 다 예쁘다고들 하지만 그녀의 미소는 정말 치명적이었다. 울렁거리는 가슴을 쥐고 흔드는 것 같았다.

"왜 저한테 원하질 않아요?"

그녀가 또 알 수 없는 소리를 했다. 훈겸은 무슨 의미로 그런 말을 하나 싶어 대답을 골랐다.

"글쎄. 내가 뭘 원해야 되나?"

"저한테 많은 걸 주셨잖아요. 준 만큼 받아야 하는 거 아니에요?"

그녀의 말뜻을 이해했다. 훈겸은 조금 망설였다. 그가 원하는 것을 줄 생각이 있는지는 알 수 없었지만 일단은 그에게 빚진 것 같은 마음을 갖고 있다는 건 알 수 있었다. 그렇다면 그가 뭐든 요구한다면 그녀로서는 할 수 없이 응할 수밖에 없다.

"내가 원하는 거라면 다 줄 거야?"

훈겸은 찬찬히 그녀를 바라보며 물었다. 나예는 그의 시선을 피하지 않았다.

"네."

기꺼이 주겠다는 건지 할 수 없이 주겠다는 건지 알 수가 없었다. 그녀의 표정만으로는 무슨 생각을 하는지 알 수가 없었다. 훈겸은 천천히 시선을 내려 그녀의 가슴을 뚫어지게 바라보았다. 나예는 그가 무엇을 원하는지 짐작을 한 것인지 얼굴을 붉혔다. 하지만 그의 시선을 피하지는 않았다.

"내가 원하는 건, 거기……."

훈겸이 눈짓으로 그녀의 가슴을 가리키자 나예의 얼굴이 더욱 붉어졌다. 훈겸은 조금 사이를 두었다가 말을 이었다.

"속에 있는 건데. 그것도 줄 수 있나?"

"네?"

그의 말을 이해하지 못한 듯 나예가 멍한 얼굴로 되물었다. 훈겸은 나예의 눈동자를 들여다보며 천천히 말했다.

"네 마음이 갖고 싶은데, 그거 줄 수 있어?"

나예의 눈동자가 커졌다. 예상했던 것과 다른 요구 사항이었나 보다. 훈겸은 나예가 아무 말도 못 하는 것을 보고 아직은 아니라고 생각했다. 그래서 얼른 웃으며 말했다.

"그건 좀 어렵겠지? 그럼 좀 더 쉬운 걸로 할까? 키스 한 번 정도면…… 나쁘지 않지?"

그녀가 허를 찔린 표정으로 대답을 하지 못했다. 그의 말에 어떻게 반응해야 할지 모르겠다는 얼굴. 나쁘지 않았다. 훈겸은 천천히 고개를 숙여 그녀의 입술을 부드럽게 물었다.

다행히 그녀는 거부하지 않았다. 그녀의 입술은 너무도 부드러웠다. 시폰 케이크처럼 부드럽고 달콤했다. 훈겸은 그녀의 입술을 빨아들였다가 혀를 넣어 입술 사이를 갈랐다. 그녀가 키스하기 쉽게 입술을 벌려 주었다. 그녀의 몸에 손을 대면 키스만으론 끝나지 않을 것 같아 훈겸은 두 손을 내린 채 그녀의 입술만을 가졌다. 질척이는 혀끝이 그녀의 입 안을 자유롭게 돌아다니며 탐색을 했다. 그녀의 입 안은 달콤했다. 수줍은 듯 가만히 있는 그녀가 사랑스러웠다. 심장이 너무 뛰어 터질 것만 같았다.

훈겸은 천천히 그녀에게서 입술을 떼었다. 계속 그녀에게 키스하고 싶었지만 계속하면 그다음을 기대할 것 같아 멈출 수 있을 때 멈췄다. 달콤한 표정으로 눈을 감고 있는 그녀가 예뻤다. 훈겸은 그녀에게 손을 뻗지 않으려 하얗게 되도록 주먹을 꽉 쥐고 있어야만 했다.

# 18장

밤새 한숨도 못 잔 나예는 새벽이 되자 결국 잠자는 걸 포기하고 일어났다.

"밤새 뒤척이더니 못 잔 거니? 벌써 나가게?"

졸음이 잔뜩 묻은 영미의 목소리에 나예는 생긋 웃으며 영미를 도닥거렸다.

"더 자, 언니. 아무래도 오늘은 안 되겠어. 나 먼저 나갈게."

영미는 잠에 취해 대충 대답을 하곤 이불 속으로 얼굴을 묻었다. 나예는 벌떡 일어나 세수를 하고 옷을 챙겨 입었다. 그녀가 밤새 잠을 이룰 수 없었던 건, 바로 오늘이 빵집 개업일이었기 때문이다. 그동안 숨 가쁘게 준비를 하고 이제 첫발을 내디디는 날이었다. 나예는 설레는 마음으로 집을 나섰다.

"아빠, 저 오늘 개업해요. 아빠랑 함께 빵을 만들었던 바로 이곳에서요."

나예는 빵집 앞에 서서 울먹이며 말했다. 눈물이 났다. 아빠가 함께 있었다면 얼마나 기뻐하셨을까 생각을 하자 목이 메었다. 아빠와 함께 이곳에서 빵을 만들었던 행복한 기억이 떠올랐다.

*

나예는 숙련된 손놀림으로 반죽을 쳤다. 가느다란 팔목과 자그마한 손에 하얀 밀가루를 묻히고 재빠르게 움직이는 그녀의 가느다란 몸이 버들가지처럼 흔들거렸다.

"찌라는 살은 안 찌고, 아휴. 5킬로그램만 더 찌면 반죽 치기가 훨씬 쉬울 텐데."

나예는 작게 투덜거리며 반죽에 매달려 힘차게 팔을 움직였다. 옆에서 반죽을 성형하던 아빠가 너털웃음을 터뜨렸다.

"네 엄마를 닮아서 그런다. 그래도 반죽 치는 힘은 웬만한 장정 못지않다는 것만 알아 둬라."

나예는 아빠의 말에 씩 웃었다. 열아홉. 낭창낭창한 몸으로 매일 반죽을 치대고, 무거운 밀가루 포대를 번쩍 번쩍 들고 다니는 나예의 체력은 웬만한 남자와 비교해도 전혀 떨어지지 않았다. 장시간 서서 일을 하는 것은 기본이고, 무거운 재료들을 나르고 반죽을 하는 등 파티시엘의 일은 웬만한 체력이 아니고서는 힘든 일이었다. 그래서 나예는 체력을 기르기 위해 운동도 열심히 하고 식사도 거르지 않았다. 매 끼니 잘 먹고 맛을 보느라 빵도 수시로 먹어 댔지만 버들가지처럼 가느다란 몸매엔 좀처럼 살이 붙질 않았다. 엄마의 체형을 닮기도 했지만 하루 종일 워낙 힘들게 일을 하다 보니 먹는 것에 비해 쉽사리 살이 찌질 않는 듯했다. 그래서 다른 친구들은 부러워하는 몸매가 나예에게는 콤플렉스였다.

"반죽 잘 친다는 건 인정한다는 뜻이죠, 아빠?"

"아직 멀었어, 요놈아."

나예는 까르르 웃음을 터뜨렸다. 나예는 오븐을 예열해 놓고 반죽을 발효기에 넣었다. 아빠는 번개처럼 빠른 손놀림으로 반죽 성형을 순식간에 마쳐 놓은 터였다.

"아빠, 어떻게 하면 그렇게 빨리 할 수 있어요? 난 5년을 해도 아빠처럼은 안 되던데."

나예가 호기심 어린 눈으로 묻자 아빠는 어이없다는 듯 '허!' 하고 헛웃음을 쳤다.

"당연한 거지. 20년이 넘게 해 온 것인데 5년 만에 아빠를 따라잡겠다는 거냐?"

"청출어람이라고 아시려나 몰라? 솔직히 말해서 장미꽃은 제가 더 예쁘게 짜요. 두고 보세요, 아빠. 저 몇 년 안에 아빠보다 훨씬 맛있게 빵을 만들 테니까요. 후훗."

나예는 눈초리를 접으며 웃음을 지었다. 아빠는 그런 나예가 귀엽다는 듯 다시 너털웃음을 터뜨렸다.

먼동이 터 오기 전 새벽, 이 시간이 나예에게는 가장 행복한 시간이었다. 아빠와 함께 공장에서 빵을 만드는 시간. 그 시간만큼은 힘든 현실에서도, 집안 걱정에서도 벗어날 수 있었다.

열네 살 겨울, 아빠에게 처음으로 빵을 배우기 시작하면서 나예는 5년 동안 단 하루도 빵을 만드는 것을 쉬어 본 적이 없었다. 아빠는 엄한 스승이었지만 동시에 다정한 아빠였다. 나예가 숙련된 기술을 갖게 되기까지 아빠는 혹독하게 나예를 훈련시켰다. 힘들고 고된 일에 나가떨어질 만도 했지만 나예는 악바리처럼 끈질기게 버텼다. 아무리 호되게 야단을 맞아도 눈물 한번 보이질 않았다. 나예는 야단을 맞든 칭찬을 받든 아빠에게 빵을 배운다는 것이 좋았다. 잘 안 되는 것은 될 때까지 싫증내지도 않고 반복했다.

"우리 나예가 만든 빵을 평생 먹을 수 있으니 아빠는 복 터졌구나. 더군다나 이 아빠보다 더 맛있는 빵을 만들 거라니 말이다."

오븐이 예열되자 아빠는 팬을 오븐에 넣고 시간을 맞추었다. 그러곤 나예를 돌아보며 미소 지었다. 나예는 의기양양한 표정으로 어깨를 으쓱했다.

"당연하죠. 학교 실습 시간에도 제가 만든 케이크가 제일 맛있고 예쁘다고 선생님이 칭찬해 주셨다고요."

나예는 방긋 웃으며 말했다. 빵을 만들겠다고 공언한 후부터 나예는 오로지 빵만 생각하고 살아왔다. 중학교를 졸업하고는 한국제과학교에 입학해서 이론부터 차근차근 배워 실력도 쌓았다. 새벽에 공장에 나와 빵을 굽고 나면 학교에 가서 공부하고 실습을 했다. 그리고 오후에 학교가 끝나자마자 다시 공장으로 달려와 또 빵을 만들었고, 영업이 끝난 저녁 시간에는 케이크나 설탕, 초콜릿 등의 공예 연습을 자정이 다 되도록 열중해서 했다. 나예의 24시간은 다른 사람의 48시간처럼 분주했다. 졸업을 하고 나면 유학을 떠나 더 깊이 있게 배우고 싶다는 포부도 갖고 있었다. 지난 해 말에 터진 IMF 사태 때문에 결국 유학에 대한 꿈은 당분간 접은 상태이지만 그래도 언제든 형편이 나아지면 가고 싶다는 마음을 갖고 있었다.

"그래. 그럼 아빠한테 실력 좀 보여 줘 봐."

"네! 제가 우리 빵집 대표 빵으로 개발하고 싶은 빵이 있는데 한번 보실래요?"

나예는 발효기에서 반죽을 꺼내며 신나게 말했다. 아빠는싱긋 웃기만 했다. 나예는 반죽의 가스를 빼고 치댄 다음, 반죽을 일정한 크기로 커팅해 무게를 재었다.

"일명 클로버 빵집의 대표 브랜드, 클로버빵!"

나예는 재잘거리면서 반죽을 동그랗게 손에서 굴렸다. 아빠만큼은 아니지만 빠른 손놀림으로 완벽한 모양을 빚었다. 아빠는 흐뭇한 표정으로 나예의 손놀림을 바라보았다. 예쁘게 빚은 반죽을 반죽대 위에 가지런히 놓고 랩을 씌운 다음, 빵 속에 넣을 소를 준비했다. 팥 앙금, 완두 앙금 두 가지를 준비한 나예는 반죽에 소를 넣고 재빠르게 다시 동그랗게 모양을 만들었다. 그리고 손바닥으로 납작하게 반죽을 누르고 도구를 이용해서 반죽의 네 군데에 지그시 자국을 내어 클로버 모양으로 성형을 했다.

"이렇게 하면 클로버빵이 되는 거예요. 일반적인 단팥빵하고 비슷하지만 모양이 약간 다르죠. 속에 들어 있는 소도 달라요. 팥 앙금, 완두 앙금으로 일단 해 봤는데 다른 앙금을 써 보려고 이것저것 알아보고 있어요."

나예는 가게에 내놓을 빵도 만들면서 클로버빵을 함께 만들었다. 아빠는 가게에 내놓을 빵을 만들 반죽을 발효기에서 꺼내며 나예의 말을 들었다.

"아빠, 기대하세요. 이제 굽기만 하면 돼요."

나예는 아빠에게 윙크를 하며 오븐에 팬을 넣었다. 빵이 구워지는 동안 나예는 학교에서 실습 시간에 했던 설탕 공예에 대해서 재잘거리며 가게에 내놓을 빵을 성형했다. 아빠 역시 반죽을 커팅하며 나예의 재잘거림을 묵묵히 들어 주었다. 나예는 오븐에 들어갈 반죽들을 착착 준비해 놓고 구워진 클로버빵을 꺼냈다.

"짜잔! 아빠, 맛보세요."

나예는 자랑스럽게 빵을 내밀었다. 아빠는 진지한 표정으로 나예의 빵을 받아 들고 향을 맡았다. 5년 동안 나예가 직접 만든 빵들은 항상 아빠가 가장 먼저 시식을 했다. 그리고 그 빵들에 대해서 정확하게 평을 해 주곤 했다. 아빠의 평은 항상 냉정하고 또한 공정했다. 그래서 나예는 아빠의 평가를 받는 시간이 조마조마하면서도 행복했다.

"어때요? 네? 괜찮아요?"

나예가 조바심을 치며 물었다. 아빠는 말없이 빵을 천천히 씹었다. 그리고 다시 한입 베어 물었다. 아빠의 입이 열리기까지 영원보다 더 긴 시간이 흐른 것 같았다.

"앙금 맛이 독특하구나. 달착지근하면서도 상큼한데."

"팥에 레몬필을 섞었어요. 맛이 어울려요?"

"음, 글쎄. 시도는 좋았다만 좀 더 어울리는 맛을 찾아봐야 할 것 같다. 그리고 발효는 잘되었지만 빵의 부드러운 풍미가 부족하다."

"발효 시간은 정확하게 맞췄어요. 더 부드럽게 하려면 수분을 보충하면 될 것 같은데."

"그것보다, 이걸 좀 맛보렴."

아빠는 아까 오븐에 넣었던 첫 번째 팬을 꺼내 나예에게 빵을 내밀었다. 아빠가 처음에 만들었던 반죽으로 구운 빵이었다. 나예는 아빠가 준 빵을 갈라 한입 베어 물었다. 입 안에 들어차는 부드럽고 진한 맛이, 지금까지 먹어 본 빵과는 뭔가 달랐다.

나예는 빵을 씹던 걸 멈추고 아빠에게 놀란 시선을 돌렸다. 아빠가 만든 빵은, 뭔가 달랐다. 고개를 갸웃거리던 나예는 아빠에게 묻는 시선을 던졌다.

"이게 대체…… 뭐예요, 아빠?"

"어떠냐?"

"굉장히 부드러워요. 씹는 질감도 좋고. 그렇지만 뭔가 빠진 것 같은 허전함이 느껴지는 맛이에요."

아빠는 나예를 보고 웃음을 지었다. 아빠의 빵은 늘 새로웠다. 같은 방법을 쓰고, 재료를 비슷하게 맞추어도 매번 새로운 맛이 났다. 배합비가 조금씩 달라지기 때문일지도 몰랐다.

"평소에 먹는 빵과 다른 것 같다는 느낌은, 이스트를 쓰지 않았기 때문이지."

"하지만 이스트를 쓰지 않고 어떻게 빵을 만들어요?"

나예가 지금까지 배운 것과는 전혀 다른 말이었다. 빵을 만드는 데는 이스트가 꼭 필요했다. 이스트가 없으면 빵이 아니었다. 빵을 빵답게 하는 것이 바로 이스트였다. 하지만 아빠는 단호하게 이스트 없이 빵을 만들었다고 했다. 나예는 아빠를 보고 납득할 수 없다는 표정을 지었다. 아빠는 싱긋 웃더니 입을 다시 열었다.

"발효법이다."

"발……효?"

나예는 순간 머리를 망치로 맞은 듯 큰 충격을 받았다. 이스트 없이 자연 발효만으로 빵을 만든다는 것은 상상할 수도 없는 일이었다.

"너는 처음 들었을지도 모르겠지만 지금도 누군가는 자연 발효를 이용해 빵을 만들고 있고, 누군가는 발효에 대해 연구를 하고 있을 게다. 나 역시 그렇고."

"그럼 이건 뭐로 만든 거예요?"

"요구르트 발효종이다. 플레인 요구르트를 가지고 발효종을 만들었지. 그런데 요구르트로 발효종을 만드는 것은 무척 어렵구나. 발효력도 약하고. 그래서 완벽한 빵 맛이 나질 않는 게야. 적당한 발효점을 찾는 것도 어렵고.”

“아빠가 연구하고 있는 거예요?”

“연구를 시작한 지는 아주 오래되었지. 네가 태어나기도 전부터였으니까.”

아빠의 표정이 아련해졌다. 아빠는 결혼하기 전, 녹원당에서 제과 명인 김인웅 파티시에에게 빵을 처음 배웠다고 했다. 그때부터 자연 발효법에 대해 연구했다면 무척 오랫동안 연구를 해 왔을 거였다.

“그럼 배합비는요?”

“배합비가 중요한 것이 아니다. 제대로 된 발효빵을 만들기 위해서는 발효종을 만들 수 있어야 하고, 적절한 발효점을 찾을 수 있어야 한다. 그렇게만 된다면 우리 한국인의 체질에 맞는 빵을 만들 수 있는 거지. 네가 만든 클로버빵의 모양으로 발효빵을 만들 수 있다면 그거야말로 정말 우리 빵집의 대표 브랜드가 될 수 있지 않겠니.”

“아…… 정말 그러네요. 아빠 말씀이 맞아요! 우리 같이 연구해요. 연구하다 보면 언젠가는 만들 수 있을 거예요.”

나예에게 가장 큰 스승은 역시 아빠였다. 나예는 아빠와 마주 보고 서서 환하게 웃었다. 잘만 연구하면 아빠의 말대로 클로버 빵집의 대표 브랜드로 삼아 현재 겪고 있는 경영난도 극복할 수 있을 것 같았다.

“그래, 아빠가 잊고 있었구나. 미래의 대한민국 최고의 파티시엘 강나예가 한다면 하는 거지."

"당연하죠. 우리 이거 꼭 성공시켜요. 그래서 내년 Siba 대회 때 출품해요. 아빠가 받아야 했던 최우수상, 제가 받아 올게요."

아빠의 얼굴이 기쁨으로 밝아졌다. 아빠가 말로 표현은 잘 하지 않았지만 2년마다 열리는 서울국제빵과자페스티벌에서 수상에 실패했던 아픈 기억은 늘 아쉬움으로 남아 있다는 것을 나예는 잘 알고 있었다. 그래서 나예는 빨리 실력을 쌓아 못다 이룬 아빠의 꿈을 이루어 드리고 싶었다. 대한민국 최고의 파티시엘이 되겠다는 그녀 스스로의 도전이기도 했다.

"그래, 기대하마. 그런데 지금은 정리하고 학교 갈 시간이 된 것 같은데."

나예는 상을 받는 달콤한 상상 속에 빠져 있다가 얼른 정신을 차렸다. 헤헤 웃으며 얼른 제빵 도구들을 정리하고 구워진 빵들을 챙겨 매장으로 나갔다. 매장 직원인 박영미가 가게 문을 열 준비를 하고 있었다.

"좋은 아침, 영미 언니."

나예는 영미에게 빵 바구니를 건네주고 함께 디스플레이를 했다. 빨리 준비하고 학교에 가 봐야 했지만 아무리 바빠도 나예는 항상 매장에 빵을 모두 진열하고서야 가게를 나서곤 했다.

그렇게 아무 일도 없이 행복하기만 할 줄 알았는데.

*

지난 기억에 빠져 있던 나예는 정신을 차리고 가게 문 앞에서 심호흡을 했다.

"저, 좋은 빵을 만들 거예요. 아빠가 평생 만들었던 좋은 빵을요."

나예는 가게 문을 열고 안으로 들어갔다. 제빵실은 지난밤에 나예가 정리해 둔 대로 깨끗했다. 나예의 가슴이 두근두근 뛰었다. 처음으로 그녀 자신의 작업실을 가지게 된 것이 너무도 설렜다. 나예는 재료들을 체크하고 재빠른 손길로 다듬었다. 그리고 반죽을 시작했다. 작업대도 오븐도 모든 게 새것이고 깨끗했다. 나예는 뿌듯한 마음에 눈물이 자꾸 났다.

"아, 강나예. 울보 같으니."

나예는 중얼거리며 피식 웃고 말았다. 그렇게나 좋았다. 하얀 밀가루를 가지고 마법을 부리듯이 반죽을 하는 것이. 그녀의 손 아래에서 일정한 형태를 만들어 가며 쫀득한 몸체를 드러내는 반죽이 너무도 사랑스러웠다.

가슴이 희망으로 부풀었다. 발효가 되어 부풀어 오르는 빵 반죽처럼 그녀의 마음도 부풀어 올랐다. 그녀가 오랫동안 꿈꾸어 왔던 일이 이루어지는 순간이었다.

나예는 몇 시간 동안 매장에 내놓을 빵을 만들었다. 첫날이니까 일단 기본적으로 사람들이 많이 찾는 식빵, 크림빵, 단팥빵, 곰보빵 등을 먼저 만들었다. 카스텔라, 샌드위치, 머핀 등의 빵들을 비롯한 다양한 빵들도 만들었다. 혼자 여러 가지 종류의 빵을 만들어야 했기 때문에 나예는 부지런히 몸을 움직였다. 제빵실 안이 부드러운 빵의 향기로 가득 찼다. 나예는 기분 좋게 코를 킁킁거리며 오븐에서 갓 구워져 나온 빵을 꺼냈다.

"강나예, 이제 시작이다. 다 잘될 거야."

나예는 빵을 보고 미소를 지었다.

"음, 냄새 좋은데. 나예야, 벌써 이렇게 많이 만들었어?"

영미가 제빵실에 들어오자 나예는 갓 구워져 나온 크림빵을 건네주었다.

"언니가 첫 손님이야. 먹어 봐."

영미는 미소를 지으며 나예의 손에서 빵을 받아 한입 베어 물었다.

"맛있어."

"정말?"

"응. 정말. 솔직히…… 아저씨가 만든 것보다 더 맛있는 것 같아."

영미가 눈물을 글썽이며 말했다. 나예도 눈물을 글썽였다. 영미는 나예를 꼭 끌어안아 주었다. 아버지 없이 혼자 빵을 만드는 나예의 마음을, 그 누구보다도 영미는 잘 이해해 주었다. 나예는 눈물을 흘리며 영미의 품을 파고들었다.

"울지 마, 나예야. 오늘 좋은 날이잖아, 응?"

"응, 언니."

나예는 울먹이며 고개를 끄덕였다. 영미는 미소를 지으며 나예의 얼굴에 흐르는 눈물을 닦아 주었다.

"난 매장에 빵 진열해야겠다. 이거 가져가면 되지?"

영미가 눈물을 서둘러 닦아 내곤 빵 바구니를 들었다. 나예는 웃으며 고개를 끄덕였다. 영미가 매장 디스플레이를 하는 동안 나예는 계속해서 빵을 구워 냈다.

"아이고, 축하합니다! 가게 멋진데요!"

매장 쪽에서 떠들썩한 소리와 크게 웃는 소리가 들려왔다. 아직 가게 문을 열기도 전이었다. 나예는 혁준이 찾아왔음을 알고 서둘러 매장으로 나갔다. 혁준은 손에 뭔가를 잔뜩 들고 있었다.

"선배님, 어서 오세요. 아직 문도 안 열었는데 너무 빨리 오셨네요."

"나예 씨 빵집이 궁금해서 견딜 수가 있어야지. 자, 이건 개업 선물."

"이게 다 뭐예요?"

나예는 혁준이 건네준 꾸러미들을 보았다. 감탄을 금할 수 없는 예쁜 제빵 도구들이었다.

"이게 다 센스 있는 개업 선물이란 말이지. 어렵게 구한 거니까 잘 써."

"세상에. 너무 예뻐요. 이거 굉장히 비싼 건데."

나예는 쿠키틀과 케이크팬 등을 보고 눈을 휘둥그렇게 떴다. 나예가 갖춘 도구들은 다 혁준이 구해다 준 것들이었다.

그녀가 기본적인 것들만 일단 갖춰 달라고 해서 딱 필요한 것들만 구비했던 것이다. 다른 도구들은 차차 일을 하면서 갖춰야겠다고 생각하고 있었다. 그런데 혁준이 가져온 도구들은 다 눈이 튀어나오게 비싼 외국 제품들이었다. 그걸 다 받는 건 좀 부담스럽다는 생각이 들어 나예는 혁준에게 돌려주려고 했다. 하지만 그는 허허 웃으며 나예에게 쇼핑백을 도로 밀어 버렸다.

"가져온 거 도로 주는 게 어딨어? 하늘 같은 선배님이 생각해 주면 '고맙습니다.' 하고 받으면 되지."

"그래도……."

"얼른 그거 치우고 나 시식 좀 해 봐야겠다. 강나예가 만든 빵 좀 먹어 보자."

혁준은 웃으며 쟁반을 들고 빵을 몇 가지 골라 왔다. 그가 빵을 먹어 보는 걸 보며 나예는 침을 꿀꺽 삼켰다. 그녀가 먹어 보니 나쁘지 않았지만 혁준 같은 전문가의 평을 듣는 것은 그녀에게 아주 도움이 되는 정보였다. 나예는 눈도 깜박이지 않고 혁준을 바라보았다.

"오, 제법인데. 역시 내가 맛봤던 빵들 중에 열다섯 번째 정도는 되는 것 같아."

혁준이 싱글거리며 말했다. 나예는 긴장한 얼굴로 혁준을 뚫어지게 바라보았다.

"어때요?"

"부드러우면서도, 씹는 질감이 좋은데. 수분 조절도 잘했고.

소보로 크랙도 괜찮아. 샌드위치는 신선한데, 재료상한테 받는 것들 항상 잘 체크해야 해. 샌드위치에 들어가는 채소들은 그날그날 신선한 재료를 받지 않으면 빵에 들어가서 금방 변하게 되니까."

"네."

"내가 보기엔 합격점을 줄 수 있을 것 같은데. 앞으로 잘해 봐."

"고맙습니다."

나예는 혁준에게 꾸벅 고개 숙여 감사 인사를 했다. 혁준은 싱글싱글 웃으며 고개를 끄덕였다.

"빵집 이름은 나예 씨가 지은 건가?"

"아, 네."

혁준은 가게를 둘러보다가 화제를 돌렸다. 나예는 조금 부끄러워져 얼굴을 붉혔다. 빵집 이름을 나름대로 고민했었는데 아버지와 함께 했었던 클로버 빵집으로 하려다가 그래도 그녀의 빵집이라는 생각에 다른 이름으로 바꾸었다.

"파티시엘 강나예…… 괜찮은데? 나예 씨 이름을 걸고 빵을 만들겠다는 거 아냐."

"네……. 좀 망설이긴 했는데요, 제가 그런 이름을 걸고 해도 될까 하고. 제 이름을 걸고 정말 좋은 빵을 만들어 보고 싶은 마음에서 그랬어요. 건방지다고 생각하지 않으셨으면 좋겠어요."

혁준은 나예의 말에 웃음을 지었다. 자신의 이름을 걸고 빵을 만든다는 것은 그만큼 책임이 따르는 일이었다. 제과 명인도 아닌데 이름을 올린다는 것이 좀 부담스럽기는 했지만 그만큼 나예는 좋은 빵을 만들고 싶었다.

"아냐. 난 좋게 생각해. 자신감의 표현이기도 하잖아. 그리고 내가 나예 씨 빵 좋아하는 거 알지? 나예 씨 빵에는 마음이 담겨 있거든. 그러니까 언제나 초심을 잃지 말고 일하라고."

혁준은 나예의 어깨를 두드리며 격려해 주었다. 정말 고마운 사람이었다. 늘 나예가 힘들 때 도와주고 조언을 해 주었다. 그리고 나예에게 힘이 필요할 때는 격려를 해 주었다.

혁준이 돌아가고 나서 가게 문을 열었다. 두근거리는 마음으로 나예는 손님을 기다렸다. 나예의 빵집이 있는 곳은 유동인구가 많은 곳이었다. 상업지역이기는 했으나 뒤쪽으로는 주거지역과 연결이 되고, 앞쪽으로는 지하철과 오피스가 밀집된 곳이었다. 그리고 주변에 큰 빵집이 없었다.

사람들이 하나둘씩 빵집으로 들어왔다. 나예는 손님들이 하나둘 들어올 때마다 기쁨에 가슴이 터지는 것 같았다. 영미도 연신 웃음을 지으며 손님들을 맞고 있었다.

"손님들 반응 괜찮은 것 같지?"

"잘 모르겠어. 오늘이 첫날이니까."

"그래. 일단 사람들한테 가게를 알리는 게 급선무지. 시식 행사 언제 하기로 했었지?"

"내일 모레 한 번 하고, 금요일에 한 번 더. 내 생각엔 언니, 시식 행사를 두 달에 한 번 정도 하면 좋을 것 같아. 빵에 대한 사람들 반응 봐서, 그거 바탕으로 배합비도 바꿔야 하니까. 당분간은 한 달에 한 번씩 하는 것도 가능하고."

나예는 오전에 한 번 더 빵을 굽고 오후에 매장으로 나왔다. 오후에 한 번 더 빵을 구울 생각이었는데 중간에 시간이 조금 나서 매장을 살펴보기 위해 나왔던 거였다.

"나예야, 숨 좀 돌려. 너 한숨도 못 자고 새벽부터 계속 일하느라 피곤하겠다."

"괜찮아. 긴장이 돼서 피곤한 줄도 모르겠어."

나예가 매장 안을 둘러보며 오후에 무슨 빵을 더 구워야 할지 체크하고 있는데 문이 열리며 손님이 들어왔다.

"어서 오세……요."

나예는 인사를 하다가 낯익은 얼굴을 발견하고 말끝을 흐렸다. 심장이 두근두근 울렸다. 평범한 티셔츠에 청바지를 입고 나타났지만 그는 전혀 평범해 보이지 않았다. 개업날이라 그가 오지 않을까 예상은 하고 있었지만 오전 내내 정신없이 바빴던 지라 그에 대해 잊고 있었다. 영미도 인사를 하곤 감탄하는 듯한 시선으로 남자를 바라보고 있었다. 그는 어디서든 여자들의 눈에 띄는 매력적인 남자였다.

"축하해. 그 옷, 잘 어울리네."

정민은 웃으며 나예에게 축하의 인사를 했다. 그의 말에 놀란 듯 영미가 눈을 동그랗게 뜨고 나예에게 입모양으로 '누구야?' 하고 물었다. 나예는 영미의 궁금증에 답을 해 줄 여유가 없었다.

"고맙습니다."

긴장이 되어 입 안이 바싹 말랐다. 나예는 애써 자연스럽게 행동하려 했지만 그의 눈길에 몸이 굳어 버리는 것은 어쩔 수 없었다. 그는 호기심 어린 눈으로 매장을 둘러보더니 나예가 만든 빵들을 하나하나 둘러보았다. 그녀의 가슴이 빠르게 뛰었다. 그는 카운터 옆에 서 있는 영미를 보더니 웃으며 인사를 했다.

"안녕하세요? 박정민이라고 합니다. 나예하고 같이 사는 분이죠? 앞으로 매일 올 테니 미리 인사드리겠습니다."

"아, 네……. 그런데 누구세요? 나예랑 아는 사이인가요?"

영미가 심상치 않은 눈으로 그를 훑어보며 물었다. 나예는 빛나는 영미의 눈을 보곤 아무래도 정민에 대한 영미의 궁금증에 오후 내내 답을 해 줘야 할 것 같은 예감을 느꼈다.

"그렇다고 볼 수 있죠. 건물주니까."

"네? 그쪽이요?"

영미가 믿을 수 없다는 듯 목소리를 높였다. 하긴 큰 건물을 소유하고 있다고 보기에 남자는 너무 젊었다. 영미의 반응에 정민은 아무렇지 않은 듯 그저 웃기만 했다. 영미는 눈동자를 굴리며 나예를 한번 보고 정민을 한번 쳐다보았다.

"네. 왜요?"

"아, 아뇨. 너무 젊은 분이라 놀랐어요. 그런데 저희 매장에 매일 들르시겠다고요?"

영미는 상기된 얼굴로 정민을 뚫어지게 바라보았다.

"보증금, 빵으로 대신 받기로 했거든요."

"빵으로요?"

"매일 와서 빵 먹을 겁니다. 보증금 다 채우려면 굉장히 많이 먹어야 하니까요."

"세상에. 정말이에요?"

영미가 또 목소리를 높였다. 정말 믿는 듯 눈을 크게 뜨는 영미를 보고 재미있는지 정민은 웃음을 터뜨렸다.

"하하, 농담이죠. 사실 빵은 핑계고 저 여자 보러 오겠다는 겁니다."

나예는 순간 놀라서 들고 있던 수첩을 떨어뜨릴 뻔했다. 그가 매일 그녀가 만든 빵을 먹으러 오겠다는 조건을 걸었을 때, 좀 의외였지만 그의 의도에 대해서 깊이 생각하지는 않았었다. 그런데 정민이 나예를 보며 그녀를 보러 오겠다는 거라고 하자 심장이 툭 떨어지는 것 같았다. 입 속이 말라 목이 막힐 것 같은 기분이었다. 나예는 카운터에서 생수병을 집어 들었다. 영미도 그의 말에 놀랐는지 나예와 그를 번갈아 보며 감탄사를 내뱉었다.

"나예를…… 보러 오겠다고요?"

"뭐가 이상한가요? 좋아하는 여자, 매일 보고 싶은 게 정상 아닌가?"

나예는 물을 한 모금 마시다가 뿜어낼 뻔했다. 간신히 물을 삼키고 잔기침을 쿨럭쿨럭 했다. 그는 사람을 당황하게 하는 재주가 있는 것 같았다. 처음 보는 영미 앞에서 그녀를 좋아한다는 말을 아무렇지도 않게 할 수 있다는 게 신기할 지경이었다. 나예는 화끈화끈 달아오르는 얼굴을 두 손으로 감쌌다. 영미의 얼굴을 바로 쳐다볼 수가 없었다.

'좋아하는 여자……. 날 좋아한다는 거지? 저 남자가?'

나예는 어찌할 바를 몰랐다. 다시 만났을 때부터 지금까지 그가 한 행동들은 그의 마음을 여실히 드러내 주는 행동이었다. 나예도 어느 정도 짐작은 하고 있었다. 하지만 그녀를 좋아한다는 말을 그의 입을 통해 직접 듣는 것은 또 다른 기분이었다.

"이걸 네가 다 만들었단 말이지? 하나 줘 봐. 이중에서 제일 맛있는 거."

나예는 정민의 목소리가 들리자 정신을 차렸다. 그가 다가와 그녀를 내려다보고 있었다. 얼굴이 확 붉어졌다. 나예는 우물쭈물하다가 겨우 그를 올려다보곤 작은 목소리로 물었다.

"어떤 빵 좋아하세요?"

"빵은 다 좋아하는데."

나예는 조금 망설이다가 쟁반에 단팥빵을 얹어 그에게 내밀었다. 정민은 싱긋 웃으며 빵을 받아 들고 한입 베어 물었다. 그는 한참을 말없이 빵을 씹다가 나예를 바라보았다. 그의 뚫어질 것 같은 눈빛에 나예는 조금 당황했다.

'맛이 이상한가?'

빵은 나예도 맛을 보았었지만 특별히 이상한 점은 없었다. 정민은 한 입 더 먹으며 고개를 끄덕였다.

"이런 맛이구나. 나예가 만든 빵은."

그의 말이 너무도 다정해 울컥할 뻔했다. 혁준이 그녀의 빵을 먹고 맛있다고 평가해 주었을 때도 좋았지만 정민의 말은 그녀의 마음을 찡하게 만들었다. 왠지 그의 말을 들으니 눈물이 날 것 같았다. 나예는 그를 올려다보았다. 그에게서 빛이 나는 듯 눈이 부셨다.

"팥이…… 보통 단팥빵하고 맛이 좀 다르네."

"아, 국내산 팥으로 했거든요."

나예는 깜짝 놀랐다. 빵을 먹어 보고 팥을 구분한다는 것은 매우 힘든 일이었다. 어느 정도 미묘한 맛의 차이는 있겠지만 보통은 단팥빵을 먹으면서 팥의 원산지까지 따지지는 않았다.

"좋은 재료 썼네."

간결한 그의 말에 가슴이 뿌듯해졌다. 왠지 말 한마디로 그의 인정을 받은 것처럼 가슴이 두근거렸다. 그는 빵을 맛있게 먹었다.

'빵 먹는 모습도 섹시해. 아, 왜 자꾸 이런 생각이 드는 거지?'

나예는 빵을 먹고 있는 그의 입술을 보며 멍하니 그가 몹시 섹시하다는 생각을 했다. 그는 생각도 하지 않고 있는데 그녀 혼자 너무 앞서 나가는 것 같아 민망하기도 하고 자존심도 상했다. 나예는 애써 시선을 돌리려 했지만 도저히 그에게서 눈길을 뗄 수가 없었다.

"소비자 입장에서 말하자면, 여기는 매장이 좁으니까 상품을 다양하게 진열할 수 없는 게 단점이지만 그게 또 장점이 될 수도 있어."

빵을 먹으며 가게를 둘러보던 정민이 갑자기 말을 걸었다. 나예는 그의 말에 고개를 갸웃거렸다. 매장이 작은 건 사실이었다. 예전 클로버 빵집 때와 같은 크기였는데 그때도 평수가 채 20평이 되지 않는 작은 매장이라 여러 종류의 빵을 진열하지는 못했었다.

"매장이 작으니까 진열을 잘해 놓으면 빵이 많아 보이거든."

정민이 싱긋 웃으면서 말했다. 나예는 알 것 같기도 하고 모를 것 같기도 한 알쏭달쏭한 기분이었다.

"무슨 뜻이에요?"

"여기하고 여기에 선반을 만들어서 진열을 해 봐. 벽면을 활용하면 매장이 꽉 차 보이고 여러 가지 상품이 있는 것처럼 보이거든. 일단은 빵집엔 여러 종류의 빵이 많이 있어야지. 앞으로 진열할 빵의 가짓수를 더 늘려. 그리고 벽을 빵으로 채워. 손님들이 저 빵집에 가면 맛있는 빵이 많이 있다는 생각을 할 수 있게. 사람들이 네 빵집에 와서 즐거운 기분으로 빵을 쇼핑할 수 있게."

그의 말에 나예는 감탄사를 터뜨렸다. 예전 클로버 빵집을 운영하면서도 생각지 못했던 것이었다. 그의 말대로 벽에 선반을 만들어 빵을 진열하는 것은 기가 막힌 아이디어였다.

'벽을 빵으로 채운다…….'

그녀가 만들어 보고 싶은 다양한 빵들을 다 만들 수 있을 것 같았다. 머릿속으로 빵으로 가득 찬 벽면을 상상하다가 정민이 피식 웃는 소리를 듣고 정신을 차렸다.

"강나예, 잘해 봐. 내일 보자."

그는 나예의 어깨를 가볍게 두드리고는 미련 없이 돌아섰다. 나예는 뒤도 돌아보지 않고 가 버리는 그를 하염없이 바라보았다. 가슴이 쫄깃하게 조여드는 것 같았다.

"세상에. 나예야."

그가 나가자마자 영미가 호들갑을 떨며 나예의 손을 잡아끌었다.

"왜, 언니?"

어느 정도 예상한 반응이었지만 영미의 반응은 훨씬 열렬했다.

"저 사람이 진짜 네가 말했던 그 사람이야? 3년 전 1억?"

"응. 맞아."

"어머머, 웬일이니. 진짜 잘생겼다. 정인재 이사보다 더 잘생겼어. 키도 더 큰 것 같은데?"

나예는 쓴웃음을 지으며 생수병을 찾아 물을 한 모금 더 마셨다. 영미는 꿈을 꾸는 듯한 눈빛으로 그가 사라진 문 쪽을 바라보았다.

"결혼…… 안 한 것 같은데. 물어봤니?"

영미가 눈을 빛내며 나예에게 물었다. 나예는 모르겠다는 표정으로 어깨를 으쓱했다.

"모르겠어. 3년 전에는 안 했었는데, 지금은……."

여자 경험이 처음인 남자가 결혼을 했을 리는 없었다. 하지만 만나지 못했던 3년 사이에 무슨 일이 있었을지는 그녀가 알 수 없었다.

"널 좋아한다고 대놓고 말하는 걸 보니까 진심인 것 같아. 그리고 내가 보기엔 분위기가…… 닳고 닳은 남자들하곤 전혀 달라. 뭐랄까…… 풋풋하고 깨끗한 느낌?"

"그래?"

"어떻게 저런 남자가 돈까지 많니? 저 남자는 돈으로 여자를 살 필요도 없이 여자들이 알아서 몸을 던지겠는데? 너무 매력적이야. 오히려 돈을 주고서라도 하룻밤 같이 지내고 싶을 정도야."

나예는 영미의 호들갑에 피식 웃어 버렸다. 영미의 말마따나 그렇게 매력적인 남자를 여자들이 가만히 두었을 리 없을 것이다. 그 정도의 외모와 재력이면 따르는 여자가 한 트럭도 넘을 것 같았다.

"그런 남자가 날 좋아할 리 없잖아. 돈도 없고, 집안이 좋은 것도 아니고, 남들처럼 대기업에 다니는 것도 아닌데."

나예는 그가 그녀를 좋아한다는 게 믿기질 않았다. 그의 애정 공세가 실감이 나질 않았다. 그저 호기심에 관심을 갖는 게 아닐까 의심했다. 그의 행동을 보면 분명 그녀를 좋아하는 것 같았지만 상식적으로 생각했을 때 그 정도 위치의 남자라면 그녀를 하룻밤 노리개 정도로 여기는 게 더 일반적이었다.

"야, 정민 씨가 널 좋아한다잖아. 본인 입으로 그렇게 말하는데 왜 의심해? 그리고 네가 어디가 어때서? 외모 되고 성격 좋은데 뭐가 더 필요해?"

"언니야말로 정말 로맨티스트야. 그런 일은 영화나 소설 속에서나 일어나는 일이지. 그리고 언니 처음에 뭐라고 했었는지 기억 안 나? 절대 만나지 말라고, 이상한 남자라고 했었잖아."

"얘, 그건 정민 씨를 보기 전이었잖니. 어쨌든 두고 보면 알겠지. 매일 온다고 했으니까, 그 남자가 어떤 마음으로 네게 그렇게 행동하는지 알 수 있을 거야."

"언니, 괜히 정민 씨한테 이상한 소리 하지 마."

"내가 뭘? 그러고 보니 너야말로 그 남자 좋아하는 거 아냐? 너 솔직히 말해 봐."

영미가 그녀를 겨냥해 질문을 퍼붓자 나예는 뜨끔해져 딴청을 부렸다. 영미는 절대 질문을 피할 수 없다는 듯 나예를 따라다니며 빤히 쳐다보았다. 나예는 하는 수 없이 영미의 시선을 마주 보았다.

"모르겠어. 좋은 것 같기도 하고 아닌 것 같기도 하고. 사실 그 사람에 대해 잘 모르잖아. 3년 전에도 딱 사흘 같이 있었을 뿐이고, 그때도 서로에 대한 이야기는 나누지 않았어. 3년 만에 만나서도 지금까지 몇 번 잠깐씩 만났을 뿐이야. 난 정민 씨가 뭐하는 사람인지도 모른다고."

"서로에 대해 알 시간이 부족했던 건 사실이겠지만 그래도 느낌이라는 게 있잖아. 진정으로 사랑한다면 그 사람의 모든 걸 다 알 필요는 없어."

"느낌은…… 나쁘지 않아. 정민 씨는 굉장히 사려 깊은 남자야. 그리고 뭐랄까. 굉장히 조심스러워. 처음에 만났을 때도 날 술집 여자 대하듯 하진 않았었어."

"그래? 정말 괜찮은 남자 같아. 그리고 너도 너무 스스로를 과소평가 하지 마. 널 좋아할 만하니까 좋아하는 거지. 저번에 너 푸드채널 방송 나갔을 때도 반응 장난 아니었잖아. 정인재 이사 같은 냉혈한까지도 네 매력에 넘어가 목을 매는데."

인재 이야기가 나오자 나예는 마음이 불편해졌다. 그는 나예가 단호하게 거절한 이후에도 계속 전화를 해 오고 있었다. 그를 더 이상 만나고 싶지 않아 전화를 받지는 않고 있지만 그라면 어떤 식으로든 그녀에게 접촉해 올 거라는 생각이 들었다. 그는 자존심이 강한 남자였고 원하는 것은 한 번도 가지지 못한 적이 없을 정도로 대단한 남자였다. 나예는 인재에 대한 생각을 몰아내려 고개를 저었다.

"이제 그 얘긴 그만해, 언니. 나 오후에 내놓을 빵 만들어야겠어."

"알겠어. 참, 너 '파티시에와 함께' 프로그램 또 언제 녹화한다고 했지?"

"이번 주에 일정 잡혀 있어. 목요일에."

"알았어. 일해."

나예는 제빵실로 들어와 오후에 매장에 내어 놓을 빵을 만들었다. 푸드채널 '파티시에와 함께' 프로그램에서 밸런타인 특집 때 게스트로 한 번 나갔던 나예는 방송이 된 뒤, 시청자들 반응이 좋다며 다시 게스트로 나와 달라는 요청을 받았다. 그녀가 콤플렉스로 생각했던 외모와 몸매가, 방송이라는 매체에선 강점으로 작용을 했다. 실력보다 외모가 각광받는다는 생각에 조금 씁쓸하기는 했지만 그녀에게 커리어를 쌓을 수 있는 기회이기도 했고, 혁준의 체면을 생각해서도 거절할 수 없는 자리였다. 그래서 한 달에 한 번씩 고정 게스트로 나가 건호와 함께 여러 가지 특집 프로그램을 하기로 했던 거였다.

"나예야, 잠깐 나와 봐야겠어."

한창 집중해서 일을 하고 있는데 영미가 제빵실로 들어와 나예를 불렀다. 영미의 표정이 조금 불안해 보여 나예는 의아한 얼굴로 영미를 바라보았다.

"누가 찾아왔는데, 내 기억이 맞다면 저번 노엘식품 창립 기념 파티에서 본 것 같아서. 킹 과자점 차성희 회장님, 그분인 것 같아. 널 찾는데."

나예는 킹 과자점에 혁준을 만나러 갔다가 잠깐 마주친 중년 여인을 기억했다. 나예는 손을 씻고 매장으로 나갔다. 그때 그렇게 마주쳤기 때문에 그녀와 인재의 관계가 걱정되어 찾아온 모양이었다.

"안녕하세요."

차성희 회장은 인재와 꼭 닮았다. 자신감 있는 태도와 차가우면서도 세련된 몸가짐. 킹 과자점을 소유하고 있다는 것을 한 치도 의심할 수 없게 만드는 뼛속까지 타고난 경영인. 나예가 차성희 회장에게 받은 첫인상은 그랬다. 인재처럼 목표한 것은 꼭 이루고야 마는 그런 성격을 가진 것 같았다.

"강나예 양?"

"네."

"빵집을 운영한다고 해서 조금 놀랐어요. 지난번에 만났을 땐 노엘식품 직원이라고 하지 않았나?"

매장에 서서 주위를 둘러보던 차성희 회장은 나예를 똑바로 바라보며 물었다. 날카로운 눈빛은 웬만한 남자도 얼려 버릴 만큼 매서웠다. 나예는 조금 두려운 기분이 들었다.

"네. 노엘식품 직원으로 근무하다가 얼마 전에 회사를 그만두었습니다."

"강희석 씨 딸이라던데. 맞나?"

"아, 네. 그건 어떻게……."

나예는 깜짝 놀라 물었다. 차성희 회장은 생각을 알 수 없는 눈으로 나예를 빤히 쳐다보았다.

"우리 인재가 요새 관심을 갖고 있는 아가씨라지? 내 아들이 관심 갖고 있는 여자, 어떤 여자인지 알아보는 게 당연하지."

나예는 감탄사를 내뱉었다. 마음만 먹는다면 나예의 신상 정도는 얼마든지 사람을 시켜 알아볼 수 있을 터였다.

'아무래도 낯이 익어. 어디서 본 걸까?'

나예는 차성희 회장을 바라보며 생각에 잠겼다. 어디선가 분명 마주친 적이 있는 것 같은데 도통 생각이 나질 않았다.

"그런데 왜 우리 인재와 얽히게 된 거지? 강희석 씨는 우리 남편과 사이가 안 좋았던 걸로 기억하는데. 피가 섞이진 않았지만 인재는 도훈 씨 아들이야. 그걸 알고도 만난 건가?"

"아…… 그걸 어떻게……."

"예전에 도훈 씨 만나기 전에 대회장에서 본 적이 있는 것 같은데. 그 대회 이전엔 어땠는지 잘 모르지만 아마 강희석 씨는 나예 양이 우리 인재 만나는 거 반대할 거라고 생각해."

생각이 났다. 나예는 케이크 데커레이션 경연장에서 그녀에게 말을 걸었던 한 여인을 기억해 냈다. 얼굴은 잘 기억나질 않았지만 차갑고 이지적인 느낌은 그대로였다.

"아빠는…… 사정이 있어 지금은 함께 계시지 않아요."

"그랬군. 어쨌든 나도 두 사람 만나는 거 별로 탐탁지 않아. 오늘은 그 말 하러 온 거야. 우리 인재는 이미 결혼 상대가 정해져 있어. 지금까지 인재가 먼저 호감을 나타낸 여자가 없어서, 아무래도 아가씨는 좀 특별하다는 생각이 들어서 미리 말해 두는 거야."

"네. 걱정하시는 것 이해합니다."

"이해한다니 다행이네. 우리 인재는 지금까지 하고자 하는 일은 다 이루고 살아온 아이야. 한번 목표로 정한 일은 무슨 일이 있어도 이루고야 말지. 인재가 아가씨를 마음에 두었다면 먼저 정리하는 건 불가능해. 그러니 나예 양이 포기시켜 줘. 할 수 있겠지?"

차성희 회장은 부드럽지만 단호한 어조로 말했다. 나예는 그녀의 말을 100퍼센트 이해했다. 기분이 나쁘긴 했지만 이해 못 할 바는 아니었기 때문에 그녀의 말에 고개를 끄덕였다.

"네, 알겠습니다."

차성희 회장은 나예를 일별하고 밖으로 나갔다. 군더더기 하나 없는 깔끔한 태도에 조금 질릴 것 같은 기분이 들었다. 나예는 문이 닫히자 한숨을 길게 내쉬었다. 하루 동안 너무 많은 일들이 일어나서 급격하게 피곤해졌다.

"별일이네. 자기 아들을 단속할 일이지 왜 너한테 난리래? 정인재 이사, 요새도 너한테 연락하니?"

"응."

"정말 너한테 푹 빠진 게 분명해. 엄마도 말릴 수 없다고 하는데 네가 무슨 수로 말리니? 그런데 나예 넌 어때? 정인재 이사, 마음에 있어?"

나예는 씁쓸하게 웃었다.

"아니. 현실적으로 내가 정인재 이사님하고 연결이 될 확률은 희박해. 언니도 알잖아. 내가 땅에 있으면 그 사람은 하늘에 있어. 대재벌의 후계자랑 평범한 여자가 결혼할 확률은 드라마에서나 있지 현실 세계에선 0퍼센트라고. 그리고 그런 타입의 남자, 별로이기도 하고."

"난 처음에 정인재 이사가 너한테 관심 가질 때, 결혼까지 가면 좋겠다는 생각도 했었어. 좀 싸가지 없기는 하지만 굉장히 매력적인 남자잖아. 그리고 네게 힘과 권력을 줄 수 있는 사람이기도 하고."

"불가능해. 그런 일은."

"그 불가능한 일이 정인재 이사라면 가능하다잖아. 어휴, 누군 좋겠다. 잘생기고 돈 많은 남자가 둘이나 목을 매니. 네 마음대로 골라잡으면 되겠다, 얘."

"언니!"

나예는 얼굴이 상기되어 질색을 했지만 영미는 재미있다는 듯 깔깔거리며 웃었다. 나예는 영미를 피해 제빵실로 얼른 들어갔다. 화끈거리는 볼이 쉬 식지 않았다.

# 19장

"사장님, 왜 이러세요……."

"아유, 나도 먹고살아야지. 올해 채소 작황이 안 좋아서 값이 너무 올랐어. 지금 이 가격으로는 맞춰 주기 힘들어."

"이러시면 곤란해요. 예전부터 저희 빵집과 계속 거래해 오셨잖아요. 지금까지 그래도 사장님 믿고 일하고 있는데 이러시기예요? 갑자기 거래를 끊겠다고 하시면 전 내일부터 어디서 채소를 구해 오라고요."

"오늘 것도 겨우 가져온 거야. 내 입장에서는 웬만하면 나예 씨하고 거래하고 싶지. 아버지하고도 계속 거래했었고, 지금까지 쌓아 온 정이 있으니까. 그렇지만 내가 죽겠는 걸 어째. 당장 다음 주에 돈이 급하게 필요해서 나도 어쩔 수가 없어. 노엘 식품에서 그쪽 회사와 거래하면 가격을 두 배로 쳐준다는데 어쩌나. 미안해, 나예 씨."

막 해가 뜨기 전 어스름한 새벽 거리에서 나예는 그녀의 빵집에 채소를 공급해 주고 있는 김 씨와 실랑이를 벌이고 있었다. 빵집을 개업한 지도 한 달여. 아직 빵집이 자리 잡지도 못한 상황에서 갑작스런 재료상의 거래 중단 선언으로 나예는 곤란하기 이를 데 없었다. 이제 조금씩 손님들에게 빵집을 알리고 있는 중이었다. 가게의 위치가 유동 인구가 많은 곳이라 지나가면서 들르는 손님들이 꽤 있었지만 뜨내기 손님들이 많았다. 그래서 나예는 한번 빵집을 찾은 손님들을 다시 찾아오게 하는 목표를 일차적으로 세웠다.

"노엘식품이라고?"

나예는 김 씨가 돌아간 후에 멍하니 혼자 중얼거렸다. 김 씨는 분명 노엘식품이라고 말했다. 김 씨뿐만이 아니었다. 밀가루, 설탕 등을 거래하는 거래상과도 거래가 끊겼다. 앞으로 며칠 버틸 재료들은 있었지만 그 이상은 곤란했다. 밀가루가 없으면 아예 빵 자체를 만들 수가 없다. 나예는 한숨을 쉬며 제빵실로 들어갔다.

'너, 가만두지 않을 거야! 한 번만 더 인재 오빠한테 질척거리면 가만히 안 둬!'

그녀에게 분노로 부들부들 떨면서 소리치던 은빛의 모습이 떠올랐다. 가만두지 않겠다고 한 것이 이런 의미였나 싶어 씁쓸했다. 은빛은 빵집이 문을 열고 나서 두 번째 주쯤에 그녀를 찾아왔었다. 이미 차성희 회장도 다녀갔고, 그녀도 인재에게 더 이상의 여지를 주지 않겠다는 생각을 하고 있었지만 은빛은 다 믿지 못하는 듯 그녀에게 모질게 굴었다.

'감히 내 남자를 탐내는 거니? 인재 오빠가 지금은 너한테 특별한 것 같겠지만 결국 결혼은 나하고 하게 되어 있어.'

'그만하죠? 자꾸 그러면 진짜 뺏고 싶어지니까.'

'뭐야?'

너무 짜증이 나서 톡 쏘아붙였더니 또 길길이 뛰며 화를 내고 난리였다. 나예는 그녀에게 화를 내던 은빛을 떠올리다가 다시 한숨을 쉬었다. 그렇게 화를 내더니 결국 이런 식으로 나예를 괴롭히고 있는 거였다.

은빛에 대한 생각을 머릿속에서 몰아내려 애쓰면서 나예는 빵을 만들었다. 항상 반죽을 손에 쥐면 모든 잡념이 사라지곤 했는데 오늘만큼은 복잡한 심사가 풀리질 않았다.

"나예야."

마음을 가라앉히려 온갖 애를 쓰며 겨우겨우 매장에 내놓을 빵을 만들고 나니 영미가 문을 열고 빼꼼 들여다봤다.

"응, 언니. 이제 다 했어. 이거 가져가면 돼."

나예는 막 구워져 나온 빵들을 가리키며 말했다. 영미는 묘한 표정으로 안으로 들어와선 쟁반을 집어 들었다.

"손님 오셨어. 정인재 이사."

나예는 묵묵히 다른 쟁반을 집어 들고 영미와 함께 매장으로 나왔다. 전화를 받지 않으니 매장으로 직접 찾아온 모양이었다. 그렇지 않아도 재료를 어디서 다시 구하나 심란하던 차에 인재마저 찾아오니 힘이 빠졌다.

"웬일이세요?"

나예는 매장 한가운데에 서 있는 인재를 보고 퉁명스럽게 물었다. 별로 반갑지 않았다. 인재가 찾아온 걸 알면 펄펄 뛸 은빛의 모습이 눈에 선했다. 어쨌든 은빛의 치사한 앙갚음에 일일이 대응할 여유도, 마음도 없었다.

"네가 전화를 받지 않으니 찾아올 수밖에."

"전화를 받지 않는 건, 만날 생각이 없다는 의미죠."

"그건 내가 결정해. 난 널 계속 만날 거고, 거절은 사절이야."

정말 말이 안 통하는 남자였다. 나예는 매장으로 들어오는 손님들이 그들을 이상하게 바라보는 걸 알아채곤 한숨을 쉬며 손에 들고 있던 쟁반을 내려놓았다.

"나가서 얘기해요."

나예는 손님들을 한번 보곤 인재에게 퉁명스럽게 말했다. 그리고 그가 따라오는지 확인도 하지 않고 밖으로 나왔다. 어쨌든 매장에서 다툴 일은 아니었다. 그리고 인재는 몹시 눈에 띄는 남자이기도 했다. 나예는 거리로 나와 빵집에서 약간 떨어진 곳까지 걸어갔다. 수많은 사람들이 걸어 다니는 거리 한쪽에서 나예는 멈춰 섰다. 뒤로 돌아서자 바로 앞에 인재가 보였다. 나예는 조금 놀라 숨을 훅 들이마셨다. 눈부신 햇살이 그에게 내리쬐고 있었다. 인재는 화가 난 얼굴로 나예를 내려다보고 있었다.

"이사님은, 원하는 여자를 마음대로 골라서 만날 수 있잖아요. 저 아니라도 훨씬 좋은 집안의 능력 있고 아름다운 여자들이 많은데 왜 저한테 계속 이러시는 거예요?"

나예는 마음을 가라앉히려 애쓰며 말했다. 굳이 싫다는데 계속 만나자고 할 만큼 그녀가 대단한 것인가 하는 생각은 들지 않았다. 어쨌든 그의 어머니인 차성희 회장도, 그와 결혼하겠다고 장담하는 은빛도 눈에 쌍심지를 켜고 그녀와 인재 사이를 막는 마당에 굳이 그를 만나고 싶은 마음은 없었다. 더군다나 나예는 이미 정민을 마음에 두고 있었다.

"그 여자들과 달리, 넌 가질 수 없으니까. 건방지게 날 계속 거절하고 있으니까. 매 순간 날 화나게 하고 있으니까!"

인재는 벌겋게 성이 난 얼굴로 소리쳤다. 나예는 입술을 깨물었다. 그에게서 한 발짝 물러섰지만 인재는 거칠게 나예의 손목을 잡아챘다.

"저 좋아하는 남자 있다고 했잖아요! 아무리 그러셔도 소용없어요. 그리고 이제 그만 연락하세요."

"내가 그 말을 믿을 것 같아? 넌 지금 핑계를 대고 있는 거야."

"좋아요. 그럼 내가 이사님 원하시는 대로 한다고 쳐요. 우리가 만난다면 이사님은 절 위해 뭘 해 줄 수 있는데요? 우리한테 미래가 있어요? 차성희 회장님은 우리가 만나는 걸 허락하실까요? 이사님과 결혼하겠다고 하는 이은빛 씨는요?"

나예가 속사포처럼 쏘아붙이자 인재는 놀란 표정으로 입을 다물었다. 나예는 한숨을 쉬었다.

"봐요. 대답 못 하잖아요. 전 이사님의 하룻밤 노리개 따위는 되고 싶지 않아요. 돈을 아무리 많이 준다고 해도 싫다고요. 저하고 결혼할 생각 없으면 더 이상 접근하지 마세요."

"결혼? 네가 원하는 게 결혼하는 거야?"

"그러니까 그 정도 각오 없으면 시도하지 말라고요. 난 남자한테 이용당하다가 버려질 생각은 없으니까."

나예는 당차게 쏘아붙이곤 돌아섰다. 피곤했다. 인재는 더 이상 그녀를 따라오지 않았다. 아마 그 정도 이야기했으면 알아들었을 거라고 생각했다. 나예는 제빵실로 돌아와 일에 집중했다. 오전 내내 나예는 입을 꼭 다물고 빵을 만드는 데만 집중했다. 당장 거래가 끊긴 재료상을 일일이 찾아가 다시 거래하게 해 달라고 사정을 하든지, 아니면 새로운 거래처를 알아보든지 뭔가 해야 했지만 엄두가 나질 않았다.

'정인재 이사한테 이은빛이 한 짓을 다 까발리고 책임지라고 할 걸 그랬나?'

빵을 오븐에서 꺼내어 놓고 나예는 멍하니 생각했다. 그러다 다음 순간 어이없음에 실소를 짓고 말았다.

"강나예, 정말 내가 생각해도 유치하다. 기껏 거절해 놓고 생각하는 것이라니."

나예는 자조적으로 중얼거리곤 빵을 들고 매장으로 나왔다. 빵 냄새를 맡으니 갑자기 배가 고파졌다. 나예는 빵을 만드느라 점심도 걸렀던 것이 생각났다. 뭐라도 좀 먹어야 하나 생각하고 있는데 매장 안에서 영미의 웃음소리가 들렸다.

"영우야, 그거 형한테 해 달라고 해. 아마 누나가 해 주는 것보다 훨씬 잘할걸."

학교에 다녀왔는지 영우가 매장에 있었다. 보통 때는 학원에 들렀다가 매장으로 오는데 오늘은 일찍 끝나는 날이라 빨리 온 듯했다.

"영우 왔니?"

"응, 누나."

나예는 반갑게 미소를 짓다가 영우의 옆에 앉아 있는 정민을 보고 흠칫 굳었다. 그는 영우를 보며 환하게 웃고 있었다.

"형, 이거 접어 줘요."

영우가 정민에게 내민 것은 색종이였다. 정민은 주저하는 기색 없이 영우의 손에서 색종이를 받아 들곤 비행기를 접어 영우에게 내밀었다. 나예는 쟁반을 내려놓고 정리를 하며 흘끔흘끔 정민을 바라보았다. 그는 정말 처음에 말했던 대로 나예의 빵집에 매일 왔다. 주로 점심을 먹고 오후에 나예가 한가한 시간에 맞춰서 오곤 했다. 그가 먹는 빵도 매일 종류가 달랐는데, 정말 나예가 만든 빵을 하나도 빠짐없이 먹어 볼 요량인지 케이크까지 다양하게 먹었다.

"형, 이거 잘 날아요."

영우가 방긋 웃으며 그가 접어 준 비행기를 들고 이리 날렸다 저리 날렸다 하며 신나게 매장 안을 돌아다녔다. 그는 말이 많지도 않았고 사람들을 웃기는 재주도 없었지만 주변 사람들을 끌어당기는 묘한 매력이 있었다. 빵집에 온 지 사흘 만에 영미도 자기 편으로 만들었으며 영우와도 가끔 만났지만 한두 번 만에 영우가 '형, 형.' 하면서 따르게 만들었다.

'잘생겨서 그런가?'

나예는 영우가 까르르 웃으며 정민의 팔에 매달리는 걸 보며 생각했다. 단지 외모만으로 사람들을 끌어들이는 매력이 있는 건 아닌 것 같았다. 외모는 호감을 갖게 하긴 하겠지만 그것은 일시적인 것이다. 나예는 영우에게 줄 간식을 챙기며 영우와 놀아 주는 정민을 흘끔거렸다.

"그냥 편하게 봐도 되는데."

나예가 영우에게 빵을 갖다 주는데 정민이 웃음기 어린 목소리로 말을 걸었다. 나예는 무슨 말인가 싶어 눈을 동그랗게 떴다. 그는 나예를 빤히 쳐다보며 싱긋 웃었다.

"네?"

"흘끔거리지 않아도 된다고."

나예가 몰래 쳐다보는 걸 어느새 눈치챈 모양이었다. 얼굴이 순식간에 달아올랐다. 나예는 헛기침을 하며 그에게 등을 돌리고 냉장고에서 영우에게 줄 우유를 하나 꺼냈다. 창피해서 그에게 시선을 돌리지도 못했다.

"오늘 저녁 같이 먹자. 정리 빨리하고 나와. 알겠지?"

"네? 오늘요?"

"응. 오늘 내가 권리 행사하는 날이잖아."

잠시 어리둥절했던 나예는 그의 말을 이해하고 감탄사를 내뱉었다. 그에게 월세를 내는 날이었다. 첫 달 월세를 낼 때 나예는 그에게 계좌번호를 물어보았다가 핀잔만 들었더랬다.

'난 현찰만 받는데? 빳빳한 현금으로 가져와.'

'왜요? 그냥 계좌로 보내면 안 돼요?'

'현금으로 받아야 네 얼굴 한 번이라도 더 보지. 똑똑한 줄 알았더니 헛똑똑이네?'

나예는 결국 그의 요구대로 현금을 들고 그를 만나야만 했다. 그는 월세를 받는 것도 돈은 별로 관심이 없고 그걸 핑계로 그녀와 데이트를 하는 게 더 중요한 듯했다.

"네."

나예는 볼을 물들이며 작게 대답했다. 영미가 옆에서 키득거리며 숨죽여 웃는 게 들리자 왠지 창피해졌다. 나예는 얼른 제빵실로 피하듯 들어갔다. 오후 내내 달아오른 볼을 식히려 애쓰며 일에 집중했지만 머릿속은 내내 그 남자, 박정민에 대한 생각으로 가득 차 어지러웠다.

"강나예! 뭐해? 빨리 정리하고 나와."

나예는 일을 하다 제빵실 문을 벌컥 열고 영미가 부르는 소리에 정신을 차렸다. 시계를 보니 벌써 시간이 8시가 다 되어가고 있었다. 나예는 제빵실을 정리하고 매장으로 나왔다. 영우는 한쪽에서 일기를 쓰고 있었고, 영미는 카운터에 앉아 있었다.

"정민 씨 아까부터 기다리고 있어. 얼른 가 봐."

영미가 바깥을 가리키며 말했다. 나예는 바깥쪽을 내다보고 길가에 정민의 차가 세워져 있는 것을 확인했다.

"언니, 영우 좀 부탁해."

"걱정 마."

영미가 윙크를 하며 나예에게 얼른 나가라는 듯 등을 밀었다. 나예는 바깥으로 나와 정민의 차를 보고 숨을 들이쉬었다. 그가 나예를 발견한 듯 차에서 내려 손을 흔들었다. 나예는 얼른 그의 차에 올라탔다.

"배고프지? 뭐 먹고 싶어? 오늘은 내가 돈 버는 날이니까 근사하게 쏠게."

정민이 나예를 바라보며 싱긋 웃었다. 나예는 어색하게 웃으며 어디로 가자고 할까 생각했다. 그는 시동을 걸곤 차를 출발시켰다.

"저, 먹고 싶은 게 하나 있긴 한데."

"말해. 뭔데?"

"라파예르호텔 양식당에 가고 싶어요."

"라파예르호텔?"

예전부터 한번 가 보고 싶었던 곳이었다. 혁준이 노래를 부르다시피 했던 킹 과자점의 정훈겸이 일하는 곳. 그 사람이 만들어 내는 디저트와 빵을 먹어 보고 싶었다.

"네. 사실은 거기 디저트가 궁금해서요. 아님 식당 말고 베이커리만 가 봐도 돼요."

정민은 나예를 흘끗 보더니 라파예르호텔 쪽으로 차를 몰았다. 그와의 데이트인데 너무 비싼 곳만 좋아한다는 생각을 할까 봐 조금 망설여지기는 했지만 정민의 눈치를 보는 것보단 호기심을 충족시키는 게 더 중요했다. 어쨌든 라파예르호텔이라면 특급 호텔이니 평소 갈 기회도 별로 없었고, 무엇보다 빵집을 열고 나서는 바빠서 갈 엄두를 낼 수가 없었다.

"나와 데이트하는 것도 일의 연장선인가?"

다행히 그는 나예를 된장녀로 오해하지는 않는 것 같았다. 대신 그녀가 일적인 호기심 때문에 가고 싶어 하는 걸 아는 듯 말했다. 그가 조금 서운해할 수도 있었지만 나예는 솔직히 대답했다.

"서운해도 이해해 주세요. 개업하고는 너무 바빠서 갈 엄두도 못 냈거든요. 언젠가 한 번쯤 가 보고 싶었는데 마침 먹고 싶은 거 물어보셔서 대답한 것뿐이에요."

"괜찮아. 어차피 나야 너하고 함께 먹으면 어디든 좋으니까."

그의 말에 심장이 두근거렸다. 나예는 입술을 깨물며 시선을 창밖으로 돌렸다. 이래도 될까 싶을 정도로 설레고 기분이 좋았다. 그와 함께 있을 때는 언제나 그랬다. 기분 좋은 긴장감. 나예는 잠시 그녀의 앞에 산적해 있는 여러 가지 일들을 잊었다. 호텔에 도착해서 그와 함께 양식당으로 바로 올라갔다. 식당에 들어서자 웨이터가 다가와 자리를 안내해 주었다. 기분 탓인지는 몰라도 웨이터가 그녀와 정민을 번갈아 가며 의아한 눈으로 바라보는 것 같았다.

"저는 그냥 가볍게 먹을게요."

메뉴판을 펼쳐 보지도 않고 말했다. 정민은 나예가 음식에는 별로 관심이 없다는 걸 짐작한 듯 고개를 끄덕이며 스파게티 2인분만 주문했다.

"먹어 보고 싶은 건 따로 있는 거지? 여기보단 베이커리에 가 보는 게 나을 거야. 식사하고 가 보자."

"아…… 네."

그녀의 머릿속을 꿰뚫고 있는 듯한 정민의 말에 나예는 쑥스러운 얼굴로 고개를 숙였다. 식사를 하면서 나예는 심란한 마음에 한숨을 쉬었다. 당장 내일부터 야채 등 재료를 사러 새벽시장에 나가야 할 판이었다. 일단 며칠간은 장을 직접 봐다가 만들고 그사이에 새로운 재료상과 거래를 틀 생각이었다.

"무슨 일 있어?"

"네?"

"표정이 어두워서. 걱정 있는 것 같아."

"아뇨. 별일 아니에요."

괜히 그에게 징징거릴 일은 아니어서 나예는 웃으며 고개를 저었다. 하지만 그는 나예를 가만히 쳐다보았다. 걱정하고 있는 것을 들킨 것 같아서 나예는 어색하게 시선을 피했다.

"말해 봐. 뭐야?"

정민은 뭔가 있다는 게 확실하다는 걸 눈치챈 듯 나예를 뚫어지게 바라보며 채근했다. 하지만 그에게 말한다 해도 뾰족한 해결책이 있는 것도 아니었고 괜히 그에게 의존하는 기분만 들까봐 말하고 싶지 않았다.

"아니에요. 식사해요."

"개인적인 일이야, 아니면 빵집 일이야?"

나예는 대답을 하지 못했다. 그녀가 입을 다물고 가만히 있자 정민은 눈빛으로 그녀의 마음을 읽으려는 듯 빤히 쳐다보았다. 나예는 그의 시선이 불편해 고개를 돌렸다.

"그냥…… 얘기하자면 좀 길어요. 별로 재미도 없는 이야기고요."

"그럼 짧게 얘기하면 되겠네. 무슨 일인데?"

"거래하던 재료상들과 문제가 좀 생겼어요."

결국 나예는 마음을 무겁게 짓누르던 이야기를 꺼냈다. 정민은 진지한 표정으로 그녀의 이야기를 들어 주었다.

"신경 쓰지 않아도 될 만한 이야기는 아니네. 계속해 봐."

"일단 야채랑 부재료는 제가 새벽에 직접 가서 사 올 생각이에요. 그리고 밀가루하고 설탕 같은 재료들은 아직 며칠간은 버틸 수 있는 양이고요. 그래서 그동안 다시 재료상을 알아보려고요."

"그런데 왜? 거래한 지 몇 달 안 되었을 텐데…… 재료에 문제가 있었어?"

"아뇨. 그런 건 아니고…… 다들 사정이 생겨서 그래요."

"사정? 뭔가 사정이 있다고 해도 모든 재료상들이 갑자기 거래를 끊자고 하진 않을 텐데."

나예는 망설였다. 은빛에 대한 이야기를 하면 인재에 대해서도 이야기해야 한다. 정민이 그를 알고 있는지는 모르지만 어쨌든 킹 과자점이라면 큰 기업이니 알 수도 있었다. 나예는 쉽사리 말을 꺼내지 못했다.

"개인적인 일이라 말씀드리기 좀 곤란해요."

"개인적인 일이라고? 흠, 조금 서운한데."

"미안해요."

나예는 어쩔 줄을 몰랐다. 하지만 정민은 다행히 더 캐묻지 않았다. 그는 포크를 내려놓고 잠시 생각하더니 자리에서 일어났다.

"잠시만. 전화 좀."

그는 레스토랑 밖으로 나갔다. 나예는 참았던 숨을 토해 내듯 내쉬었다. 조마조마한 기분이었다. 그에게 인재에 대해서 말하고 싶지 않았다. 분명 그가 기분 나빠할 것 같았다. 물론 인재와 그가 직접 만날 일이야 없겠지만, 그녀가 다른 남자 때문에 곤란에 처한 것이 기분 좋게 받아들일 일은 아닐 테니까.

"저, 제가 말씀드린 건 신경 쓰지 마세요. 영업에 문제 생기지 않도록 할게요."

그가 다시 레스토랑으로 들어와 앉자 나예는 얼른 말했다. 정민은 알 수 없는 표정으로 그녀에게 메모지를 하나 내밀었다.

"내일 연락해 봐. 내가 아는 분 통해서 알아본 곳들인데 나쁘지 않을 거야."

"네? 이게 다 뭐예요?"

그가 준 메모지에는 몇 개의 상호와 전화번호가 적혀 있었다. 잠깐 전화 몇 통 하고서 재료상들을 바로 알아 오다니 놀라지 않을 수 없었다. 나예는 눈을 휘둥그렇게 떴다.

"당장 내일부터 새벽에 장봐야 된다며? 너 피곤하고 번거로운 건 싫으니까. 부재료는 내일 새벽에 바로 매장으로 가져올 거야. 장보러 나갈 필요 없어."

정말 놀라운 사람이었다. 나예는 믿을 수가 없었다. 어떻게 잠깐 동안 그녀가 하루 종일 고민했던 문제를 다 해결할 수 있는 건지 알 수가 없었다.

"어떻게……."

"그냥…… 인맥이 좋아서. 다 먹었으면 가자. 네가 가고 싶었던 베이커리."

그는 나예의 궁금증을 한마디로 눌러 버리곤 일어섰다. 나예는 얼떨떨한 기분으로 그를 따라나섰다. 성큼성큼 앞서서 걷던 그가 나예를 돌아보곤 웃으며 손을 내밀었다. 나예는 잠시 망설이다 그의 손을 잡았다. 강한 전류가 흐르듯 찌릿한 느낌이 심장을 관통했다. 그는 나예의 손을 잡고 그녀의 보폭에 맞춰 좀 더 천천히 걸었다.

"어서 오……세요. 흠흠."

베이커리에 들어서자 인사를 하던 매장 직원이 눈을 휘둥그렇게 떴다. 뭔가 이상한 느낌이 들었지만 직원은 이내 표정 관리를 하곤 헛기침을 했다. 나예는 정민을 돌아보았다. 그의 표정에선 별다르게 다른 점이 없었다. 나예는 이내 매장에 가득한 빵으로 시선을 돌렸다.

"먹고 싶은 거 골라 봐."

정민이 쟁반을 내밀며 말했다. 나예는 그에게서 쟁반을 받아 들면서도 시선은 빵에서 떼질 못했다. 역시 기대를 저버리지 않는 곳이어서 나예는 감탄을 금할 수 없었다.

"대단한데요."

나예는 빵들을 하나하나 보며 감탄하듯 중얼거렸다. 역시 특급 호텔다웠다. 아니, 특급 호텔이라 베이커리가 화려한 것이 아니라 정훈겸이라는 파티시에가 대단한 게 틀림없었다. 먹음직스러운 빵들은 같은 종류의 빵이라도 조금씩 달랐다. 식빵 속에 마블링처럼 블루베리 잼이 들어 있는 걸 보고 나예는 홀린 듯 빵을 들어 올렸다. 식빵의 종류만 해도 어림잡아 열 가지 이상은 되는 것 같았다. 다 먹어 보고 싶었지만 나예는 처음 보는 빵의 종류만 일단 골라내었다.

"먹을 만한 게 많이 있는 모양이네."

"많다뿐이겠어요? 저, 처음 보는 빵들도 여러 가지 있어요."

화려하고도 정교한 케이크들을 보며 나예는 침을 꿀꺽 삼켰다. 조각 케이크를 몇 개 고르고 바게트와 크루아상, 샌드위치 종류도 골랐다. 계산대에 내려놓은 빵을 보고 직원이 놀라는 표정을 지었다. 나예는 조금 쑥스러웠다. 그녀가 보기에도 너무 여러 가지를 골라 계산대가 빵으로 꽉 찼다.

"이거, 다 먹을 수나 있겠어?"

정민이 계산을 하면서 웃음 섞인 어조로 말했다. 나예는 쑥스럽게 웃으며 빵 봉지를 들었다. 그가 나예의 손에서 봉지를 받아 들곤 다시 앞장서서 걸었다.

"얼른 먹고 싶지? 여기 카페 있는데 거기 가서 먹을래?"

나예는 고개를 끄덕였다. 여러 가지 빵들을 얼른 맛보고 싶어서 견딜 수가 없었다. 그들은 베이커리 옆에 있는 카페로 들어가 자리를 잡았다. 커피를 시키곤 테이블 위에 빵들을 잔뜩 올려놓자 주변의 손님들이 호기심 어린 시선을 던졌다. 하지만 나예는 사람들의 시선 따윈 아무 상관없었다. 크루아상을 꺼내 막 먹으려고 하는데 정민이 손가락을 딱 울리며 그녀의 주의를 환기시켰다.

"이리 와."

그가 자신의 옆자리를 툭툭 치며 말했다. 나예는 동그래진 눈으로 그와 그의 손이 툭툭 치고 있는 소파 옆자리를 빤히 바라보았다. 그러니까 그는 마주 보며 앉는 게 아니라 연인들처럼 그녀에게 자신의 옆에 앉으라 하는 거였다. 나예는 잠시 망설였다. 하지만 그가 뚫어질 듯한 눈으로 계속 바라보자 자석에 이끌리듯 스르르 일어서 그의 옆자리로 자리를 옮겼다.

"자, 이제 맛을 봐야지?"

두근거리는 가슴으로 그의 옆자리에 앉았던 나예는 그의 말에 마법이 풀리듯 다시 빵 쪽으로 시선을 돌렸다. 맛있는 빵들이 테이블 위에 잔뜩 펼쳐져 있었다. 크루아상을 한입 베어 먹으니 혀끝에서 살살 녹았다. 나예는 천천히 크루아상을 씹었다. 그녀가 만든 빵과 비슷하지만 조금 다른 맛. 왠지 모르게 더 깔끔하고 부드러운 맛이 났다.

굳이 혁준을 통해 듣지 않았어도 그녀가 알고 있는 제과인 중에 단연 으뜸은 정훈겸 파티시에였다. 수많은 세계 대회를 통해 입증된 실력이기도 했고 최연소 제과 기능장 타이틀이 무색하지 않은 맛이었다. 나예는 블루베리가 마블링된 식빵을 손으로 잘게 뜯어 입에 넣었다. 달콤한 맛이 났다. 식빵은 솜처럼 부드러웠고 식감이 좋았다. 겉에는 시럽을 발랐는지 달콤했다.

"맛있어?"

정민은 빵을 먹는 그녀의 모습을 보는 것만으로도 재미있는지 싱글거리고 있었다. 나예는 천천히 고개를 끄덕였다. 어떻게 하면 이런 맛이 나는 걸까 생각을 하느라 머리가 어지러울 지경이었다.

"사실 여기 라파예르 수석 파티시에 실력이 궁금했어요. 아니, 실력이야 거의 국내에선 최고니까 더 말할 것도 없지만 어쨌든 그 사람이 만든 빵이 어떤 맛이 나는지 궁금했거든요."

"그래서 궁금증이 풀렸나?"

"생각보다 더 굉장해요. 이렇게 만들려면 전 얼마나 걸릴지 상상도 못 하겠어요."

나예는 샌드위치를 꺼내며 말했다. 빵을 다 먹어 보려면 아주 조금씩만 맛을 봐야 했다. 그래서 샌드위치는 반으로 갈라서 정민에게 내밀었다. 그는 샌드위치를 받아 들곤 그녀를 계속 쳐다보았다. 가까이 앉아 있는 그에게서 남성다운 머스크 향이 풍겼다. 나예는 애써 그의 남성적인 매력을 무시하려 하면서 샌드위치를 베어 물었다. 아삭아삭 씹히는 야채가 상큼했다.

"샌드위치는 네가 만든 게 더 맛있는 것 같은데."

"고마워요. 그렇지만 객관적으로 보자면 이게 더 맛있는 것 같아요."

나예는 조각 케이크에 손을 뻗으며 말했다. 조각 케이크는 손을 대기도 아까울 만큼 아름다웠다. 그녀도 데커레이션에 일가견이 있다고 스스로 생각해 왔지만 정훈겸 셰프가 만든 케이크는 정말 놀라웠다.

"이건, 먹기 아까운데요. 너무 예뻐서."

"예쁜 걸로 치자면 강나예가 훨씬 예쁘지."

정민이 아주 진지한 표정으로 말했다. 나예는 어이가 없어 피식 웃고 말았다. 어쨌든 맛을 봐야 하니 케이크 하나를 꺼내어 포크로 잘랐다. 입 안에 들어가자 사르륵 녹아내리는 치즈의 맛이 매혹적이었다. 나예는 꿈결처럼 두근대는 가슴을 진정시키기가 어려웠다.

"사실은요, 여기 정훈겸 셰프…… 제 첫사랑이었어요."

나예는 아련한 표정으로 케이크를 한 입 더 먹으며 말했다. 정민이 흠칫 놀라며 그녀에게 시선을 돌렸다. 나예는 어릴 적 보았던 길고 모양 좋던 손가락을 떠올렸다.

"첫사랑?"

"서로 좋아했던 건 아니고요, 어릴 때 딱 한 번 본 적이 있거든요. 지금은 얼굴도 기억이 잘 안 나지만…… 손가락은 정확하게 기억이 나요."

나예는 포크를 내려놓고 다른 케이크를 꺼냈다. 정민은 흥미로운 얼굴로 그녀의 말을 듣고 있었다.

"언제 만난 건데?"

"제가 열네 살 때, 서울국제빵과자페스티벌에서요. 전 그때 전시회장 안에서 구경을 하고 있었는데, 정훈겸 셰프가 빵을 만들고 있는 걸 봤어요. 반죽을…… 이렇게 하고 있었거든요.”

나예는 어릴 적 넋을 잃고 보았던 마법의 손을 떠올렸다. 그리고 그때처럼 허공에서 그 손을 따라 반죽을 하는 시늉을 했다. 10여 년이 넘게 시간이 흘렀지만 그 손동작은 바로 어제 본 것처럼 생생했다. 정민이 그녀의 손을 보고 조금 놀라는 표정을 지었다. 나예는 재빠르고 정확하게 군더더기 하나 없이 움직이던 길고 아름다운 손가락과 탄탄한 팔뚝을 떠올렸다.

“그 동작을 지금까지 기억한단 말야? 얼굴은 기억을 못 하는데?”

“아, 제가 원래 관심 있게 본 동작들은 잘 기억하거든요. 빵 만드는 거나 장식해 놓은 거, 그런 건 곧잘 따라 해요.”

“놀라운데? 그 후에도 만났어?”

나예는 씁쓸하게 웃었다. 그녀와 정훈겸은 서로 공존할 수 없는 사이였다.

“아뇨. 그게 끝이었어요. 몇 번이나 다시 보고 싶어서 킹 과자점 앞을 찾아갔었는데, 결국 한 번도 못 봤죠. 사실은 아빠가…… 그분 아버지하고 사이가 나빴거든요. 전 나중에 그걸 알고 두고두고 아빠한테 미안한 마음 때문에 불편했었어요.”

“사이가 나빴다……. 하지만 그건 두 분 사이의 일이잖아.”

“그렇지만 아빠가 너무 싫어하셨어요. 평생 누구도 미워해 본 적 없는 아빠가…… 그렇게 싫어하셨다는 게 마음에 걸렸어요. 분명 이유가 있을 테니까요.”

"그러면 혹시 기회가 된다고 해도 그 사람을 만나고 싶지 않은 거야?"

"네. 같은 제과인으로서 존경하지만 개인적인 친분은 갖고 싶지 않아요. 그리고 지금은…… 아빠가 어떻게 되었는지도 모르니까요."

아버지를 생각하니 눈물이 났다. 행방불명이 된 뒤로 경찰서에 신고도 하고 실종자를 찾는 전단도 붙여 보고 노력을 했지만 어디에서도 아버지의 흔적은 찾을 수 없었다. 최후의 방법으로 빵집을 하면서 혹시 아버지가 예전 클로버 빵집을 한 번이라도 찾아온다면 찾을 수 있도록 그 자리에서 영업을 하고 있었다. 실낱같은 희망이라도 잡고 싶은 게 나예의 심정이었다. 나예는 뺨 위로 흘러내린 눈물을 얼른 훔쳤다.

"그럼…… 나는 어때?"

나예는 잠시 멍한 얼굴로 정민을 바라보았다. 그가 말한 것이 무슨 의미인지 생각하느라 가만히 있던 나예는 그의 뚫어질 듯한 시선에 얼굴이 붉어져 버렸다.

"그, 글쎄요."

"나에 대해선 어떻게 생각해?"

"음…… 고마운 분이라 생각하고 있어요. 절 많이 도와주셨잖아요."

"그냥…… 고마운 사람?"

나예는 그의 시선을 피했다. 그에 대해서는 뭐라 말할 수 없이 복잡한 감정이었다. 처음에는 영우를 구하기 위해 돈을 언어야 할 상대였고, 그와 밤을 보내면서 이성으로 매혹되었다. 그 감정이 단순히 욕망이었는지, 그 이상의 무언가가 있었는지 설명하기 힘들었다.

다만 3년 동안 잊으려고 애썼지만 그를 잊을 수 없었고, 다시 만났을 때 느꼈던 것은 피할 수 없는 욕망이었다. 그를 바라보고 있는 것만으로도 설레었고, 만져 보고 싶었고, 그에게 안기고 싶었다. 그 감정은 명백한 욕망이었다. 나예는 그것을 느끼고 당황스러움에 어찌할 바를 몰랐다. 그녀 스스로 그렇게 감정과 욕망에 휘둘리는 인간이라는 것을 느끼고 자괴감이 들었다. 그와의 관계에 그 이상의 뭔가가 있는지 잘 몰랐다. 혼란스러웠다.

"뭔가…… 더 있어야 하나요?"

나예는 감정을 숨기려 눈을 내리깔았다. 그의 눈을 바라보면 그녀 안에 있는 욕망을 들킬 것 같았다. 호수처럼 깊은 그의 눈동자를 직시하면 바로 들킬 것 같았다.

그가 나예에게 어떤 감정을 품고 있는지도 확실히 알 수 없어 더더욱 그녀의 마음을 들키고 싶지 않았다. 그는 나예에게 처음 만난 순간부터 계속 호감을 표시하고 있었다. 어쩌면 단순한 욕망 이상의 사랑 비슷한 감정일 수도 있을 거라 생각했지만 그렇게 믿기에 나예는 세상을 너무 알아 버렸다. 이미 순진한 사랑놀음 따위는 존재하지 않는다는 걸 나예는 잘 알고 있었다.

그가 나예를 도와주고, 어려울 때 힘이 되어 주기는 했지만 그게 정말 순수하게 나예를 사랑해서인지, 그녀를 소유하고픈 욕망 때문인 건지 알 수가 없었다. 아니, 나예는 그의 마음을 믿지 못했다. 만난 지 사흘 된 여자를 더 만나고 싶다며 술집에서 빼내어 준 것은 사랑 때문이 아니었다. 그녀에 대해서 얼마나 알기에 사랑한다고 할 수 있겠는가.

"내가 강요한다고 해서 네 감정이 바뀌진 않을 거잖아."

그는 나예의 마음을 잘 알고 있었다. 그를 믿지 못하는 것도, 상대적으로 강자의 입장에 있는 그가 얼마든지 나예를 가질 수 있다는 것도, 나예가 그걸 거절할 수 없다는 것도. 어쩌면 그는 몹시 머리가 좋은 남자일 수도 있었다. 나예의 마음을 짐작하고, 그녀에게 강요하지 않고 선택권을 주고 있는 것인지도. 그녀 스스로 적극적으로 다가올 수 있도록 계속 그녀를 도와주면서 덫을 놓고 있는지도 모른다. 나예가 절대 거절할 수 없게, 아주 천천히.

'어쨌든 날 유혹하는 건 거의 성공하고 있는 것 같네요.'

나예는 떨리는 손을 꽉 쥐며 생각했다. 그의 존재가, 바로 옆에 앉아 탄탄한 허벅지를 그녀의 다리에 무의식적으로 대고 있는 그가, 절대 무시 못 할 존재감을 드러내고 있으니까.

"저, 이제 가야겠어요."

나예는 화제를 돌렸다. 그의 눈을 피하며 주섬주섬 빵을 챙겼다. 채 반도 먹지 못한 빵들은 집에 가서 영미와 함께 먹어야겠다고 생각했다. 정민은 의외로 담백한 태도로 자리에서 일어나 그녀를 도와 빵을 봉지에 챙겨 넣어 주었다. 그리고 그녀의 손에서 봉지를 빼앗아 들곤 주차장으로 향했다. 나예는 입술을 잘근 깨물었다. 마음속이 심란했다. 그를 거절할 수도 없고 받아들일 수도 없었다. 그는 아예 나예에게 뭔가를 요구하질 않았으니까. 인재처럼 확실한 목적을 가지고 그녀에게 요구했다면 차라리 끊어내기 더 편했을지도 모른다.

'아마, 내 몸을 원했다면 그냥 한번 주고 끝냈겠지.'

그에게 거절할 수 없는 빚을 지고 있는 나예로서는 인재에게 대한 것과 달리, 그가 원하면 언제든지 그에 따를 수밖에 없다는 마음을 갖고 있었다. 하지만 그걸로 끝. 부채감이 없어지면 아마 그와는 관계를 끝낼 것이 분명했다. 나예는 자존심이 강했다. 정민과의 그런 관계가 그녀에게는 그저 받아들일 만한 문제가 아니었다. 아마도 자존심 때문에 그에게 매달리진 않을 게 분명했다.

"피곤하겠다. 얼른 들어가 쉬어."

복잡한 심사로 차 안에 앉아 있는데 어느새 집 앞에 도착한 듯 그가 차를 세웠다. 나예는 정신을 차렸다. 조용한 골목 어귀였다. 어둡고 가로등 불빛만 엷게 비치는 곳. 옆에 앉아 있는 남자의 존재감이 나예의 마음을 들뜨게 만들었다. 묘한 욕망. 그녀의 몸속에서 3년 동안 또아리를 틀고 숨어 있었던 본능.

그와 첫날밤을 보냈던 때에도 느꼈지만 나예는 스스로 욕망이 강하다는 걸 알고 있었다. 이성의 힘으로 꾹꾹 눌러 참고 있으나 정민과 함께 있을 때만큼은 숨기기 힘든 욕망. 나예는 떨리는 숨을 참으며 핸드백을 그러쥐었다. 차에서 내려 집으로 들어가야 하는데 의자에 붙은 듯 움직일 수가 없었다.

"왜?"

창피했다. 그가 기다리고 있었다. 데이트를 하면서도 그는 그녀의 손을 잡는 것 이상의 뭔가를 원하지 않았다. 참는 것인지 정말 생각이 없는 것인지 몰랐지만 어쨌든 그의 태도는 담백했다. 하지만 나예는 그와 함께 있는 매 순간 그의 넓은 가슴에 안겨서 키스하는 상상을 했다. 그에게 시선을 돌리면 금방 그녀의 욕망을 눈치챌 것 같아서 나예는 입술을 깨물고 고개를 돌렸다. 떨어지지 않는 발길을 떼어 내리려 차 문을 잡는 순간, 그가 나예의 손목을 잡았다.

"키스…… 한 번만 하자."

"네?"

심장이 미친 듯이 뛰었다. 그가 무슨 말을 한 건지 머릿속에 채 입력이 되기도 전에 그가 그녀의 손목을 잡아끌며 고개를 숙였다. 뜨거운 그의 입술이 닿자 나예는 얼음처럼 굳어 버렸다. 혹시 그녀가 계속 생각하고 있었던 것을 그가 알아챈 것이 아닌가 하는 생각마저 들었다. 그가 세차게 밀어 의자 등받이에 기댄 나예는 황홀감에 몸을 떨었다. 그토록 상상하던 그의 입술이 그녀의 입술을 빨아 당기고 있었다. 나예는 눈을 사르르 감고 입술을 열었다. 그의 혀가 입술을 가르고 들어왔다. 촉촉한 습기가 그녀를 황홀하게 했다. 나예는 두 손을 무릎 위에 둔 채로 손마디가 하얗게 되도록 꽉 쥐었다. 그의 머리카락을 헤집고 그의 몸을 더듬을까 봐 나예는 정신을 차리려 애쓰며 두 손으로 치맛자락을 꽉 쥐었다. 더 많은 것을 원하는 그녀의 몸은 솔직했지만 나예의 자존심은 그것을 허락지 않았다. 도저히 그에게 애원할 수는 없었다. 그저 그의 입술을 받아들이는 것만이 그녀가 할 수 있는 일이었다.

나예는 조심스럽게 그녀의 혀를 감아올리는 그의 혀를 느꼈다. 가만히 굳어 있다가 조금씩 키스를 되돌리자 그가 더욱 뜨겁게 입맞춰 왔다. 나예는 한숨을 내쉬었다. 심장이 너무 거세게 뛰어 터질 것만 같았다. 그의 손이 몸을 쓰다듬어 주었으면 했다. 그녀의 목마름을 달래 주었으면 했다. 그렇지만 그는 자제심이 강한 것인지 순진한 것인지 그녀의 몸엔 손끝 하나 대지 않았다. 그저 그녀의 볼을 한 손으로 감싸고 키스만 할 뿐이었다. 나예는 치맛자락을 더욱 세게 잡았다. 손이 저절로 올라가 그의 손을 잡아끌어 그녀의 가슴에 집어넣을 것만 같아서 미칠 것 같았다. 죽어도 그럴 수는 없었다.

"너하고 같이 있는 건 좋은데…… 아무래도 단둘이 있는 건 좀 피해야겠어."

자신과의 싸움으로 사투를 벌이고 있는데 천천히 그의 입술이 떨어져 나갔다. 나예는 바르르 떨리는 몸을 추스르려 애쓰며 눈을 떴다. 심장이 북을 치듯 울리고 있었다. 그가 붉어진 얼굴로 나예를 바라보며 싱긋 웃었다.

"왜요?"

나예는 멍하니 그의 얼굴을 보며 물었다. 그가 나예의 눈동자를 빤히 들여다보며 나직한 목소리로 다시 입을 열었다.

"내가…… 자꾸 나쁜 마음을 품으니까."

그의 눈동자가 뜨겁게 나예를 바라보았다.

'나쁜 마음…… 품어도 되는데.'

무의식적으로 든 생각에 나예는 울상이 되어 버렸다. 그가 나쁜 마음을 품어 주기를 바라는 것이, 미치도록 자존심 상했다. 나예는 고개를 푹 숙였다. 도저히 얼굴을 들고 그를 바라볼 수가 없었다.

# 20장

"아주 좋아 죽는구나. 얼굴이 활짝 폈다 폈어."

혁준이 이죽거리며 놀렸지만 훈겸은 들리지 않는 것처럼 연습에만 집중했다. 이번 서울국제빵과자페스티벌에서 있을 프랑스월드페이스트리컵 대회 한국 대표 선발전에 출전할 준비를 하느라 시간이 날 때마다 연습에 몰두하고 있었다. 작업실에는 달콤한 초콜릿 향이 가득했다.

"사랑이 좋긴 좋은가 보네?"

훈겸이 들은 체도 하지 않자 혁준이 얼굴을 들이대며 놀렸다. 훈겸은 인상을 찌푸리며 팔꿈치로 혁준의 얼굴을 쑥 밀어냈다.

"방해하지 말고 가. 여기서 이러고 있을 시간이나 있어?"

가서 연습이나 하라고 쏘아붙였지만 혁준은 싱글거리며 의자에 앉았다.

"네 녀석 데리러 왔잖아. 얼른 치우고 가자. 오늘 킹 과자점 창립 기념일이잖아."

잊고 있었다. 대회 연습하느라 다른 생각은 하지 못했었다. 원래도 호텔 일 때문에 바빴지만 최근 들어 대회 준비 때문에 밤잠을 줄여 가며 일과 연습을 병행하던 터라 달력 확인한 지가 오래였다. 게다가 아무리 바빠도 하루에 한 번씩은 나예를 찾아갔었고, 일주일에 서너 번은 그녀의 퇴근길에 동행하느라 더 바쁘기도 했다.

"가 봤자 별로 환영받지도 못할 텐데. 파티 같은 건 귀찮아."

훈겸은 인상을 찌푸리며 중얼거렸다. 어쨌든 그가 킹 과자점에 계속 관심을 갖고 있다는 걸 보여 주기 위해 창립 기념일이나 주주총회 등 꼭 가야 하는 행사에는 빠지지 않고 참석하곤 했다. 하지만 파티 같은 모임엔 영 취미가 없었다.

"재미로 가는 것도 아니고, 엄밀히 말하면 감시하러 가는 거 아니냐. 킹 과자점에 허튼짓하지 않고 잘 운영하고 있는지 보러."

훈겸은 차성희 회장에게 언제든지 그가 다시 킹 과자점에 돌아갈 수 있다는 것을 말해 두었고, 그가 회사 지분을 갖고 있는 이상 차성희 회장은 그 말을 가볍게 여길 수 없었다. 더구나 그가 킹 과자점을 나와 3년간 쌓은 커리어는 차성희 회장도 무시 못 할 정도였다. 한국 제과업계 최초로 기능올림픽에서 메달을 딴 것도 그렇고, 최연소 제과 기능장 타이틀과 각종 국제

대회에서의 수상은 훈겸의 피나는 노력에 대한 대가였다. 국내 특급 호텔이나 유명 제과점에서는 그를 모셔 가려고 혈안이 되어 있는 상태였다. 라파예르호텔 역시 그를 놓치지 않기 위해 해마다 연봉을 높이고 있었다. 그래서 차성희 회장 역시 훈겸을 가볍게 대할 수 없었으며 그 탓에 아직까지는 그가 원하는 대로 킹 과자점의 빵 맛은 유지되고 있었다.

"그래. 가야지."

훈겸은 작업대를 정리하고 옷을 갈아입었다. 가끔 제과인 모임에 가거나 세미나에 참석하기 위해 작업실에도 슈트를 두고 다녔기 때문에 바로 슈트로 갈아입을 수 있었다. 혁준은 밖에서 기다리다가 그가 나가자 휘익 휘파람을 불었다.

"신은 공평해야 하는데, 너한테만은 그 법칙이 적용 안 되는 것 같아. 너무한다고, 이건."

"됐어. 얼른 가기나 해."

훈겸은 대수롭지 않게 대꾸하곤 주차장으로 걸어갔다. 혁준은 뭔가 중얼거리며 그를 따라왔다.

"신이 능력을 주셨다면 외모는 주지 말아야 되는 거 아닌가? 외모가 잘생겼다면 인간적으로 키는 좀 작아야지. 아니면 돈이 없든가."

"쓸데없는 소리 그만하고 운전이나 해."

훈겸은 혁준의 차에 올라타며 퉁명스럽게 말했다. 혁준은 키득거리며 차에 타 시동을 걸었다.

"야, 왜 운전은 내가 해야 되는데? 하늘 같은 선배님한테 운전 시키는 거야, 지금?"

"나 오늘 차 안 가져왔어."

훈겸은 아무렇지도 않게 혁준의 말을 막아 버리곤 차 시트에 편안히 기댔다. 그러고 보니 저녁도 먹지 않았다는 게 떠올랐다. 연습하느라 저녁 챙겨 먹는 걸 잊고 있었던 터였다. 갑자기 배가 고팠다.

"그나저나 연습은 잘돼 가냐? 이번에도 자신 있지?"

혁준이 싱글거리며 그를 돌아보았다. 훈겸은 휴대폰을 만지작거리며 나예에게 전화라도 해 볼까 망설이다가 휴대폰을 주머니에 넣었다.

"연습이야 뭐 항상 똑같지."

"하긴, 너 같은 연습 벌레가 어디 있을라고. 밤이나 새지 마라. 요새도 두 시간밖에 못 자냐?"

"응. 하다 보니."

"그렇게 하고도 괜찮은 거냐? 체력 떨어지지 않아?"

"아직 버틸 만해. 형 말마따나 아직 난 20대라. 후훗."

"미친."

"그리고 형도 알다시피 워낙 좋아하는 거라 피곤한 줄도 모르고 해."

"그러니까 정말 넌 미친놈이야."

"이제 알았어?"

혁준이 허허 웃음을 터뜨렸다. 어이가 없는 것 같기도 하고 못 말리겠다는 듯한 웃음에 훈겸도 피식 웃어 버렸다.

"내가 너 진짜 존경한다. 그렇게 평생을 빵에 미쳐 사는 것도 네 운명인 것 같다."

"응. 아마도."

"그런데 지금은 어떠냐? 나예 씨 말야. 빵보다 더 좋은 건 아니지?"

혁준이 궁금하다는 듯 물었다. 나예의 이름만 들어도 가슴이 두방망이질 친다. 훈겸은 슬며시 차창 밖으로 시선을 돌렸다.

"글쎄. 빵만큼은…… 좋은 것 같은데."

"오호. 대단한데? 정훈겸한테 빵은 인생 아닌가? 네 인생을 걸 만큼 나예 씨가 좋다는 거지, 지금?"

혁준이 놀라운 듯 호들갑을 떨었다. 혁준의 입을 통해 자신의 마음을 듣는 건, 무척 신기한 기분이었다. 그의 말대로 인생을 걸 만큼 나예가 좋은 게 사실이었다. 어쩌면 그 이상일지도 모른다. 그 마음은, 나예를 처음 만났던 3년 전 그때도 그랬지만 시간이 지날수록 점점 더 커졌다.

처음엔 레드플라워에서 보았던 그녀의 상처 입은 듯한 모습에 마음이 흔들렸고, 그녀를 통해 단 한 번도 느껴 보지 못했던 어머니의 따뜻함을 느꼈다는 생각에 더욱 그녀에게 매혹되었다. 물론 나예는 남자라면 빠지지 않을 수 없을 정도로 아름답고 매력적인 여자였다. 하지만 훈겸은 그녀의 외모보다 그를 위해 요리를 해 주었던 모습이 더 예쁘다고 생각했고 그를 이해해 주었던 사려 깊은 그녀의 내면이 더 아름답다고 생각했다.

처음 겪었던 여자와의 깊은 관계 역시 그에게 잊을 수 없는 경험이었다. 다른 여자들과도 그런 느낌일지는 모르겠지만 이제껏 빵만 알아 왔던 훈겸에게 여자란 새로운 세계였다. 그녀와 보냈던 사흘간은 그의 뇌리 속에서 3년 동안 절대 잊을 수 없는 기억이 되어 버렸다. 그래서 나예를 다시 만났을 때, 훈겸은 다시는 그녀를 놓치지 않겠다고 결심했다.

"인생…… 걸 만하잖아. 강나예 정도라면."

나예가 파티시엘이라는 것은 훈겸에게 큰 의미였다. 다시 만난 그녀가 훈겸만큼이나 빵을 좋아하고 노력하는 파티시엘이라는 것은 그녀를 운명이라고밖에 생각할 수 없을 정도였다. 매일 그녀의 빵집에 가면서 '파티시엘 강나예'라는 간판을 보면, 설렘과 동시에 가슴속 깊은 곳에서 뜨겁게 올라오는 열정이 주체할 수 없이 넘쳤다. 단 하루도 빠지는 날 없이 그녀를 찾아가 그녀가 만든 빵을 먹어 보는 것은 너무도 행복한 일이었다.

그 여리고 가느다란 팔뚝으로 과연 반죽이나 제대로 칠 수 있을까 의구심이 들었지만 첫날 그녀의 빵을 맛본 후 그런 생각은 싹 사라졌다. 그녀는 웬만한 파티시에보다 실력이 훨씬 좋았다. 20대 초반의 아가씨가, 그런 맛을 내리라곤 상상도 하지 못했다. 어떤 제품은 그가 만든 것보다 훨씬 맛있는 것도 있었다. 그녀가 어떻게 생각하는지는 모르지만 훈겸은 그녀에게 이성으로서의 관심과 동시에 빵을 사랑하는 제과인으로서의 관심 역시 갖고 있었다. 그래서 빵에 대한 열정을 그 못지않게 갖고 있는 나예라면, 그의 인생을 걸 만하다고 생각했다.

"와우. 멋진데, 그 말. 나예 씨한테 들려줘야 하지 않을까? 녹음이라도 해서 들려줄까?"

혁준의 호들갑에 훈겸은 다시 피식 웃고 말았다. 킹 과자점의 창립 기념 파티가 열리는 한국호텔에 도착하자 훈겸은 차에서 내렸다.

"근데 형은 준비할 거 없어? 명색이 형이 근무하는 회사 창립 기념 파티인데."

연회장으로 들어가면서 훈겸이 묻자 혁준은 웃으며 고개를 저었다.

"오늘 같은 날은 나도 좀 쉬어야지. 음식이며 파티 준비는 노엘식품에서 다 해서 난 할 일 없어."

"아, 거기 외식사업부가 꽤 괜찮다고 들었는데."

"괜찮은 정도가 아니지. 사업 규모도 커지고 뭐, 음식이야 나무랄 데 없으니까. 이은빛 부장, 일 하나는 똑소리 나게 하지. 참, 너도 알지? 예전에 너랑 선봤던……."

"알아."

파티장 안은 이미 사람들이 많이 있었다. 훈겸은 그에게 인사를 건네는 제과업계 사람들에게 웃으며 인사했다. 사람들에게 그는 '킹 과자점의 대주주이자 숨어 있는 실세' 정도로 인식이 되어 있는 것 같았다. 사람들이 앞 다투어 그를 알아보고 인사를 건네는 통에 혁준과의 대화가 잠시 끊겼다.

"반갑습니다. 지난번 세미나에서 뵈었죠? 이든베이커리 정현성 실장입니다."

"아, 네. 세미나 때 기억납니다. 잘 지내셨습니까?"

"네, 덕분에. 이번 Siba 대회 때 출전하신다고 들었습니다. 저도 설탕 공예에 출전합니다."

"그럼 대회 때 뵐 수 있겠네요."

"요새 밤잠 못 자고 연습 중입니다. 기회가 된다면 꼭 함께 프랑스에 가고 싶네요."

"기대하겠습니다."

이든베이커리 실장인 현성은 지난 번 프랑스 연수 후 있었던 세미나 때 그에게 날카로운 질문을 던져 기억을 하고 있었다. 훈겸은 웃으며 현성과 악수를 나누었다. 그 외에도 제과 기능장 선배 몇 명과 인사를 나누고 업계 관련 인사들과 인사를 나누었다. 훈겸은 사람들에게 예의에 어긋나지 않을 정도로 적당히 대꾸해 주고 인사를 한 뒤 얼른 구석진 자리로 숨었다.

예전엔 굳이 숨을 필요 없을 정도로 아는 사람이 적었는데 언제부터인가 사람들에게 '꼭 인사하고 알아 두어야 할 사람'으로 각인된 것 같아 훈겸은 불편했다. 빵을 좋아하는 것 외에 그가 잘나거나 특별한 점은 없다고 생각했다. 그래서 사람들의 관심이 부담스러웠다. 훈겸은 커다란 기둥 옆에 숨어 숨을 돌렸다.

"킹 과자점 창립 기념 파티인데 정작 킹 과자점 회장보다 네 녀석이랑 안면 트고 싶어 하는 사람들이 더 많은 것 같다?"

혁준이었다. 그가 웃으며 훈겸에게 샴페인잔을 내밀었다.

훈겸은 한숨을 내쉬면서 그에게서 잔을 받아 들었다. 그러고 보니 목이 꽤 말랐다.

"형은 천재야. 나 목마른 거 어떻게 알고."

훈겸은 샴페인 한 잔을 쭉 마시곤 테이블에 빈 잔을 내려놓았다. 그러고 보니 배가 고팠는데 음식도 하나도 먹질 못했다.

"그렇지. 이 형님이 너에 대해서는 좀 잘 알지. 너 배도 고프지?"

혁준이 손에 들고 있던 접시를 내밀었다. 훈겸은 눈을 동그랗게 떴다.

"어떻게 알았어?"

"뻔하지 뭐. 연습한답시고 저녁 먹는 것도 잊어버렸겠지."

훈겸은 싱긋 웃으며 혁준이 건네준 접시에서 카나페를 하나 들고 입에 넣었다.

"아까 이든베이커리 정현성 실장 만났는데, 이번 Siba 대회 때 출전한다고 하더라. 형, 알고 있었어?"

"응. 예선 통과했잖아."

"그랬구나. 예전에 세미나에서 만난 적이 있는데 그 사람 작품도 봤었거든. 꽤 잘해."

"정현성 실장도 기대주잖아. 나예 씨 아마 좀 힘들걸?"

훈겸은 생각에 잠겼다. 나예에게 따로 물어보진 않았지만 혁준을 통해 나예가 대회에 출전하기로 마음먹었다는 걸 들었다. 그리고 예선에도 통과했다고 했다. 나예도 설탕 공예에 출전하는데 현성 같은 실력가들과 경쟁을 해야 하니 쉬운 게임은 아니었다.

"형이 보기엔 어때? 나예가 승산이 있어? 난 아직 작품 한 번도 못 봐서."

"글쎄다. 나예 씨도 너처럼 연습 벌레라 아마 잘할 거야. 게다가 손재주가 대단해. 한번 본 건 똑같이 만들어 낸다니까? 내가 참고 작품 몇 가지 보여 줬더니 똑같이 만들더라고. 근데 나도 최근엔 작품 만든 거 못 봤어. 계속 연습은 하고 있다고 했는데."

"그래?"

그녀의 손재주라면 그도 익히 알고 있었다. 불과 열네 살의 어린 소녀였던 나예가, 그가 반죽을 치대는 걸 보고 그대로 따라 했던 걸 기억하고 있었다. 심지어 그녀는 그 어렸을 때 보았던 동작을 어른이 된 지금까지도 기억하고 있었다.

"왜? 걱정돼? 대회 때 보면 알겠지. 사실 예선 통과한 것만도 대단한 거 아닌가? 제과업계에서 한다하는 셰프들이 다 출전하는데, 햇병아리 주제에 예선 통과한 것만으로도 잘했다고 본다, 난."

혁준의 의견에 동감했지만 훈겸은 나예가 꼭 우승했으면 좋겠다고 생각했다. 그녀와 함께 프랑스에 가고 싶었다.

"어? 정인재 이사 아냐?"

혁준과 한창 이야기를 하는데 그가 훈겸의 팔을 잡아끌었다. 훈겸은 혁준의 시선이 향한 곳으로 고개를 돌렸다. 그들이 구석진 자리에 있었고, 기둥이 가려 주었기 때문에 잘 보이지 않는 위치였다. 혁준의 말대로 인재가 찬바람 쌩쌩 이는 얼굴로 그들의 자리 쪽으로 걸어오고 있었다.

"그러네."

훈겸은 대수롭지 않게 인재를 흘끗 보곤 음식 접시로 관심을 돌렸다.

"오빠, 너무한 거 알아요?"

그들을 발견하지 못한 듯 얼마 떨어지지 않은 곳에서 인재는 걸음을 멈추었다. 슬쩍 돌아보자 인재를 쫓아온 듯 은빛이 붉게 성이 난 얼굴로 발을 구르고 있었다. 인재는 피곤한지 관자놀이를 손가락으로 꾹꾹 누르며 매우 귀찮은 듯한 표정을 짓고 있었다.

"그만하자."

"올 가을엔 약혼식 날짜 잡기로 했잖아요."

훈겸은 당당한 얼굴로 자신 있게 그의 형, 인재를 좋아한다며 그와 결혼할 거라고 장담했던 은빛의 모습을 떠올렸다. 그 후로 정말 은빛은 인재에게 결혼하자는 말을 한 모양이었다.

"난 아직 결혼할 생각 없어."

"누가 결혼하자고 했어요? 일단 약혼식부터 먼저 하자고요."

"이은빛, 너하고 결혼하겠다고 한 적 없어. 약혼하겠다고 한 적도 물론 없고."

"하지만……."

"그만해. 피곤하니까."

훈겸은 혁준과 시선을 주고받았다. 둘 사이의 개인적인 애기를 의도치는 않았지만 엿듣게 되는 형국이 되어 버려서 좀 곤란했다. 자연스럽게 자리를 떠야겠다고 생각하는데 은빛이 파르르 분노하며 내뱉은 말 때문에 움직일 수가 없었다.

"강나예 때문이에요?"

"결혼은 누구 때문에 하거나 안 하는 게 아니라 내 의지로 결정하는 거야. 이 얘기는 더 이상 하지 말자."

그가 자리를 뜨기 전에 인재가 먼저 다른 쪽으로 성큼성큼 걸어가 버렸다. 은빛은 씨근덕거리더니 인재를 따라 걸어갔다.

"휴우. 두 사람 다 무서운데."

혁준이 과장된 표정을 지으며 중얼거렸다. 은빛이 분노로 바르르 떨며 뱉어낸 나예의 이름이 훈겸의 가슴에 파장을 일으켰다.

"형, 저게 무슨 말이야? 정인재, 나예 아직도 좋아해?"

훈겸이 눈살을 찌푸리며 말했다. 혁준은 곤란한 듯한 얼굴로 지나가는 서빙 직원의 접시에서 물을 한 잔 집어 들었다. 혁준이 말을 고르느라 침묵을 지키자 훈겸은 애가 탔다.

"형!"

"깜짝이야. 나 귀 잘 들려. 그렇게 소리치지 않아도."

"대답은 안 하고 왜 딴소리야? 강나예하고 정인재, 무슨 관계야?"

"나도 정확히는 몰라. 예전에 나예 씨가 노엘식품에서 일할 때, 정인재 이사가 대시했었어. 내가 알기로 나예 씨는 주변에 접근했던 다른 남자들한테 한 것처럼 냉정하게 거절했고."

"그런데?"

"그동안 여자들을 너무 쉽게만 생각하던 정인재 이사 입장에서는…… 나예 씨가 거절한 게 자존심이 상했나 봐. 알잖아, 그 성격. 아마 승부욕이 발동했겠지. 근데 이은빛 부장 입장에서 보면 충분히 화가 날 수 있는 상황이라…… 나예 씨한테 일종의 보복? 뭐, 그런 걸 한 것 같더라고. 나예 씨가 말은 안 하는데, 갑작스럽게 회사를 그만뒀거든. 그 전까진 내가 보기에 아무 문제없이 일 잘하고 있었어. 오히려 능력을 인정받아야 맞는 상황이었거든."

"그럼 이은빛이 나예를 회사에서 쫓아냈다는 말이야?"

"정확한 건 모른다니까. 나예 씨가 말을 안 해 줘. 그냥 전후 사정 보고 짐작하는 거지."

훈겸은 고개를 갸웃거렸다. 은빛의 성격으로 보아 충분히 그런 일도 가능하리라 생각했다.

"그런데 회사 그만둔 뒤로도 형이 나예를 찾는 건가? 그래서 이은빛이 저러는 거야?"

"글쎄. 나도 그 뒤로는 잘 모르겠어. 나예 씨는 그런 거 잘 이야기 안 하니까. 그렇지만 정인재 이사 아니라도 뭐, 나예 씨 주변에는 항상 남자들이 많았어. 예쁘잖아. 빵집 개업한 뒤로도 거기 손님들 중 상당수는 나예 씨 보러 자주 가는 것 같던데."

훈겸은 인상을 찌푸렸다. 혁준의 말처럼 매일 나예의 빵집을 찾는 손님들 중에 남자 손님이 꽤 된다는 것은 그도 알고 있었다. 하지만 나예가 별로 신경 쓰는 것 같지 않아 한 번도 그가 먼저 언급한 적은 없었다.

'지난번 재료상 일이…… 혹시 이것 때문인가?'

하지만 은빛에게 생각이 미치자 나예가 재료상과의 거래에 문제가 생겼다고 했을 때의 일이 생각났다. 그녀가 이유를 말해 주진 않았지만 갑자기 모든 재료상과의 거래가 끊겼다고 했었다. 다행히 그가 다른 곳을 알아봐 줘서 위기는 넘겼지만 생각만 해도 아찔한 일이 아닐 수 없었다. 노엘식품 정도 되는 대기업이라면 얼마든지 재료상을 조종해 나예를 괴롭히는 게 가능했다.

훈겸이 생각에 잠겨 있는데 전화벨 소리가 울렸다. 훈겸은 휴대폰을 꺼냈다. 인재였다.

"왜?"

— 오늘 창립 기념일인데 참석 안 했어?

"했어."

— 어디 있는지 안 보이는데.

"연회장 안에 있어. 그런데 왜?"

— 할 말 있다.

"알았어."

훈겸은 간결하게 대답하고 전화를 끊었다. 인재가 연회장 반대쪽에서 두리번거리며 훈겸을 찾고 있었다.

"형, 나 잠시만."

훈겸은 혁준에게 눈짓을 하고 연회장을 가로질러 인재를 향해 걸어갔다. 가는 도중에 안면 있는 사람들을 만나 인사를 나누느라 멈춰 섰다. 인재도 그를 발견했는지 그에게 다가왔다.

"웬일이야? 나한테 할 말이 있다니. 아, 이분은 월간 베이커리 기자님. 알지?"

인재가 그에게 다가왔다. 훈겸은 이야기를 나누던 월간 베이커리 이상호 기자를 인재에게 소개했다. 인재는 이상호 기자를 보고 목례를 했다. 할 말이 있다더니 기자 앞에서는 하고 싶지 않은 듯 입을 조개처럼 꼭 다물었다. 그와 킹 과자점을 둘러싼 항간의 소문이 자자하다는 걸 알고 있었기 때문에 훈겸은 인재의 행동을 이해했다. 말 많은 사람들은 재벌가의 가십거리 정도로 그와 인재의 관계를 생각하고 있었으며, 킹 과자점을 사이에 두고 힘겨루기를 하고 있는 대결 구도로 몰아가기 일쑤였다.

"창립 기념일 축하드립니다. 두 분이 함께 계시는 것 보니까 참 보기 좋은데요."

"감사합니다."

인재는 더 말 붙일 수 없을 정도로 쌀쌀하게 감사 인사를 건넸다. 훈겸은 차가운 인재의 태도에 멋쩍은 듯 우물쭈물하는 기자를 보고 씁쓸하게 웃었다. 인재의 마음을 이해하지 못하는 바는 아니었으니 뭐라 할 수도 없었다.

이상호 기자는 뭔가 그들에게 더 묻고 싶은 눈치였지만 인재의 쌀쌀맞은 표정에 목례를 하고 다른 곳으로 가고 말았다. 인재는 그들 주위에 사람들이 없어지자 비로소 입을 열었다.

“이번에 대회 출전한다고 들었다.”

“응.”

“대표로 선발되면 1년간 훈련을 해야 할 텐데, 라파에르호텔에선 계속 일을 할 작정이냐?”

“글쎄. 대회가 끝나 봐야 알겠는데. 그리고 대회 결과가 어떻게 되든 일은 계속할 생각이야.”

“일은 일대로 하고, 훈련은 어떻게 하려고?”

“그거야 뭐, 내가 알아서 할 일이지. 그런데 왜?”

그의 일에 전혀 관심이 없던 인재가 그렇게 묻자 좀 의아했다. 인재는 잠시 생각을 하는 표정이더니 다시 입을 열었다.

“킹 과자점에서 내년도부터는 제품 개발을 하기로 했다. 지금까지도 안 했던 건 아니지만 프랜차이즈라는 특성 때문에 제품 개발에만 주력할 수는 없었어. 하지만 내년부터는 새로운 제품 개발 쪽에 중심을 두고 사업을 진행할까 한다. 그래서 본사 연구개발팀장 자리를 네게 줄까 하는데.”

“연구개발팀장?”

“신제품을 개발하는 거지. 어차피 너도 훈련할 시간이 필요할 테니까 호텔에서 지금처럼 일을 하기는 벅찰 테고, 시간을 자유롭게 쓸 수 있으면 좋지 않겠어? 그리고 우리 쪽에선 신제품 개발에 힘을 실어 줄 수 있는 네가 합류하면 좋은 거고. 서로 윈윈하는 전략이라 생각되어서 제안하는 거야.”

인재가 제안한 자리는 솔깃한 것이긴 했다. 그가 정훈겸이 아니라면, 그가 일반 파티시에라면 혹할 만한 조건이었다. 킹 과자점은 제과업계에서도 알아주는 회사였고, 그 회사의 연구 개발팀장이라면 꽤 괜찮은 자리였다. 그뿐 아니라 훈련할 시간을 빼 준다는 것도 파격적인 제안이었다. 하지만 훈겸에게는 그다지 메리트가 없는 제안이었다. 인재가 선심 쓰듯 그에게 주겠다고는 했지만 굳이 킹 과자점이 아니어도 훈겸을 원하는 곳은 많았다. 신제품 개발을 해 달라고 제안이 들어왔던 것도 킹 과자점이 처음은 아니었다. 곳곳에서 그를 모셔 가려고 혈안이 되어 있는데 굳이 그가 킹 과자점으로 갈 필요는 없었다. 게다가 킹 과자점이 그에게 큰 의미가 있는 곳도 아니었다. 아버지의 회사이긴 했지만 동시에 새어머니와 인재의 회사이기도 했다.

훈겸은 3년 전 아버지가 세상을 떠나셨을 때 이미 킹 과자점과의 인연을 끊었다고 생각했다. 그때 그는 집에서도 독립을 했고, 킹 과자점에서도 더 이상 일을 하지 않았다. 새어머니와 인재 또한 그가 떠나기를 바랐다. 그런데 왜 이제 와서 다시 그를 부르는지 의아했다.

"제안은 고맙지만 난 라파예르호텔, 아직 그만둘 생각 없어."

훈겸은 간결하게 대답했다. 인재는 별로 당황하지 않은 표정으로 그를 바라보다가 다시 제안을 했다.

"물론 연봉도 조건 중 하나야. 지금 네가 받고 있는 연봉의 두 배까지 올려 줄 수 있어."

훈겸은 피식 웃었다. 돈이 아쉬웠다면 돈을 벌 수 있는 방법은 많이 있었다.

"형, 잊었나 본데. 내가 마음만 먹으면 킹 과자점 전체를 먹을 수도 있어. 날 솔깃하게 하려면 돈이 아니라 다른 카드를 내놓아야지."

인재의 얼굴이 약간 붉어졌다. 훈겸은 시간을 확인했다. 파티에 온 지 두 시간여가 흐르고 있었지만 스무 시간은 족히 있었던 것 같은 기분이었다.

"그러면……."

"됐어. 난 킹 과자점에 돌아갈 생각 없어. 예전에 킹 과자점에서 나올 때 결심한 거야. 먼저 갈게."

인재는 뭔가 더 이야기하고 싶은 눈치였지만 훈겸은 말을 끊고 자리를 떴다. 새어머니가 그를 킹 과자점에 들이는 위험을 감수하면서까지 스카우트하고 싶어 하는 건 그만큼 그의 유명세를 이용하고 싶은 것이거나 아니면 그의 능력을 사고 싶은 게 틀림없었다. 훈겸은 밖으로 나와서 혁준에게 전화를 걸었다.

"형, 나 먼저 갈게."

— 의리 없이 먼저 가려고? 같이 가.

"이미 밖에 나왔어. 그냥 택시 타고 갈게. 형은 더 있다 와."

훈겸은 혁준이 뭐라고 더 하기 전에 전화를 끊었다. 그리고 택시를 잡아탔다. 굳이 혁준을 귀찮게 하고 싶지 않았다.

"라파예르호텔로 가 주세요."

훈겸은 잠시 창밖을 내다보며 멍하니 있었다. 그런데 갑자기 배가 몹시 고팠다. 생각해 보니 저녁을 걸러서 배가 고팠는데 연회장에서도 자꾸 그에게 말을 시키는 사람들 때문에 뭘 제대로 먹질 못했다. 훈겸은 잠시 고민했다. 호텔로 돌아가 연습을 할 것인지, 호텔에 가서 뭔가를 먹고 연습을 해야 할지, 아니면 그냥 들어가서 잘 것인지.

훈겸은 휴대폰을 들고 조금 망설이다가 나예에게 전화를 걸었다. 이미 가게 문은 닫았을 시간이었지만 어쩌면 아직 연습을 하고 있을지 몰랐다. 나예는 통화음이 한참 울린 후에야 전화를 받았다.

— 네.

"뭐해? 퇴근했어?"

— 아뇨. 이제 하려고요.

"늦게까지 뭐했어?"

— 그냥. 연습요.

"저녁 먹었어?"

— 지금 시간이 몇 신데요. 지금 야식 먹어야 될 시간이에요.

훈겸은 웃음을 터뜨렸다. 그러고 보니 나예의 말이 맞았다.

"야식 먹을래?"

— 저녁 안 먹었어요?

"응. 배고파."

— 알겠어요.

"내가 그쪽으로 갈게."

훈겸은 전화를 끊고 기사에게 다시 행선지를 고쳐 말했다. 그녀에게로 가는 짧은 시간 동안 훈겸은 저도 모르게 콧노래를 흥얼거렸다.

그가 택시에서 내렸을 때, 마침 나예는 밖으로 나오고 있었다. 그녀는 언제나처럼 긴 생머리를 하나로 질끈 묶고 평범한 티셔츠와 청바지를 입은 차림이었다. 하지만 그런 차림도 그녀의 볼륨 있는 몸매를 숨겨 주진 못했다. 티셔츠는 자연스럽게 몸의 굴곡에 맞게 달라붙어 팽팽했으며 청바지 역시 엉덩이의 매끈한 라인을 여실히 드러내 주었다. 훈겸은 그녀의 모습을 보고 숨을 훅 들이쉬었다. 그녀를 보기만 하면 자동인형처럼 온몸에 짜릿한 반응이 왔다.

"이 시간까지 저녁도 안 먹고 뭐했어요?"

그녀가 방긋 웃었다. 머릿속이 잠깐 멍해졌다. 훈겸은 멍하니 그녀의 얼굴을 보다가 정신을 차렸다. 그녀를 볼 때마다 정신을 차릴 수가 없었다.

"그러게. 어쩌다 보니 그렇게 됐네."

"뭐 먹을까요?"

"글쎄. 빨리 나오고 배부른 거?"

"딱 그런 게 있어요."

나예는 반할 만큼 예쁜 표정으로 웃더니 앞장서서 걷기 시작했다. 근처에 있는 식당인 듯 그녀는 거침없이 걸어갔다. 훈겸은 그녀를 따라가며 날씬한 뒷모습을 감상하듯 바라보았다.

"설마, 여기?"

5분 정도 걸어서 찾아간 식당은 순대국밥집이었다. 훈겸은 진짜 그녀가 국밥을 먹겠다는 것인가, 아니면 그에게 먹으라는 것인가 잠시 헷갈렸다. 하지만 그녀는 익숙한 듯 안으로 쑥 들어가더니 자리를 잡고 앉았다. 조금 얼떨떨한 기분으로 자리에 앉은 훈겸은 신기해하며 그녀를 바라보았다. 그녀는 들어가자마자 마음대로 '순대국밥 둘이요.' 하고 주문까지 해 버렸다. 두 개를 시켰다는 것은 그녀도 하나 먹겠다는 것인데, 순대국밥은 나예와 전혀 어울리지 않는 음식이었다.

"이걸 먹겠다고?"

정말 주문한 지 얼마 되지 않아 나오는 국밥을 보고 훈겸이 의심스러운 눈으로 그녀를 훑어보자 나예는 귀엽게 웃었다.

"재밌는 게 뭔지 알아요? 저랑 국밥 먹으러 같이 왔던 사람들 중 100퍼센트가 그런 표정이었어요."

"또 누구랑 왔는데?"

"그게 중요한가요?"

나예는 놀리듯 웃으며 국밥을 먹었다. 보통의 여자들은 국밥 종류, 그것도 순대국밥 같은 것은 별로 좋아하질 않는다. 그런데 정말 의외였다. 훈겸은 신기한 눈으로 그녀를 바라보다가 천천히 국밥을 먹었다. 그녀는 전혀 거부감 없이 국밥을 잘도 먹었다.

"널 알수록 신기해."

"칭찬이에요?"

"응. 뭐, 마음에 든다는 얘기야."

"영광이네요."

"내 마음에 들었으면 했어?"

"네?"

그녀의 얼굴에 당황한 빛이 흐르자 훈겸은 피식 웃었다. 그녀는 정말 알 수 없고 예측할 수 없는 여자였다.

"강나예."

"네?"

"밥 먹으면서 할 얘기는 아니지만, 좀 궁금해서."

"뭐가요?"

"넌, 나를 어떻게 생각해?"

두 번째로 묻는 것이었다. 이미 훈겸은 나예에게 그 질문을 한 번 했었다. 그때 나예는 '고마운 사람'이라고 답을 했었다. 하지만 그녀에게 다시 질문을 한 것은, 이번엔 대답이 좀 달라지지 않을까 하는 생각 때문이었다. 나예는 국밥을 먹다가 숟가락을 잠시 놓았다. 그의 질문이 미처 예상치 못한 질문이었던 듯 잠시 생각에 잠긴 그녀는 조심스럽게 대답을 했다.

"무슨 뜻이에요?"

"그냥, 의미 따지지 말고 네 느낌을 말해 봐."

"음…… 뭐랄까. 풀리지 않는 수수께끼?"

"수수께끼?"

"정민 씨는 자신에 대한 이야기는 잘 안 하잖아요. 늘 저한테 질문을 던지죠. 항상 친절하고, 저한테 잘해 주고, 제가 불편한 게 없는지 살펴 줘요. 그런데 전 정민 씨가 어떤 사람인지 잘 모르겠어요. 가족도, 직업도, 사는 곳도 아무것도 말해 주지 않으니 늘 베일에 싸여 있는 미스터리 같아요."

그녀가 느낀 것은 그 역시도 공감했지만 그에 대한 이야기를 해 줄 수는 없었다. 이름만 대도 그녀가 바로 알아차릴 테니까. 처음에는 아버지의 사과를 전하기 전에 그녀가 그에 대해서 안다면 그에게 어떤 기회도 주지 않고 외면해 버릴까 겁이 나서 숨겼는데, 이제는 사실대로 말하면 그녀가 배신감을 느낄까 봐 말을 할 수가 없었다.

그에 대해서 안다면, 아버지를 소중하게 생각하고 있는 그녀가 가만있을 리 없었다. 그에게 접근할 기회도 주지 않고, 서로에 대해 알 시간을 조금도 갖지 않고 거부할 게 뻔했다. 그래서 숨기긴 했지만 이제 와서 밝히는 것도 망설여지는 일이 아닐 수 없었다. 그녀의 원망을 받는 것도 걱정이었고, 그녀가 그를 믿지 않을 것 같아서 망설여졌다.

'어차피 대회 때 만나게 되면 다 알게 될 텐데.'

훈겸은 속으로 한숨을 쉬었다. 이제 얼마 남지 않은 대회 때 그녀는 그를 발견할 것이고 모든 것을 알게 될 것이다.

"사람을 규정짓는 것은 단순히 그 사람의 가족 관계나 직업, 사는 곳 등이 아냐. 그 사람의 마음속이지. 그냥 나 자체로 보면 안 되겠어?"

그녀는 말없이 훈겸을 바라보았다. 심장이 조여드는 듯했다. 한참을 가만히 그를 바라보던 나예가 조금 부끄러운 듯한 얼굴로 시선을 내리깔았다.

"꼭 말해야 돼요?"

"확인하고 싶어서. 네가 날 만나고 내게 대하는 태도가 그저 고마워서인지, 건물주에 대한 의무감 때문인지, 아니면 내가 좋아서인지 잘 모르겠어서.”

그녀는 잠시 사이를 두고 침묵을 지키다가 입을 열었다.

“정민 씨가 저한테 해 주었던 일들, 그냥 무시할 수는 없는 일들이잖아요. 고맙기도 하고……. 그래서 정민 씨가 저한테 뭔가를 원한다면 거절하지는 못해요. 그렇지만 싫은 사람을 계속 만날 순 없죠. 고마운 건 고마운 거고…….”

나예의 볼이 조금 더 붉어졌다.

‘그러니까 지금 내가 좋다고 돌려서 말하는 거지?’

훈겸은 나예를 뚫어지게 바라보았다. 그녀는 여전히 그에게 시선을 돌리지 않고 있었다. 훈겸은 손을 뻗어 나예의 턱을 치켜 올렸다. 그녀의 눈동자가 놀란 빛을 띠고 그에게 와 닿았다. 그녀의 눈빛이 흔들리고 있었다.

“강나예, 부탁할 게 있어.”

훈겸은 손을 내리고 말했다. 나예는 다행히 다시 시선을 피하지는 않았다.

“네.”

“지금처럼 날 그냥 나 자체로 봐 줬으면 좋겠어.”

나예의 눈빛에 궁금증이 떠올랐다. 밑도 끝도 없는 그의 말, 갑작스러울 게 분명했지만 훈겸은 계속 말을 이었다.

“내 직업이 뭔지, 우리 집안이 어떤지, 내가 어떤 학교를 다녔는지 같은 것들은 다 그저 껍질에 불과해. 그런 것들이 나라는 사람을 나타내 줄 순 있지만 내 전부를 대변하는 건 아냐.

사람들은 껍질을 중요하게 생각하지만 넌 그 속에 있는 걸 봐 줬으면 좋겠다. 나도 그럴 테니까."

나예는 더 이상 묻지 않았다. 그의 말에 고개를 끄덕이며 미소를 보여 주었을 뿐. 마음이 아주 조금 놓였다. 대회 때 그와 만나게 되면 어떻게 생각할지 모르겠지만 일단 그녀가 사람을 겉으로만 판단하지는 않을 거라 믿어 보기로 했다.

《파티시엘 강나예》 1권 끝, 2권에서 계속